DU MÊME AUTEUR

Aux Éditions du Seuil

BOULEVARD DES TRAHISONS, 1989.
RABBIT BOSS, 1990.
KILOMÈTRE ZÉRO, 1990.

LE JOUR DES ABEILLES

THOMAS SANCHEZ

LE JOUR
DES ABEILLES

roman

*Traduit de l'américain
par Laetitia Devaux*

GALLIMARD

Titre original :

DAY OF THE BEES

Pour les trois muses.

PREMIÈRE PARTIE

LA DÉCOUVERTE

Francisco Zermano est un grand artiste, l'un des peintres les plus innovateurs de tous les temps. Parmi les ouvrages qui ont été écrits sur son œuvre considérable — dont deux modestes études sont de moi —, on ne trouve pas la moindre allusion au fait qu'il a tout simplement contribué à définir notre sens de la modernité. La vision de Zermano a esquissé le futur, fait apparaître sa forme et son but, l'a rendu intelligible à l'être humain. Que ce soit le moment unique du premier cri d'un nouveau-né ou les étendues de buildings monolithiques pendant l'entre-deux-guerres, Zermano a tout saisi. Pourtant, il reste des zones d'ombre concernant sa vie privée. Les théories artistiques, la psychologie, voire la théologie permettent d'en éclaircir la plupart. Mais une énigme a résisté à toute tentative d'élucidation, a miroité comme un astre hors d'atteinte des spécialistes et des biographes. Il s'agit de la relation de Zermano avec Louise Collard. Après tant d'années, la vérité peut enfin être divulguée. Cette histoire s'apparente à une sorte d'aventure, aventure à laquelle j'ai participé puisque je suis à l'origine de la fameuse découverte.

Je suis tombé sur la vérité presque par hasard. S'il n'y avait eu un obstacle fortuit au milieu du chemin, cette histoire n'aurait jamais vu le jour, car un demi-siècle s'était écoulé depuis la courte période où Zermano et Louise avaient vécu ensemble. Zermano, maintenant très âgé, n'apparaît plus jamais en public. Les experts du monde entier ont retourné ciel et terre pour recueillir ce qu'il a laissé derrière lui, les dessins et desseins de sa vie. Louise en revanche, une fois qu'elle a quitté les feux de la rampe braqués sur Zermano, n'a eu droit qu'à une curieuse note de bas de page. N'avait-elle pas été sa maîtresse, voilà tout ? Comme tous ces gens se sont trompés, et comme la réalité est extraordinaire !

Le monde entier croyait que Zermano en avait depuis longtemps fini avec la belle Louise, la femme répudiée, la muse dont la chair et l'esprit avaient un jour enflammé son inspiration. Les historiens ont affirmé que Zermano a déchu Louise de ses pouvoirs féminins, puis qu'il a laissé les outrages du temps la ronger. Les historiens sont des ignorants. Ce que l'on peut maintenant dévoiler, c'est un univers intime où les mortels ont été suprêmement vulnérables. Mais celui qui m'a montré le chemin de la vérité n'est pas Zermano, et même si j'ai chaussé ses guêtres en faisant des recherches sur sa vie, moi aussi j'étais un ignorant. C'est Louise qui, au bout du compte, a laissé son héritage. C'est elle qui m'a ouvert la voie.

J'ai été conduit à Louise par les tableaux que Zermano a faits d'elle. Elle y dégageait une force lunaire, et ce, bien qu'elle posât toujours de manière naturelle. Ceux qui ont étudié la vie de Zermano ou prétendu l'avoir connu n'ont jamais compris pourquoi il s'était détaché d'une telle femme. Toutes les autres, épouses et maîtresses, n'étaient que des amuse-gueule pour lui. Le festin, c'était Louise. Cette théorie a récemment été confirmée par un chercheur d'une autre université que la mienne qui a prouvé grâce à la technique des infrarouges que les compositions des dernières peintures de Zermano avaient toutes pour point de départ le même visage féminin. Ce visage subissait ensuite des transformations pour aboutir à une peinture abstraite ou figurative, sans que jamais la source première soit reniée. Zermano a été si magistral dans sa ruse, si adroitement hypocrite dans son exécution, que tout le monde sauf lui ignorait la présence de ce visage, ce souvenir passionné d'où découle tout le reste. Les œuvres examinées à l'infrarouge qui se révèlent composées de cette manière sont maintenant au nombre de deux cents, parmi lesquels la monumentale toile peinte à Paris en 1941 : *L'Apparition céleste de Gabriel*, un tableau qui illustre les atrocités de la guerre moderne.

Jusqu'à présent, Louise était envisagée sous un angle purement romantique : celui, tragique, de la femme brisée par l'amour d'un grand homme. Elle était assimilée à l'une de ces femmes qui, à un carrefour de leur vie, rencontrent la bonne personne au mauvais moment et, dans la confusion de leur cœur, poursuivent leur chemin. De telles femmes, nous dit le sens commun, découvrent leur erreur des années plus tard quand elles se réveillent d'un mariage creux, quittent un lit de promesses détruites et songent à ce qui aurait été si elles ne s'étaient point détournées de cet homme. La sagesse populaire se trompe. L'histoire de Louise a plus à voir avec celle de cette excentrique fiancée anglaise du folklore moderne désormais célèbre.

Par une journée ensoleillée, la fiancée attendait l'arrivée de son futur époux devant la chapelle en compagnie de sa famille et de ses amis. Elle attendit des heures, refusant de regarder la réalité en face. Elle attendit jusqu'à ce que le soleil se couche et que ses proches, convaincus que le prétendant ne viendrait jamais, s'en aillent. La fiancée retourna chez ses parents mais elle ne rentra pas dans la maison. Toujours vêtue de sa robe de mariée, elle construisit une cabane de branchages au fond du jardin. Elle dormit cette nuit-là sur des rameaux fraîchement coupés. Ne remit plus jamais les pieds dans la maison de ses parents. Des années plus tard, après leur mort, elle en hérita, mais sa demeure était devenue la cabane du jardin, une cabane meublée de sièges de voiture récupérés, et soutenue par des vieux parapluies de couleur. La fiancée attendit dans ce jardin pendant trente-cinq ans, au terme desquels elle épousa la mort pour l'éternité. Il y a un peu de Louise en cette femme, car Louise a elle aussi choisi de vivre dans le jardin de son âme, de cultiver sa solitude et de chercher à se connaître. Les fruits de son jardin sont en tout point aussi étonnants et durables que les tableaux de Zermano désormais accrochés dans les plus grands musées du monde.

Sans le hasard de ma découverte, la vérité enterrée dans le jardin de Louise aurait pu ne jamais fleurir. Les chercheurs et biographes ont établi que Zermano l'avait conduite en Provence pendant les terribles événements du début de la Seconde Guerre mondiale. On pensait, et jusqu'à présent personne ne remettait cette hypothèse en cause, qu'après leur dernière semaine ensemble, le peintre avait abandonné sa bien-aimée à Ville-Rouge. Quelle surprise d'apprendre à la mort de Louise qu'elle avait vécu en secret toute sa vie dans le haut village médiéval de Reigne, sur l'autre flanc de la vallée de Ville-Rouge ! Les médias ont relaté de manière grotesque et mélodramatique la période que Zermano a passée avec Louise, dont ils ont fait la muse recluse la plus célèbre de tous les temps. Ils illustraient cette histoire à sensation avec les tableaux de Zermano. Tel un fantôme angélique, Louise surgissait de toutes parts sur les écrans de télévision, les couvertures de magazines et les premières pages des journaux. Les invraisemblances s'accumulaient. J'ai donc pris l'avion pour la France.

J'ai loué une voiture à Nice et parcouru la campagne que Zermano et Louise aimaient tant. Je ne cessais de me demander à quoi ressemblait la région la nuit où ils avaient fait ce même voyage, cinquante ans auparavant. Qu'y avait-il eu entre eux lors de ce dernier été ? Pourquoi Zermano s'était-il séparé d'elle ? Pleuvait-il le soir de leur dernier trajet ? Ou bien le mistral balayait-il les nuages du ciel pour faire apparaître les étoiles au-dessus du paysage de Provence ?

Je me suis rendu à Ville-Rouge par les collines qui, pendant un millier d'années, avaient été exploitées pour leur pierre ocre. Ville-Rouge se dresse sur la plus haute de ces collines, au sommet d'une falaise taillée dont les veines de terre jaune et orange se mêlent à du rouge vif. Le rouge que Zermano étalait si souvent sur sa palette, une couleur qui véhicule sa propre légende. On évoque Ville-Rouge dans les livres scolaires français. Autrefois, un puissant seigneur régnait sur la ville depuis le château qui dominait la vallée. Un jour, un troubadour s'est présenté au château. Il a été invité à chanter pour la cour du seigneur. Le troubadour s'est exécuté, au grand plaisir de tous, et a fini par devenir le favori de l'épouse du seigneur. Quand le maître des lieux s'en est aperçu, il a fait venir le troubadour à la voix de velours. Ce dernier a nié toute trahison, mais le seigneur a brandi son épée. Le troubadour, qui n'avait que ses ballades pour se protéger, s'est mis à chanter. Le seigneur lui a tranché la gorge. Ce soir-là après le dîner, alors qu'il présidait le banquet, il a demandé à son épouse si elle avait aimé le mets délicat qu'on venait de lui servir. Elle a répondu que c'était la nourriture la plus exquise ayant jamais franchi ses lèvres. Hilare, le seigneur lui a alors révélé qu'elle venait de savourer le cœur de son troubadour bien-aimé. Elle s'est étranglée et s'est mise à vomir, puis a déclaré qu'elle avait mangé pour toujours. En effet. À l'aube, elle se précipita du haut de la falaise. Son sang se répandit dans les champs de la vallée, infiltrant la terre et la teintant à jamais de rouge.

Ville-Rouge possède ainsi sa propre légende, mais cette cité est d'autant plus célèbre maintenant que l'on sait que Zermano y a abandonné Louise, puis qu'il y est revenu pour la chercher. C'est la seule période adulte où cet artiste prolifique n'a pas peint. On sait qu'il est resté de nombreuses journées au café devant la fontaine romaine sur la place du village dans l'espoir de voir passer Louise en buvant du pastis local, ce qui ajoutait à la tempête qui soufflait déjà dans sa tête. On sait que peu après, il est entré dans une période de création extraordinaire qui, en termes de qualité et de diversité, demeure le chef-d'œuvre d'une vie de travail.

Au-delà de Ville-Rouge, sur la route de Reigne, les vignobles et les vergers dominent encore le paysage. Derrière les alignements de vignes et d'arbres bien taillés se dressent les édifices imposants de vieilles fermes en pierre maintenant restaurées par des amoureux de l'architecture rurale. Quand Zermano et Louise sont arrivés là, c'était une terre tombée dans l'oubli. La crête des collines était parsemée de villages presque déserts, de mausolées en ruine essentiellement visités par le vent et les fantômes des violentes guerres de Religion ayant fait rage dans la région au XVIe siècle. Pendant la Seconde Guerre mondiale, une population différente y a élu domicile. Transformés en places fortes de la Résistance, les villages ont été précipités dans l'action avec force combats et intrigues, terreur et exécutions, voisins en guerre contre d'autres voisins. Événements qui n'ont pas été sans jouer un rôle dans les existences de Louise et de Zermano. Mais je vais un peu vite.

De tous les villages médiévaux éparpillés au sommet des collines provençales, Reigne, cette couronne de maisons en pierre, est celui qui suscite le plus l'inspiration. Des monts moins élevés pourpre et vert enserrent les contreforts du village, évoquant l'étreinte de la nature. L'architecture de Reigne est tout droit issue de l'esprit d'un guerrier. C'est un village fortifié conçu pour la mort qui, quand il se rend, se rend à des bras maternels. Quelle délicatesse Louise avait-elle eu de choisir cet endroit !

En prenant la route de Reigne, j'ai aperçu Château-Colline dans la brume de chaleur lointaine — autre lieu qui, j'allais bientôt le découvrir, abritait un secret entre Zermano et Louise. Château-Colline a beau être l'un des sites les plus photographiés de Provence et attirer des cars de tourisme de toute l'Europe, ce village n'a toujours pas abdiqué sa beauté délinquante. Ses tours de pierre rugueuse défient les lois de la gravité en se dressant contre l'horizon. Le château a autrefois été la résidence d'un illustre écrivain, un prédateur dont les plaisirs interdits alimentaient la plume torturée. Le sang de ses victimes était son encre. Cet homme, le « Divin Marquis », falsifiait l'histoire en réinventant la sienne. Château-Colline fait figure de perversion dans un paysage par ailleurs bucolique, avec sa coquille vide qui surplombe le paysage et ses mystères qui hantent toujours ceux qui s'en approchent de trop près. Louise et Zermano sont sans aucun doute tombés sous le charme.

Quand j'ai enfin atteint Reigne et franchi les colonnes de pierre de la vieille porte romaine, j'ai été étonné du nombre de voitures garées dans les ruelles. Ces véhicules, de rutilantes limousines en provenance de Paris, de Zurich, de Londres ou de Madrid, n'appartenaient pas aux humbles villageois, mais aux hommes en costume de soie et aux femmes vêtues de robes élégantes qui avaient envahi le village, car c'était le jour de la grande vente aux enchères. Une galerie d'art new-yorkaise renommée liquidait les tableaux et dessins de Zermano retrouvés dans la petite maison de Louise. Tous avaient Louise pour sujet. La galerie avait envoyé le catalogue des œuvres à des institutions prestigieuses et des collectionneurs du monde entier. Selon le point de vue adopté, il contenait un trésor perdu de l'art, la fierté de tout un pays, le rêve d'un percepteur des impôts, ou des lots destinés à quelques nantis. Mon université avait reçu un exemplaire de ce catalogue luxueusement imprimé qui s'intitulait *Louise Collard : la muse dévoilée*. En effet, dans la mesure où cette université possédait deux rares dessins de Zermano, parmi les tout premiers, elle figurait sur la liste des acquéreurs potentiels. Mais elle ne disposait bien sûr pas de fonds suffisants pour prendre part à ce poker international aux mises si élevées, et n'avait aucune intention de me faire participer à cette vente, ne tenant pas à divulguer que ses caisses étaient vides. J'étais venu à Reigne par mes propres moyens.

Je n'avais pas prévu d'assister à la vente aux enchères. J'aurais aimé que ces œuvres restent là où elles se trouvaient depuis un demi-siècle, dans la modeste maison de Louise. Aurait-elle choisi de les vendre qu'elle serait devenue très riche. Mais elle n'avait pas cédé un seul objet, pas un seul bout de papier où elle était représentée dans sa jeunesse, crayonnée de la main preste de Zermano alors qu'il la regardait dormir, après avoir fait l'amour au coin du feu ou bu la première gorgée de vin d'un dîner qu'elle venait de cuisiner. Même sur un dessin en noir et blanc, les joues de Louise brûlaient de désir. Je ne supportais pas de voir ce qui lui avait appartenu de son vivant la dénigrer dans sa mort. Je voulais éviter cette vente, même si en tant que spécialiste, c'était quelque peu me dérober à mes obligations. En revanche, je voulais profiter de l'occasion pour entrer dans sa maison et voir de mes propres yeux ce lieu où, pendant tant d'années, Louise avait vécu en compagnie de ses secrets.

J'ai garé ma voiture et j'ai marché à contre-courant de la foule très chic qui ne pouvait que revenir de la maison de Louise. Je suis passé devant le café du village, en train de réaliser un chiffre d'affaires inconcevable en des temps plus paisibles. Il pullulait de journalistes étrangers et des nababs du monde de l'art, qui s'étaient tous déplacés pour la désormais célèbre fille de Reigne. À l'arrivée de Louise cinquante ans plus tôt, c'était un village isolé, sans aéroport international sur la Côte d'Azur voisine, sans autoroute pour fendre le paysage, sans train à grande vitesse pour relier les capitales européennes en un éclair. Reigne était alors retiré, non seulement dans le décor mais aussi dans sa perception du monde extérieur. Pour Reigne, il n'existait rien au-delà des vignobles et vergers environnants, mis à part la forêt de montagne regorgeant de truffes et de fleurs sauvages. Les préoccupations du village ne dépassaient pas le marché principal de Ville-Rouge sur l'autre versant de la vallée. Les fabuleuses lumières de Paris étaient aussi lointaines que le soleil. Reigne n'aurait pas su différencier un tableau de Francisco Zermano d'un compotier de pêches, et s'il avait eu le choix, aurait préféré les pêches. Le village pouvait énumérer les meilleurs crus de ses vignes, mais ignorait tout de l'identité de Louise. Reigne ne savait rien de la gloire qui rejaillissait sur Louise à l'époque où elle partageait la vie de Zermano. À Reigne, Louise était tout simplement une fille du pays, et le village l'avait adoptée comme telle.

Reigne était devenu son parent fier, un parent que le regard des médias avait rendu célèbre en l'espace d'une nuit. Son receveur des postes, son médecin, son épicier, son maire, ses paysans et ses vignerons, tous accordaient des interviews à propos de la vie de Louise comme s'ils faisaient désormais autorité en la matière. Oui, disaient certains, ils la connaissaient très bien, nous étions bons amis, et quelle femme sociable et enjouée elle était. Non, rétorquaient les autres en chœur, elle ne quittait jamais sa maison, sauf en cas de nécessité, n'adressait jamais la parole aux femmes, seulement aux hommes, et encore, uniquement pour des conversations anodines. Elle était renfermée, distante, craintive, ombrageuse et paranoïaque. N'importe quoi, protestait le boulanger, elle a été ma maîtresse, aussi tendre qu'un lapin dans son clapier ! Mensonges, répliquait le boucher, elle n'était la maîtresse de personne, aucun homme n'a jamais pu la dompter, je peux vous l'assurer !

J'ai dépassé l'église du village à laquelle son architecture romantique donnait des allures de pièce montée, puis je me suis engagé dans la ruelle de Louise. J'ai bientôt été pris de vertige, car la rue s'était transformée en un sentier rocailleux au sommet d'un rempart médiéval en ruine qui longeait un précipice de trente mètres du côté de la vallée. Des oiseaux décrivaient des cercles dans le ciel. Derrière eux, le pic du mont Ventoux s'élevait au-dessus d'une lointaine chaîne de montagnes. Sa cime nue balayée par les vents était là pour témoigner de l'existence muette d'un monde hors d'atteinte. Mon vertige était également dû à l'ivresse que me procurait la contemplation de cette merveille de la nature depuis un perchoir si élevé, ainsi qu'à la proximité de la maison de Louise, cette maison où elle avait vécu. Si j'avais su ce qui m'attendait, peut-être aurais-je rebroussé chemin. Mais il me semblait que Louise m'appelait. Elle savait qu'un homme de mon espèce allait venir, un homme curieux, un homme qui chercherait des explications et découvrirait ce qu'elle-même, de son vivant, ne pouvait se permettre de révéler.

Enfin parvenu au mur de cette maison en pierre avec ses fleurs épanouies au milieu de la vigne vierge et sa porte en bois bleu ciel, je ne pouvais plus reculer. Je n'avais alors aucune idée de ce que j'ignorais. J'ai poussé la porte et je suis entré. J'ai tout de suite senti sur ma peau la fraîcheur qui régnait à l'intérieur de la maison, et contrastait avec la chaleur du dehors. Je n'avais pas le sentiment que quelqu'un avait vieilli et décliné là, mais au contraire celui du tic-tac silencieux d'une vie vécue, d'une continuité. Les murs contenaient de l'ocre rouge dans leur plâtre poli. Les pièces, bien qu'étroites, faisaient prendre conscience de l'immensité du monde grâce aux grandes fenêtres aux volets ouverts, d'où l'on contemplait les sites environnants : Château-Colline, Ville-Rouge, le Ventoux. Explorer cette maison pièce après pièce donnait l'impression de voler en plein ciel et de fouler tout à coup le paysage du temps.

— Puis-je vous aider ?

La voix pleine de sollicitude venait de partout et de nulle part. J'ai regardé autour de moi sans voir personne.

— Je crains que la vente aux enchères ne soit terminée et qu'il ne reste pas le moindre lot. C'est une affaire réglée.

J'ai repéré l'origine de la voix : celle-ci entrait par la fenêtre ouverte de la chambre de Louise. Je me tenais près du lit en cerisier où elle avait dormi jusqu'à ce qu'on la découvre un matin, assoupie à jamais. La voix, qui s'élevait de la terrasse en pierre, émanait d'un homme assis dans un fauteuil en osier pianotant frénétiquement sur une calculatrice. Je suis sorti de la maison. Vêtu d'un costume coupé à la dernière mode, l'individu s'est levé et m'a tendu la main.

— Ralph Norrison, de New York. Notre galerie représente Zermano dans le monde entier. Toutes les œuvres que possédait Mlle Collard étant de sa main, les bénéfices générés par la vente lui reviennent. En effet, personne n'ayant revendiqué leur propriété, nous en avons disposé, à la demande de ses enfants. Moyennant de généreuses contreparties fiscales pour les gouvernements impliqués, je précise.

Je ne lui avais pourtant demandé aucune précision. Il a eu un air inquiet quand je me suis présenté. Je lui ai serré la main et j'ai aussitôt ajouté que je n'avais pas l'intention d'assister aux enchères. Que dans la mesure où j'étais universitaire, mon intérêt se limitait au domaine de la recherche. Je souhaitais simplement jeter un coup d'œil à la maison de Louise. Il a paru soulagé que je ne sois pas un agent du fisc bien décidé à mordre dans ce gâteau tombé du ciel. Il s'est rassis dans son fauteuil en osier et s'est mis à parler à grand renfort de gestes, comme pour souligner des paroles qu'il jugeait dignes de constituer un jour une note de référence à la grandiose biographie de Francisco Zermano.

— Votre nom me dit quelque chose. Je crois avoir lu un article de vous dans une revue de spécialistes. De quoi s'agissait-il, déjà ? Si je me souviens bien, c'était une théorie sur la période intermédiaire de Zermano, sur la manière dont elle pouvait être interprétée à travers ses tableaux de Louise. Ce n'est pas une idée très originale, vous autres universitaires avez pour la plupart rongé ce vieil os jusqu'à la moelle. Ce qui ne signifie pas pour autant que Louise soit dénuée d'importance. J'ignore pourquoi il l'a répudiée si brutalement et, selon moi, cet épisode relève

24

de la tragédie d'opérette. Pour couronner le tout, on apprend que Louise est morte dans ce petit village. Ici, personne ne savait qui elle était, même s'ils sont tous prêts à prétendre le contraire. Cela aussi, c'est de l'opérette, puisque nous ne saurons jamais ce qui s'est vraiment passé. Nous n'assisterons jamais aux actes deux et trois. Il n'y a plus personne pour raconter leur histoire. Le rideau est tombé.

S'il y avait bien une chose pour laquelle je n'avais pas fait tout ce trajet, c'était pour entendre une critique aussi stupide de mes théories. J'ai rapidement déplacé le sujet de la discussion sur un terrain neutre. Je me suis enquis des effets personnels de Louise. Restait-il des vêtements, des bijoux ? Quelque chose qui puisse apporter un éclairage sur sa vie ?

— Les seuls objets de valeur sont quelques bijoux Art déco en or que nous sommes en train de faire expertiser à Paris. De toute évidence, ce sont des cadeaux de Zermano. Louise les conservait dans une vieille boîte à peinture sous son lit. Elle a sans doute apporté cette boîte avec elle de Ville-Rouge, car l'objet appartenait autrefois à Zermano. C'était un souvenir de lui. Comme c'est triste de voir à quoi se cramponnent les amoureux éconduits : un vieux foulard, un carnet de chèques vide, un porte-clés, les objets les plus bizarres. À croire que seul l'amour meurt, pas l'espoir.

Je ne comprenais pas d'où venaient ces tableaux. Comment Louise se les était-elle procurés ?

— Il n'y a rien de très mystérieux là-dedans. Avant la guerre déjà, Zermano était l'un des peintres les plus importants d'Europe, et il ne dédaignait pas avoir un train de vie en accord avec sa gloire. Son existence avec Louise sur la Côte d'Azur était digne d'un conte de fées : les *soirées*[*1],

---

1. Tous les mots en italique suivis d'un astérisque sont en français dans le texte (*N.d. T.*).

les vedettes de cinéma et les têtes couronnées qui rendaient visite au couple incandescent occupant la villa rose juchée sur le promontoire… Zermano possédait une Stutz Bearcat, un objet rare, même à l'époque, une automobile de luxe aussi grande qu'une chambre d'hôtel. On raconte qu'il l'avait échangée avec un collectionneur contre un tableau. On raconte aussi qu'il l'avait gagnée au casino de Monte-Carlo. Qui sait ? Sans doute rouille-t-elle maintenant sous le sable dans la cour d'un riche Arabe. On peut mettre beaucoup de tableaux dans une Stutz Bearcat, on pourrait même y stocker le contenu d'un petit musée. La légende veut que Zermano ait entassé Louise, ses peintures et ses dessins d'elle dans la Bearcat et qu'il soit monté à Ville-Rouge, où il a tout laissé. Pour d'obscures raisons, il voulait que Louise et les tableaux qu'il avait faits d'elle disparaissent de sa vie.

Je lui ai fait remarquer que c'était une hypothèse bien peu crédible. Les critiques s'accordent à dire qu'après la guerre, Louise a inspiré plusieurs chef-d'œuvre de Zermano. Les tableaux et les dessins qu'il a réalisés de mémoire ressemblent étrangement à ceux qu'il faisait à l'époque où ils vivaient ensemble. Ce qui renforçait ma thèse que Louise n'était pas seulement son modèle *dans la vie,* mais qu'elle était en réalité son modèle *de vie.*

— Cela va de soi, c'était visible dans les œuvres qui ont été vendues ici aujourd'hui. Mais Zermano est autant un copiste qu'un alchimiste. Si l'on se penche sur sa dernière période espagnole, on voit à quel point c'était un grand copiste. Il a peint au moins vingt versions des *Ménines* de Vélasquez. Dans l'optique de les perfectionner, j'imagine. Et il n'est pas non plus effrayé par l'idée de se copier lui-même. Je crains que tous les artistes d'importance se rendent coupables de ce méfait, si tant est qu'ils vivent assez vieux. Certains n'ont d'ailleurs pas besoin de devenir vieux pour cela.

La façon dont ce marchand évoquait le talent artistique de Zermano était grotesque, mais n'avait rien de surprenant au vu de ses origines. Il appartenait en effet à l'espèce irrécupérable qui, pressentant le génie dans une œuvre d'art, croit qu'elle seule est capable d'annoncer la nouvelle à un public borné et inculte. Ce personnage dans son fauteuil en osier — qui agitait sa cigarette d'un air d'autorité, l'enfonçant dans les plantes sans remarquer l'attention avec laquelle Louise avait disposé les pots de fleurs tout autour de la terrasse —, était de ceux que Zermano avait passé sa vie à tourmenter en changeant brusquement de style dès que le cercle des connaisseurs s'arrachait ses tableaux et prononçait le mot « génie ». Cet individu eût-il osé évoquer Louise de cette manière devant Zermano que ce dernier lui aurait attrapé la tête entre ses deux grosses mains pour l'aplatir comme une crêpe. Cette créature faisait partie des gens qui médisent courageusement sur les grands de ce monde quand ils croupissent six pieds sous terre ou qu'ils sont dans l'incapacité de se défendre. Il a poursuivi :

— Je pense que l'impact de Louise sur l'esthétique de Zermano a été exagéré, le plus souvent par des pédants qui sont eux aussi tombés amoureux d'elle. C'était une séductrice, cela ne fait pas l'ombre d'un doute. Être capable de détourner Zermano de son travail équivaut à détourner Jésus de sa croix. Selon moi, c'est pour cette raison qu'il l'a abandonnée. Au bout d'un moment, il ne pouvait plus peindre en sa présence. Elle était jalouse de son art, elle se mettait en concurrence avec lui. Une femme de ce genre, cela relève du défi. Quand elle déniche un véritable artiste, elle se fixe comme objectif de l'éloigner de son art, de l'obliger à prouver qu'elle est l'inspiration suprême. Louise exerçant grâce à son corps le plus ancien art au monde, elle a conduit, dans la fureur de leur passion, Zermano à un coup d'arrêt personnel. C'est un miracle qu'il ait recommencé à peindre. Tout le monde croit qu'il a ralenti sa production à cause de la guerre. En réalité, c'est Louise qui lui a ôté le pinceau des mains et l'a mis à genoux.

Je n'avais jamais rien entendu d'aussi absurde. Je n'ai pas répondu. Je souhaitais obtenir quelque chose de ce singe bavard : apprendre si Louise aurait par hasard laissé des écrits.

— Quel genre d'écrits ?

Je pensais à quelque chose comme un journal. Des lettres, peut-être ?

— Rien. Absolument rien. Ce n'était à mon avis pas là son point fort, si vous voyez ce que je veux dire.

Non, je ne voyais pas. Il devait pourtant bien rester quelque chose. Comment était-ce possible qu'au bout de cinquante ans, cette maison ne contienne pas le moindre petit bout de papier ?

— C'est tout à fait possible, cela n'a rien d'exceptionnel. Tout le monde n'est pas Proust. Attendez. Il y a malgré tout une chose.

Une ?

— En fait, il y avait un journal intime.

Vraiment ?

— Mais on ne peut pas appeler ça un journal intime.

Je ne comprends pas.

— Il s'agit d'un petit carnet noir dont toutes les pages sont vierges.

Il n'y a donc absolument rien ?

— À l'exception de cette chose.

Quelle chose ?

— Quand j'ai découvert ce carnet, je l'ai feuilleté afin de vérifier que Louise n'y avait pas caché un dessin de Zermano, de crainte qu'un jour des voleurs ne s'introduisent chez elle et n'emportent tout ce qu'il y avait au mur.

Et alors ?

— Eh bien non.

Quelle était donc cette chose ?

— Une coupure de presse.

De quoi parlait-elle ?

— De rien de très intéressant. D'un homme décédé pendant la guerre, un suicide ou autre à Ville-Rouge.

Vous ne vous souvenez pas de son nom ?

— Non, mais la coupure est là.

Où ça ?

— Là où je l'ai trouvée. Dans le journal. Vous voulez la voir ?

Oui !

Je l'ai suivi dans le salon. Sur le mur du fond, une cheminée en pierre voûtée donnait l'impression que l'on était dans une grotte. J'ai imaginé Louise assise dans son fauteuil de cuir usé près d'un feu crépitant. Les flammes se reflétaient sur les murs ocre autour d'elle. Pourtant jamais, au grand jamais, elle n'était seule avec ses souvenirs.

— C'est regrettable qu'elle n'ait pas tenu de journal. (Il a pris un petit carnet noir posé sur le linteau de la cheminée et a fait défiler ses pages vierges.) Je suis sûr qu'on aurait savouré quelques bons petits passages salaces ! Le pouvoir de Louise ne résidait pas dans le simple fait que les hommes la désiraient. Ce qu'ils voulaient, c'était la féconder. Voilà toute la différence entre le sexe et la destinée. C'était vraiment une femme à part.

Espèce de crétin. De crétin et d'insolent.

— On peut s'étonner qu'elle n'ait jamais eu d'enfant, vu l'appétit qu'elle déclenchait chez les hommes, vous ne trouvez pas ?

Non, je ne trouve pas.

— Ah, la voilà.

Il a attrapé un bout de journal jauni et me l'a tendu.

Puis-je le lire ?

— Ce n'est vraiment pas grand-chose.

Il s'est aussitôt mis à lire la coupure de presse et a traduit à voix haute : « Le corps presque entièrement décomposé de M. Richard Royer a été découvert ce matin de bonne heure au fond d'un puits d'ocre au pied des falaises sud de Ville-Rouge. M. Royer laisse une veuve derrière lui, son épouse depuis dix-sept ans. Il a effectué toute sa carrière dans les services postaux. La police enquête afin de déterminer si sa mort est d'origine accidentelle. »

C'est tout ?

— Qu'espériez-vous ? Je vous ai dit que ce n'était rien, que cela évoquait juste le décès d'un homme pendant la Seconde Guerre mondiale. Lisez vous-même, si vous pensez que j'ai omis quelque chose.

J'ai parcouru la coupure de presse. Il n'avait rien oublié. J'ai tourné les pages du carnet. Il avait raison, elles étaient vierges.

— Vous voyez, elle n'a rien laissé.

En effet, et je le déplorais. J'étais venu avec l'espoir d'apprendre quelque chose sur Louise ; même la plus mince des révélations aurait justifié mon voyage. Or, il n'y avait plus un seul tableau au mur, et pas le moindre souvenir. Tout était austère, mis à nu, aussi vide que l'espace qui séparait le village de Reigne du Ventoux dans le lointain. Louise était morte dans cette maison, et son esprit était mort avec elle. Peut-être devait-il en être ainsi ; peut-être le plus intime ne doit-il jamais être révélé.

— Je vais tout fermer maintenant. Je rentre ce soir à Paris par le TGV.

Certainement. Moi aussi, je dois reprendre la route. Merci du temps que vous m'avez accordé.

— De rien. Même si je n'en ai pas l'air, je suis touché que vous vous souciiez d'elle. Quand vous m'avez annoncé que vous étiez chercheur, je vous ai pris pour l'un ces requins d'universitaires prêts à tout pour parvenir à la gloire. Aux yeux de tous les autres, lui seul compte, ils ne voient que lui : Zermano. Personne ne s'est jamais vraiment intéressé à elle et elle seule. Rien que de très normal, selon moi. La vie de l'artiste est création, et la création d'une femme, c'est la vie.

Quelle étonnante supposition.

— Je regrette que vous ne soyez pas arrivé plus tôt. Les tableaux que possédait Louise étaient stupéfiants. Jamais plus ils ne seront réunis en un même endroit.

Ses paroles me sont parvenues aux oreilles au moment où je m'apprêtais à quitter la pièce et passais devant un vieux pétrin parfaitement astiqué. Dessus était posé un panier creux fait de brindilles tressées et surmonté d'une anse en demi-lune. On aurait dit l'œuvre d'un oiseau trop ambitieux. La lumière du soleil qui entrait par la fenêtre illuminait les pelotes de laine aux couleurs vives qui s'y entassaient. C'était un tableau splendide, un tableau qu'aurait pu réaliser Zermano, s'il avait un jour peint des natures mortes.

— Ce panier appartenait à Louise. Elle tricotait tout le temps. Elle fabriquait ces gros pulls marins que l'on voit dans la région de Marseille pendant la période hivernale. La laine vient des environs, de ces moutons qui paissent sur les hauts pâturages du mont Ventoux. Louise a toujours tricoté malgré ses mains déformées.

Vous faites allusion à l'arthrite due à son grand âge ?

— Non. Ses mains ressemblaient à deux moignons, comme si elle avait été victime d'une étrange blessure. Sans doute postérieure à sa séparation d'avec Zermano, car on ne voit apparaître cette infirmité sur aucun des tableaux qu'il a faits d'elle à l'époque.

Qu'entendez-vous par étrange blessure ?

— C'est très bizarre. Après l'autopsie, le médecin légiste a déclaré que Louise semblait avoir été crucifiée.

Vous plaisantez.

— Seulement aux mains, pas aux pieds. Je ne suis pas en train d'insinuer qu'elle était un Christ au féminin.

Quelle découverte stupéfiante, si stupéfiante que j'avais du mal à réfléchir. J'ai pris une pelote dans le panier, elle était orange vif, comme un soleil brûlant entre mes doigts. C'était un objet ayant appartenu à Louise, un objet délicat. Peut-être étais-je en train de toucher à la plus intime de ses possessions. Elle avait sans doute passé des heures, des milliers d'heures, à tricoter dans ce fauteuil en cuir près de la cheminée tandis que s'écoulaient les jours et les nuits. Ses mains la faisaient-elles souffrir ? À quoi pensait-elle ? Se disait-elle que la vie aurait pu se dérouler autrement ? Peut-être ne pensait-elle pas. Peut-être essayait-elle d'oublier.

— Si vous le voulez, ce panier est à vous.

Je n'y avais pas songé.

— Il ne figure pas sur l'inventaire des objets de valeur.

Cela me ferait plaisir. Énormément plaisir.

— Dans ce cas, prenez-les tous.

Tous ?

— À la cave, il y a trois vieux paniers identiques à celui-là.

Quitte à être venu de si loin, autant ne pas repartir les mains vides. Je veux bien.

— Dans ce cas, dépêchons-nous. Il faut absolument que j'attrape ce train.

Je l'ai suivi dans l'escalier sombre d'une cave creusée à même la pierre il y avait fort longtemps. Les relents de moisi n'étaient pas sans rappeler l'odeur caractéristique des caves à vin des vieux châteaux. Il a éclairé avec sa torche des étagères en bois qui couvraient un pan de mur entier et pliaient sous le poids de bocaux scellés à la cire. Ils contenaient des fruits de Provence en conserve : marmelades de prunes, confitures de cerises, pâte à la mûre.

— Louise était une travailleuse, et ce malgré ses mains. Regardez-moi ça.

Il a désigné d'un geste les bocaux entreposés en hauteur sur une étagère. Tous contenaient un miel différent : miel de lavande, miel de la forêt, et chacun arborait une étiquette en papier collée sur le verre et rédigée à la main.

— Vous avez déjà vu autant de variétés de miel ? Pas de doute, elle était gourmande. J'imagine que c'est le cas de toutes les femmes qui n'ont pas d'homme.

Et pourquoi donc ?

— Ah, voilà les paniers.

Le faisceau de la torche s'est immobilisé sur la dernière étagère, où reposaient trois paniers alignés identiques à celui qui se trouvait dans la maison. J'ai escaladé les étagères et tendu les paniers au marchand, qui a failli les faire tomber dans la pénombre. Puis je les ai emportés au rez-de-chaussée par les escaliers glissants.

Les paniers dans les bras, je me suis arrêté au milieu du salon et j'ai remercié le marchand. Ce n'était pas un individu méchant. Il m'avait donné un souvenir de Louise, même si je me demandais bien ce que j'allais faire de ces quatre paniers. Il m'a permis de retourner sur la terrasse pour y jeter un dernier coup d'œil.

— Vous savez ce que je pense ?

J'étais en train de contempler le mont Ventoux, tout au fond de la vallée. Je n'avais pas la moindre idée de que pensait cet homme.

— Selon moi, c'était un jeu entre eux.

Un jeu entre Louise et Zermano ?

— Et je pense qu'à la fin, ils se sont laissé prendre à leur propre jeu.

Je pense que vous êtes un imbécile. Je pense que vous ne les avez jamais compris. Personne ne les a jamais compris.

J'ai quitté Reigne et repris la route en direction de la Côte d'Azur.

Mon avion pour les États-Unis ne décollant pas avant le lendemain matin de Nice, j'étais obligé d'y séjourner une nuit. Je n'ai pu m'empêcher de descendre à l'hôtel où Zermano et Louise avaient passé leur dernière semaine ensemble. Il était situé dans une ruelle tortueuse à mi-hauteur de la colline sur laquelle se dressait autrefois une forteresse. Rien ne semblait avoir changé dans les petites rues de la ville. Elles affichaient toujours un air fanfaron dans leur délabrement, et leurs murs baignés de soleil se touchaient presque. Des secrets persistaient derrière les volets fermés des chambres, tandis qu'à l'intérieur des cafés, des clameurs accusatoires et des démentis longtemps tus restaient en suspens. Partout, des touristes désorientés marchaient avec une expression respectueuse, prenant garde à ne pas troubler la rêverie intime de la ville.

Ma petite chambre d'hôtel était envahie par un immense

lit et une armoire ornementale. Peut-être était-ce la chambre où Zermano et Louise avaient dormi. L'humidité s'évaporait par les fenêtres aux volets ouverts. Dehors, les palmiers plantés le long de la baie se balançaient douce-ment dans l'air salé. C'était une soirée d'été sur la Côte d'Azur, l'heure idéale pour faire une promenade. Je me suis mêlé aux touristes égarés dans les petites rues. À cause des événements de la journée et du long trajet depuis Reigne, je me sentais moi-même un peu perdu. L'émotion provoquée par ma visite à la maison de Louise et le fait d'avoir été en contact avec elle me laissaient un petit goût d'audace dans la bouche. Sans réfléchir, j'avais emporté avec moi l'un de ses paniers, c'était un peu comme me pro-mener en sa compagnie. J'ai remonté la rue sinueuse de l'hôtel et dépassé le site de fouilles romaines d'où partait un escalier raide menant au sommet de la colline. Nice s'étalait à mes pieds autour de la baie des Anges baignée dans la lumière éclatante que réfléchissait la mer. Par-delà les toits en tuile rouge, le temps perdait tout repère dans le souvenir de couchers de soleil passés qui se superposaient les uns aux autres. Mon esprit était comble, il manquait de place pour tout emmagasiner, il devenait, comme les pages du carnet de Louise, d'un blanc chatoyant.

J'ai attendu la tombée de la nuit au sommet de la colline, puis j'ai voulu rentrer à l'hôtel par un chemin détourné. Mais je me suis perdu et j'ai erré plus d'une heure. J'ai fina-lement fait halte près d'une chute d'eau artificielle qui cas-cadait le long des rochers, et je me suis assis avec soulage-ment sur un banc. Main dans la main, des amoureux sont passés sans bruit près de moi. Quel étrange spectacle don-nais-je : celui d'un homme seul sur la Côte d'Azur par une nuit d'été avec un panier en brindilles sur les genoux. Même à moi, cela paraissait étrange.

C'est alors qu'en scrutant le fond du panier, j'ai remarqué quelque chose. Je devinais la présence d'une charnière en métal autrefois brillante, désormais de la même teinte que le bois. Cela m'a fait penser à ma tante qui, quand elle venait en vacances chez nous, donnait l'impression de ne jamais cesser de tricoter. Cette avocate de profession trouvait sa détente dans le petit cliquetis des aiguilles. Il y avait au fond de son panier un endroit où elle rangeait ses aiguilles et ses ciseaux à l'abri de la curiosité des enfants. Cet endroit était protégé par un clapet à charnières qu'elle soulevait afin d'accéder au double fond du panier.

J'ai tiré sur le clapet du panier de Louise. Mes ongles ont raclé le bois. Le couvercle résistait, car il n'avait sans doute pas été ouvert depuis des lustres. Puis les vieilles charnières ont grincé. Le couvercle a jailli. J'ai examiné l'intérieur de la cachette d'un air incrédule. Des paquets de lettres retenues par des rubans bleus s'entassaient dans le double fond. J'ai attrapé l'un d'eux et dénoué le ruban. Les lettres se sont libérées. À cause de la pénombre, je distinguais à peine l'adresse inscrite sur les enveloppes. Une lune pâle miroitait au-dessus de la colline couverte de pins. L'écriture a brillé à sa lueur. Je connaissais cette écriture, je la connaissais pour avoir lu maints journaux intimes rédigés de cette main, les journaux que j'avais étudiés pour mes livres et mes articles. Les journaux de Francisco Zermano.

J'ai rapidement examiné le reste des enveloppes. Il n'y avait malheureusement aucune lettre de Louise. Rien que de très normal, puisqu'elle les avait envoyées à Zermano. Mais qu'étaient-elles devenues ? Il n'en avait jamais fait mention dans ses journaux, et ne les avait jamais publiées. Peut-être les brûlait-il. En tout cas, elles étaient perdues pour la postérité, ce qui élevait au rang de trésor les missives dissimulées dans ce panier. Ces lettres que Louise avait tenues secrètes, qu'elle n'avait jamais confiées à personne.

Je suis retourné à l'hôtel dans la nuit en serrant contre moi le trésor de Louise. Elle aurait pu obtenir une rançon royale en échange de lettres de Zermano. Au lieu de ça, elle les avait gardées au secret dans son cœur, astucieusement cachées au fond d'un simple panier à tricot. Alors que j'approchais des réverbères de l'hôtel, je me suis souvenu de l'existence des autres paniers. De trois autres paniers. Et s'ils recelaient des lettres, eux aussi ? Je me suis mis à courir. Je n'avais jamais couru aussi vite de toute ma vie.

Une fois dans ma chambre d'hôtel, je me suis jeté sur l'un d'eux et j'ai forcé les charnières de son couvercle. Les lettres qu'il contenait se sont répandues en pluie sur le lit. Je n'en croyais pas mes yeux. J'étais le premier à toucher ces lettres depuis Louise. Si la chambre d'à côté était occupée, les gens ont dû croire qu'ils avaient pour voisins un couple de jeunes mariés, car à chaque fois que je renversais un panier, je poussais un cri de plaisir plus intense que le précédent, et ce jusqu'à ce que les quatre paniers soient vides, leur contenu éparpillé sur le lit.

J'ai pris une enveloppe au hasard. L'adresse qui y figurait m'a stupéfié. La lettre n'était pas de Zermano. L'enveloppe encore blanche et brillante qui lui était destinée arborait la délicieuse écriture de Louise. J'ai rapidement passé les lettres en revue. Voilà donc où se trouvaient les missives que Louise n'avait jamais envoyées à Zermano, et qu'il n'avait jamais lues.

Je me suis assis au bord du lit. Je m'étais laissé prendre au jeu de Louise, laissé conduire à sa cave et à ses paniers qui attendaient depuis des décennies, parmi les conserves de fruits de Provence, d'être récoltés par la bonne personne.

Je révèle maintenant cette correspondance au grand public. Louise n'ayant pas daté ses lettres, le moment précis où elles ont été écrites reste inconnu. Peut-être Louise a-t-elle répondu sur-le-champ à Zermano, peut-être a-t-elle rédigé ses missives des années plus tard. J'ai couplé avec le plus grand soin ses pensées et ses réponses aux lettres de Francisco Zermano. Cela n'a parfois pas été sans mal, dans la mesure où non seulement elle réagissait à ce qu'il lui écrivait, mais évoquait également ses idées dans le dangereux contexte de la guerre.

Il est impossible de savoir si Louise a reçu toutes les lettres de Zermano. Certaines ont pu être interceptées par la censure gouvernementale, d'autres se perdre en chemin à mesure que la guerre se propageait en Europe. Louise a peut-être détruit les plus personnelles, mais les lettres disponibles sont déjà très intimes. Si elles avaient été découvertes à l'époque, le contenu politique de certaines aurait pu condamner Louise à mort. Mon dessein étant de rassembler toutes les pièces du puzzle, je n'ai rien dissimulé.

LE PROFESSEUR D'HISTOIRE DE L'ART
Département d'études artistiques,
Université de Californie.

DEUXIÈME PARTIE

LE VOYAGE À REIGNE

Villa de Trône-sur-Mer
Côte d'Azur

Louise. Je regarde mes mains. Sont-ce les mains d'un créateur ou d'un étrangleur ? Quelle différence désormais, puisque ma vie est amputée de la tienne ? Au bout du compte, que suis-je sans toi ? Je me frappe la poitrine, j'amuse la galerie, je suis un magicien de foire. Sur cette terre, il est plus rare de rencontrer le grand amour que de réaliser une œuvre d'art. Pourquoi ne m'écris-tu pas ? À l'hôtel de Nice, tu m'avais promis que tu m'écrirais. C'était notre pacte. Tu dois le respecter. Il faut que je découvre la vérité. Comment peux-tu cracher à la figure d'un souvenir aussi récent ?

Je me suis rendu à Ville-Rouge chaque vendredi à midi. Nous avions rendez-vous devant la fontaine romaine, c'était dans notre pacte. Tu n'es jamais là. Je questionne les gens pour savoir si quelqu'un t'a vue. Personne ne t'a vue. Ni le boucher, ni le boulanger, ni même M. Royer à la poste. À la chambre au-dessus du café où tu devais rester jusqu'à ce que tu sois en lieu sûr, ils disent que tu es repartie sur-le-champ. C'est comme si tu n'étais jamais

41

venue à Ville-Rouge, comme si j'avais rêvé que je t'y quittais il y a seulement deux semaines. Par malheur, je ne peux prolonger mon séjour là-bas, les risques sont trop grands.

Mon exposition à Londres a été annulée. Partout, la confusion gagne. Tout ce que je peux faire, c'est travailler, trouver dans ma peinture un moyen de fuir ce petit coin de folie où le monde a dessiné mon enfermement. Je dois continuer à peindre dans la confusion des frontières qui s'annihilent et des nations qui s'effondrent. Qui avait prévu une telle chose ? Moi, peut-être, c'est pourquoi j'ai imaginé une solution afin de t'épargner ces horreurs. Aie confiance en moi, t'ai-je demandé. Tu as accepté, mais tu as trahi ta promesse et tu as disparu.

Je refuse de faire une croix sur la Villa de Trône, cela équivaudrait à faire une croix sur notre vie commune. Pourtant, je risque de devoir rentrer à Paris. Il semble que mon absence de la capitale soit perçue par certains comme de la lâcheté et assimilée à l'abandon d'un navire en train de couler. Je préfère retourner en Espagne, mais c'est impossible. Là-bas, la situation est encore plus trouble, et je serais trop loin de toi. Je dois peindre pour révéler la forme, pour infléchir les règles afin d'échapper à ce terrible présent. Le problème actuel, c'est qu'il n'y a pas de règles, que tout est chaos. Notre chaos personnel est insignifiant au milieu de cette tempête, mais ce qui paraît insignifiant aux autres est pour moi une blessure mortelle.

Je t'envoie cette lettre à la poste de Ville-Rouge. J'ignore si elle te parviendra. Ma douce Louise, tu disais que nous serions deux pour l'éternité, et maintenant tu ne m'écris pas. Dois-je attendre une prochaine vie pour que tu me répondes ? À qui suis-je en train de m'adresser ? Au fantôme de l'amour ? Je crains par-dessus tout qu'il te soit déjà arrivé quelque chose d'innommable.

J'essaie de me consoler avec le souvenir de toi l'autre jour dans la cerisaie, la lumière qui pleuvait à travers les feuilles autour de ta tête, le sourire sur ton visage. Le soleil de cet été-là trace une lueur d'espoir dans l'obscurité qui nous sépare. À la fin de chaque journée, je pose mon pinceau et je me remémore notre dernier voyage à Ville-Rouge. Ne me laisse pas imaginer que je ne te reverrai plus. Tiens bon, mon cher amour, où que tu sois.

FRANCISCO

Village de Reigne

Francisco, mon amour,

Je n'ai désormais rien à cacher, si ce n'est moi. Notre pacte ? Ce n'était pas notre pacte, c'était ta décision. Tu sembles croire que ce que tu représentes me met en danger. Mais où doit être une femme en cas de danger, sinon auprès de l'homme qu'elle aime ? Ne voyais-tu pas dans mes yeux la tristesse que j'éprouvais à te quitter ? Non, car tu étais trop obsédé par le désir de me protéger, de m'éloigner des voies du malheur. Si les bombes doivent tomber, pourquoi ne serais-je pas moi aussi visée ? Pourquoi serais-je épargnée ? Quelle vie reste-t-il une fois que l'on est séparé de l'être aimé ? Malgré toutes mes supplications, tu refusais de m'écouter. Ton sang espagnol s'enflammait. Tu as eu raison de moi, mais tu ne m'as pas ramenée à la raison.

Quand tu m'as cherchée dans Ville-Rouge, j'étais là. Je t'ai vu arriver avec ta canne, car tes genoux gardent les séquelles des événements de l'été dernier. Je voulais courir vers toi pour te révéler ce que je sais maintenant. Mais si je t'avais avoué la vérité, tu aurais insisté davantage pour me protéger. Tu affirmais connaître la cruauté des hommes telle que je ne pourrai jamais la comprendre, qu'aucune femme ne pourrait la comprendre. Mais y a-t-il au monde cruauté plus grande que celle d'une mère qui perd son enfant ? Comment peux-tu croire que les femmes connaissent moins la douleur que les hommes ? Une fois le coup tiré, la balle est aveugle à sa cible. Si ta nature est de protéger ceux que tu aimes, en l'occurrence, c'est devenu ta tragédie. Tu aurais dû me laisser le choix.

Depuis le début, il n'a été question que de choix... Je me souviens de tout comme si c'était hier.

Sans doute aucune femme n'a-t-elle jamais été séduite par un homme comme j'ai été séduite par toi. J'assistais à un vernissage à Paris. La galerie n'exposait pas ton travail, mais les tableaux d'un autre. Les gens espéraient ta présence car l'artiste dont on montrait l'œuvre était l'un de tes disciples. Par conséquent, il y avait foule. Je n'étais pas venue pour toi. J'étais en compagnie d'un autre homme, un antiquaire que tu connaissais vaguement. Je n'imaginais pas être un jour attirée par un homme dans ton genre. Je n'enviais pas ce que tu possédais, je détestais qui tu étais en société. Mais je n'ai pu t'éviter. Même à Paris, tu ne passais pas inaperçu. Tu avais beau être un artiste accompli, tu avais malgré tout l'air inachevé, agité, affamé. Pourtant, tu étais déjà plus que riche et célèbre. Quelle importance que tout cela pour moi, une femme qui pose l'amour comme condition préalable ? Cela dit, petite fille, j'avais retenu la leçon de la ceinture de tante Mimi. Sans cette leçon, j'aurais manqué l'essentiel en toi. Sans elle, jamais je ne serais allée en cette première fois à la Sainte-Chapelle par un pluvieux dimanche matin.

Dans la galerie bondée, l'antiquaire m'a utilisée comme carte de visite. Tu ne m'as pas accordé la moindre attention, ce qu'une femme ne manque jamais de remarquer : un mâle qui fait semblant de ne pas la voir. Vieille astuce. Un homme n'ignorerait jamais un autre homme qui se trouve juste sous son nez. Mais s'il s'agit d'une femme à laquelle il s'intéresse, une lueur d'indifférence traverse tout à coup ses yeux, les taches sur le plafond sont plus captivantes qu'elle. Je te croyais plus intelligent. Tu étais aussi ridicule que les autres, voilà tout. Entouré d'admirateurs et autres lèche-bottes de critiques, tu m'as cavalièrement remerciée de ma venue. C'est là que j'ai remarqué ton nez. Les hommes qui ont ce genre de nez sont souvent d'anciens boxeurs ayant eu la chance d'esquiver les uppercuts les plus violents portés à leur visage, s'évitant ainsi une fracture, mais qui affichent malgré tout les traces de nombreux autres coups. Comme si à ta naissance, Dieu avait plaqué sa main sur ton nez pour te retenir, trop empressé que tu étais de te précipiter, de te jeter dans la vie, d'éliminer toute hésitation. J'ai juste eu le temps de remarquer l'arête aplatie de ton nez, puis la foule t'a encerclé.

Quand tu m'as réveillée de bonne heure le lendemain matin, je n'ai pas été surprise. Ce n'était pas la première fois qu'un homme marié me téléphonait. Je n'avais jamais accepté les avances d'aucun d'entre eux. Tu ne m'appelais pas pour un rendez-vous classique, l'un de ceux qui peuvent avoir lieu au vu et au su de tous. Tu ne m'as pas dit, par exemple : « Allons prendre le thé au jardin du Luxembourg. » Ni : « Allons au square de la fontaine de Neptune. » Tu ne m'as pas non plus fait une proposition malhonnête du genre : « Allons à ce petit hôtel au numéro cinq du Carrefour de l'Odéon. » Tu m'as dit : « Rends-toi ce matin à la messe de neuf heures dans le sanctuaire à l'étage de la Sainte-Chapelle, où est conservée une fiole sacrée contenant le lait de la Vierge Marie. » Tes mots ont fusé au milieu des grésillements du téléphone et m'ont transpercée, creusant en moi une nouvelle blessure.

Après ton coup de téléphone, la pluie tambourinait sur le toit au-dessus de ma tête. De l'autre côté de la vitre, tout était gris. Je me suis levée et habillée pour toi. Je pensais que la pâleur de ma peau ne m'autorisait à porter que du noir, mais quelque chose n'allait pas. Je devais me rendre à la chapelle en mariée. Sous ma robe, je porterais des jarretières et des bas, mes jambes et mes cuisses seraient gainées. Une fois habillée, la finesse de la soie sur ma peau m'a été désagréable. Ce n'était pas cette mariée-là que tu désirais, cette mariée éphémère. J'ai tout enlevé et je suis restée pieds nus sur le sol glacé. Qu'attendais-tu de moi ? Qu'est-ce que tu imaginais, qu'était-il donc prévu ?

Tandis que les cloches de la chapelle sonnaient dans le lointain, j'ai ouvert le dernier tiroir de ma commode et j'en ai sorti des piles de vêtements. J'ai retrouvé quelque chose que je n'avais pas porté depuis des années. Une culotte d'écolière en coton, pliée, une culotte blanche. Elle montait haut sur la taille, descendait bas sur les cuisses, son tissu tendu caressait mon corps. Puis j'ai enfilé une robe toute simple boutonnée jusqu'au cou. Un chapeau sur la tête et des caoutchoucs fixés aux chaussures, je suis partie pour la chapelle en m'abritant sous un parapluie.

Par les rues que la bruine rendait glissantes, j'allais vers toi. Jamais plus je ne serais la même. Les gens que je croisais ignoraient ce que cachait mon manteau. Ce qu'il cachait, c'était l'objet de ton désir. Tu allais me faire tienne, ne m'offrir aucune issue. La buée s'échappait de mes lèvres dans l'air froid, fantôme à peine formé qui embrassait la vierge pour la dernière fois.

Quand j'ai traversé le pont sur la Seine, la pluie cinglait le fleuve. La chapelle se dressait devant moi. Les douze apôtres de pierre qui montaient la garde depuis le sommet de son imposante flèche me regardaient fixement. J'ai gravi les marches de l'église et poussé les portes en bronze, délaissant la pluie pour les voûtes silencieuses. Ma vue s'est brouillée. J'ai tenté de m'accoutumer à la faible lumière. Le chant latin d'un prêtre retentissait dans la pénombre. J'étais en retard. La messe avait commencé. J'avais failli à ton premier commandement : *Rends-toi ce matin à la messe de neuf heures*. Ce devait être notre messe, notre cérémonie. J'avais tout gâché en mettant trop de temps à choisir ma tenue. Je t'ai cherché des yeux dans les rangées de bancs d'église qui menaient à l'autel tout au fond. Je n'ai vu que le dos des fidèles qui priaient à genoux, tandis que de la vapeur s'élevait de leurs vêtements humides. Des cierges éclairaient le regard figé des saints en plâtre le long des murs. Où étais-tu ? Parti ? Le prêtre agitait son encensoir fumant à l'autel, et des volutes bleues emplissaient l'air. Comment avais-je pu tomber aussi facilement dans ton piège ? L'animal en toi savait d'instinct comment chasser une femme de mon espèce, celle de la Parisienne raffinée. Tu avais décidé de me renvoyer à la période où j'étais une jeune fille rêveuse, avant que s'éveille la femme en moi, avant tous les autres hommes, y compris le père. Tu avais décidé de me ramener au péché originel. Tu m'offrais le paradis avant l'enfer.

Les fidèles assis sur les bancs m'exposaient leurs dos voûtés. J'ai poussé la lourde porte pour sortir, mais le vent à l'extérieur a poussé en sens contraire. J'ai poussé plus fort. Le vent avait la vigueur d'un homme, il me contraignait. *La fiole.* Tu m'avais demandé de te rejoindre au sanctuaire de l'étage, où était conservée une fiole sacrée contenant le lait de la Vierge. Je me suis retournée et j'ai scruté la forêt de piliers en pierre. Dans un recoin, un escalier s'élevait en spirale.

J'ai gravi les marches. J'étais entourée de vitraux aux couleurs vives représentant des scènes de l'Ancien et du Nouveau Testament : la mer Rouge qui s'écarte, les animaux qui embarquent dans l'Arche de Noé, les morts qui se relèvent, des sermons, des miracles, le baptême et la crucifixion suprême. Cet univers lumineux tourbillonnait, ma tête tournait. Le sol grondait sous la plainte d'un orgue à l'étage inférieur. J'ai trébuché, tout à coup déséquilibrée par les notes ascendantes de l'instrument. Je me suis retrouvée face à la Vierge Marie ; son élégante statue grandeur nature se dressait à l'entrée d'une grotte en marbre. Elle était tournée vers moi et tenait l'enfant Jésus au creux de son bras. Une vague odeur d'humidité suintait de la grotte. De quoi s'agissait-il ? De sécrétions musquées datant de plusieurs siècles, de l'époque où les fervents pèlerins dilapidaient leur passion ? Des plumes poussiéreuses d'anges déchus ? Ces effluves m'ont attirée.

Tout au fond de la grotte, des cierges brûlaient devant un autel où une jarre dorée reposait sous un globe en verre. Je me suis agenouillée au pied de l'autel. La plainte de l'orgue s'est tue. La psalmodie latine du prêtre s'est fait entendre. J'ai senti dans mon dos tes yeux qui me déshabillaient. Je me suis retournée. Tu n'étais pas là. Je ne te voyais pas, mais j'entendais les battements de ton cœur. J'ai cherché conseil auprès de la Vierge. Je n'ai obtenu pour toute réponse que la triste ligne de son sourire. Dans la jarre dorée se trouvait une fiole en cristal remplie de lait éternellement frais émanant d'un sein que jamais fils de Dieu n'avait tété. Une farce cruelle.

Ton appel était-il lui aussi une farce, une injonction où j'avais à tort lu du désir ? J'étais vêtue de deuil, mais j'avais toutes les aspirations d'une mariée. Stupide femme. Stupide vierge, vierge qui n'en était d'ailleurs pas une. Je refusais que tu m'emprisonnes dans ton silence. Je me suis précipitée sur l'escalier en colimaçon. La messe était dite. J'ai rejoint les paroissiens qui se dirigeaient vers la sortie et j'ai observé leurs figures pieuses. Ils m'évitaient du regard et conservaient leurs peines pour eux. Avant de quitter la maison du Seigneur, j'ai plongé les doigts dans le bénitier. Une main a tout à coup recouvert la mienne, l'enfonçant dans l'eau, la plaquant tout au fond. J'ai résisté, mais un corps puissant m'a bloquée. « Rentre chez toi. » J'ai senti le souffle de ces mots s'imprimer sur ma nuque.

J'ai couru jusqu'à mon appartement par les rues détrempées. Je n'entendais aucun pas derrière moi. Je ne me suis pas retournée pour voir si tu me suivais. Quand j'ai franchi le pont, une ombre floue, la mienne, a oscillé à la surface de l'eau. J'ai ralenti, je me suis redressée puis j'ai marché tranquillement jusqu'à chez moi. J'ai monté les escaliers et ouvert la porte. Il n'y avait personne. J'ai ôté ma robe noire par la tête et je l'ai jetée dans un coin. Je me suis couchée sur mon lit puis j'ai tendu l'oreille pour guetter le bruit de tes pas.

Je sais que tu es au bas de l'escalier. La pluie dégouline de ton imperméable sur les marches pendant que tu les gravis. Tes pas résonnent sur le palier, le bouton de porte pivote dans ta main quand tu entres. Tu enlèves ton imperméable, qui se froisse et forme une flaque sombre à tes pieds. Tu es un étranger, ce qui explique que je puisse me livrer aussi entièrement. Si je te connaissais ne serait-ce qu'un peu, ce moment n'aurait pas lieu, car il y aurait mille raisons et excuses pour se dérober. Après tout, tu étais un homme en train de trahir ton mariage tandis que j'accédais au statut de femme. Mais il n'y avait là rien de symbolique, que le rasoir de coiffeur au manche de nacre que tu as sorti de ta poche et brandi pour en faire miroiter la lame.

Tu as retiré ta chemise et tu m'as tourné le dos en te penchant au-dessus du lavabo. Tu t'es mouillé et savonné le visage, puis tu as commencé à te raser. Dans le reflet du miroir qui surplombait le lavabo, ton regard a glissé sur moi, toujours allongée sur le lit. Il me pénétrait. Tout était formes mathématiques pour toi, rien de plus que du mobilier abstrait, du mobilier rassemblé et empilé dans un coin de ton esprit. Puis un second pan de ton esprit en a brisé l'agencement, en a redistribué les éléments en faisant abstraction de la mémoire et des équations mathématiques pour inventer un nouveau désordre affranchi de la gravité. Ce n'était pas moi que tu voyais. Tu composais un tableau de moi dans ces circonstances précises. Les caresses de ton rasoir chassaient le savon de ton visage et te laissaient une peau de nouveau-né. La lame qui crissait sur ta barbe de plusieurs jours avait le même bruit qu'un pinceau sur une toile. Je n'ai pas bougé, je n'ai pas respiré, pas un os de ma cage thoracique ne s'est soulevé. Je voulais que tu entendes mes mots. Je voulais que tu entendes ce cri dans le silence violent : *Un cœur brisé est comme une fleur coupée, plus longtemps il reste dans l'eau de la mémoire, plus il souffre.* Mais pas un son n'a franchi mes lèvres. Il n'y avait que tes gestes dans le silence, la caresse de haut en bas du rasoir sur ta chair.

Quand tu as eu fini, tu as essuyé la lame sur ton pantalon et posé le rasoir près du lavabo. Le métal brillait de mille feux sur la porcelaine blanche. Tu es venu à moi. Tu as défait les bretelles en cuir passées sur tes épaules nues, ton pantalon est tombé par terre. J'ai vu combien tu me désirais. Très vite, tu m'as attaché les poignets et les chevilles aux colonnes du lit avec tes bretelles. Ta main s'est glissée entre mes cuisses, a arraché le fin tissu qui me protégeait, me livrant à tes doigts qui s'enroulaient dans les boucles de mon pubis pendant que tu hurlais : « Je vais le raser ! »

Tes paroles m'ont paru terriblement drôles. Comme si j'avais envie d'être ta petite fille ! Je n'ai pu contenir mon rire, il a jailli en moi. Je n'avais que faire de ta fierté d'Espagnol, que faire de la brûlure de ton désir. Je voulais que tu comprennes que je savais exactement quels allaient être tes gestes. Maintenant, nous pouvions continuer notre petit jeu. Tu m'as lancé un regard intrigué. Le mobilier si bien réagencé dans ton esprit s'est à nouveau dispersé. Tu as été happé par mon rire. Le paysan méprisé tapi en toi aurait pu se redresser et me frapper. Ou bien l'Ibère arrogant meurtri dans son ego s'en aller. Mais ta poitrine a été soulevée par un rire, cadeau des anges se déversant sur moi, musique résonnant à mes oreilles. Tes mains se sont promenées sur mon corps, mes mamelons se sont raidis. Tu étais si beau quand tu riais. Mes cuisses se sont ouvertes, une mer a lui au soleil de ton regard éclatant. J'ai scruté ce soleil. Un oiseau est passé, emportant mon cœur dans son bec. Tes lèvres rieuses ont couvert les miennes, ton baiser a explosé dans ma bouche. J'ai senti la peau de ton visage glabre contre ma joue. « Mon amour, ai-je soufflé. Le seul moyen de me garder prisonnière est de me libérer. »

Tu as soudain quitté le lit, tu t'es approché du lavabo et tu as pris ton rasoir. La lame a étincelé dans ta main pendant que tu t'avançais et te penchais sur moi. Tu as sectionné les bretelles en cuir qui me retenaient aux colonnes du lit. Ton rire a rugi dans la pièce. J'étais libre. Je me suis mise à genoux et j'ai pressé mon visage contre le tien en gémissant. Ta peau avait la même discrète odeur de moisi que l'eau du bénitier dans la chapelle, potion capiteuse et trouble que tant de doigts avaient brassée. Ce que je sentais n'était pas les éclaboussures de la pluie, mais tes larmes coulant sur mes cheveux.

Nous savions tous deux que l'amour est un domaine que l'on n'explore qu'avec crainte, où n'existe plus aucune articulation du moi, où aucune architecture n'est là pour dessiner les couloirs de chair parcourus, où tout cède sous la pression d'un doigt, s'effondre au plus faible murmure du cœur et réapparaît dans le plus unique des souffles. C'est la propriété à l'état pur, la transpiration qui perle sur les lèvres de Cupidon, le beurre qui fond sur la langue d'un ange, le mystère de l'âme.

Francisco Zermano, mon homme célèbre, entre le rire et les larmes, il y a juste de la vie. La muse t'a fait son présent, mais tu as désobéi à ses règles.

TA LOUISE

Villa de Trône-sur-Mer
Côte d'Azur

Louise, j'ai reçu l'ordre de partir d'ici, je suis donc en train de faire mes bagages. Qui sait si ce lieu existera encore quand tout sera fini ? J'ai dépêché mon fidèle Roderigo à Ville-Rouge afin de te retrouver. Il passe ses journées au café devant la fontaine romaine. Il a pour instruction de ne pas bouger tant qu'il n'aura pas repris contact avec toi.

À Paris, la situation empire de jour en jour. Notre appartement sera détruit si je n'y retourne pas. Tu restes au cœur de mes pensées. Je ne trouverai pas le repos tant que je ne te saurai pas en sécurité. Combien d'argent as-tu ? Combien de temps peux-tu tenir ? Je t'ai laissé beaucoup de toiles. Quel intérêt pour moi que l'art sans toi ? Ces tableaux ont été peints pour toi. Vends-les, récupère l'argent tant qu'il subsiste un semblant de marché. Tiens-moi au courant afin que je te sache à l'abri, que je te sache hors de danger.

Se peut-il qu'un mois seulement se soit écoulé depuis la dernière fois où j'ai vu ton visage, embrassé tes lèvres, touché ton corps ? Le plus long mois de ma vie. J'ignorais qu'il y avait tant d'heures dans une journée, des centaines d'heures, tant de minutes dans une heure, des milliers de minutes, chaque seconde s'étirant jusqu'à l'éternité. Je sais que tu ne voulais pas être séparée de moi, tu as été très claire là-dessus à Nice, mais tu dois me faire confiance. Depuis ta Provence retirée, tu ne sais sans doute pas ce qui se passe chaque jour, à quel point le monde se désagrège. Es-tu même encore en Provence ? Comment puis-je être sûr de quelque chose ?

Je ne peux que me délecter de souvenirs. Mon esprit revient sans cesse à cet été, nous quittons la moiteur de la côte, les vignobles s'écartent devant nous, les vergers scintillent dans la chaleur. La route est cahoteuse à cause des pavés que les Romains ont posés des siècles plus tôt au cours de leur conquête en char. Nous progressons dans un paysage truffé de soupçons où les habitants surveillent de près toute intrusion dans leur paradis. Notre passion était visible. Nous ne la dissimulions pas. Si j'avais su ce qui nous attendait, j'aurais pu éviter cela. Si j'avais repéré cet homme à temps, je l'aurais étranglé à main nue. Mais je ne voyais que toi, rayonnante comme un soleil. J'étais aveuglé. Quand j'ai vu cet homme, il était trop tard. Je l'ai pourtant reconnu. Tu crois toujours que l'homme va te donner le meilleur, mais l'homme est fourbe sous son apparence de générosité. Sous son masque de bienveillance, il ne s'intéresse qu'à ce que dissimule ta robe, ce qu'il y a entre tes cuisses de femme jeune et souple, et une fois qu'il a eu ce qu'il désirait, son épée redevient ver de terre, il rampe lâchement hors du trou creusé dans la pomme parfaite, et seules restent les pies qui piaillent dans le ciel en attendant de s'abattre à leur tour pour picorer le fruit gâté.

À cet instant, je déteste les hommes. Je me déteste. Je déteste la confusion qui règne autour de moi. Les pies de la guerre sont en train de s'abattre. Je suis seul sans toi, chaque jour est un deuil.

FRANCISCO

Village de Reigne

Francisco, combien tu me détruis ! Comme j'ai envie de te prendre contre mon sein, de caresser ton visage ! Tu es toujours hanté par le regret de ce que tu n'as pas fait en tant qu'homme. Ne voyais-tu pas l'importance de notre amour ? Je me souviens de ce jour où nous avons quitté la côte. Les tournesols dans les champs au bord de la route nous offraient leur figure au moment où nous passions. Je n'avais aucun souci, je n'avais que des désirs. Installé au volant, tu guettais les virages dangereux quand nous riions. Ce long après-midi d'été semblait ne jamais devoir finir, c'était l'éternité qu'il fallait choisir, si ce choix avait été possible. Je voulais partager avec toi mes souvenirs de jeunesse loin du désordre en vogue sur la Côte d'Azur.

Je ne pouvais être plus heureuse, assise à tes côtés dans la Bearcat que tu étais si fier d'avoir obtenue d'Élouard, le collectionneur réticent. Je me souviens de cet après-midi à Trône, Élouard et sa femme traversant ton atelier sur la pointe des pieds, parlant à voix basse, ouvrant grandes les narines pour humer les odeurs de peinture et d'huile de lin. Tout l'argent d'Élouard ne pouvait lui procurer le talent de peindre un seul centimètre de l'un des vingt tableaux entassés le long du mur. Il était comme tous ces gens riches qui, dans l'impossibilité d'acheter le génie, tentent d'acheter l'artiste. Tout du moins l'instant de la création, son œuvre d'art. Élouard a déclaré en bafouillant qu'il souhaitait acquérir un tableau et regrettait d'avoir oublié son carnet de chèques. Être sans argent le mettait dans une position inconfortable vis-à-vis de sa femme et de moi, mais surtout vis-à-vis de toi, à qui il pensait être capable d'acheter quelque chose en faisant fi de ta célébrité. Conscient de son supplice, tu l'observais. D'un air joyeux, tu lui as tendu une perche : « Et si nous faisions du troc ? »

Élouard était ravi, convaincu d'avoir désormais la main sur toi. Il t'avait entraîné sur un terrain dont il était le maître, au royaume de l'échange et des affaires, des bons coups et des victoires. Il a fait un clin d'œil à son épouse, qui était couverte d'or : boucles d'oreilles, bracelets, montre et chaînes à son cou.

Jusqu'à ce que je te rencontre, je n'avais jamais mis de bijoux. Tu as insisté pour que je porte de l'or, qui selon toi faisait ressortir mes cheveux roux et mettait en valeur la carnation abricot de ma peau. Je savais que tu allais dépouiller la femme d'Élouard de ses bijoux. Je le savais à la lueur de ton regard et je savais aussi que plus tard, après leur départ, tu m'ôterais ma robe, tu me parerais d'or, tu me coucherais en travers du lit, et que tu m'attacherais jambes écartées, les chaînes en or autour des chevilles.

Sans brusquerie, tu as annoncé à Élouard :

— Je n'aime pas vendre directement depuis mon atelier. Mes agents de New York et de Londres peuvent me faire des histoires, ce qui n'est rien à côté de l'inspecteur des impôts à Paris. Je me suis avancé un peu vite.

— Avancé un peu vite ? (Élouard voulait récupérer la main. Il était censé dominer la situation.) Pas du tout ! Si seulement j'avais imaginé avoir un jour l'honneur d'acheter un nouveau Zermano, j'aurais pris mes dispositions ! (Il a lancé un regard complice à sa femme.) Je suis à votre merci.

Toi aussi, tu as regardé sa femme. Ses bijoux étaient trop clinquants. Tu savais ce à quoi nous allions chèrement consacrer le reste de notre après-midi.

Élouard s'est aperçu que tu observais les bijoux de son épouse. Malin, il a proposé :

— Nous vous offrons la Stutz Bearcat dans laquelle nous sommes venus. Nous échangeons notre voiture contre ce grand tableau bleu dans le coin.

— La Bearcat contre le *grand* tableau ?

— Je ne cherche pas à vous escroquer. Je connais la cote de vos œuvres aux enchères. La Bearcat n'est peut-être pas suffisante.

— En effet.

— Un grand tableau bleu de Zermano est unique, il n'a pas de prix. Une Bearcat, il est toujours possible de s'en procurer une. Et si je…

— Quoi ?

— Si je complétais avec les bijoux de ma femme afin que l'échange soit équitable ?

— Marché conclu.

Maintenant, tu avais ta voiture. Mais quelle destination choisir pour notre premier voyage en Bearcat ? Je t'ai dit que je voulais t'emmener au pays perdu de mon enfance, danser à Ville-Rouge devant la fontaine romaine le jour du 14 Juillet. Je voulais te fondre dans ma mémoire.

Je t'embrasse tendrement.
LOUISE

Villa de Trône-sur-Mer
Côte d'Azur

Je déchire le ciel, je brame à la lune, un homme est une créature stupide sans la femme qu'il aime, un ver de terre qui rampe sur les terres de la lâcheté. Cela paraît pompeux, mais je ne m'exprime qu'avec la pire des maladresses. Je ne suis pas un écrivain, je suis un peintre privé de ses moyens. Je ne peux que te toucher, ou espérer te toucher avec ces mots. Comme j'aimerais savoir écrire pour que mes paroles chantent à tes oreilles, t'enlacent de toute mon attention. J'ai beau m'armer de métaphores, quels que soient les efforts que je déploie afin de t'exprimer mes sentiments, ceux-ci paraissent banals. J'écris des pages et des pages, missiles inutiles qui manquent leur cible. Combien de lettres ai-je froissées dans mon poing avant de les jeter au feu ? Pour finir, je dois inscrire quelque chose sur cette feuille afin de te l'envoyer. Je revêts mes pensées d'habits de fête avec l'espoir de te décrire mon cœur blessé qui, nuit après nuit, dérive dans mes rêves de toi. Je fais l'amour à un fantôme, pourtant notre amour n'a rien d'irréel, c'est un amour charnel, un amour de sens, un amour qui vit. Dans la journée, je sens tes mains glisser sur moi quand je peins, tes doigts se crocheter sur mes yeux, tes lèvres sur ma nuque. Je pose mon pinceau et je me retourne, tes cheveux roux se déversent sur mon corps au moment où nous tombons à terre. Tu es un nuage masquant un monde où aucun homme n'a séjourné, un monde où tu m'entraînes. Je rêve. Je cherche la réalité.

Un homme revient parfois sur certains événements de sa vie. Je ne cesse de songer à cet après-midi dans la cerisaie. Est-ce pour expliquer ce qui s'est passé que j'écris ? Avons-nous vraiment besoin d'explication ? Nous n'étions pas encore mari et femme, mais le serions bientôt. Nous étions des serpents en train de muer, de passer d'une passion à une autre. Nous nous dévorions des yeux dans la Bearcat alors que nous traversions ton pays perdu sans prêter attention aux dangereux virages. Ta robe s'est retroussée sur le siège en cuir, la blancheur de tes cuisses a rayonné. Tu as glissé la main entre mes jambes comme si c'était avec cette chose que l'on conduisait. Nous n'avons presque pas senti qu'un pneu éclatait. Explosion en pleine chaleur. Le capot de la Bearcat s'est affaissé avec un bruit sourd. Le métal s'est planté dans l'asphalte, des étincelles ont jailli sur la route. J'ai tenté de reprendre le contrôle de la voiture pour la redresser alors qu'elle se couchait sur le flanc. Je te tenais en même temps. Tu avais toujours peur que l'un de nous ne meure sans l'autre, tu ne supportais pas cette idée. Tu aurais préféré que nous mourions ensemble, même dans un accident de la route, nos chairs blotties au milieu de l'acier se resserrant sur nous.

Où es-tu ? Je peins ton visage avec mes doigts.

FRANCISCO

Villa de Trône-sur-Mer
Côte d'Azur

Ma chère femme, Roderigo se trouve depuis des semaines à Ville-Rouge, et toujours aucune nouvelle de toi. Il te guette sans relâche mais je ne peux lui demander d'y rester indéfiniment. Il veut retourner en Espagne en raison des événements avec Franco. Va le voir et rassure-le, dis-lui que tu es saine et sauve. Envoie-moi un baiser au creux du foulard italien que je t'ai acheté lors de notre dernier séjour à Nice. Quand je te l'ai offert, tu m'as dit que tu le chérirais à jamais, que les fruits d'été sur sa soie ambrée étaient tes fruits préférés. Tu l'as passé sur tes épaules nues, il soulignait le contour de tes seins quand tu t'es retournée. En bonne Française, tu avais transformé un accessoire tout simple en vêtement de luxe. En bonne Française, tu avais magnifié l'ordinaire. Tu as tourbillonné puis tu t'es arrêtée, hors d'haleine, les bras tendus, et tu m'as offert tes poignets fragiles. J'ai attrapé le foulard, ce qui a dénudé ton corps. En bon Espagnol, j'en ai fait un objet pratique, je l'ai noué autour de tes poignets. Tu as frémi, tu étais attachée. Nous avions tous deux à l'esprit cette chaude journée d'été dans la cerisaie.

J'aurais dû me douter que quelqu'un nous suivait sur cette route de campagne. Mais je n'avais d'yeux que pour toi jusqu'à ce que la Bearcat heurte la chaussée et manque de nous projeter à travers le pare-brise, puis s'arrête dans un jet d'étincelles. Le moteur a toussé, nous nous sommes accrochés l'un à l'autre, incrédules. Peu à peu, le bruit de notre respiration nous a ramenés à la réalité : celle de deux êtres ayant la chance d'être encore en vie. Ton rire s'est répandu dans la voiture, tes doigts restaient agrippés à mon bras. Je t'ai observée et j'ai compris que tu riais de soulagement. Des larmes brillaient sur tes joues. Tu riais encore quand nous sommes descendus de la Bearcat.

La partie avant droite de la voiture était froissée, le pneu éclaté. Nous étions bloqués. S'il n'y avait pas de roue de secours dans le coffre, il faudrait faire une longue marche pour trouver de l'aide. Tu étais debout sur l'asphalte noir dans ta robe d'été blanche, ton corps se découpait sur le soleil. Tu m'as regardé soulever avec prudence l'avant de la Bearcat. L'imposante masse de l'automobile a gémi. Elle reposait de tout son poids sur une fine tige en acier. J'ai retiré avec précaution le pneu en lambeaux, puis j'ai fixé la roue de secours au moyeu en m'écorchant les mains. La sueur dégoulinait sur mon front et me brouillait la vue. J'ai senti tes jambes nues contre moi quand tu m'as essuyé les yeux avec le doux tissu du bas de ta robe. Je voyais maintenant assez pour ajuster le pneu. Tu t'es agenouillée à côté de moi, les mains sur la poignée du cric, prête à actionner la manivelle. Si jamais tu tournais trop vite, le poids de l'automobile briserait la tige et nous écraserait tous les deux. Je t'ai lancé un regard cinglant. Ta lèvre inférieure tremblait. Tu te moquais que la Bearcat nous broie, du moment que nous étions ensemble. Tu t'es penchée vers moi et tu as tourné la manivelle avec assurance. La voiture a craqué et vacillé, puis elle a plongé avec un soupir en direction de la chaussée au moment où tu glissais ta langue dans ma bouche. Tu m'as insufflé ton propre soupir. Avec des mains noires de cambouis, je t'ai caressée à travers le fin tissu de ta robe. Que j'ai remontée sur tes hanches. La sueur salée me piquait les yeux et m'empêchait de voir. Tu as disparu.

Je t'ai cherchée dans la cerisaie au bord de la route. Ton rire ricochait sur les troncs, ondulait à travers le feuillage. Je ne te voyais pas. J'étais un ours aveugle qui se précipite sur du miel. Les branches fouettaient mon visage, le sol caillouteux crissait sous mes pieds. Je ne t'ai pas entendue approcher dans mon dos, tes mains ont couvert mes yeux, ton corps s'est enroulé autour du mien, tu t'es agenouillée sur des pierres pointues. La lumière du soleil a enflammé tes cheveux roux au moment où tes doigts détachaient ma ceinture. Tu savais ce que tu faisais. Je n'ai pas reconnu ma voix quand tes lèvres pressantes ont arraché à ma gorge un cri de plaisir qui a effrayé les oiseaux sur les branches autour de nous. Je t'ai prise par les épaules. Tu ne sentais pas les écorchures sur tes genoux ni les filets de sang qui coulaient le long de tes jambes. J'ai fait glisser ta robe blanche sur ton corps. Tes lèvres, plus rouges que toutes les cerises qui nous entouraient, ont trouvé ma bouche. Ton gémissement a vibré en nous deux. Je t'ai plaquée contre un tronc. D'instinct, tes mains ont saisi une branche solide. Les veines bleues de tes bras battaient. Je t'ai tournée face à moi, j'ai passé ma ceinture autour de tes poignets et j'ai serré. Ton corps s'est cambré. Tu ne voyais pas les cerises qui encadraient ton visage écarlate et frottaient tes joues alors que je bouclais la ceinture autour d'une haute branche. Tu ne voyais pas le rayon de soleil à travers les feuilles qui dessinait un trait sur le galbe de tes seins. J'y ai enfoui mon visage. Le goût de tes mamelons a empli ma bouche tandis que mon sexe durcissait au creux de tes cuisses. Le gémissement qui s'échappait de tes lèvres s'est accentué à cause d'une présence dans la cerisaie, présence hostile qui nous écrasait, un bris de verre, un cri de bébé, un homme qui court. Je l'ai vu. Il était là, il regardait fixement ton corps attaché avec ma ceinture à la grosse branche. Je l'ai vu par-dessus ton épaule nue. Il observait ton corps qui s'arquait au rythme du mien, ta chair nue. Il était parfaitement immobile sous la couverture des arbres. Il n'éprouvait aucune honte, il était patient. Un animal attendant l'aubaine qui s'offre à lui. J'ai soutenu son regard. L'animal en moi savait ce qu'il espérait, ce qu'il voulait. Tu étais une proie. Il avait l'intention de se délecter de cette femelle prisonnière et gémissante. Ce fils de pute attendait de te baiser.

Pourras-tu jamais me pardonner ?

FRANCISCO

Villa de Trône-sur-Mer
Côte d'Azur

Toujours aucune nouvelle de toi. Chaque matin à mon réveil, je tends les bras vers tes hanches pour attirer à moi ta chaleur et je ne tâte que le vide et le silence. Tu es introuvable.

Je dois autoriser Roderigo à quitter Ville-Rouge, non sans regrets. Il m'est profondément dévoué, mais en mon âme et conscience je ne peux le retenir plus longtemps. La situation a empiré en Espagne. Il lui reste une possibilité de franchir les Pyrénées avant que la frontière soit complètement fermée. C'est un périple dangereux, qu'il doit cependant tenter.

Je verrouille la Villa de Trône, je barricade les fenêtres avec des planches et je rentre à Paris. Roderigo m'aidera à tout cadenasser, puis il s'en ira. Il a peur de ne jamais revoir sa famille. J'ai peur de ne jamais te revoir. Mon courage se dissèque sans toi.

FRANCISCO

Village de Reigne

Francisco, mon homme brutal aux mains douces, comme ton contact me manque en ces longues journées. J'ai mal de lire que tu as mal, mais j'ai désormais une raison d'être forte, je dois tenir le cap. Je continue à vivre même si, peu à peu, nos vies deviennent étrangères l'une à l'autre. Je ne peux faire marche arrière. Je remercie Dieu de notre amour, cet amour en suspens au-dessus de nous, miséricorde du souvenir qui me permet de résister.

Mon cœur souffre pour Roderigo et sa famille. Je me souviens de ce jour où nous leur avons rendu visite en Andalousie, de cette maison en pierre au bord de la mer, des enfants, des chèvres et des oliviers. À quel point cette terre a-t-elle changé ? Je prie pour qu'il ne soit rien arrivé à l'épouse de Roderigo et à ses enfants. Il valait mieux qu'il quitte Ville-Rouge. Il t'a dit, j'en suis certaine, que les soldats sont maintenant partout en ville. Cette région n'est pas sûre, les jours et les nuits se muent pour tous en danger et en malédiction.

Quelle tristesse d'apprendre que tu dois abandonner la Villa de Trône. Non seulement c'était le lieu de notre amour, mais aussi ton atelier. Tu étais au centre de l'espace et de la lumière, tu y puisais ton art. Tu débordais d'idées, tu projetais toujours tes pinceaux vers la peinture, la peinture vers la toile. Je me sentais emplie de toi, pleine d'une chose à jamais sur le point de naître. Quelle femme gâtée j'étais. Chaque journée regorgeait d'idées. Chaque jour, tu t'immisçais d'une nouvelle façon à l'intérieur du corps que je te livrais. Chaque jour, l'excitation de ne jamais savoir qui tu étais, où nous allions, ce que nous nous apprêtions à devenir. Chaque fois, l'être nouveau que tu étais engendrait une autre articulation de nous. Combien je désirais que tu m'effleures, que tu me caresses, je t'offrais ma soumission jusqu'à te posséder complètement, jusqu'à t'amener où je te voulais, à créer une nouvelle vie sur la toile. J'étais ta femme.

Maintenant qu'en cette époque effrayante, peu à peu la normalité s'estompe, le passé semble étrange dans sa banalité. Peut-être est-ce la raison pour laquelle moi aussi je me cramponne à nos souvenirs, lis et relis tes lettres, porte un regard différent sur les mêmes événements. Si cette guerre n'avait surgi entre nous, autre chose se serait sans doute produit. Tu désirais toujours faire de mon corps davantage que ce à quoi il était destiné. Tu tentais sans cesse d'aller au-delà de la simple possession charnelle. Tu ne voyais pas qu'au final, seule la femme porte le fruit. Les mains de l'homme ne créent jamais que l'homme.

Le premier plaisir que les petits garçons apprennent à maîtriser se trouve entre leurs jambes. Ils s'y adonnent tant qu'ils en retirent une satisfaction, puis leurs mains s'intéressent à faire et défaire d'autres choses. C'est plus tard, quand les petits garçons deviennent des hommes, qu'ils cherchent à acquérir une plus grande maîtrise des femmes afin d'obtenir davantage de plaisir. Ce plaisir pour l'homme ne réside que dans l'instant. Pour une femme, il débute à cet instant. Je tiens cet enseignement de ma grand-tante Mimi.

Elle m'apprit beaucoup de choses à l'époque où je vivais avec elle. J'étais alors une petite fille. Elle m'apprit à me laisser dominer par les hommes afin de mieux les dominer. Elle avait reçu l'éducation des jeunes filles originaires des petits villages du centre de la France. Tout ce qu'on exigeait d'elle, c'était de compter les œufs et de mesurer la farine. Pourtant, Mimi avait toujours su qu'entre un homme et une femme, un plus un font trois. Mimi était si dévouée à son homme, Alphonse, qu'elle avait quitté son village pour l'épouser. Elle aimait ses moustaches à la gauloise, ses yeux admiratifs aux paupières tombantes, ses mains d'ouvrier qui la maintenaient dans un chemin n'ayant jamais varié depuis leur nuit de noces. Alphonse manœuvrait l'écluse d'un canal perdu dans la campagne. On m'envoya chez eux lors de la précédente guerre. Plus exactement chez Mimi, puisque Alphonse avait reçu son ordre de mobilisation.

Je venais d'arriver à la petite maison au bord de l'eau bouillonnante quand Alphonse apparut fièrement dans son uniforme repassé et amidonné par Mimi. Elle m'annonça qu'il partait mener un combat juste dans une sombre et lointaine forêt. Comme j'étais issue d'une grande famille provençale, on pouvait se passer de moi, et je serais plus utile auprès de Mimi en l'absence de son mari. Je devais lui tenir compagnie et lui remonter le moral. Peut-être, en fait, servais-je uniquement à la réchauffer pendant l'hiver.

La maison n'avait que deux pièces, et les toilettes se trouvaient dans une remise. Quelle course froide dans la neige pour une petite fille qui devait aller faire pipi. Pendant la journée, Mimi me nattait les cheveux à la lueur des rares morceaux de charbon qui faisaient rougeoyer le poêle. Dans le lit, elle frottait ses orteils engourdis contre mon corps chaud comme une sauterelle agite ses maigres ailes au soleil. À n'importe quelle heure de la nuit, nous étions réveillées par la cloche du canal. Mimi sortait dans l'obscurité avec sa lanterne tremblotante pour mettre l'eau à niveau et faire franchir l'écluse aux péniches de marchandises. Son mari étant parti, elle avait pris sa place. Sur les péniches qui passaient en silence, les soldats armés de fusils, cigarette aux lèvres, saluaient poliment Mimi éclairée par sa lanterne.

J'observais tout depuis ma fenêtre. J'avais trop peur des soldats pour m'aventurer dehors. Mimi me disait qu'il fallait pourtant que j'apprenne. Que se passerait-il si elle était tuée par l'ennemi ? me demandait-elle. Ce serait alors à moi de manœuvrer l'écluse, de contrôler les débits et les niveaux, cette vie noire d'encre entre les portes d'acier. Elle disait que s'il lui arrivait malheur, je serais la nouvelle Jeanne d'Arc, chargée d'assurer le passage des péniches militaires qui allaient à la guerre. « Sainte Louise de l'Écluse », me taquinait-elle souvent en m'attirant à elle dans le lit, son corps tremblant de joie sous sa fine chemise de nuit, ses jambes de sauterelle se frottant contre moi pour gagner un peu de chaleur tandis que je plongeais dans la vallée de ses seins, et que s'éloignait la vision des soldats qui montaient et descendaient sur l'eau sombre, puis disparaissaient dans la nuit.

Il n'y avait pas d'hommes près de la maison dans la journée. Juste des garçons qui fanfaronnaient et s'amusaient au bord du canal en l'absence des mâles adultes qui les auraient remis à leur place et leur auraient imposé cette discipline dont ils avaient certainement besoin. Les adultes étaient partis à la guerre. Tout le monde savait qu'ils risquaient de ne jamais revenir. Et que même s'ils revenaient,

70

il y avait toutes les chances que ce soit sur des béquilles, les yeux cachés par un bandeau, ou comme Alphonse.

Le jour où tante Mimi et moi vîmes Alphonse s'avancer le long du canal, de retour de la lointaine forêt, nous sûmes que quelque chose n'allait pas. Mais rien ne fut dit. Mimi courut vers lui et prit cette main qui un jour l'avait maintenue dans le droit chemin. L'autre main était partie, le bras arraché à hauteur de l'épaule. Une manche vide ballottait contre le flanc d'Alphonse. Une seconde chose était arrachée qu'il ne récupérerait jamais. Il passa le reste de sa vie assis à l'intérieur de la petite maison pendant que Mimi manœuvrait l'écluse. La paie était toujours adressée au nom de son mari.

J'ai quitté la petite maison après le retour d'Alphonse. Mais j'ai eu le temps de voir ce qui manquait à Alphonse se développer en Mimi. Elle acquit une certaine maîtrise de la vie. Elle savait que son homme ne lui donnerait jamais d'enfant. Il fut cet enfant pour elle. Dans les tranchées boueuses de la lointaine forêt, il avait perdu son air bravache et gagné une fragilité enfantine. Cela ne changeait rien pour Mimi. Elle considérait qu'elle n'avait pas à se plaindre. Elle, au moins, avait retrouvé son mari.

Francisco, comme j'ai peur. La folie des nations pourrait me priver non seulement de ton corps mais aussi de ton âme. Je ne survivrais pas à cette double perte. Je serais brisée d'apprendre que rien n'existe plus pour toi. Tant que tu es vivant et à l'écart du malheur, je me sens protégée, je sais que tes mains sont libres de créer, que ta mémoire peut toucher la mienne. Je suis là, peu importe où, à t'aimer plus que jamais.

LOUISE DE L'ÉCLUSE

Villa de Trône-sur-Mer
Côte d'Azur

J'écris à la hâte une dernière lettre depuis la Villa de Trône. Il n'y a plus d'électricité ici. L'une des principales lignes en provenance de Cannes a été sabotée. Nous n'avons aucune information quant à la date à laquelle le courant sera rétabli. Nous n'avons aucune information sur rien. L'obscurité est totale ce soir, je t'écris donc à la lueur d'une bougie. Demain à l'aube, je prendrai le train pour Paris, si les trains vont encore à Paris. Je ne peux voyager au nord avec la Bearcat. L'essence est rare, les routes peu sûres. J'ai demandé à Roderigo de la conduire jusqu'à la ferme du collectionneur d'art, Élouard, et de la cacher sous le foin dans la grange. J'ai donné l'ordre qu'on te fasse parvenir une clé s'il m'arrivait malheur. Dans cette hypothèse, je tiens à ce que tu te rendes à la grange et que tu ouvres la voiture. Tu trouveras dans son coffre quelque chose que j'ai laissé à ton intention, quelque chose que tu dois savoir au cas où je viendrais à mourir.

Je continue à t'écrire dans l'espoir que tu me répondes. Reçois-tu mes lettres ? Tout le monde me demande de tes nouvelles. Quand je reste dans le vague, les gens ont un petit sourire entendu, persuadés qu'ils sont que je t'ai fait quitter le pays. Ainsi, ils n'ont pas à déplorer une fois encore la perte d'un être cher. Mais que je souffre de cette perte ! Les souvenirs les plus fous me torturent, d'autres me redonnent courage, par exemple celui des enfants nus qui riaient au pied de l'horloge à Château-Colline. J'ignore ce qui s'est enflammé si vite entre nous et continue à se consumer au cœur de mon âme. À croire que les flammes de l'amour ne trouvent pas assez d'oxygène en ce monde et doivent aussi brûler la mémoire. Chaque souvenir est une nouvelle bûche que je jette au feu. Je ne cesse de prélever dans mon esprit de quoi alimenter ce feu. Te perdre si brusquement a fait de moi un homme plongé dans ses pensées qui marche sans gants par un froid glacial. Il pose sa main tiède sur un tuyau de poêle et se rappelle trop tard que celle-ci n'est pas protégée. Quand il veut la retirer, la chair reste collée au métal, il s'arrache la peau, laisse son empreinte dans le froid.

Je me refroidis malgré le souvenir brûlant que j'ai de toi dans la cerisaie. Je regarde par-dessus ton épaule nue, la lumière du soleil filtre à travers les feuilles. Je fixe cet individu en train de nous observer. Ce n'est pas à moi qu'il s'intéresse. Il est fasciné par tes poignets attachés à une grosse branche avec ma ceinture, par le rythme brut des balancements de ton corps. Quand je me retire, ta peau glissante m'aspire à nouveau, ta tête roule sans que tu le veuilles, tes dents mordent mes lèvres. Tes yeux cillent dans le vide. Tu perçois le chant des oiseaux. Tu prends conscience de ta posture. Tu sens le regard intense de cet homme parcourir ton dos, ta colonne vertébrale qui se raidit et la courbure de tes fesses. Tu jettes un coup d'œil par-dessus ton épaule et tu vois ce que je vois : l'homme en uniforme, un officier du nouvel empereur qui occupe notre pays. Tes orteils se recroquevillent sur les petits cailloux aiguisés par terre. L'Officier écarte les jambes, les plante dans le sol. Il capte ton regard.

Des insectes bourdonnent dans les herbes alors que je m'approche de cet homme. Je ne suis pas une menace pour lui. Je ne suis rien pour lui. Il porte un uniforme impeccable, la crosse de son revolver luit dans le holster noir fixé à sa taille. Moi, je suis pieds nus et torse nu en compagnie d'une femme superbe attachée à un arbre, et je n'ai que mes mains pour la défendre. Des mains nues ne peuvent rien contre les balles. L'Officier ne te quitte pas du regard quand je passe près de lui. Il sent l'odeur de ton sexe sur moi. Je poursuis mon chemin. J'entends ses bottes crisser sur le gravier quand il s'avance vers toi. J'atteins le bord de la route, je franchis la dernière rangée d'arbres qui me sépare de la chaussée. Par terre près de la Bearcat, il y a le cric. Le poids de cette tige en métal est rassurant entre mes mains. Maintenant, j'ai de quoi te défendre. Je me tourne vers la cerisaie. Je suis précédé par le son de ma voix. Ce n'est ni un hurlement ni une prière, mais un défi violent que je lance à l'Officier à l'instant où il s'immobilise face à toi.

Il ne fait pas cas de mon défi. Il est obsédé par ta poitrine hoquetante. Ses yeux suivent le contour de ton ventre, scrutent l'humidité à l'intérieur du V sombre entre tes cuisses. Il remarque les filets de sang au bas de tes jambes. T'a-t-il également vue t'agenouiller devant moi ? Je me presse, je cours vers toi. Son regard remonte le long de tes bras délicats et tendus jusqu'à tes poignets comprimés par la ceinture en cuir. Il se penche et sort un couteau d'un étui dans sa botte. Son visage est tout près de ton visage. Son souffle se mêle à ton souffle. Il place la lame du couteau contre le pouls de ta gorge. La colère explose dans ma poitrine. Il se retourne et voit que je vais me jeter sur lui. Il sait qu'il peut te trancher la gorge avant que le cric lui fracasse le crâne. Qu'aurons-nous alors gagné ? Ta mort, puis la sienne. Nous sommes liés tous les trois par ton pouls qui pulse contre la lame. Nous connaissons le prix du plaisir. Sans prévenir, tes lèvres enflées s'entrouvrent et tu lui craches à la figure. L'Officier recule, abasourdi. Tu as anéanti l'animal en lui et désarmé sa fierté masculine. Il remet le couteau dans son étui. Avant que je puisse le frapper, il est parti.

Louise, la bougie près de laquelle j'écris n'est plus qu'une mare de cire, sa flamme tremble, mon esprit vacille. Je me fais du souci pour notre atelier à Paris. Est-il intact ? Mes tableaux s'y trouvent-ils toujours ou sont-ils, comme tant d'autres choses, semblables à des feuilles que la tempête a emportées ? La bougie s'est éteinte. J'écris dans l'obscurité. Je t'enlace par-delà le temps, par-delà la terre, par-delà la mer du souvenir. Ton Colomb des ténèbres largue les amarres.

FRANCISCO

Village de Reigne

Mon Francisco,

Il n'y a pas si longtemps, ton amour m'apportait la protection dont j'avais besoin, mais tu m'as abandonnée. Avec le seul bidon d'essence que tu as pu trouver, tu m'as conduite à Ville-Rouge. Nous avons fait le trajet dans la nuit depuis Nice. Il était impossible d'allumer les phares de la Bearcat à cause du couvre-feu. Même par un soir de pleine lune, c'était dangereux. Quand tu me regardais, tu voyais ma tristesse mais tu ignorais sa véritable origine. Tu ne voyais pas ce qui allait se passer. Et pourtant, je ne supportais pas l'idée d'être séparée de toi. Pendant le trajet, j'aspirais l'air, je m'en gorgeais comme une ivrogne, car je savais que c'était le dernier que nous respirions ensemble. Le mistral avait chassé tous les nuages du ciel nocturne. Les étoiles filaient au-dessus des collines sombres. Un renard a traversé devant nous et disparu dans l'obscurité d'un vignoble. Un vieux village se découpait contre la lune. Ses remparts de pierre encerclaient le sommet d'une lointaine montagne. Nous avons dépassé ce village apparemment désert, ce lieu perdu, ce lieu secret. C'est là où je me trouve maintenant, en compagnie des secrets qui tambourinent dans mon cœur. Depuis les hauteurs du village, j'aperçois la route que nous avons prise en nous rendant à Ville-Rouge lors de cette dernière nuit.

J'écris cette lettre dans une maison de pierre entourée de nuages, tout en haut du village de Reigne. Le désir circule encore dans mes veines. Des larmes coulent sur mes joues. Tu n'imagines pas le prix que je paie. Tu n'imagines pas que, sans tes lettres, je n'aurais peut-être pas le courage de continuer. J'ai peur que tu ne connaisses le destin tragique que tant d'autres connaissent actuellement, les innocents comme les moins innocents. Tu n'évoques jamais la peur dans tes lettres. Je ne poste pas les miennes, mais je suis secrètement aux anges que tu m'écrives toujours. Ton amour refuse d'abdiquer à mon silence.

J'ai dû passer un marché avec le receveur des postes de Ville-Rouge pour obtenir tes lettres. Je ne pouvais rester là-bas, c'était trop dangereux. Je savais que, lorsque tu t'apercevrais de ma disparition, tu mènerais l'enquête et interrogerais tout le monde à mon propos. Je savais que tu dépêcherais Roderigo, l'homme en qui tu places toute ta confiance, pour qu'il continue à me chercher. Que si je restais à Ville-Rouge, je serais repérée et qu'on te préviendrait. Je me suis donc installée à Reigne, ce village presque désert que nous avons un jour entrevu depuis la route qui passe à ses pieds. On y accède uniquement par un chemin de montagne escarpé. Une fois sur place, rien ne compte plus. Ici, le futur n'existe pas, ne subsiste que le passé englouti par le présent.

M. Royer, le receveur des postes de Ville-Rouge, est un individu odieux, mais j'étais obligée de traiter avec lui. Même lui ignore où j'habite. Reigne, mon secret de pierre. Je savais que tu irais à la poste de Ville-Rouge demander si j'étais venue chercher tes lettres, et où l'on pouvait me trouver. J'avais besoin que quelqu'un intercepte mon courrier et le mette de côté, que quelqu'un te dise qu'il avait été réclamé par une personne sans adresse. Il fallait que tu saches que tes lettres me parvenaient pour que tu continues à m'en envoyer. Je veux que tu m'écrives, mais pas que tu me retrouves.

Royer est un monstre qui se drape dans les ternes habits de la normalité. Ses doigts le démangent et son nez est sans cesse à l'affût de miettes qui traînent. Pourtant, son solide appétit et son épouse ambitieuse doivent se contenter d'un salaire de misère en cette époque terriblement austère. Il s'imagine que je me terre par timidité, il me prend pour une femme en détresse qui ne protestera pas s'il pose les doigts sur son épaule en lui tenant poliment la porte du bureau de poste. Il rêve d'en toucher davantage, il écarquille ses yeux mornes comme si on lui servait un repas de fête. Il me regarde quitter la poste en serrant tes lettres contre moi. Certains jours, il me suit dans les rues tortueuses. Il reste à bonne distance pour éviter le regard des passants et la méfiance des soldats. Il a aussi peu envie d'être surpris que d'apprendre que tu m'as retrouvée. Il me veut pour lui tout seul, il veut partager mon secret. Il te connaît, il connaît ta renommée. Quand il lit ton nom et ton adresse au dos de tes lettres, il s'imagine qu'il va savourer le meilleur repas de sa vie. Il me suit, narines dilatées, comme ces hommes qui m'ont encerclée en ce Jour des Abeilles quand tu t'es écroulé à genoux devant moi. Tu étais presque paralysé. J'ai davantage eu peur de ce que t'avaient fait ces hommes que du couteau de l'Officier contre ma gorge dans la cerisaie. Si je ne m'étais interposée et que tu aies frappé l'Officier avec le cric, peut-être ce qui s'est passé plus tard avec les abeilles n'aurait-il pas eu lieu, et peut-être serions-nous encore ensemble.

Je me demande pourquoi nous sommes entourés par une telle violence. La violence entoure-t-elle tous les amoureux, rôde-t-elle sans cesse dans l'ombre ? Les gens qui s'aiment s'attireraient-ils les foudres d'un monde qui ne sait pas aimer ? Je m'interroge tant que tu es encore présent à ma mémoire. Quelle est cette colère rentrée que j'éprouve en voyant des amoureux s'embrasser et se frôler dans la rue, indifférents à tout sauf à eux-mêmes ? Quelle est **cette jalousie** qui s'empare de moi, cette envie d'anéantir leur bonheur comme le mien a été anéanti ? La jalousie pèse dans mes mains. Je la lâche. Elle tombe comme une pierre sur un papillon, elle écrase les amoureux. J'ai honte de penser ce genre de choses. Je devrais prendre leur défense, j'appartiens à leur tribu. Je devrais protéger leurs brefs baisers, les empêcher de se flétrir au contact des dures réalités de la vie. Je devrais me précipiter vers eux, les enlacer, les réunir, mais je n'en fais rien. Si les gens pleurent aux cérémonies de mariage, c'est parce qu'ils ont honte de leur jalousie.

Royer veut me suivre jusqu'à chez moi. Il veut me surprendre dans ma chambre. Il me veut déshabillée. Il veut exiger la rançon de son silence. Je fais toujours en sorte de le semer après avoir quitté la poste, mais nous savons tous deux qu'un jour, je serai prise. D'une façon ou d'une autre, je devrai payer le prix pour t'avoir protégé et gardé rien que pour moi grâce à tes lettres. Royer sait que plus ce petit jeu continue, plus il a de chances de gagner.

Quand je ferme les yeux pour m'endormir, je sais que je ne connaîtrai jamais le bonheur de pleurer à mon mariage.

LOUISE

Atelier du quai Saint-Michel
Paris

Quel retour à Paris ! Nous avons mis trois jours à parcourir un trajet qui dure une journée en temps normal. Notre train était constamment mis sur voie de garage pour laisser passer d'autres convois. Les trains militaires étaient de la couleur qu'un ingénieur de l'armée se fait du camouflage. Cette guerre a commencé à cause d'un peintre en bâtiment, et c'est à croire que sa maladresse se manifeste à tout propos. On a vérifié maintes fois mes papiers d'identité sans jamais me regarder dans les yeux. Les gens ne se regardent plus jamais dans les yeux, c'est comme si chacun était en transe. Ils s'imaginent sans doute que si, tout à coup, il y a mort d'homme, ils n'auront rien perdu de l'ordre du personnel. En réalité, tout est déjà perdu.

Beaucoup de ce que nous aimions à Paris a disparu. Pourtant, ce qui me peine le plus est que tu aies disparu. Je suis maintenant un fantôme qui hante les rues et les ponts que nous avons un jour arpentés. Une brume sombre plane sur la ville, même quand il fait très beau. J'ignore si c'est le monde qui est devenu un enfer, ou si c'est la vie sans toi qui est l'enfer auquel j'ai été condamné. Je ne saurais dire si la guerre continue, puisque ma vie a été interrompue. Le seul point positif est que notre atelier n'a pas trop souffert. C'est désormais là que je vis. Je dors par terre sur un matelas au milieu des tableaux. J'ai l'impression qu'ils datent d'une autre époque, qu'ils ont été peints par quelqu'un d'autre, qu'ils surgissent de nulle part. Puisqu'ils ont été réalisés quand tu étais à mes côtés, je passe le doigt dessus dans l'espoir de retrouver l'inspiration qui les a fait naître.

Comme il est dur de peindre, dur de dormir au milieu des sirènes qui hurlent dans les rues la nuit, tout en rêvant de toi. Le matin, mes mains tremblent. Je regarde par les vitres poussiéreuses de l'atelier. Les eaux de la Seine s'écartent devant les piliers du pont à mes pieds. De l'autre côté du fleuve, perchés sur la tour de la Sainte-Chapelle, les douze apôtres de pierre font rempart contre la folie des rues. Tout en haut de la flèche, surplombant les apôtres, l'archange Gabriel souffle dans sa corne dorée. Ses ailes en marbre ne sont pas conçues pour voler. Son rôle est de servir de témoin et de mettre en garde. Je ne néglige pas ses avertissements. Sa trompette gracieuse se transforme en un arc, tire une flèche qui me traverse le cœur. La flèche poursuit sa trajectoire et tombe à tes pieds. Quand tu vas pour la ramasser, elle s'agite et devient colombe. Tu prends l'oiseau entre tes mains, mais ne sais si tu dois le libérer et me rendre ce que j'ai perdu. Tu portes ce corps duveteux à tes lèvres, tu le regardes droit dans les yeux et tu me vois, dans mon humilité, tu vois mes mains vides qui tremblent, incapables de créer. De quel droit je m'apitoie sur mon sort ? De l'autre côté de la vitre, dans les champs de béton, les hommes contemplent la destruction ultime. De quel droit je me lamente sur mon état émotionnel ? Y a-t-il un droit hormis celui des gens trahis ? Comme la révolution, l'amour commence par se trahir. Si seulement j'avais prévu cette trahison avant qu'il soit trop tard !

Je regarde fixement mes mains tremblantes, ces mains d'étrangleur ou de créateur qui se doivent d'être plus dures que toute pierre qu'elles taillent, plus fragiles que tout cœur qu'elles brisent, plus délicates que la courbure de toute chair qu'elles caressent. Ces mains d'un homme devenu fou qui griffent le jaune, qui griffent le soleil. Derrière, il y a ton visage, tes yeux qui scrutent mes yeux dans les yeux de la colombe. J'ai recommencé à peindre. Pinceau qui plonge dans la peinture, coups sur la toile. Je griffe le bleu, le ciel se déchire. J'ajoute de l'or, la lune se renverse. Je mêle des couleurs, jaillissent des arcs-en-ciel. Je façonne l'objet, je projette son essence, j'avance dans la forme, je vogue dans le ciel. Des nuages blancs se dessinent. Je te vois au milieu des femmes d'Europe qui blottissent leurs corps nus les uns contre les autres, qui protègent leurs cœurs de ces hommes faits pour la guerre. Je peins un chemin vers toi à travers les bombes qui s'ouvrent avec la grâce d'une fleur, les tombes qui procréent des bébés aux bouches musicales, une succession de voix vives telle des musiques anciennes tant aimées. De l'autre côté des eaux de la Seine, l'ange Gabriel me regarde essayer de venir à bout d'une toile de trois mètres cinquante sur deux, qui à la fin n'aura rien de commun avec ma vision originelle. L'ange souffle avec sa corne dans l'œil d'un ciel parisien qui se ternit. Le chaos engendre-t-il l'art ? L'art engendre-t-il le chaos ? Foutaises que tout cela ! Gabriel souffle la vérité. À quel point est nu un fou qui n'est vêtu que de ses idées !

Louise, j'espère que tu liras cette lettre et que tu me pardonneras, moi le traître à genoux. Je prendrais tes pieds entre mes mains et je les laverais avec mes larmes si cela te ramenait à moi. Je sais maintenant pourquoi le Christ a pleuré en lavant les pieds de Marie Madeleine. Ses pieds étaient deux poissons qui s'éloignaient dans la mer de ses larmes, la passion et l'amour qu'il n'aurait jamais. Il possédait ses pieds, mais pas son cœur. Je ne veux pas commettre cette erreur. Je veux que tu me voies sans fard. Je ne me cache pas. À quoi bon se cacher dans cette lumière inutile ? Je ne suis pas un Christ destiné à souffrir. Je suis ton Colomb. Je conquerrai n'importe quel nouveau monde que tu m'offriras.

FRANCISCO

Village de Reigne

Mon amour de Colomb, comme je m'ennuie de toi, et comme ton honnêteté me brise le cœur. Je t'admire de ne pas craindre de passer pour le fou. Le fou amoureux est un capitaine courage, il vogue sur une mer sans littoral. Tu es mon Colomb pour toujours.

Tu dis que maintes choses que nous aimions à Paris n'existent plus. Seules les choses simples sont perdues. Si je pouvais te révéler ce que j'ai découvert ici, tu te précipiterais pour me rejoindre. Mais la nuit où nous avons quitté Nice, tu ne voyais rien dans mes yeux.

Tu t'appesantis dans tes lettres sur des événements qui semblent maintenant s'être produits il y a longtemps. Ils appartiennent désormais au lointain murmure de l'histoire. Je sais à quel point la situation est difficile actuellement, rien qu'à voir le temps qu'une lettre met entre Paris et Ville-Rouge. On s'étonne même qu'il existe encore un service postal. Je cherche dans tes lettres quelque chose d'essentiel à ma survie. Quel tyran implacable se révèle être la mémoire ! Je ne vis pas en fonction d'hier, j'essaie d'être en accord avec le présent. Par mon brusque départ et mon cruel silence, j'espère tuer ton amour pour moi. Pourtant, mes actes sont contraires à ce qu'éprouve mon cœur. J'ai de plus en plus de mal à me procurer tes lettres. Il y a des soldats partout. Se rendre à Ville-Rouge est risqué, et même quand j'y parviens, il me faut encore affronter cet énervé de Royer. Une guerre du soupçon a éclaté à son tour. Qui est d'un bord, qui est de l'autre ? Lequel est collaborateur ? Lequel est résistant ? Comment savoir ? Moi, je viens chercher mes réconforts solitaires. J'ai tes lettres, j'ai tes tableaux autour de moi. La nuit, le mistral frappe à ma porte. Parfois, je me lève en pensant que c'est toi. Je le redoute, mais j'aimerais que ce soit vrai. Quand j'ouvre la porte et que je scrute les ténèbres, tu n'es pas là. Chaque matin, à mon réveil, je me demande : « Y aura-t-il une lettre pour moi aujourd'hui ? » Le pont de Ville-Rouge a sauté. La méfiance règne, tout le monde est surveillé, des jugements secrets sont rendus. J'ai appris qu'il n'y a pas besoin d'être deux pour faire la guerre. On peut être en guerre contre soi-même dans son propre cœur.

La semaine dernière a eu lieu un événement déconcertant, un incident auquel a été mêlé l'Apiculteur. Je sais que tu n'aimes pas entendre parler de lui, mais par respect pour le jour où il nous a tous deux sauvés dans les montagnes, je considère que je dois te raconter cela. Comme d'habitude, j'étais allée à Ville-Rouge voir s'il y avait des lettres de toi. Royer était assis derrière son bureau dans la poste. Quand il m'a aperçue, il a humé l'air pour savoir si c'était le jour où la table serait dressée pour lui, le jour où il savourerait son repas. Il voyait dans quel état d'expectative j'étais. Avec cérémonie, il m'a tendu un paquet de tes lettres. Mes mains tremblaient. Toucher ces enveloppes, c'était te toucher à nouveau, même si je ne tenais là que du papier. Ces enveloppes contenaient tes pensées. Je tenais tes pensées entre mes mains. Royer se gonflait d'importance devant moi, il était avide et bouffi, sale gosse plein de morgue qui mérite d'être remis à sa place. Il a passé sa langue au coin de ses lèvres. Puis il a approché son corps du mien et a dit :

— Mademoiselle attendait-elle donc ces petits mots intimes ?

Je n'ai pas répondu. Je n'ouvre jamais tes lettres devant lui. Ce serait un sacrilège. Je les ai aussitôt rangées dans mon sac.

— Peut-être mademoiselle devrait-elle lire son courrier tout de suite, avant de rentrer chez elle. Il contient peut-être de bonnes nouvelles qu'elle pourrait partager avec M. Royer. De bonnes nouvelles en provenance de Paris.

— Merci.

J'ai fait ma réponse aussi mielleuse que possible. Il fallait que je le flatte. Il avait le pouvoir de me séparer de toi.

— Mademoiselle accepterait-elle de prendre un apéritif au café avant de rentrer ? Elle pourrait se reposer et lire son courrier tranquillement tout en offrant à M. Royer le plaisir de sa compagnie. Je suis un homme marié, il s'agit donc là d'une proposition tout à fait honnête. En tant que fonctionnaire, j'ai pour mission de vous aider. Les temps sont rudes. Une demoiselle doit prendre garde à ses fréquentations. Elle ne doit pas donner aux autorités publiques l'impression qu'elle n'est pas digne de confiance. Elle ne doit pas leur donner l'impression qu'elle complote.

— Qu'elle complote ?

— Qu'elle complote contre ce qui est correct.

— Et qu'est-ce qui est correct ?

Royer a regardé par la fenêtre les soldats armés de fusils qui montaient la garde devant la mairie en face.

— Voilà ce qui est correct.

— Il faut que je parte.

— Puis-je vous proposer de vous raccompagner ? En tant que receveur des postes, j'ai droit à de l'essence pour ma voiture. Sinon, comment le courrier arriverait-il à destination ? Comment obtiendriez-vous vos lettres, vos précieuses lettres de Paris ?

— Comment ?

— Si mademoiselle acceptait mon offre de la raccompagner, elle ferait preuve d'une grande correction. Ce n'est pas raisonnable d'être seule sur les routes quand le danger rôde.

— Je vous remercie de votre sollicitude, mais j'ai plusieurs courses urgentes à faire avant de rentrer. Je ne voudrais pas qu'un fonctionnaire de votre importance perde son temps à de futiles commissions de bonne femme.

— Au contraire, je serais honoré de vous accompagner. Je suis incapable de m'ennuyer en présence d'une telle enchanteresse. Peut-être pourrions-nous faire halte dans la campagne afin de lire ensemble votre correspondance amoureuse ?

La soudaine expression de mon visage a suffi à lui clore le bec. Il a compris que, s'il ouvrait un jour une seule de tes lettres, je lui fermerais la porte à jamais. Non que je fusse prête à m'offrir à lui, sauf dans ses rêves, le seul endroit où j'acceptais d'exister à ses yeux.

Quand j'ai quitté la poste, Royer m'a suivie. Ce n'était pas inhabituel. À chaque fois, j'inventais une nouvelle ruse pour le semer. Un jour, j'avais repéré une longue file de gens qui attendaient leur ration de pain à l'extérieur d'une boulangerie. Quand je suis arrivée devant le comptoir, j'ai fait semblant d'avoir oublié mes tickets de rationnement et je me suis remise au bout de la queue. Royer a été obligé de courir rejoindre sa femme, de peur que son vice ne soit révélé aux yeux de tous dans une boulangerie. Certains jours, Royer était facile à perdre, d'autres non. Il était malin et obstiné.

Après que je fus sortie de la poste, Royer s'est lancé à ma poursuite dans les rues. J'ai trouvé refuge à l'intérieur de la boutique de Mme Heureux, une boutique de layette. J'étais persuadée qu'il n'oserait pas me suivre. Il n'avait rien à faire là et sa présence dans ce genre de magasin risquait de faire jaser. Il est entré quand même. La clochette au-dessus de la porte a tinté quand il a franchi le seuil. Mme Heureux s'est tournée vers lui et a prononcé son nom comme si c'était une vieille connaissance :

— Moooonsieur Royer ! Cela fait des années que je n'ai pas eu le plaisir de votre visite ! Quelle excellente nouvelle vous amène donc ? Votre présence signifie-t-elle que Mme Royer et vous êtes *parfaitement* heureux ?

Royer a fait comme s'il ne m'avait pas remarquée derrière l'imposante dame.

— Oui, Mme Royer et moi sommes très heureux. Nous n'avons pas de soucis de santé. Même si Mme Royer connaît quelques…

— Mais vous roucoulez encore comme deux tourtereaux ?

— Des tourtereaux perchés à la cime des arbres.

— C'est pour cela que je tiens boutique ! J'habille les oisillons du bonheur. Même en ces temps incertains, le bonheur entre par la fenêtre au moment où l'on s'y attend le moins. Il faut garder cela en tête. Plus de bonheur, plus de magasin de layette de Mme Heureux. C'est à vous que je le dois, monsieur. La réussite de Mme Heureux dépend de votre bonheur !

— Merci, madame. Je ne suis qu'un simple receveur des postes, mais les receveurs des postes eux aussi ont des rêves de bonheur.

Royer a avancé la tête et m'a lancé un regard furtif par-delà Mme Heureux.

— Ahhh, comme c'est joliment dit. Et quand dois-je attendre la livraison de ce colis du bonheur ?

— Le colis ? Ah oui. Euh, non. Mme Royer n'est pas la raison de ma visite.

Mme Heureux s'est sentie offusquée. Elle soufflait comme un cygne en colère.

— Si ce n'est pas Mme Royer qui vous envoie, pour quelle raison avez-vous donc franchi cette porte ? Ma boutique est très spécialisée !

— Une raison des plus spéciales.

— Puis-je savoir laquelle ?

Mme Heureux craignait un scandale qui nuise à sa bonne réputation. Ce qu'elle ne voulait en aucun cas.

Pris à son propre piège, Royer a reculé en direction de la porte. Il a ouvert la bouche, il cherchait désespérément le moyen de faire une sortie honorable :

— Ma nièce de Nice !

— Votre nièce de Nice ?

— Elle est si heureuse ! Son mari est si heureux ! Mme Royer est si heureuse ! Voilà la raison de ma visite : vous annoncer à quel point tout le monde est heureux.

— Dans ce cas (Mme Heureux a baissé le nez vers son corps obèse et a visé la proie qui suait à sa porte), vous vous trouvez en terre du bonheur. Puis-je montrer à cet honorable monsieur le dernier cri en matière de robes de baptême ? J'ai des mousselines qui siéraient à des anges, des bleues, des roses avec des jabots et des nœuds, de la soie du bonnet aux chaussons !

— C'est exactement ce que je voulais voir ! Vous avez lu dans mes pensées !

Royer a baissé la tête et tendu les mains, comme s'il attendait qu'on lui passe les menottes.

— Seul le bonheur m'intéresse.

Les menottes se sont refermées.

Royer roulait des yeux pendant que Mme Heureux ouvrait ses tiroirs et ses cartons, déployant avec fierté son arsenal de fines robes de baptême. Je me suis glissée vers la porte. La clochette a tinté pendant que je m'enfuyais. Mon bonheur à moi se trouvait dans mon sac, c'était ton paquet de lettres.

Même quand j'ai été en sécurité bien au-delà de Ville-Rouge, je n'ai pas ouvert tes lettres, de peur qu'on ne m'arrête, qu'on ne découvre ma véritable identité et qu'on ne lise les mots que tu avais écrits. Je ne sors jamais tes lettres de mon sac avant d'être à l'abri des murs en pierre de ma maison. Même à mi-chemin de Reigne, après les vignobles, les vergers, la dernière ferme, quand cela paraissait sûr de les ouvrir, je ne l'ai pas fait. J'ai patienté, effrayée par l'idée même que le soleil puisse lire par-dessus mon épaule et me vole mon secret. C'est pour cela que j'ai été si étonnée d'entendre du bruit sur cette route habituellement déserte. J'ai cru que les cris m'étaient adressés, que les soldats crispés qui pointaient leurs fusils faisaient partie d'un piège que me tendait Royer pour révéler mon identité. Les soldats se tenaient de chaque côté de la route des collines. L'un d'eux s'est approché de moi. D'un mouvement de son pistolet, il m'a fait signe de m'arrêter.

C'était l'Officier de la cerisaie. Il n'a pas montré qu'il me connaissait, ni qu'il se souvenait du Jour des Abeilles, celui où tu as été blessé aux genoux et où tu t'es effondré à mes pieds. L'Officier s'est raidi en m'ordonnant d'ouvrir mon sac. Je lui ai obéi. Il m'observait d'un air agacé. Il a attrapé mon sac et l'a renversé. Tes lettres se sont éparpillées dans la poussière. L'Officier les a prudemment repoussées du bout du pied, comme s'il s'agissait d'explosifs qui pouvaient se déclencher à tout moment. Il a pivoté face à moi et m'a demandé :

— Transportez-vous quelque chose ?

Je lui ai tendu mon sac ouvert comme si je lui demandais l'aumône, pour lui montrer qu'il était vide.

— Je vois bien que votre sac est vide. Vous me prenez pour un imbécile ? Peut-être cachez-vous quelque chose sous votre robe ?

Les autres soldats nous regardaient. Je lui ai dit à voix basse :

— Vous voulez voir ? Ce ne sera pas la première fois. Vous voulez que les autres sachent de quelle manière vous m'avez déjà regardée ? Vous voulez que je leur hurle à la figure ?

L'Officier était toujours aussi tendu. Il s'est baissé rapidement pour réunir les lettres, puis les a enfouies dans mon sac.

— La nuit dernière, un des transformateurs de Ville-Rouge a été saboté. Si vous remarquez quelque chose d'inhabituel, je veux que vous veniez m'en rendre compte en personne à la mairie. Vous avez compris ?

— Oui.

Il s'agrippait toujours à mon sac.

— Avez-vous vu aujourd'hui quelque chose qui sorte de l'ordinaire ?

— Le chien de la dernière ferme.

— Qu'est-ce qu'il avait ?

— Il n'a pas aboyé quand je suis passée.

— Partez.

Je lui ai repris mon sac. Comment pouvait-il avoir idée de la peur qui étreignait mon cœur au moment où il tenait tes lettres entre ses mains, et de la honte que j'en éprouvais ? Quitte à être surpris, je crois que les gens préfèrent que ce soit en possession d'explosifs plutôt que de lettres d'amour. Des lettres d'amour peuvent paraître si banales. La nudité du désir n'intéresse que les amoureux. Pour ceux qui sont exclus de cet amour, il est dépourvu de sens. À cet instant, comme j'aurais voulu ne pas être une femme amoureuse ! J'aurais voulu être le fuyard dans les collines, celui qui avait fait sauter la ligne électrique de Ville-Rouge. J'ai tourné les talons, mais l'Officier m'a retenue par le bras. Il avait entendu quelque chose. Moi aussi. Des chiens qui aboyaient, le bruit d'une moto dans un virage. Il a brandi son pistolet.

La moto a fait halte devant nous. Des chiens haletaient autour d'elle. Le conducteur n'était autre que l'Apiculteur. Attachées avec des cordes à son grand porte-bagages, se trouvaient trois ruches en bois enveloppées dans des sacs de farine. Le bruit qui s'en échappait toujours résonnera en moi, jamais ne quittera mes rêves : le noir bourdonnement de ces corps vifs. J'ai senti les abeilles vrombir contre ma peau. Un frisson m'a parcourue.

Nous avions rencontré l'Apiculteur ensemble un jour de marché. Les rues de Ville-Rouge étaient envahies par la foule qui se bousculait autour des étals proposant des olives, des melons, des fromages, des lapins, des truffes et des herbes. Les trésors de la Provence exposés au soleil. Au milieu de la foule bruyante, l'Apiculteur au visage anguleux était drapé dans sa fierté d'homme simple. De ses yeux perçants, il sondait les clients qui s'agglutinaient autour de la table où étaient posés des pots en verre scellés à la cire. Ses bocaux contenaient du miel crémeux. Chacun arborait une étiquette avec l'écriture de l'Apiculteur : miel de lavande, miel des roses de l'abbaye de Sénanque, miel du mont Ventoux, miel de romarin sauvage. Tu m'as offert un pot de chaque variété, ce qui suffisait, as-tu déclaré, pour mille matinées à passer ensemble. Tu avais une théorie sur l'Apiculteur solitaire : quand un homme récolte son propre miel et qu'il n'a pas d'épouse, il étale la pâte sucrée sur du pain et le partage avec ses chiens. Un homme qui a des chiens n'a besoin de partager avec personne d'autre.

Les chiens de l'Apiculteur nous ont encerclés sur la route. L'Officier a braqué son pistolet sur eux et ordonné à leur maître de les rappeler. Ce dernier s'est contenté de sourire quand les chiens m'ont léché les chevilles. L'Officier lui a crié de produire ses papiers d'identité. L'Apiculteur n'a pas bougé. L'Officier a fait un pas en avant, lui a mis le pistolet contre la tempe et demandé ce que contenaient les trois boîtes arrimées au garde-boue de sa moto. L'Apiculteur me regardait intensément, il me fixait de ses gros yeux globuleux d'abeille. J'ai alors remarqué sur le guidon de la moto ses mains difformes, des mains habituées au contact d'ailes fluides contre la peau, immunisées par tant d'attaques à coups de dard.

Sous le regard de l'Apiculteur, je suis redevenue la petite fille qui jouait près de la maison de tante Mimi au bord du canal, le jour où je me suis rendu compte qu'il existait une tout autre sorte de jeu. Du bois derrière le canal a surgi une bande de garçons. Leurs yeux se sont posés sur mes fesses nues au moment où je me penchais pour dessiner avec un bâton la maison de mes rêves dans la poussière. Je me suis retournée, la gorge serrée. Il n'y avait pas un bruit. J'ai attendu le son de ma voix, celui de mon propre souffle. Que du silence. J'ai attendu que tante Mimi se précipite à mon secours. Les garçons ont promené leur regard sur mon corps. J'étais à l'âge où une petite fille ne pense pas à se vêtir par une chaude journée d'été. Mon corps changeait trop vite pour que j'en éprouve de la joie ou de la honte. C'est dans le regard de ces garçons que j'ai pris conscience de l'âge que j'avais, et du sexe auquel j'appartenais. Mes yeux de femelle ont scruté leurs yeux de mâles. Je savais d'instinct que, si je m'enfuyais, ils me prendraient en chasse. Je n'ai pas bougé quand tante Mimi s'est approchée dans mon dos. Elle a fermement posé les mains sur mes épaules nues et tremblantes. Je ne voyais pas ses yeux, mais je savais qu'ils étaient braqués sur les garçons. Une distance a diminué entre eux et nous, une idée a surgi de la terre dure couverte d'herbes brûlées par le soleil. J'ai palpé la taille de Mimi. Elle mettait toujours la grosse ceinture en cuir de l'oncle Alphonse sur sa robe longue. J'ai défait sa boucle, j'ai attrapé la ceinture et je l'ai enroulée autour de ma poitrine nue à hauteur de mes mamelons durcis. Le rire moqueur des mâles a retenti à mes oreilles. C'était la première fois que j'entendais ce rire. Je l'entendrais bien d'autres fois encore. Un rire qui disait : « Je ne te regarde pas, pourquoi te regarderais-je ? » Un rire qui disait : « Tu t'imagines que j'ai besoin de toi, qu'est-ce que tu crois avoir de spécial ? » Un rire qui disait : « La prochaine fois, ce n'est pas ce rire que tu entendras, ce sera autre chose, et ça ne t'amusera pas. » Alors que les garçons disparaissaient en riant dans les bois, voilà ce que m'a déclaré tante Mimi : « N'aie jamais honte de comment t'a faite Dieu, Louise. Un jour, il faut aller où vont les hommes. Il ne faut pas avoir peur, car les lâches, ce sont eux. Si tu t'ouvres à eux comme une femme, c'est toi qui les domineras. C'est le pouvoir de la femme, mais seulement si elle sait qui elle est, et seulement si elle sait où elle va. »

Les soldats qui bloquaient la route ont ri quand les chiens de l'Apiculteur ont enfoui leur truffe sous ma robe et léché mes jambes nues. Je suis passée devant eux et je me suis avancée vers l'Apiculteur sur sa moto. Les mots de tante Mimi résonnaient à mes oreilles. *Seulement si la femme sait où elle va.* Les soldats se sont tus.

J'ai posé mes mains sur les épaules de l'Apiculteur. Il a tourné ses yeux limpides vers moi. J'ai senti la vibration des corps vifs dans les ruches qu'il transportait derrière lui.

— Il ne peut pas parler, ai-je dit à sa place.

L'Officier a pressé plus fort le canon de son revolver contre la tempe de l'Apiculteur.

— Je veux qu'il ouvre ces boîtes !

— Elles ne contiennent que des abeilles.

— Dans ce cas, qu'il les ouvre !

— C'est impossible.

— Pourquoi ?

— Parce qu'il transporte une reine.

— Je veux la voir.

— S'il vous la montre, toute la ruche vous attaquera.

— Bordel de merde !

— Il faut le laisser passer, surtout si vous aimez les tartines au miel.

Furieux, l'Officier a pointé son pistolet sur moi.

— Vous croyez que je m'intéresse à du miel ?

Le bourdonnement vif des corps mordorés fusait dans mon sang comme en ce Jour des Abeilles, ce jour où l'Officier a introduit son sexe en moi. Cette fois, il tenait un pistolet. Cette fois, il pouvait m'anéantir d'une autre façon.

L'Officier a agité son arme.

— Dites à ce fils de pute d'emmener sa reine là où elle doit être !

— C'est ce qu'il fait.

— Dans ce cas, qu'il parte et cesse de me faire perdre mon temps ! Il est seulement muet, pas handicapé !

J'ai retiré mes mains des épaules de l'Apiculteur.

— Oui, ce n'est qu'un pauvre apiculteur muet.

Je l'ai regardé faire bruyamment demi-tour sur sa moto et disparaître dans le virage de la route de Reigne avec ses chiens qui aboyaient derrière lui.

L'Officier a rangé son pistolet dans son holster et m'a fait signe de passer avec un salut sarcastique. Tes lettres dans mon sac, j'ai repris mon chemin. J'ai gravi la route creusée des siècles plus tôt par les conquérants romains. Les mots de tante Mimi m'ont accompagnée, tout comme ils m'accompagnaient le jour où je marchais à l'aube par les rues glissantes de pluie pour te rejoindre en cette toute première fois dans la Sainte-Chapelle.

Seulement si la femme sait où elle va, mon amour.

TROISIÈME PARTIE

LE JOUR DES ABEILLES

Village de Reigne

Francisco, mon grand amour,

Je suis assise devant mon feu du matin et j'essaie d'écrire. Voici une lettre en provenance d'un oiseau doué de parole. Des plumes, un envol et un chant qui s'élève tout à coup. Un chant qui se répète, car il a été chanté et rechanté. Notre chant. Les mots d'amour, qui paraissent toujours banals aux autres, font tinter une note parfaite à l'oreille de l'être aimé : c'est le rythme de leur propre musique, un pouls qui bat plus fort que n'importe quelle symphonie.

Veux-tu savoir de quoi j'ai rêvé cette nuit ? J'ai rêvé d'un feu, exactement comme celui qui brûle dans la cheminée devant moi à l'instant. Mais dans mon rêve, je suis à l'intérieur du feu, j'incarne ces flammes qui éclairent, ma chair invisible irradie une chaleur réconfortante. Je suis le seul témoin d'un moment miraculeux. Je n'exagère pas. Ce rêve est si riche qu'il exhale l'odeur épicée de ta peau. Il faut donc qu'il soit réel. Un individu que je ne vois pas joue un air folklorique sur un accordéon. Les notes dansantes viennent de très loin. Rapides et vives, elles s'enroulent comme un serpent autour de la mélodie, de notre mélodie. Elles ondoient tout au long de la scène que je vais te raconter. Garde cette musique présente à l'esprit : sans elle, tu ne peux voir mon rêve.

Un violon plaintif se joint à l'accordéon. Brusquement, j'aperçois une silhouette sombre au milieu du feu. C'est toi, de dos, plongé dans tes pensées. Au-delà, des grandes fenêtres sont ouvertes sur la nuit. Une lumière jaillit de l'obscurité, éclat de blancheur sur les ténèbres : un papillon de nuit. En général, les ailes des insectes sont tissées de tulle soyeux, sauf les siennes. La créature a la taille d'une pomme verte, de ces pommes vertes trop mûres que personne ne viendra cueillir aux branches d'un arbre solitaire près d'une ferme déserte.

Je regarde la créature se déplacer lentement. On dirait qu'elle flotte tandis que ses ailes courbées et délicates battent à un rythme régulier. Tu ne la vois pas s'approcher. Perdu dans ton monde, tu regardes fixement une toile vierge posée sur un grand chevalet devant toi. Je sais que cette apparition ailée est clémente. C'est la bonté. Elle file vers toi. Elle quitte la nuit sombre pour la lumière de ton atelier et traverse la pièce. À mesure de sa progression, son vert devient couleur vieux lin, puis d'une teinte crème de plus en plus vive, jusqu'à l'extrême limite de l'incandescence. Tout à coup, ses ailes se muent en pétales d'un voluptueux gardénia. Je respire l'odeur pure de cette fleur.

Tu apparais dans mon champ de vision, ombre marron debout devant le feu, de plus en plus plongé dans tes pensées. Prêts à représenter ta vision intérieure, tes doigts agrippent le pinceau. Ce dernier se dresse, il est sur le point de dessiner dans l'air une forme, la forme d'une émotion. Derrière toi, à hauteur de ton épaule, le papillon de nuit ralentit son vol jusqu'à rester en suspens. Peut-être la lumière qui l'a attiré brûle-t-elle ses yeux fragiles, peut-être respecte-t-il ton intense concentration. Il bouge à peine, plane au-dessus de ton épaule, puis vient se poser sur tes doigts qui enserrent le pinceau. Pendant un moment, il reste immobile. Tu n'as pas conscience de son poids sur ta peau, même quand ses ailes de velours se mettent à battre. Tu te tournes brusquement vers le chevalet. Ton pinceau plonge dans la peinture, puis projette de la couleur sur la toile. Cela se produit si rapidement que je perds presque le papillon de vue. Puis je le vois qui vole vers moi. Je lui crie de s'arrêter, mais il n'en fait rien. Il avance tout droit vers mes flammes. En un instant, il est anéanti. Personne ne saura jamais qu'il a existé, si ce n'était cette délicate odeur... non pas de gardénia... mais de pollen d'abeille dont la teinte dorée s'accroche aux grains de poussière dans ton atelier.

Voilà mon rêve. Puis je me suis réveillée et j'ai pensé : « Oui, *elle aussi* sera attirée par la qualité de la lumière. De cette lumière magique et séduisante. »

LOUISE

Village de Reigne

Cher homme,

Je vais me confesser à toi dans cette lettre. Ce ne sera pas exactement une confession, plutôt une révélation, un éclaircissement, la vérité sur le Jour des Abeilles. Mon point de vue de femme. Depuis que j'ai rêvé du papillon de nuit qui se consume dans les flammes, j'ai compris que seul mon propre feu peut mettre au jour la vérité, et non la muse ailée qui se perche sur ton épaule et murmure à ton oreille.

Comme j'aimerais te raconter plus en détail ma vie quotidienne ici, te faire entrer dans mon intimité, te relater tous ces petits moments qui, mis bout à bout, composent mes journées sans toi. Comme j'ai autrefois désiré que tu partages ces moments. Était-ce trop que de tout exiger de toi ? Exiger que tu t'abandonnes à moi comme je m'étais abandonnée à toi ? Tu m'as dit un jour que certains ne veulent pas être artistes, qu'ils veulent être l'art. Quel a donc été mon péché ? L'art de la vie ? L'art de t'aimer ? L'art de me perdre en toi ? Mon péché ultime a-t-il été de m'être reconquise ? Quel art !

Je n'ai jamais su si je m'en remettais aux mains d'un monstre, car l'amour est un monstre, ou si j'ai remis le monstre que je suis entre les mains d'un homme. Voilà comment pense une femme : que si elle avait été un peu plus raisonnable, mûre, sage, calculatrice, le monstre en elle aurait pu être dompté, ce dont elle rêvait aurait pu devenir création. Ne crois pas que tu es le seul à te réveiller les mains tremblantes, le seul à craindre ce dont ces mains sont capables. Ne te méprends pas. J'ai d'autres moyens, d'autres motivations, voilà tout. Une femme calme n'est pas une femme sans défense. Vois comme je parle, vois comme je poursuis, bien que je sois un disque privé de son centre. Je suis désormais privée de toi. De cela, je ne nous pardonne pas. Le temps passe, je suis hantée par les cris et les rires des enfants qui ne sont pas nés. Je ne tolère rien de moins que ce mystère passionné, tout le reste est faux. Je veux tenir debout toute seule. Auparavant, mes racines n'étaient pas assez solides. Maintenant, elles le sont. Des choses nouvelles envahissent mes journées, des choses qui méritent que l'on vive pour elles. J'entends cet accordéon dans le rêve du papillon de nuit. Je connais cette musique. Je l'ai déjà entendue en réalité. Elle résonne à l'intérieur de mes os.

Il y avait un joueur d'accordéon dans un orchestre un soir de pleine lune. Je le vois se balancer pesamment d'un côté et de l'autre tandis qu'il étire son instrument. Derrière lui, l'orchestre composé de fermiers de la région ponctue chacune de ses notes de sons discordants et joyeux. La petite place est envahie par des danseurs qui tournoyent autour de nous. Nous ne pensons déjà plus à l'après-midi dans la cerisaie. Nous ne pensons plus qu'il s'agit du bal du 14 Juillet à Ville-Rouge. Il est minuit, il fait chaud, nous sommes dans les bras l'un de l'autre. Voilà tout ce qui compte, se serrer fort l'un contre l'autre comme pour empêcher nos esprits de partir en un doux délire. Ai-je jamais été si heureuse ? Dans un tel moment, le bonheur ressemble à un fil brillant qui se déroule vers les ténèbres de l'éternité. Même quand tu rates un pas de danse et que tu fais une mauvaise chute, que tu es étendu à mes pieds sur les pavés, tu n'as pas mal. Je danse au-dessus de toi, emportée par notre rythme, ma robe gonfle autour de ma taille, mes jambes sont nues. Tu me regardes, émerveillé. Ai-je jamais été aussi heureuse ? Si seulement je n'avais pas eu d'yeux que pour toi, j'aurais vu que beaucoup d'hommes t'enviaient cette femme sans méfiance, cette femme offerte à toutes les promesses de l'amour. Combien d'entre eux sont venus m'inviter à danser, ce que j'ai à chaque fois refusé ? Combien d'entre eux ont voulu briser le charme ? Combien nous ont observés en silence depuis les tables de café disposées autour de la place ? Ai-je jamais été aussi heureuse ? Ai-je jamais été aussi insouciante ? Les amoureux qui n'ont d'yeux que pour eux-mêmes ne voient pas le monde qui les entoure. Or le monde ne pardonne pas à ceux qui le perdent de vue.

Nous avons perdu le monde de vue, mon amour. Cet après-midi-là dans la cerisaie, alors que j'avais les mains attachées et la tête dans un nuage de fleurs, les règles du jeu ont changé. Je *voulais* être attachée, je te suppliais de me ligoter, je mourais d'envie d'être ta prisonnière. Et je l'étais. J'ai perdu de vue ceux qui avaient senti notre vulnérabilité, qui nous avaient observés à Ville-Rouge jusqu'aux premières lueurs du matin. La foule s'est clairsemée sur la place, le petit orchestre a rangé ses instruments et s'en est allé. Nous avons continué à danser autour de la fontaine romaine, nous n'avions besoin d'autre musique que celle de l'eau qui éclaboussait. Ce bruit s'est mêlé à celui du

104

gazouillis des oiseaux qui nichaient dans le clocher de l'église. C'était notre aurore. Nous étions les premiers et les seuls êtres sur une terre venant juste de renaître. Telle est la vanité des amoureux, et nous n'étions pas différents.

Le soleil n'était pas encore levé quand nous avons laissé Ville-Rouge pour les montagnes. Il n'y avait aucun moyen de maîtriser le rythme qui ondulait encore dans notre sang. Tu t'es garé près d'une abbaye en ruine. La Bearcat a ronronné avant que tu coupes son moteur. Un autre bruit a pris le relais : la chaleur croissante du matin avait réveillé les cigales dans les grands sycomores qui bordaient la route. Leur chant s'est fait plus insistant, ce crissement a obligé le soleil à ouvrir un œil, qui s'est rapidement mué en globe ardent. Nous avons quitté la Bearcat pour nous promener dans l'ombre de pierres qui avaient un jour constitué la cour intérieure du cloître. C'est là que je suis devenue ta Salomé, que j'ai commis le sacrilège de danser dans le temple. Tu t'es adossé à un pilier brisé, tu t'es laissé glisser à terre d'ivresse et d'épuisement à cause de la nuit, mais tu voulais bien être mon public. Tu observais chacun de mes gestes. D'où venaient-ils, je l'ignorerai toujours, ils étaient fluides et précis, moins pour te séduire que pour exprimer, à la plus humble de toutes les origines, l'offrande d'une sensualité innée. Je me suis donc offerte à toi comme la nourriture de l'âme dont j'étais à la fois le cuisinier et le mets. Je t'entrevoyais au milieu des tourbillons de ma robe transparente. Nous n'étions plus entourés de gens comme sur la place quand j'ai dansé au-dessus de toi sur les pavés. Tu as alors fait ce que tu ne pouvais faire là-bas : tu as remonté tes mains le long de mes jambes et caressé mes cuisses. J'étais nue pour toi. Tout ce qui brillait au cœur de mon intimité se reflétait dans tes yeux. Tu as défait ton pantalon et je me suis baissée vers toi. La cacophonie des cigales emplissait l'air. Tu m'as pénétrée en un frisson. Mon souffle a explosé dans ta bouche alors que nos lèvres se heurtaient en un violent baiser. Je me suis cramponnée à toi comme si je pouvais aspirer ce baiser jusqu'au fond de mon être, comme si l'explosion même de mon gémissement était le début d'une nouvelle vie, comme si une ombre qui pourtant n'était ni la mienne ni la tienne recouvrait mon âme, prenait une forme qui lui était propre, inattendue et persistante. *Seulement si la femme sait où elle va, mon amour.* Je savais à cet instant où j'étais allée avec toi. Il n'y avait pas de retour possible. Une femme sait quand elle est prête à concevoir un enfant.

TA LOUISE

Village de Reigne

Francisco, mon amour,

Pardonne-moi d'avoir interrompu ma dernière lettre là où je l'ai fait. Je ne t'avais jamais dit que j'étais enceinte, ni depuis quand. J'imagine que, lorsque j'ai cessé d'écrire hier soir, j'étais épuisée d'avoir revécu un tel bonheur, comme nous étions épuisés ce matin-là dans l'abbaye au moment où le soleil s'est levé au-dessus des ruines. Tu étais toujours assis par terre, adossé à la colonne de pierre. J'étais à cheval sur tes cuisses, face à toi, les jambes écartées. Alors que le soleil nous réchauffait, j'ai senti que tu me pénétrais à nouveau. J'ai ouvert les yeux. Tu dormais encore, et pourtant tu t'introduisais en moi. Sais-tu ce que cela signifie pour une femme quand un homme fait cela ? C'est l'assurance réitérée que même quand il rêve, ses errances le ramènent à elle. Que même dans ses rêves, elle le reçoit. Tout ce que j'avais à faire, c'était de déplacer le poids de mes hanches pour que tu te fasses plus dur en moi. J'ai bougé les hanches. Mon rire, déclenché par une telle facilité et un tel miracle, t'a réveillé. Tes yeux qui s'ouvraient sont devenus mon soleil, dont la lumière chassait de ma vie toutes les ombres du doute. Tu m'as déclaré que tu n'avais jamais été réveillé comme cela, par un tel rire. Je voulais que tu continues à me parler. Tu m'as déclaré que le son de mon bonheur était le plus pur que tu aies jamais entendu, un rire qui s'écoulait comme du miel de la corne d'un ange.

Si seulement mon rire avait pu anéantir l'autre rire ! Ce rire moqueur qui s'est élevé entre les colonnes de pierre. Nous avons cherché d'où il venait sans voir personne. Il s'est fait plus fort. Nous avons couru jusqu'à la Bearcat. Des pas ont retenti derrière nous dans l'abbaye, des pas nombreux qui crissaient sur les cailloux. Dès que nous avons été en voiture, tu as démarré. Tout en remontant les vitres, nous n'avons vu que l'abbaye déserte. Mais par-dessus le rugissement de notre moteur, nous entendions toujours ce rire accusateur, ce rire sinistre. Les champs défilaient tandis que la masse proéminente de la Bearcat oscillait dans les virages en épingle à cheveux de la route de montagne. Tu regardais sans cesse dans le rétroviseur, mais tu ne parvenais pas à le régler pour voir la route derrière nous. Le soleil du matin se réverbérait sur la vitre, t'éblouissant de sa lumière blanche et froide. De rage, tu as repoussé le rétroviseur puis accéléré dans la montagne. J'ai posé la main sur ton genou et j'ai serré, moins par peur que pour te rassurer sur le fait que nous étions ensemble. Mon corps avait reçu ton amour, ce qui m'était d'un grand réconfort. Peut-être n'était-ce pas un rire que nous avions entendu dans l'abbaye, mais le croassement des corbeaux dans la lumière de l'aube. Autant mon corps était souple, autant le tien était tendu, tenu en alerte par ton instinct animal.

— Essaie de voir si on nous suit, m'as-tu demandé.

Je me suis retournée et j'ai observé la route par la poussiéreuse lunette arrière. Au bout de quelques mètres, la route disparaissait dans un virage. Je t'ai assuré :

— Il n'y a personne.

— Regarde encore !

Tu as continué à accélérer pendant que je scrutais la lunette arrière. C'est là que je les ai vus. D'abord, j'ai cru qu'il s'agissait juste de taches noires sur la route derrière nous. Des taches ? Ou des corbeaux noirs ? Mais... des corbeaux sur une route ? Les taches ont grossi à mesure qu'elles se rapprochaient.

— Si, ai-je murmuré, comme si je craignais que quelqu'un d'autre ne m'entende. Il y a quelque chose derrière nous. Quelque chose qui nous suit.

— Les salopards !

Tu as de nouveau essayé de régler le rétroviseur.

Nous le voyions maintenant tous les deux. Les taches se sont précisées. On aurait dit que nous étions poursuivis par des insectes ailés aux têtes luisantes et aux yeux globuleux. Le soleil se reflétait sur eux tandis qu'ils nous rattrapaient.

— Ils devaient nous observer cette nuit à Ville-Rouge ! Ils ont dû nous suivre jusqu'à l'abbaye ! Comment ai-je pu ne pas les voir ?

— Les voir ?

Les insectes approchaient. Maintenant, je me rendais compte que leurs ailes étaient en fait leurs coudes écartés de chaque côté du guidon de leurs motos, leurs têtes luisantes des casques en cuir, leurs yeux globuleux, de grosses lunettes maintenues à l'aide d'un élastique. La plainte de leurs moteurs était lourde de menace tandis qu'ils fonçaient sur nous. Tu as baissé ta vitre et tendu le bras pour leur faire signe de passer, en vain. Ils se sont avancés jusqu'au pare-chocs arrière de la Bearcat. Ta main s'est transformée en poing dressé. Tu as accéléré. Une odeur de caoutchouc brûlé a empli l'air. Nous ne pouvions pas aller plus vite. Les insectes se sont répartis de chaque côté de la voiture. Leurs motos roulaient à notre hauteur, leurs yeux étaient cachés par les lunettes, leurs rires féroces aussi forts que les moteurs vrombissants. Le même rire qu'à l'abbaye. Des poings ont martelé la tôle de la Bearcat. Quelque chose a heurté ma vitre avec un bruit sourd, et le verre s'est fendu. Puis, tout à coup, les insectes nous ont doublés et ont pris de la vitesse, leurs motos s'inclinant dans les virages alors qu'ils s'éloignaient hors de notre vue.

Ce n'est qu'après leur disparition que je me suis aperçue que ma main sur ton genou s'était transformée en une pince qui comprimait ta chair à travers ton pantalon. J'ai desserré mon étreinte et délicatement essuyé la sueur sur ton front. Quelle était cette menace que tu voyais toujours sur la route déserte devant nous, comme un violent orage qui assombrit le ciel d'été ? Un bruit sec a retenti à nos oreilles, puis un autre, et encore un autre : le moteur avait des ratés. Nous avons tous deux jeté un coup d'œil à la jauge d'essence. La flèche était pointée sur le zéro. Le moteur a toussé, puis s'est tu. Le seul bruit était désormais celui du chuintement des pneus sur la chaussée. La Bearcat s'est arrêtée en douceur. Dans le brusque silence, nous nous sommes dévisagés. Nous avons souri, soulagés que ce ne soit pas un pneu qui ait éclaté, soulagés que les insectes soient partis. Nous étions l'un à l'autre. Le reste n'avait aucune importance.

Sans cesser de sourire, tu as déclaré :

— Peut-être n'aurais-je pas dû échanger ce grand tableau bleu contre la Bearcat.

— Et les chaînes en or de la femme d'Élouard, celles que tu as obtenues en même temps que la voiture ? Sans elles, jamais je n'aurais été attachée à ton lit !

Mes yeux te signifiaient que je ne pensais pas ce que je disais. Je n'avais pas besoin d'or pour être attachée. Tout ce dont j'avais besoin, c'était de ton regard aimant, de tes pensées douces quand tu me traitais rudement, comme seul un véritable amant peut le faire.

Nous sommes descendus de la Bearcat. Nous avions à nouveau envie l'un de l'autre. Pour les amoureux, entre le désir et la fin du monde, il n'y a que du désir. N'existe que l'éternel instant du présent.

Les cigales se sont fait entendre au loin, tu m'as poussée contre le métal de la Bearcat chauffé par le soleil, tu as relevé ma robe jusqu'à mes épaules et tu m'as plaquée contre l'aile de la voiture aux courbes élégantes. J'ai fermé les yeux. Le chant des cigales s'est fait plus insistant. Une odeur âcre de fumée de pot d'échappement est parvenue à mes narines. Mes yeux étaient fermés au monde extérieur afin de ne sentir que toi. Les cigales ont émis une plainte métallique. Nous avons ouvert les yeux en même temps. Nous étions cernés. Ce n'était pas des cigales que nous entendions, mais le vrombissement d'insectes autrement plus menaçants : des hommes sur des motos en train de nous encercler, d'encercler la Bearcat, leurs pneus épais projetant de la poussière et des gravillons.

Que nous est-il arrivé ensuite, Francisco ? Quel souvenir deux personnes gardent-elles du même événement ? Comme ton poète espagnol a dit un jour : « Au royaume des aveugles, les borgnes sont rois. » Les amoureux vivent au royaume des aveugles, ils sont aveugles au monde extérieur. Ils n'ont d'yeux l'un que pour l'autre, ne voient que le contour de leurs âmes respectives. Ils n'ont qu'un œil chacun. Ce sont les maîtres absolus dans leur domaine, mais leurs deux yeux réunis ne leur permettent de mieux voir que dans une seule et unique direction. Leur clairvoyance est faussée. Autour d'eux, le grand tableau de l'univers tourbillonne. Ils n'y prêtent aucune attention.

Ce que tu as vu en ce Jour des Abeilles avec ton œil unique, tu passeras le reste de tes jours à le revivre. Était-ce le prix à payer pour notre bonheur ? Tout ce qui a suivi n'a fait que démontrer à quel point nous étions montés haut, et à quel point nous retombions bas. Mais les amoureux ne redescendent pas de leur propre chef. Il semble y avoir une loi décrétant que ceux qui montent si haut arrivent trop près de Dieu. Et lorsqu'ils sont hors d'atteinte de la jalousie du monde, Dieu les renvoie en direction de la terre. Est-ce ce qui nous est arrivé en ce qui aurait dû être le plus beau jour de notre vie ?

Ce que j'ai vu en ce Jour des Abeilles est si clair ! Les scènes se rejouent constamment dans ma tête, comme une bobine de film d'animation tournant sans arrêt sur un projecteur. Si j'écris ce que j'ai vu, si je revis avec toi ce que mon cœur a ressenti, si je te le raconte avec mes mots, peut-être qu'alors tu n'éprouveras pas de remords. Le remords d'un homme sans défense.

Mon œil unique a enregistré tout ce qui aurait dû être oublié, mais ne l'a pas été : nous deux prisonniers au sommet du monde tandis que les insectes nous entourent avec leurs motos qui crachent des fumées d'échappement. Ils ont arrêté leurs engins puis sont descendus de moto sans retirer leurs casques ni leurs lunettes. Ils ont coupé leurs moteurs et ils ont ri. De ce rire que nous avions entendu dans l'abbaye, le rire cynique que j'avais ignoré la nuit précédente à Ville-Rouge en déclinant toutes les invitations à danser des autres hommes.

Alors que les insectes riaient, je t'ai vu te diriger vers le coffre de la Bearcat où tu avais rangé le cric. Leur chef riait plus fort que les autres. Il a plongé la main dans la sacoche

112

de sa moto et en a sorti un cric. L'uniforme impeccable, le pantalon rentré dans les bottes, le revolver à la taille : c'était l'Officier de la cerisaie.

— Est-ce ceci que vous cherchez ?

Il a tapoté la paume de sa main avec le cric.

Sans répondre, tu as continué à t'avancer vers le coffre de ta voiture.

— Est-ce ceci que vous voulez ? (L'Officier a tendu le cric.) Tenez !

Tout à coup, il a dressé l'outil, qui a fendu l'air et t'a frappé au genou.

Ton cri de surprise a retenti à mes oreilles au moment où je me précipitais pour t'aider. Mais les autres hommes m'ont retenue. Tu t'es affalé de douleur contre la Bearcat.

L'Officier a brandi le cric pour te briser le crâne, mais il a interrompu son geste. Il avait eu une idée.

— Peut-être voulez-vous nous regarder ?

D'une voix pleine d'angoisse, tu as répondu :

— Vous regarder ! Ce que je veux, c'est vous tuer !

Tu as essayé de lui sauter à la gorge. Ton genou blessé a refusé de t'obéir et tu as perdu l'équilibre. L'Officier t'a attrapé par la chemise et poussé contre la Bearcat. Je voyais une tache de sang s'agrandir sur la jambe de ton pantalon. Il t'a enfoncé le cric dans la gorge. Tu cherchais ton air. Avec sa main libre, il a défait ta ceinture et te l'a arrachée. Puis il a reculé en agitant la ceinture dans une main et en serrant le cric dans l'autre.

— Vous pouvez regarder… ou mourir ! a-t-il raillé.

— Vous devrez me tuer !

Quand tu as fait mine de te jeter sur lui, il t'a frappé à l'autre genou avec son cric. J'ai entendu ton os se briser comme si on écrasait chaque os de mon corps. Tu as titubé, tu voulais rester debout, tu refusais de courber l'échine.

— Maintenant, c'est à votre tour de regarder ! t'a hurlé l'Officier à la figure. Nous vous avons regardés toute la nuit et toute la matinée !

Il a tourné les talons et s'est approché de moi. Ses hommes me tenaient par les bras. Je ne voyais pas ses yeux à travers les lunettes. Je lui ai craché dessus.

Il a ri.

— Cette fois, j'étais prêt.

Il a essuyé le jet de salive sur ses lunettes et m'a empoignée par le cou. De l'autre main, il m'a arraché ma robe. Puis il s'est glissé derrière moi et m'a attaché les bras avec ta ceinture. Il a pressé son menton contre mon épaule nue.

— Tu aimes ça. Tu n'as pas peur des hommes, n'est-ce pas ? C'est ton jour de chance. Tu vas tous nous avoir !

Il a baissé la fermeture de son pantalon. Malgré tes genoux brisés, tu as essayé de me venir en aide. Le dard de son sexe s'est douloureusement promené dans la raie de mes fesses, à la recherche d'un orifice.

J'ai tourné la tête et je lui ai mordu la joue. Un morceau de chair est resté entre mes dents. Son sang m'a éclaboussée. Il m'a comprimé la tête entre ses deux mains. Ses ongles déchiraient mes tempes. Tout à coup, j'ai entendu quelque chose craquer, un bruit comparable à celui du coup du lapin. Je n'ai pas compris que c'était mon propre cou qu'on tordait violemment. C'était juste avant que je perde connaissance.

Quand il se produit des choses vraiment indicibles, certaines personnes n'ont aucun souvenir de l'événement ; d'autres se rappellent chaque détail. D'autres encore revivent sans cesse l'événement jusqu'à ce que leurs souvenirs finissent par se substituer au réel. Les choses se produisent alors comme si c'était la première fois, toute leur horreur se déroule dans la terreur renouvelée de ne pas connaître la suite. C'est de cette manière que je les vis.

Que m'est-il arrivé une fois que j'ai eu le cou presque brisé et que j'ai perdu connaissance ? Si je le savais, voudrais-je seulement me le rappeler ? Lorsque des souvenirs, ou bien la peur, traversent mon esprit, ils sont chaque fois différents : l'Officier en moi, puis ses hommes. Ou n'était-ce que l'Officier, encore et encore ? Ou ses hommes tous en même temps ? J'ai eu le temps d'y réfléchir, même si je ne le souhaite pas. J'ai découvert quelque chose de déconcertant : une femme qui atteint l'orgasme avec l'homme qu'elle aime oublie tous les détails. Ensuite, elle a envie de réexplorer cet abysse qui la fait encore frissonner. La même chose peut se produire lorsqu'elle est violée, mais pour une raison différente. Là où la joie a un jour annihilé la mémoire, c'est maintenant l'horreur qui la détruit. À deux moments de sa vie, une femme peut n'avoir plus aucune conscience : dans l'acte d'amour, et dans le viol, sa cruelle parodie.

Je t'entendais vaguement hurler des insultes. J'essayais de voir quelque chose. À travers un voile de larmes, je t'ai aperçu, appuyé sur tes genoux inutiles. Seule ta voix avait de la puissance, mais elle était submergée par les rires. J'étouffais mes propres cris, je ravalais tout le réconfort et la compassion que je voulais te transmettre. Je n'allais pas laisser ces hommes hilares me prendre ça : le chagrin que me procurait ton humiliation. De moi, je ne me souciais plus. Il n'y avait plus rien en moi qui ne soit déjà déchiré.

Des chiens ont aboyé. Était-ce une hallucination ? Les ai-je vraiment entendus ? N'était-ce pas mon souffle rauque à la recherche de goulées d'air ? Le rire des hommes a cessé. J'ai retenu ma respiration. L'aboiement des chiens s'est rapproché. Pour la première fois, j'ai pu voir les individus autour de moi. Ils remontaient leurs pantalons, se reboutonnaient. Quelque chose les effrayait au loin. Cette chose avançait entre les rangées du champ de lavande labouré qui bordait la route. Cette chose ne s'arrêtait pas. L'Officier a sorti son arme de son holster et a ordonné :

— Rappelez vos chiens !

J'essayais de voir derrière les hommes, mais mes yeux meurtris ne supportaient pas la lumière vive du jour. Tout se mélangeait, les rangées de lavande rejoignaient le ciel lavande. L'infini de la lavande, les aboiements des chiens, la voix de l'Officier qui criait :

— Je vous ai dit de rappeler ces saloperies de clébards !

La détonation sourde d'une arme a retenti près de mon oreille. L'Officier m'avait-il tiré dessus ? Je l'ignorais. Je n'aurais de toute façon rien senti. Peut-être étais-je déjà morte. Puis j'ai entendu un chien gémir en tombant. Son râle s'est tu dans l'infini de la lavande.

— Si vous n'arrêtez pas, je tire !

Nouveau coup de feu.

— C'est mon dernier avertissement !

Je distinguais maintenant une silhouette dans la lumière lavande. Celle d'un homme qui marchait. La forme de son chapeau de paille se détachait sur le soleil. Sous le bord du chapeau, ses yeux brillaient. J'ai reconnu ces yeux étranges et ovales, doux comme une pierre polie, aussi blancs que des coquilles d'œuf, qui reflétaient le bleu du ciel et de la lavande, d'une clarté stupéfiante qui voyait tout — ou le néant du tout. C'était l'Apiculteur à qui nous avions un jour acheté du miel. Il s'est avancé.

— Oh... je comprends. Vous aussi, vous voulez votre part.

L'Officier s'est baissé et m'a relevée de force. Il dut me soutenir, car mes jambes ne me portaient pas.

116

— C'est naturel d'avoir envie de goûter à cela. C'est notre désir à tous. (L'Officier t'a désigné, tu étais à terre sur tes genoux brisés.) Pourquoi un seul homme en profiterait, alors qu'il y en a assez pour tout le monde ?

Les hommes de l'Officier ont ri. L'Apiculteur s'est immobilisé à ma hauteur. Ses yeux étaient vides de toute expression, comme s'il ne voyait pas mon corps sale et ensanglanté trembler devant lui, comme s'il ne te voyait pas, comme s'il ne t'entendait pas geindre d'humiliation. Il n'a pas bougé. Non seulement ses yeux, mais tout son corps semblait de pierre. L'Officier m'a poussée vers lui.

— Allez-y ! (Il lui a mis son revolver contre la tempe.) C'est à votre tour !

L'Apiculteur n'a rien dit. Il s'est mis à sortir quelque chose du panier en osier qu'il transportait.

— Qu'est-ce qu'il y a là-dedans, à la fin ? (L'Officier a agité son arme en direction du panier.) Je vous préviens, si ça ne me plaît pas, je tire !

L'Apiculteur a déplié le torchon qui recouvrait une grosse bosse dans le panier. Puis il a pris l'objet entre ses mains et a lâché le panier. J'ai vu qu'il s'agissait d'un rayon de miel.

— Ce n'est pas un pique-nique, bon sang !

L'Officier a pressé le canon de son arme contre la tempe de l'Apiculteur.

Ce dernier a brisé le rayon de cire en deux. Le miel a dégouliné sur ses doigts. Puis l'Apiculteur s'est brusquement approché de moi, m'a prise par les épaules, m'a caressé les seins et a passé ses mains entre mes jambes.

— Voilà qui est mieux ! s'est exclamé l'Officier.

Le regard de l'Apiculteur me soutenait davantage que ses mains sur mon entrejambe. Je sentais le miel couler de

117

ses doigts et descendre le long de mes cuisses. Je t'entendais le supplier :

— Ne faites pas ça, je vous en supplie ! Ne participez pas à ça !

Je ne pouvais parler, car les yeux de l'Apiculteur m'intimaient le silence. Ils sont passés d'un bleu lavande au bleu ardoise d'un ciel d'hiver, semblables à ceux d'un aveugle, d'un homme qui ne voit pas mais qui sent. Son regard scrutait mon cœur. Que me disaient ces yeux ? Que voulait-il ?

— Dépêchez-vous ! a grondé l'Officier. Nous n'avons pas que ça à faire ! Allez-y !

L'Apiculteur n'a pas bougé. Le silence régnait. Le long silence de l'espoir. C'est la plus violente des émotions. D'où me venait donc cet espoir ? Des yeux de l'Apiculteur. Maintenant, je savais ce qu'ils me disaient, ce qu'il cherchait. Il cherchait sa reine.

J'ai écouté mon propre silence. Si je voulais communiquer avec lui, il fallait que je maîtrise ce nouveau langage. Pour survivre, il fallait que je l'entende. Il cherchait sa reine dans mon cœur, il cherchait la mère du miel qui s'écoulait sur mon corps. Ses mots silencieux me transperçaient avant de se disperser dans les lointains champs de lavande.

Nous parlons maintenant le même langage. Il cherche quelque part dans les buissons de lavande les ruches en bois sous les vieux chênes. Il appelle sa reine. Un bourdonnement s'élève entre les parois en bois et résonne dans mon ventre, bien qu'il se produise très loin de moi. Des milliers d'ailes se dressent. Les corps vifs des abeilles sortent des ruches et montent en spirale dans la brume qui flotte au-dessus des rangées odorantes de lavande. Le bourdonnement se mue en vrombissement. Les abeilles volent vers nous. L'Officier et ses hommes entendent ce bruit, eux aussi. Incrédules, ils regardent autour d'eux. Les abeilles quittent leurs ruches comme si une faille volcanique s'ouvrait dans la terre, comme si des courants dorés s'élevaient, envahissaient le ciel, tourbillonnaient en un halo étincelant au-dessus de moi. L'Officier est inquiet, ses hommes ont peur. L'Apiculteur ne me quitte pas des yeux. Je l'entends apaiser mes craintes et demander à la reine de faire descendre ses abeilles.

L'Officier retire son arme de la tempe de l'Apiculteur.

— Qu'est-ce qui se passe ? Qu'est-ce que vous fabriquez ?

Il recule avec ses hommes. Leur air bravache laisse place à de la terreur quand ils guettent avec anxiété le ciel assombri par les abeilles.

Les yeux de l'Apiculteur me scrutent profondément. J'étreins ses pensées. Je sens sa reine pulser au cœur de la ruche. L'Apiculteur est son mâle. Chaque abeille qui vole au-dessus de nous est un fruit de leur union, un atome brillant qui forge leur communication. Je dois faire confiance à son mâle tandis que les abeilles vrombissent autour de moi.

Une abeille se pose sur ma lèvre tremblante. Je sens son corps léger me picoter tandis qu'elle va se loger au coin de ma bouche. Je suis parfaitement immobile. Une autre agite les ailes et atterrit sur ma joue. Une troisième s'immobilise sur mon épaule nue, une autre sur mon dos. D'autres se posent sur mes doigts, mon nez, mes paupières. Les abeilles descendent du ciel de plus en plus nombreuses. Leurs ailes me caressent et m'embrassent quand elles se déplacent sur ma peau. Leurs corps exsudent la fine odeur du pollen, le doux effluve de la lavande, le fort parfum du thym et du romarin sauvages.

Je fixe les yeux bleu ardoise de l'Apiculteur. Je ne suis pas aveugle. Je me tais. J'entends ce que l'aveugle voit.

Miel et mort. Miel et venin. Pollen et sperme. Des ailes qui bruissent de baisers. Bonne et mauvaise conceptions. L'espoir revêtu de toute son ironie iridescente. Le bourdonnement nerveux se répand. Les abeilles se déroulent comme un nuage depuis le ciel et volettent près de mon corps. Je ferme les yeux quand elles se posent sur moi par milliers, vifs atomes qui, à la demande de leur reine, dissimulent ma nudité sous une cape dorée et vivante.

J'entends l'Officier hurler, paniqué :

— Allons-nous-en !

Les hommes s'éloignent en courant, des motos démarrent, le bruit des moteurs s'assourdit dans le lointain.

Je me tiens au cœur de ce bourdonnement envahissant, un clapotis régulier m'emporte dans son courant quand la cape dorée se soulève. Les abeilles décrivent des cercles en direction des cieux. Je les accompagne. Je te quitte, Francisco. Tu restes en bas, sur tes genoux brisés. Un nouvel être déjà grandit en moi. Mais qui est son père ? Mon amant ou mon ennemi ?

Village de Reigne

Mon très cher amour,

Je désespère d'avoir des nouvelles de toi. Je ne reçois plus aucune lettre. Peut-être Royer, le receveur des postes, les intercepte-t-il ? Chaque fois que je me rends à Ville-Rouge, je prie pour qu'il ait un paquet de tes lettres. Des semaines et des mois de courrier me parvenant tout à coup, un merveilleux cadeau. Je crains que tu ne m'écrives plus à cause de mes explications sur le Jour des Abeilles. Je ne t'en veux pas. Je comprends si bien ta fierté d'Espagnol. Comme cela doit être difficile pour toi de partager le tourment d'un enfant conçu à la fois dans le bonheur et dans la haine. Puis je me souviens que je ne t'ai pas envoyé la dernière lettre que je t'ai écrite. Mais avais-je besoin de te l'envoyer ? Le message n'était-il pas présent dans chaque regard que je te décochais pendant les derniers jours que nous avons passés ensemble, avant que tu m'abandonnes à Ville-Rouge ? Peut-être ne posterai-je jamais cette lettre. Peut-être attendrai-je que cette guerre soit finie pour te la remettre en main propre. Mais si cette guerre ne finissait jamais ? Et si nous n'étions qu'au début, au sommet de la première dune d'un désert sans fin ? Cette pensée est trop abominable pour être envisagée.

Je suis ici seule entre mes murs de pierre. Depuis combien de temps ? Dehors, le vent tambourine. Est-ce le vent, ou bien un papillon de nuit géant transformé en une libellule au corps de femme qui frappe à ma porte avec ses ailes translucides ? Elle croit que tu es ici avec moi, à ton chevalet devant la cheminée. Le problème de la muse, c'est que l'inspiration la vide. Elle s'use, et la libellule devient grise. Tout ce que je voulais, c'était être pour toi une épouse en ce monde temporel. Tu m'as répudiée dans une période difficile. Si seulement tu avais eu des yeux pour voir ! Je t'avais prévenu que, si tu venais à moi, je te donnerais tout ce que je possède en tant que femme. Que si tu ne voyais en moi qu'une muse-maîtresse, tu me perdrais. Que m'importe d'être immortalisée par ton art ? Je voulais être ta femme. C'est un crime contre nature que de dilapider l'amour. Le temps est le juge. Désormais, le temps s'écoule en moi. Mais cet écoulement est d'une nature différente. Est-ce une bombe ou bien est-ce la beauté ? Toute l'inspiration que l'on puise en la muse lui creuse le cœur, et la libellule devient ver de terre. A-t-elle la volonté de recommencer ? A-t-elle la force de vivre pour un enfant qui divise à ce point son cœur ? Dieu me foudroiera certainement pour avoir de telles pensées. Mais sans doute ne m'entendra-t-il même pas. Il n'accorde aucune attention à ceux qui s'apitoient sur leur sort.

Combien de jours ont passé depuis que j'ai commencé à t'écrire cette lettre ? Combien de semaines se sont écoulées pendant lesquelles j'essayais de coucher mes pensées volages sur le papier ? Combien de fois suis-je allée à Ville-Rouge avec l'espoir d'en revenir avec des nouvelles de toi ? Combien de fois ai-je vu M. Royer ? Royer et ses gros doigts qui tâtent l'air autour de moi, convaincu que je vais lui servir ce fameux repas. Royer avec sa casquette à visière, son uniforme cintré et ses insignes de fonctionnaire zélé en évidence sur le revers de sa veste. À chaque minute, il prend une attitude héroïque, comme s'il posait pour la statue de bronze qui, il n'en doute pas, se dressera un jour sur la place de la ville en mémoire de son dévouement au service public. Il se pavane et se gonfle d'importance. Parfois, on le dirait officier de Vichy, ou officier allemand, ou officier de la milice, ou officier de la police de Pétain. Il semble que tout le monde soit officier de quelque chose dans cette région désormais réduite à une inquiétante paralysie au centre d'un monde qui bouillonne de la guerre.

D'étranges nouvelles nous parviennent chaque jour, qui ne sont pas écrites dans les journaux. Ces derniers se contentent de rendre compte des prouesses agricoles : qui a élevé la plus grosse chèvre, quelle quantité de confiture a été fabriquée par telle ou telle fermière, à quel point les vendanges ont été mauvaises, combien de tonnes de pommes de terre ont été récoltées cette année par rapport à l'an dernier. Ils ne parlent pas de ce qui se passe vraiment : les gens en haillons qui marchent sur les petites routes avec un maigre bagage et plongent dans les fourrés dès qu'ils entendent quelqu'un approcher, les trains militaires qui circulent sans cesse, les avions qui bourdonnent toute la nuit dans le ciel. Ils ne donnent pas non plus de véritables informations sur Paris sans lumière, sur la Russie gelée, sur Londres qui brûle. Ces choses-là ne sont jamais évoquées ni dans les journaux ni à la radio. Elles passent de lèvres en lèvres. Une bribe par-ci, que vous glisse le boulanger quand vous allez chercher votre pain. Une autre par-là, chez l'épicier. Ou encore à la boucherie, où il n'y a pas de viande, juste quelques ragots, de discrètes allusions, des petits secrets. Nulle part la vérité n'est dite d'un seul bloc, nulle part on ne termine ses phrases. Il n'y a que des sous-entendus. Votre interlocuteur a beau faire semblant de regarder ailleurs, il vous observe, il cherche à savoir comment vous interprétez la maigre information qu'il vient de vous jeter en pâture. Il guette votre réaction. Êtes-vous content ? Triste ? Indifférent ? Il veut savoir de quel bord vous êtes sans se trahir lui-même. On pourrait croire que les gens sont patriotes, mais c'est un patriotisme para-noïaque. La paranoïa se substitue à la réalité. Dans un certain sens, c'est ce qui nous vaut notre étrange défaite, car les mensonges, les allusions et les faits se mélangent. On ne peut ni y répondre ni les prouver. Les renards sont-ils fous ? Est-ce vrai que les trains militaires ne contiennent pas tous des soldats, mais aussi des hommes, des femmes et des enfants que l'on envoie vers l'est ? Et pour quelle raison ? Les pieds des combattants gèlent-ils dans leurs chaussures au cœur de la glaciale Russie ? Londres brûle-t-elle sous une déferlante d'obus ? La truie du fermier est-elle pleine ? Les écureuils ont-ils tous la rage ? Peut-on faire confiance à son mari, ou est-il un indicateur, et pour le compte de qui ? Nous sommes tous coupables de conspira-tion. Dans un pays en guerre, la rumeur devient faits, des faits imaginés par tous ces esprits qui tentent de justifier leurs compromis. Quel est le prix de la survie ? Une per-sonne peut-elle vraiment en condamner une autre, sauf à avoir également eu un pistolet pointé sur la tempe ? Choisit-on de vivre en vidant lentement sa conscience, goutte à goutte, dans chacune de ces insupportables journées ?

J'ai tant de temps pour penser à ces choses. Ces choses qui n'auraient aucune importance pour moi si j'étais à tes côtés, car mon destin serait de vivre ou de mourir avec toi.

Je suis seule maintenant, et près de mon cœur bat un nouveau cœur, une horloge qui égrène les secondes et dont les aiguilles affûtées sont comme des couperets qui divisent mon être.

Royer a laissé entendre qu'il avait quelque chose pour moi. Quelque chose de toi, j'espère. Je suis prête à lui donner tout ce qu'il désire. Qu'importe ce que j'inflige désormais à mon corps. Ce qui est fait est fait. Je ramperais pour un mot de mon bien-aimé. N'est-ce pas terrible ? N'est-ce pas une pensée affreuse ? Mais que sont mes pensées futiles face à ces jours en noir et blanc où les gens se cachent dans leurs propres ombres, terrorisés à l'idée de leur lâcheté potentielle ? Terrorisés de prendre la mauvaise route et d'y croiser un cadavre abandonné pendant la nuit, quand les ombres sortent et que l'action parle à la place des mots.

Si je te dis cela, c'est parce que j'ai découvert le corps d'une femme sur la route de Ville-Rouge. Des mouches tourbillonnaient autour de son cadavre. Je ne sais pas pourquoi je me suis approchée. Elle était morte, cela ne faisait pas l'ombre d'un doute. Que pouvais-je faire ? Cette femme aurait pu être moi, car je prends cette route chaque semaine. Cela aurait pu être moi dans cette robe déchirée. J'ai regardé tout autour. Il n'y avait personne. Les flancs des collines étaient déserts. Je me suis avancée vers elle. Il fallait que je voie son visage, il le fallait. Même si je savais que, parfois, ces cadavres sont piégés avec des fils et des explosifs pour mettre en pièces un ennemi trop curieux. Mais qui était l'ennemi ? Qui était cette femme ?

Je me suis agenouillée près d'elle, j'ai tendu une main tremblante, mes doigts ont tâté sa chair froide et j'ai reçu une décharge brûlante, mon propre corps a été traversé par un frisson qui est remonté jusqu'à mon âme. Je l'ai prise par les épaules et je l'ai tirée. Elle avait la bouche bâillonnée, mais aucune blessure, mis à part celle qui l'avait laissée exsangue. C'était un message à l'attention de tous ceux qui se lèvent la nuit pour faire de la résistance, un message pour dire que leurs actions avaient été découvertes. Si le résistant mort avait été un homme, son testicule gauche aurait été broyé. Si c'est une femme, c'est son sein gauche qui est sectionné. Comme c'est curieux de voir que la Révolution française ne prend jamais fin. Même envahis par un autre pays, nous nous dressons les uns contre les autres. J'ai retourné le corps. Le sein gauche était coupé. Elle avait mon âge. J'ai attrapé sa main… Je sentais sa raideur, la douceur de sa main dans la mienne. Nous nous soutenons les uns les autres dans les ouragans de la guerre qui soufflent autour de nous, qui soufflent autour de ma maison pendant que j'écris cette lettre.

LOUISE

Village de Reigne

Personne ne sait que je suis enceinte. Je cache mon ventre sous plusieurs épaisseurs de jupons et de pulls, de robes et de manteaux. Mais comme je ne peux le dissimuler à tout le monde, je me livre à toi. Ces lettres écrites à la lueur de la bougie tard le soir sont les seules fenêtres à travers lesquelles on peut m'observer. Je les écris avec l'espoir de m'ouvrir à toi, et peut-être à moi-même. La joie que nous partagions diminue chaque jour que je passe sans nouvelles de toi. Le bourdonnement de mon sang, déclenché par ton lointain contact, s'affaiblit. J'essaie de me contraindre. Car je ne veux pas te perdre ! J'essaie de me contraindre au souvenir. Autrefois, nous puisions toute notre vie l'un en l'autre, en chaque moment, en chaque souffle, en chaque bouchée, en chaque gorgée de vin, en chaque caresse. En ces matins sacrés où j'apportais du café et des toasts à notre lit, où tes yeux fondaient sur moi, le beurre glissait sur tes doigts, aspiration de baisers qui réveillent, des baisers qui font vivre, des baisers qui font mourir. Voilà ce dont se souvient une femme. De ces matins sacrés.

Je me réveille désormais dans une pièce froide. Un lit qui ne contient qu'une personne est un lit vide. Je cherche d'instinct ton sexe pour le sentir gonfler entre mes doigts qui se resserrent. Voici un nouveau matin. Le soleil projette des rayons sur mon lit vide. Le sol est glacé sous mes pieds. Je n'ai presque plus de bois pour le feu. Je n'ai presque plus d'absinthe. C'est l'absinthe qui me réchauffe la nuit, l'absinthe qui rougeoie dans mon corps gris de papillon de nuit. C'est le seul alcool que l'on trouve par ici. L'époque des cognacs fins et des vins capiteux est révolue, ils ont disparu des étagères des magasins, ils ont été réquisitionnés pour les officiers omniprésents et ces flagorneurs de politiciens. Tout ce que l'on trouve, avec un peu de chance, c'est l'âpre absinthe locale. Elle était interdite avant guerre, mais les gens d'ici ont décrété que cette loi était un complot de Paris pour empêcher les honnêtes paysans qui ont labouré toute la journée cette terre si noire de rêver à leur destin, de brandir leur art, de rédiger leurs lois. Dans cette région retirée, les étrangers traitent les habitants avec condescendance, car ils jugent leurs coutumes pittoresques. Mais ces gens ne sont pas pittoresques. Leurs coutumes sont inscrites dans la pierre par la prévisible réalité des saisons qui défilent. C'est aussi simple que cela.

On peut donc se procurer de l'absinthe à condition d'y mettre le prix. Si tu juges parfois mes lettres un peu trop fleuries ou trop vagues, différentes de la manière dont je parle d'habitude, songe alors au miel vert doré de l'absinthe qui coule sur ma langue et creuse une nouvelle gorge par laquelle je peux pleurer. Et, je l'espère, chanter. Je suis un oiseau qui chante. Mais ce n'est que mon chant, avec ses gazouillis et ses trilles, ce ne sont que les pensées d'une femme, rien d'autre. Je me demande si les oiseaux rêvent. Ils ont sans doute, comme moi, du mal à écrire. Il te faudra peut-être même un traducteur pour lire ceci. Pardonne mes misérables lettres.

Je n'ai presque plus d'absinthe, mais je m'en procurerai aujourd'hui en allant voir Royer, qui a laissé entendre avec ses sourires maniérés qu'il a des nouvelles de toi, et certaines « choses secrètes » qu'il veut me « montrer ». Comme si je ne savais pas déjà ce que c'est ! Je me désespère d'avoir de tes nouvelles. Je n'ai pour vivre que mon passé, qui est ma seule certitude. Mon futur est déjà divisé.

LOUISE

Village de Reigne

Mon amour,
Ma visite d'aujourd'hui à Royer a été conforme à ce que je pensais, mais pas seulement. Fidèle à mon habitude, je me suis rendue à la poste de Ville-Rouge en toute fin d'après-midi. Royer, assis à son bureau où s'empilaient les papiers, écoutait la réclamation du seul usager présent. La personne debout devant lui était une femme qui attendait désespérément une lettre de son fils. Ce dernier avait été mobilisé, puis s'était volatilisé dans un train militaire en partance pour l'est. Elle n'avait pas la moindre nouvelle de lui, elle ignorait même dans quel pays il se trouvait. Peut-être le service postal avait-il commis une erreur et expédié les lettres à une mauvaise adresse ? Ce qui ne voulait pas dire que cette dame n'avait pas une immense estime pour le service postal, et par-dessus tout un immense respect pour M. Royer. Il pouvait l'aider, elle n'en doutait pas, dans la mesure où lui seul avait la possibilité de contacter le centre de tri de Marseille, Marseille contactant ensuite Lyon, Lyon contactant la capitale, Paris. Les lettres disparues seraient ainsi retrouvées et

remises à cette chère mère. Certainement M. Royer pouvait-il faire cela.

Royer a eu un sourire suffisant. Il a déclaré à cette mère éplorée qu'il exerçait en effet des fonctions extrêmement importantes au sein du grand ordre postal, et qu'elle pouvait s'estimer d'autant plus heureuse qu'il avait un cousin au bureau de Lyon. On pouvait ainsi tenter quelque chose, effectuer des démarches, déplacer des montagnes, assécher des rivières, et *voilà**, avec un peu de chance, la sainte mère serait ensevelie sous une avalanche de lettres de ce bon fils. Débordante de gratitude, elle a pris Royer dans ses bras. Il lui a assuré que ce n'était rien. Qu'il faisait juste son devoir. Quel était le rôle d'un fonctionnaire, sinon de rendre service à la population ?

Quoi d'autre, en effet ? ai-je pensé.

Soulagée, la mère a voulu partir. Royer l'a rappelée.

— Savez-vous, madame, à quoi on rêve en cette époque dangereuse ?

La mère n'a pas compris.

— À quoi on rêve ? Je ne rêve qu'au retour de mon fils sain et sauf. C'est tout ce que je souhaite !

— C'est vrai, il existe ce genre de rêves, ils sont bien entendu justifiés, ce sont les grands espoirs pour lesquels on prie Dieu chaque soir. Mais il existe aussi de simples mortels comme moi qui œuvrent péniblement dans l'ombre du service public, et sont privés des plaisirs les plus simples.

— Des plaisirs les plus simples ?

— D'un ragoût d'agneau.

— D'un ragoût d'agneau ?

— C'est aussi simple que ça.

— Mais il n'y a plus d'agneau ! Les journaux disent que les hommes qui se cachent dans les montagnes, et nous causent des ennuis à tous, ont tué jusqu'au dernier agneau, jusqu'à la dernière chèvre, jusqu'au dernier lièvre ! Ces hommes mangent tout, c'est leur faute s'il n'y a pas de viande chez le boucher. Même avec des tickets de rationnement en règle, on peut difficilement espérer obtenir autre chose qu'une minuscule côte !

— Justement. (Royer a passé sa langue sur sa lèvre inférieure d'un air provocant.) Cela explique que l'on rêve de gros morceaux d'agneau nappés de sauce aux figues nageant au milieu d'îlots d'oignons doux.

La mère a mis la main sur son cœur.

— Je ne sais pas… Cela me paraît si difficile, c'est presque impossible.

— Il est également presque impossible de déplacer des montagnes, de remuer ciel et terre, tout cela pour une lettre d'un fils à sa mère.

— Mais de l'agneau ! Bonté divine, cela fait un an que je n'ai pas mangé d'agneau ! Cela fait *six mois* que je n'ai pas vu le moindre morceau de viande !

— Songez-y, madame. Songez à ce plat savoureux. Songez à la joie que vous éprouveriez à cuisiner ce ragoût pendant que je m'entretiens avec mon cousin de la poste de Lyon des méchants censeurs de l'armée qui bloquent cruellement les mots doux d'un fils à sa chère mère. Pensez-y, madame, pendant que vous découperez ce tendre agneau en tranches épaisses.

Alors qu'elle se dirigeait vers la porte, la mère secouait la tête d'un air stupéfait en murmurant : « De l'agneau et des lettres. Des lettres et de l'agneau. »

Royer a refermé la porte derrière elle et s'est tourné vers moi. Avant qu'il puisse prononcer un seul mot, j'ai déclaré :

— Lors de ma dernière visite, vous m'avez dit de revenir dans trois jours, que vous auriez quelque chose pour moi.

Royer s'est rassis derrière son bureau avec un air mystérieux et a dit tout bas, comme s'il craignait d'être entendu depuis la rue :

— Ma chère, vous êtes très rouge. Votre visage est toujours rose, mais d'un bon rose. Rose comme la sauce au vin d'un canard. D'habitude, vos lèvres cramoisies sont couleur sorbet à la framboise.

— Je ne suis pas venue vous écouter réciter un menu. Je veux mes lettres.

— Vos lettres ? (Il a eu un sourire hypocrite.) Je pense qu'il y a quelque chose dont vous avez davantage besoin.

— Il n'y a rien dont j'aie davantage besoin.

— Pourtant, une femme enceinte a besoin de beaucoup de choses. (Il s'est tu pour observer l'impact qu'avaient ses mots. Je n'ai pas répondu.) Une femme enceinte a, avant toute chose, besoin d'un homme.

Il avait donc deux atouts en main : il connaissait mon état, et il détenait tes lettres. Il fallait que je trouve un moyen de me tirer de cette situation embarrassante, de désarmer cet homme qui avait un tel pouvoir sur ma vie. J'ai voulu parler, expliquer, stopper les dégâts que pouvait faire cet individu. Mais c'est lui qui a parlé le premier.

— Oui, vous êtes de la même couleur que les fleurs de courge qui poussent au printemps. Ma nièce de Nice est enceinte de huit mois, elle a la même carnation. Ce n'est pas vraiment une couleur, plutôt un rougissement, un rougissement de bonheur, d'expectative. Comment Mme Heureux appelle-t-elle cet état déjà ? Ah oui, *l'épanouissement qui précède la floraison*.

— Je...

— Puis j'ai compris que Louise n'était pas enceinte ! Que ce n'est pas la raison de ce teint ravissant. Non. J'ai compris que l'odeur que je sentais à chacune de vos visites

— et j'ai le nez fin pour ce genre de choses, un nez capable de dissocier la *bouille** de la *baise** —, c'était l'odeur d'armoise séchée, de cuivre, d'herbes écrasées, l'odeur de la sueur de ceux qui labourent notre chère terre de Provence. J'ai compris...

Il a roulé des yeux comme un écolier qui cherche à se rappeler sa leçon tandis que son maître attend, qui tente de retrouver dans sa mémoire la dernière pièce égarée du puzzle.

— J'ai compris...

Il a fait la moue et déclamé :

> *Avec les fleurs, avec les femmes,*
> *Avec l'absinthe, avec le feu,*
> *On peut se divertir un peu,*
> *Jouer son rôle en quelque drame.*

> *L'absinthe bue un soir d'hiver*
> *Éclaire en vert l'âme enfumée,*
> *Et les fleurs, sur la bien-aimée*
> *Embaument devant le feu clair.*

> *Puis les baisers perdent leurs charmes,*

Il m'a regardée sans me voir. Il avait oublié la suite du poème.

Je la connaissais, car c'était l'un de tes poèmes favoris : « Lendemain ». Combien de fois me suis-je blottie dans tes bras quand tu récitais ces vers à voix basse après que nous avions fait l'amour, et que des larmes se formaient dans tes yeux. Je me disais alors que tu étais un Espagnol bien mélancolique et romantique. Pourtant, c'est un Français

134

qui a écrit ce poème. Vous êtes tous d'impossibles romantiques !

Royer continuait à souffler, il cherchait les mots qui lui manquaient pour consacrer le triomphe de sa mémoire. Je l'ai aidé :

> *Ayant duré quelques saisons.*
> *Les réciproques trahisons*
> *Font qu'on se quitte un jour, sans larmes.*

— C'est cela !

Il était tout excité d'avoir ravivé mon souvenir de ce poème.

— Non, ce n'est pas cela.

Il m'a lancé un regard surpris.

— Que voulez-vous dire ?

— Le poème n'est pas fini. Vous connaissez sans doute la suite ?

Royer a secoué la tête.

— Non. Pour moi, il se termine sur : « Font qu'on se quitte un jour, sans larmes. »

— Mais il y a beaucoup plus intéressant.

> *Se quitter sans même un pleur,*
> *Et voilà le cœur qui s'effeuille,*
> *Car à ne pas faire son deuil,*
> *L'on forge son propre malheur.*

— Ça, c'est la fin du poème. J'en suis certain.

— Non, ce n'est pas la fin. Peut-être que pour des raisons qui vous appartiennent, vous avez oublié les deux dernières strophes.

Royer n'aimait pas être pris en défaut par une femme. Il s'est tu. Si je récitais les derniers vers, je lui ferais encore plus honte. Tout à coup, son regard s'est éclairé :

— Au fait ! J'ai quelque chose pour vous !

Je n'ai plus pensé à rien. J'allais enfin avoir tes lettres.

Royer est passé derrière son bureau, il a déverrouillé un tiroir, puis l'a ouvert d'un air solennel. Au moment où il avançait la main, j'ai jeté un coup d'œil par-dessus son épaule. Le tiroir contenait de nombreux paquets de lettres. Combien d'entre elles avaient été écrites par de jeunes soldats pelotonnés sous la pluie en train de songer à leur douce mère ?

— Ah, voilà.

Royer a cherché au fond du tiroir et en a sorti un gros paquet enveloppé dans du papier kraft. Avant qu'il me le tende, je le lui ai arraché des mains et je l'ai serré contre moi.

— Allez-y, a-t-il dit avec un grand sourire. Ouvrez-le.

Je ne voulais pas l'ouvrir. Je ne voulais pas que ses yeux voient ton écriture sur les enveloppes, une écriture mue par les émotions de ton cœur.

— Je préfère attendre.

— Attendre ? Pourquoi attendre ? Vous pensez que j'ignore ce que contient ce paquet ? D'après vous, qui l'a préparé, espèce d'idiote ?

— Je ne comprends pas.

— Dans ce cas, ouvrez-le.

Mes doigts refusaient de bouger. Je ne pouvais te trahir.

— Ouvrez-le, ou bien laissez-le ici.

— Je ne peux pas. Je vous en supplie, laissez-moi le garder.

Il m'a pris le paquet des mains. Il a sectionné la ficelle avec un couteau, a déchiré l'emballage et en a sorti une bouteille remplie d'un liquide épais.

J'ai voulu cacher ma déception et ma colère d'avoir fait son jeu. Je me suis entendue dire, comme si je parlais de très loin :

— Je croyais que vous aviez des lettres pour moi. C'est pour cela que je suis venue. C'est la seule raison pour laquelle je suis venue.

Royer a débouché la bouteille et me l'a mise sous le nez.

— Je sais tout sur vous. Je sais que vous n'êtes pas enceinte. Je sais que le rougeoiement de votre visage n'est pas dû à votre grossesse. Non ! C'est la rougeur du buveur d'absinthe. Vous êtes une alcoolique !

Il a pressé la bouteille contre ma joue.

— Tenez. Prenez-la. Elle est meilleure que ce que vous auriez obtenu dans l'arrière-boutique de la pharmacie, quand vous demandez d'un air timide « un sirop pour la grippe ».

J'ai accepté la bouteille et je l'ai rangée dans mon panier. Avant de partir, je l'ai regardé droit dans les yeux.

— Vous êtes ignoble.

— Là, là, là, surveillez votre jolie langue. Elle pourrait vous jouer des tours. Elle pourrait vous attirer des ennuis.

J'ai tourné les talons, mais ses mots m'ont rattrapée.

— J'ai peut-être ce que vous êtes venue chercher.

À ces paroles, je me suis arrêtée et j'ai fait volte-face.

— Vous avez des lettres pour moi ?

— J'ai dit *peut-être*.

J'ai à nouveau fait mine de partir.

— Attendez ! J'ai mieux que des « sans doute » et des « peut-être ». (Je me suis à nouveau retournée.) J'ai un pressentiment.

— Un pressentiment ?

— Le pressentiment que demain, des lettres écrites par le grand peintre vont tomber du ciel. J'ai ce pressentiment. Là, il est au fond de ma gorge. Ne le sentez-vous pas sur votre langue ?

— Non.

— Il faut vraiment le désirer pour le sentir, le désirer au point d'être prête à faire n'importe quoi pour lui.

— Je refuse de faire ça.

— Ce n'est pas à *ça* que je pensais.

— À quoi pensiez-vous, alors ?

— À deux choses. (Il s'est précipité pour baisser les stores, nous plongeant ainsi dans la semi-obscurité.) La première chose, c'est que... je veux voir.

— Voir quoi ?

— Vous ! Vous êtes toujours emmitouflée dans vos vêtements, si bien qu'on ne peut pas deviner ce qu'il y a dessous. Pourtant, je sais ce qu'ils cachent. Je l'ai vu le 14 Juillet quand vous dansiez sur la place. Vous ne portiez alors qu'une très fine robe. Qui ne dissimulait rien. Qui ne dissimulait en rien vos charmes.

— C'était l'été. Maintenant, nous sommes en hiver, il fait trop froid pour porter une robe fine. Il fait trop froid pour vous montrer ce que vous voulez voir.

— Juste un coup d'œil, alors ? Un simple coup d'œil. C'est tout ! Sans toucher ! En souvenir de cet été.

— Que voulez-vous exactement que je fasse ?

— J'ai vu votre grand peintre glisser et tomber sur la place, ivre de plaisir. Et vous avez dansé au-dessus de lui en soulevant votre robe. Il n'y a pas un homme sur la place qui n'ait vu cela. Il n'y a pas un homme sur la place qui puisse oublier cette vision du paradis.

— Vous n'êtes pas mon amant.

Je me suis entendue prononcer ces mots d'un ton furieux, mais je ne suis pas partie. Cet homme avait tes lettres. Je devais agir. Ce n'était pas le moment de jouer l'indignée. Ces lettres étaient ta chair et ton sang. Sans elles, je ne pouvais survivre. J'ai reculé dans l'ombre et j'ai mis mes mains sur mes hanches, cachées sous ma longue jupe en laine.

Royer s'est assis sur son bureau. Il rayonnait à l'idée de ce qui allait se passer.

J'ai lentement soulevé ma jupe. Je l'ai sentie frôler mes bottes et révéler la courbe de mes mollets. J'ai senti les yeux de Royer sur mon corps à mesure que je retroussais ma jupe. Son regard était une mer sale en train de monter sur mes jambes. Quand l'ourlet a été au-dessus de mes genoux, je me suis arrêtée.

Royer haletait dans l'obscurité.

— Des beignets de pomme de terre !

La mer sale de son regard continuait à monter.

— Plus haut ! a-t-il ordonné.

Quand ma jupe a atteint mes cuisses, il a crié :

— De la crème anglaise !

J'étais incapable de le regarder, cette espèce de sale petit rongeur. Je pensais... je pensais à ne pas te trahir, je pensais que la fin justifie les moyens, je pensais aux dernières strophes du poème sur l'absinthe :

> *On brûle lettres et bouquets*
> *Et le feu se met à l'alcôve,*
> *Et, si la triste vie est sauve,*
> *Restent l'absinthe et ses hoquets.*

J'ai encore remonté ma jupe, et je me suis arrêtée juste en dessous de ce que les écolières appellent la « limite des fleurs ».

> *Les portraits sont mangés des flammes ;*
> *Les doigts crispés sont tremblotants...*
> *On meurt d'avoir dormi longtemps*
> *Avec les fleurs, avec les femmes.*

Dégoûtée, j'ai laissé retomber ma robe.

— Voilà ! C'est tout !

— Vous ne pouvez pas vous arrêter à l'apéritif ! Je veux le plat principal et le délicieux dessert ! (Royer m'a observée de ses yeux vitreux.) Le peintre en a vu plus que moi.

— Mais lui, c'est mon *mari*.

Royer s'est levé d'un bond.

— Francisco Zermano est votre mari ! Mon Dieu, j'ignorais que vous étiez mariés !

— Nous nous sommes mariés au cours d'une cérémonie secrète. Privée. À laquelle presque personne n'a assisté.

— Dire que je n'étais pas au courant… Je dois vous présenter mes excuses. Je pensais que vous étiez célibataire, une… vous voyez ?

— Une fille perdue ?

— C'est cela… Non, je veux dire, excusez-moi. Je veux dire, si j'avais su, jamais je ne me serais permis d'insulter l'épouse du grand maître.

— Maintenant, vous savez. Donnez-moi les lettres.

— Avant, il vous reste une chose à faire. Nous sommes convenus d'un marché. Auriez-vous oublié ? Vous aviez deux choses à faire.

— Vite, alors. Quelle est la seconde ?

Royer a pris une clé dans sa poche et ouvert un autre tiroir de son bureau. Il en a sorti une enveloppe scellée, qu'il m'a tendue. Sur l'enveloppe, un plan était crayonné à la main.

— Qu'est-ce que je dois faire ? Livrer ceci ?

Royer a fait un clin d'œil sournois.

— On peut dire cela. Oui, disons cela.

— Très bien. Mais cela devra attendre demain. Il fait presque nuit, maintenant.

140

— Justement. Cette enveloppe ne peut être livrée que la nuit.

— Je ne peux pas livrer quelque chose de nuit. Je ne peux enfreindre le couvre-feu. Il y a des barrages sur les routes, des patrouilles de la milice et de la police. Ils me jetteraient en prison ou me tireraient dessus.

— Ne dramatisez pas. Ils ne vous tireront dessus que si vous vous enfuyez.

— Mais pourquoi risquerais-je ma vie pour livrer cette lettre alors que je ne sais même pas ce qu'elle contient ?

— Parce que, si vous la livrez, vous recevrez une lettre de votre cher Zermano en échange.

— Dans ce cas, dites-moi au moins à qui je vais la livrer.

— C'est un secret, ma chère. Il vaut mieux pour vous que vous l'ignoriez. Car si on vous arrêtait, on vous arracherait très certainement l'information sous la torture, puis on vous fusillerait. Vous ne devez en aucun cas ouvrir cette lettre.

Village de Reigne

Mon cher homme, pardonne la fin abrupte de ma dernière lettre, mais il était tard et je ne sentais plus mes doigts. Je n'avais plus ni absinthe ni feu dans la cheminée. J'ai eu l'impression que mon bébé bougeait. Quelle époque surprenante, et que j'aimerais être avec toi. Pourtant, je ne peux faire marche arrière, comme je ne pouvais faire marche arrière lorsque j'ai accepté de livrer la lettre que Royer m'a confiée dans son bureau. N'étais-je pas devenue à cet instant sa complice ? Une complice de la pire espèce, de celle qui pose des questions mais n'obtient pas de réponses. À qui devais-je livrer cette lettre ? À un ami ou un ennemi ? Dans tous les cas de figure, j'étais coupable. Je n'étais pas différente de ceux qui font des compromis secrets pour survivre.

Où allais-je donc ce soir-là en quittant le bureau de Royer ? J'ignore quelles rues et quelles routes j'ai prises, même si elles étaient dessinées de chaque côté de l'enveloppe qu'il m'avait demandé de livrer. À cause des barrages et des patrouilles de police que je devais éviter, je ne suis parvenue à destination que bien après minuit. À quelle heure viendrait la personne à qui je devais remettre cette lettre ? Je n'en savais rien. J'ai songé à ce qui pouvait se passer : que je sois abattue après avoir remis la lettre, ou bien découverte et torturée par la milice afin que je leur révèle l'identité d'une personne que je ne connaissais pas.

La lune était invisible. Des nuages bas masquaient les étoiles. On n'entendait pas un seul chien aboyer dans les fermes environnantes. Tout n'était qu'obscurité et silence. Je n'avais que l'absinthe pour me réchauffer par cette nuit glaciale, ainsi que mes souvenirs pour me tenir compagnie. J'ai repensé à toi en ce Jour des Abeilles, à toi et tes genoux brisés. L'Apiculteur t'a soulevé et porté jusqu'à une voiture qu'il avait interceptée sur la route. Il t'a installé avec précaution sur la banquette arrière puis s'en est allé par les champs. J'ai repensé à tes gémissements, qui n'étaient pas dus à la douleur que tu éprouvais, mais à celle qui m'avait été infligée, comme si tu ignorais que tes genoux étaient cassés et inutilisables. En te tenant la main dans la voiture qui filait sur la route de montagne vers l'hôpital le plus proche, je t'ai dit de ne pas t'inquiéter, que j'avais été sauvée par les abeilles, qu'elles me protégeaient.

Tu m'as répondu :

— Quelles abeilles ? Il n'y avait pas d'abeilles ! Il n'y avait que ces salopards sur leurs motos ! Si je les retrouve un jour, je les tuerai jusqu'au dernier !

Je t'ai assuré qu'il y avait des abeilles, mais que tu ne pouvais pas les voir, aveuglé que tu étais par tes larmes de colère.

— Non, Louise. Il n'y avait pas d'abeilles. Cela dit, il me semble avoir entendu un bourdonnement.

Il y a eu entre nous un silence, qui a peu à peu été comblé par notre humiliation. Nous nous sentions violés jusqu'au tréfonds de nos âmes. Je savais qu'aucun médecin ne pourrait vraiment guérir tes genoux. Je savais que jamais je ne pourrais te faire voir les abeilles. Mon esprit bourdonne à leur souvenir. Leur cape dorée nous a séparés. J'essaie de passer les mains à travers pour les tendre vers toi, de toucher ton visage, mais je m'y perds davantage, et la lumière lavande des champs qui a fait naître les abeilles renvoie une lueur spectrale sur ma peau. J'ai du pollen dans les cheveux. Le miel me mêle à la terre. J'essaie de soulever les pieds, de bouger les bras. Je ne peux aller vers toi. Je ne trouve pas de libération. En ce Jour des Abeilles, j'ai tout perdu. Je n'ai pas failli en tant que femme, mais j'ai été punie pour mon bonheur. Pourquoi ne voyais-tu pas les abeilles ?

Est-ce le miel qui me retient à la terre, ou l'absinthe qui fuse dans mes veines ? Je t'entends m'appeler : « Louise, lumière lavande de ma vie » comme tu l'as fait tant de fois. J'entends très distinctement ta voix. Tu es assis à la petite table sous les branches déployées d'un olivier. Tu es torse nu et tu ris, tu attends que j'apporte le lapin que j'ai cuisiné. C'est ton plat préféré. L'odeur du romarin grillé te fait trop envie. Tu as découpé le lapin avec tes mains tandis qu'il fumait encore. Tu nous brûlais la bouche en nous donnant la becquée, ce qui laissait un goût de viande calcinée sur notre langue. Nous ne pouvions arrêter de rire d'un plaisir aussi simple. Tu as couvert mon visage de baisers avec tes lèvres graisseuses. Tu as repoussé la table sur le côté. Tu as cessé de rire. Tu as plongé la tête entre mes cuisses. Tes lèvres m'ont caressée à travers le fin tissu de ma robe d'été. J'ai murmuré au-dessus de toi : « Mon homme minuscule. » Mes doigts se sont perdus dans tes cheveux. Des larmes ont coulé de mes joues sur tes épaules nues. C'était le premier soir où nous avions conscience de former un couple. J'imagine que, si le plaisir

144

m'avait fait incliner la tête, j'aurais vu les étoiles se décrocher du ciel estival et y dessiner un sentier lumineux avant de disparaître par-dessus l'horizon cobalt. Je n'ai pas incliné la tête.

Je sentais juste des larmes couler, pluie prémonitoire m'avertissant que le romantisme est impossible, que la vérité est impossible, qu'un tel bonheur ne peut exister. Ce que personne n'ignore, sauf le couple en question. Comme tous les couples, nous nous croyions différents, à l'abri.

Ne t'es-tu pas douté que cuisiner ce lapin, c'était te cuisiner ? C'est la plus vieille farce au monde, celle que les petites filles françaises apprennent dès leur plus jeune âge. Comme les armes de l'amour sont évidentes. Je devrais le savoir, moi qui les ai toutes utilisées pour te conquérir.

J'étais désormais sans défense, je regardais la nuit se muer en aurore autour de moi. Quand j'ai enfin pu distinguer quelque chose, je me suis rendu compte que j'avais pris pour des collines arides de véritables montagnes escarpées couvertes de cerisiers. Des cerisiers que leurs troncs pâles, leurs branches tordues et nues avaient transformés en êtres morbides qui m'observaient, se moquaient de moi. Je me suis frotté les yeux et j'ai quitté le sol caillouteux où je m'étais endormie. Au moment où le jour se levait, j'ai compris où m'avaient conduite les indications griffonnées sur l'enveloppe. Je connaissais cet endroit, j'y étais déjà passée. Je savais exactement où je me trouvais : sur la route qui reliait Ville-Rouge à Reigne. Les indications m'avaient menée à l'endroit précis où j'avais découvert la femme morte une semaine plus tôt. J'ai observé les arbres nus. Ils marchaient vers moi. J'ai attrapé l'enveloppe dans mon panier et je l'ai ouverte.

Pourquoi m'avait-on envoyée ici ? Quel petit jeu m'avait-on fait jouer ? Dans quel stratagème mortel avais-je été impliquée ? J'ai sorti la lettre de l'enveloppe et je l'ai dépliée. La feuille était blanche, à l'exception de l'un de ses coins qui comportait une ligne rédigée à l'encre : *Je vous avais dit de ne pas l'ouvrir.*

Village de Reigne

Francisco, peux-tu imaginer ma colère contre Royer qui m'avait joué un tour aussi cruel ? Peux-tu imaginer à quel point il a profité de ma vulnérabilité, de mon empressement à tout accepter ou presque dans l'espoir d'avoir de tes nouvelles ? Si tu apprenais cet incident, tu viendrais aussitôt. Mais tu ne peux le savoir, car je ne peux te le dire, puisque je suis introuvable. Je dois rester cachée. Je dois trouver seule un moyen de vaincre tous les Royer de ce monde, ces êtres insignifiants et égoïstes qui parfois ont le visage d'un clown, parfois celui d'un fonctionnaire ou d'un général.

Je ne suis pas rentrée chez moi après m'être réveillée ce matin-là au bord de la route où j'avais découvert la femme morte. Je suis retournée à Ville-Rouge voir l'homme qui aime jouer avec sa nourriture.

Dans la poste, une longue file de gens attendait devant le bureau de Royer. Tous espéraient que des lettres qui leur avaient été envoyées des mois plus tôt aient enfin franchi le barrage de la censure. Il a vu l'expression de mon visage alors que je bousculais tout le monde. Il a bondi, m'a fait entrer dans une petite pièce sur le côté, a fermé à clé derrière nous, et m'a dit tout bas, d'un ton nerveux :

— Contrôlez-vous, on dirait que vous allez exploser. Vous pouvez nous envoyer tous les deux en prison, voire pire.

— De quoi parlez-vous ?

— De la lettre que je vous ai demandé de livrer.

— Quel ennui pourrait-elle nous apporter ? Elle ne contenait rien.

— Vous l'avez ouverte ?

— Personne n'est venu la chercher. J'aurais pu être assassinée !

— C'était très important que vous ne l'ouvriez pas. Qu'en avez-vous fait ?

— Je l'ai brûlée.

— Brûlée… *Brûlée !* Comment savez-vous qu'elle ne contenait pas un code secret ?

— À quoi sert un code secret quand le message n'est destiné à personne ?

— Je vous ai confié cette lettre pour voir si vous étiez digne de confiance. Pour voir si vous obéissiez aux ordres.

— Personne n'est venu. Je n'avais pas d'autres d'instructions. J'ai donc détruit la lettre.

— Comment savez-vous que personne n'est venu ?

— Parce que j'ai passé la nuit sur place. J'ai fait ce que vous m'avez dit.

— Vous êtes-vous endormie ?

— Bien sûr.

— Il ne faut jamais s'endormir dans ce genre de situation. Il faut rester en état d'alerte, sur le qui-vive. C'est la leçon à retirer de cette nuit. Vous vous êtes endormie. Donc vous n'êtes pas digne de confiance.

— Et alors ? Personne n'est venu.

— Vous en êtes certaine ?

148

— Quand je me suis réveillée, la lettre était toujours dans mon panier. Mais…

— Mais ?

— Mais la bouteille d'absinthe que vous m'aviez donnée avait disparu. Je l'ai cherchée dans les fourrés en me disant que je l'avais peut-être perdue. Pourtant, c'est impossible, car j'en avais bu quelques gorgées pour me tenir chaud.

— Et vous l'avez retrouvée ?

— Oui, en revenant ici. Elle était au milieu de la route, brisée sur une pierre. Il y avait des éclats de verre partout et une tache sombre dans le sol.

— Vous voyez que quelqu'un est venu. On n'a cessé de vous observer.

— À quel petit jeu malsain jouez-vous ?

— Ce n'est pas moi qui ai volé cette bouteille dans votre panier pendant que vous dormiez par terre. J'ai passé la nuit chez moi, bien au chaud dans mon lit en compagnie de ma chère épouse.

— Qui était-ce, alors ?

— C'est une question qu'il ne faut jamais poser. Il ne faut jamais poser la moindre question. Il faut se contenter d'obéir aux ordres. Vous comprenez, maintenant ?

— Seulement si vous me donnez les lettres de Zermano.

— *Une* lettre. Une lettre pour chaque message que vous livrez.

— C'est du chantage.

— Non, c'est la guerre. Vous devez choisir votre camp. Nous devons tous prendre parti.

— Je refuse d'appartenir à un camp qui fait usage de la violence.

— Vous ne disposez plus de ce luxe. Il faut vous demander si vous n'êtes motivée que par l'amour pour un homme, ou si vous êtes prête à servir une cause plus noble.

— Il n'y a pas cause plus noble que l'amour.

— Vous avez entièrement raison. Et il n'y a pas d'amour plus noble que celui que l'on voue à son pays.

— Pour moi, il y en a un.

— Alors, si vous voulez sauver cet amour, il faut servir votre pays.

Village de Reigne

Mon très cher Francisco,

En amour, le sacré que recèle l'innocence est un cierge qui ne brûle qu'une fois. On prie pour qu'il brûle encore quand la brève nuit de l'innocence s'ouvre sur une nouvelle aube. Comme cet espoir est violent à contenir ! Nous sommes si violents !

Enfin... *Enfin !* Je tiens une lettre de toi. Je l'ai lue et relue. Il semble que nous ayons pleuré un océan de larmes l'un pour l'autre. Si seulement nous pouvions nager au milieu de cet océan et nous y enlacer, nous noyer ensemble afin de sombrer dans un paisible oubli. Mais c'est impossible. C'est de la poésie qui jamais ne se réalisera. Ce que nous possédions brûle toujours dans ta lettre, ce cierge de l'espoir que je tiens entre mes mains. Dans sa flamme, je revois les pommes du matin avec tes yeux, les hirondelles qui plongent dans les chauds courants de vent au-dessus des vignes, les lézards qui se dorent sur les murs de pierre séparant les champs fraîchement labourés, les herbes qui changent de couleur au soleil de chaque journée. C'est à cela que je me raccroche, je caresse chaque mot sur la page que tu m'as écrite. Je ne peux m'empêcher de nager vers toi dans cette mer de souvenirs alimentée tant par le rire que par les larmes.

Mon esprit revient au cœur d'un incessant tourbillon humide et chaud. Cette odeur de moisi dans l'abbaye le lendemain du bal du 14 Juillet, ces enfants nus du château qui riaient au pied de la tour de l'horloge. J'entends encore leur rire. Nous avions quitté la cerisaie pour aller danser à Ville-Rouge. Je voulais te montrer les ruines du château du Marquis, qui s'incline comme une couronne brisée au sommet d'une colline abrupte. Nous avons garé la Bearcat dans le village, puis nous nous sommes engagés dans la fraîcheur d'une petite rue pavée qui s'élevait en zigzag. Son extrémité s'incurvait à mesure que nous montions, notre destination finale disparaissant de notre vue, nous échappant sans cesse. La rue était bordée de grands murs de pierre qui nous empêchaient de voir à l'intérieur des maisons. Nous entendions le brouhaha des conversations familiales à table sur leurs terrasses. Nous entendions les oiseaux chanter dans les branches des figuiers. Un parfum de pêches et de soupe de fraises froide embaumait l'air. À chaque pas, nous découvrions une nouvelle sensation. Nous avons continué notre ascension jusqu'à apercevoir toutes les habitations et tous les déjeuners privés que nous pouvions juste humer en passant. Tout était normal. C'était le genre de paysage provençal qu'affectionnent les cartes postales, et que les villes sophistiquées adorent tourner en ridicule. En revanche, la scène à laquelle nous avons assisté ensuite n'était pas normale.

C'était comme si on nous avait conduits là pour nous donner un aperçu du jardin d'Éden. Ce jardin était sous nos yeux, c'était une apparition, une pièce jouée pour nous seuls. Une pièce si intime et si innocente que nous avions l'impression d'y participer. Pourtant, nous savions que nous ne pourrions jamais raconter cela, car personne ne nous croirait. Certains penseraient que nous étions si amoureux que nous avons projeté notre amour sur un jardin de fantasmes interdits au pied des ruines du célèbre château du Marquis. Pourtant, ce que nous avons vu n'avait rien de pervers. C'était la nature dans toute sa spontanéité : des enfants nus.

Depuis notre point d'observation, nous les voyions, mais eux ne nous voyaient pas. Ils jouaient dans le jardin d'une maison en pierre loin des yeux de leurs parents qui se racontaient en riant des anecdotes familiales et s'attardaient à la table du déjeuner. Il y avait deux couples en présence, l'un français, l'autre originaire d'un pays nordique qui parlait fort, et avec un accent prononcé. Au fond du jardin, les enfants ne se souciaient absolument pas de leurs parents. Ils s'intéressaient bien davantage à découvrir l'exotisme de leurs différences.

La fillette française avait environ six ans, elle portait une robe d'été aux couleurs vives et de magnifiques tresses dans le dos retenues avec un nœud bleu dont les boucles s'agitaient comme les ailes d'un oiseau extraordinaire. Ses minuscules ongles de pieds recouverts de vernis rose vif scintillaient quand elle remuait ses mignons petits orteils dans ses sandales. Cette petite fille était le rêve de toutes les mères, la préférée de tous les pères. Elle avait de l'aplomb et ses yeux pétillaient d'une insouciante coquetterie. Elle savait que son corps souple déclenchait chez les autres une sorte d'obéissance innée. Elle ignorait encore pourquoi, mais elle le savait. Il suffisait qu'elle tourne la jambe de cette manière, que ses jolies petites hanches saillent ainsi, que ses lèvres fassent une moue comme cela, et elle devenait tout simplement trop adorable pour qu'on lui résiste. On avait envie de l'embrasser, de la chatouiller, de lui passer les doigts dans les cheveux ou de la lécher comme une glace à la vanille. Dans son esprit, il n'y avait aucun mal à cela, rien d'inhabituel, et certainement rien de répréhensible. Elle était, en toute simplicité et en toute connaissance de cause, avec son cœur et ses gestes, ce qu'il y avait de plus cher au monde. Un ange tout-puissant qui pouvait illuminer l'univers, le faire soupirer et pleurer sur l'innocence parfaite.

Et le garçon ? Francisco, te souviens-tu du garçon ? Il était tout le contraire : gauche, mal à l'aise, fasciné par le pouvoir de la fillette. Prisonnier d'une toile qui se tissait déjà plusieurs siècles avant sa naissance. Il avait sept ou huit ans, il était plus grand qu'elle, vêtu d'un short, d'un T-shirt et de sandales. Il n'avait pas conscience du pouvoir qu'elle exerçait sur le monde grâce à son charme provoca-teur. Il ne comprenait pas pourquoi cette fillette était un *drame* à elle toute seule. Elle dégageait un air de malice, de mystère et de jeu qui paraissait jaillir d'une source souter-raine au plus profond d'elle-même.

S'il avait su qui était Ève, il aurait fui. Même sans le savoir, il était nerveux et intimidé. Et pourtant, il ignorait qu'il allait être tondu comme un agneau ou abattu comme un lapin. Car ce que cette fillette lui murmurait dans cette pièce n'était pas sans danger. Ils étaient tous deux à moitié cachés dans l'ombre d'une arche en pierre. Leurs parents les ont appelés depuis la table du déjeuner pour s'assurer qu'ils ne s'étaient pas perdus ou n'avaient pas été enlevés par le soleil jaloux.

La petite fille a murmuré quelques mots à l'oreille du garçon. Être si près d'elle le rendait nerveux. Son visage a exprimé l'incompréhension et l'incrédulité. Peut-être était-il stupéfait de sa proposition. Peut-être, à la différence de

154

ses parents, ne maîtrisait-il pas parfaitement le français et pensait-il avoir mal interprété ses propos. Elle a retiré ses sandales en continuant à lui parler. Une lueur de compréhension a finalement éclairé son visage. Il a lui aussi enlevé ses sandales. Elle les a enfilées, bien qu'elles soient trop grandes pour ses petits pieds, et elle a effectué une danse de joie devant lui. Elle portait ses chaussures de garçon et elle a insisté pour qu'il mette ses sandales de fille. Obéissant, il a voulu les enfiler, mais elles étaient trop étroites. Elle l'a obligé à continuer et il s'est exécuté, cassant la boucle des sandales alors qu'il forçait pour faire passer son pied. Il a regardé cette chose étrange : ses pieds comprimés dans des sandales trop petites. Il vacillait au bord de l'absurde, il vacillait au bord d'un univers féminin. Il a jeté un coup d'œil autour de lui. Ses parents ne pouvaient pas le voir, mais il avait la sensation d'être à découvert, pris sur le fait, comme si tous ses camarades de classe assis à leurs bureaux le regardaient défiler dans des sandales de fille et que leur rire, le rire moqueur des mâles, s'élevait en chœur.

Elle n'en avait pas fini avec lui. Elle a continué ses messes basses. Il en est resté muet de surprise. Il a reculé dans l'ombre tandis qu'elle avançait au soleil. Avec un petit rire, elle a ôté sa robe d'été par la tête. Elle se tenait maintenant devant lui dans une nudité éblouissante, à l'exception des sandales et de sa culotte de fillette haute sur la taille. Elle a agité sa robe d'avant en arrière pour le railler. Comment pouvait-il laisser cette petite fille avoir plus d'audace que lui ? Il était un grand garçon. Il n'avait pas peur. Et puis, personne ne regardait *vraiment*. Personne ne pouvait les voir. Personne n'irait raconter cela. C'est ce qu'elle lui avait promis dans ses murmures accompagnés de sourires. Il a lentement retiré son T-shirt. Elle a été fascinée par son torse blanc et maigre, par ses deux minuscules

155

mamelons pâles et plats. Elle en a pincé un. Il a retenu son souffle, ne voulant pas qu'elle sache l'effet qu'elle produisait sur lui alors même qu'elle étudiait son visage avec délice comme un scientifique débutant qui regarde pour la première fois à travers un microscope et y voit des cellules se diviser.

Elle l'a encouragé à aller plus loin. Il faut dire qu'elle n'avait aucune honte à avoir. Ses jambes étaient longues, son ventre plat, ses épaules douces, sa chair ferme. Elle était comme cela, tout simplement. Il pouvait toucher, s'il voulait : la scientifique se moquait bien d'être disséquée. Mais il gardait ses mains près de son corps sans vraiment comprendre le jeu. Elle a recommencé à agiter sa robe devant lui en guise de provocation. Elle était en culotte. C'était maintenant à lui.

Il a déboutonné son short, dévoilant ainsi son slip blanc. Quand le short est tombé sur ses chevilles, il l'a lancé d'un coup de pied. La petite fille était aux anges. Il faisait enfin preuve de témérité. Ils se sont examinés avec circonspection : deux armées de chaque côté du champ de bataille. Elle a tendu la main et mis un doigt au milieu de la poitrine du jeune garçon, puis l'a fait descendre jusqu'à son nombril. Comme c'était formidable de jouer avec une poupée vivante ! Tout à coup, elle a froncé les sourcils en entendant sa mère l'appeler.

Le garçon a écarquillé les yeux de terreur. Et si la mère se levait de table et les découvrait ? Il en tremblait. La petite fille a assuré à sa mère que tout allait bien dans le jardin. Les deux enfants ont attendu une réplique supplémentaire qui n'est pas venue. Ils étaient hors de danger. La petite fille lui a susurré qu'elle voulait qu'il se déshabille complètement. Il a secoué la tête, lui opposant un refus catégorique. Elle lui a de nouveau glissé quelque chose à

156

l'oreille. Rien à faire. Alors, avec la nonchalance de quelqu'un qui presse un tube de dentifrice, elle a passé les pouces sous l'élastique de sa culotte et l'a enlevée. Puis elle est restée immobile comme une statue. Et, comme une statue, sans la moindre inhibition.

Le garçon n'en revenait pas. Non de sa nudité, mais de son courage. Elle était plus jeune et plus petite que lui, et pourtant c'était elle qui montrait l'exemple. Par ses actes, elle le rabaissait. À cet instant, il aurait très bien pu être en imperméable et bottes de caoutchouc. Comment en était-il arrivé là ? Il a tiré d'un air indécis sur son slip, puis l'a ôté sans se laisser le temps de changer d'avis.

J'ai retenu mon souffle comme la fillette qui regardait, émerveillée. Ce qui l'émerveillait n'était pas la petite chose entre les cuisses du garçon, mais le fait de maîtriser l'art de la séduction : elle l'avait convaincu de faire comme elle. C'était un nouveau fardeau qui pesait entre eux, un bref éclair dévoilant l'anarchie, leur chair qui se libérait, leurs esprits qui flottaient. Cela explique ce qu'elle a fait ensuite, assez vite, sans réfléchir. Elle a enfilé le slip du garçon et lui a ordonné de l'imiter. Il s'est débattu avec l'élastique trop serré, mais il a réussi. Ils se tenaient maintenant face à face : deux statues aux personnages intervertis.

Elle le regardait avec compassion et déférence. Il avait suivi son exemple. La petite fille était devenue le petit garçon, et le petit garçon, la petite fille. Tout à coup, cette dernière a pris un air interdit. Et brusquement, elle l'a giflé. Le garçon n'en revenait pas. Puis, comme si elle ne contrôlait pas sa main, elle l'a encore frappé. Il avait envie de pleurer, mais ne le pouvait pas. Il était un petit homme, il n'admettait donc pas la souffrance de l'humiliation. Elle l'a giflé à nouveau, si fort qu'il en a frémi. Elle riait. Elle riait car il l'avait suivie trop loin, sans lui opposer de résistance suffisante. Elle ne le respectait plus. Si elle avait pu si facilement le convaincre de prendre sa place, en quoi avait-elle encore besoin de lui ? Pendant qu'elle riait, il a ressenti une étrange pulsion en provenance de ses reins. La chose entre ses jambes s'est raidie, ce qui a formé une bosse dans la culotte serrée. Il n'avait pas de véritable érection, il était trop jeune pour cela, mais il était stimulé. Stimulé par le trouble qu'elle créait autour de lui, qu'elle déclenchait en lui. Elle venait de toucher du doigt des émotions dont il ignorait jusqu'à présent l'existence. Sa chair répondait par des sensations qu'il n'avait encore jamais éprouvées. Il a été traversé par une onde de choc quand elle a désigné la bosse entre ses jambes, pointant le doigt sur une nouvelle source de vulnérabilité. D'une vulnérabilité partagée. Car quelque part, elle savait que son inexplicable cruauté envers lui était la cause de cette bosse qui, un jour, se dresserait davantage et exigerait qu'on l'honore. Et qu'alors, ni lui ni elle ne seraient à l'abri. Cette abstraction était comme un marteau qui s'abat sur une boule de cristal. La fillette a été prise de fou rire.

Francisco, j'ai serré ta main si fort. L'horloge de la tour qui se dressait par-dessus les toits en tuile rouge derrière les enfants a sonné la dernière heure de l'après-midi. Les parents ont rappelé leur progéniture et quitté la table en faisant grincer leurs chaises. Les enfants ont rapidement remis leurs vêtements sans échanger leurs culottes. Ce qui a certainement donné lieu plus tard à quelques explications cocasses. Les parents sont apparus dans le jardin afin de reprendre possession de leurs trésors. Les enfants ont protesté que c'était trop tôt, surtout qu'ils s'étaient bien comportés et n'avaient fait aucune bêtise. Puis tout le monde est parti. Il n'y avait plus personne.

158

Nous regardions tous deux le jardin désert. Nous avions assisté à une scène si intime et si primaire que nous savions ne jamais pouvoir la raconter à personne, comme les enfants savaient qu'ils ne pourraient jamais expliquer ni raconter ce souvenir. Qu'un jour, quand ils auraient oublié le nom et le visage l'un de l'autre, ils se rappelleraient uniquement les sensations, les sentiments qu'ils avaient provoqués l'un en l'autre sans savoir pourquoi.

Moi, je savais pourquoi. À l'instant où nous nous apprêtions à partir, j'ai jeté un dernier coup d'œil en bas. Derrière un lilas en fleurs, reposait la vérité que le petit garçon ne pouvait voir tout le temps où on l'entraînait dans un jeu qu'il ne pourrait jamais gagner. Par terre, s'alignaient des plats et des casseroles remplis de boue qui séchait au soleil. Ils contenaient de délicieux gâteaux et tartes à la terre recouverts d'un glaçage aux pétales de fleur. C'était la cuisine de la petite fille, le terrain de jeux où elle s'exerçait pour ce qu'on exigerait d'elle plus tard. Le petit garçon était loin de soupçonner, malgré la troublante excitation que représentait cette fillette, que son véritable monde se trouvait derrière ce buisson odorant. Elle avait construit une maison dans son cœur bien avant d'inviter un homme à la partager avec elle.

Nous sommes restés au-dessus du jardin, serrant nos mains encore plus fort pour nous prouver que nous n'avions pas eu d'hallucination amoureuse, que tout cela était réel. L'horloge de la tour a sonné à nouveau, ce qui nous a ramenés de force dans le présent et rappelé que le temps est le bourreau de l'amour. Nous étions peu disposés à le laisser filer. Nous avions pris la place de ces enfants. Leur esprit nous avait pénétrés, à moins qu'il n'ait juste éveillé ce qui était là depuis toujours. Avec toi, j'étais une fillette. N'est-ce pas ce que veulent la plupart des femmes

159

au début, être une fillette en compagnie de leur petit garçon, pour ensuite devenir femme, tout donner, se réinventer en un moi plus vaste ? Je te tenais la main comme une petite fille ; une écolière qui marche avec son fardeau de livres et dont les rêves la poussent à prendre tous les risques. Je voulais être nue. Je te voulais partout en moi pour que je puisse entièrement t'entourer. Je ne souhaitais pas être envahie par toi, je désirais t'introduire partout où mon corps pouvait t'accueillir. Que tu sois en moi pour que je puisse être toi tout en restant moi. Ma bouche pleine, mon cœur qui embrasse, mon âme qui aspire. Pas une douce reddition, mais une graine qu'on sème. Ne sentais-tu pas cela ? Je te tenais la main comme une écolière dont les seins brûlent sous le chemisier. J'étais offerte à toi comme aucune femme ne le sera jamais. J'étais une mer où tu pouvais nager. Je plonge la main dans son courant, son odeur est sur mes doigts, sur mon souffle, sur ma langue. Je veux sentir dans ma bouche le goût de ta raideur confiante de petit garçon. Je suis submergée par des vagues de chaleur en provenance d'un ciel sans nuages. Mes doigts tremblent. Entre mes lèvres, l'extrémité de la flamme brille davantage. Je creuse un millier d'entailles dans mon corps pour que tu y pénètres. Je sens la piqûre de ta raideur de petit garçon dans le repli de mon âme. Ainsi est une femme au plus extrême bord du désir.

Ne me reste maintenant que la solitude, je suis seule dans mon lit avec le souvenir de ces enfants. Ma tête se penche, ma bouche touche mes seins, mes lèvres aspirent une goutte de lait de ces mamelons bruns qui s'épaississent. Je veux téter, je veux sentir ce qui va jaillir d'eux. Mais ne viennent que mes sanglots, et non le doux spectacle d'un nouveau-né qu'on nourrit. C'est mon propre souffle de vie qui s'épuise quand je me détourne de tes baisers fantômes.

160

Je suis hantée par les enfants. Par tous les enfants. Le soleil creuse un trou dans ma chemise de nuit, il traverse ces milliers d'entailles où tu t'es un jour trouvé. La lune caverneuse m'aveugle. Je te l'avoue maintenant, puisque nous sommes seuls et que personne ne peut m'entendre : j'ai peur, je suis terrorisée à l'idée de ce qui va se passer. Mais il me faut aller de l'avant.

L'amour, ce n'est pas revenir en arrière mais avancer vers quelque chose. Nous avons tous deux été brisés, nous devons nous fabriquer de nouvelles ailes. J'embrasse les pousses de tes ailes neuves. Je vole maintenant dans ce lit de souvenirs. Le lit remue sous moi, il ballotte et il tourne, il vogue dans les nuages, il s'élève au-dessus du monde, là où personne ne peut voir mon rire rouge et mes larmes bleues.

LOUISE

Village de Reigne

Cher homme,
Je dois être très prudente. Même si je ne t'envoie pas ces lettres, de crainte qu'elles ne soient ouvertes et lues par la censure, j'ai peur de te raconter ce qui m'arrive, car cela implique d'autres gens dont je risque de mettre la vie en danger. Combien j'hésite même à écrire ces mots. J'ai trouvé une bonne cachette pour mes lettres : le double fond de mes paniers à tricot. Je puise mon réconfort dans le tricot, d'autant qu'il reste si peu de temps avant la naissance du bébé. Je lui ai fabriqué des vêtements et des couvertures. Mes doigts sont toujours en activité et c'est tant mieux, car mon esprit est distrait et vagabonde facilement. T'ai-je dit que j'enseigne à l'école du village ? Un jour, j'ai vu un avis épinglé à la porte de la mairie. On cherchait un instituteur. Il est certain que mon père, qui a tant sacrifié pour mes études supérieures, n'a jamais imaginé que j'enseigne à des enfants de neuvième et de huitième. Mais à l'époque où nous vivons, nous faisons des choses inimaginables en d'autres temps. J'ai commencé par prendre en charge les enfants de neuvième, puis une institutrice de

l'école a disparu au cours de la nuit, peut-être parce qu'elle était juive. Les juifs n'ont plus le droit d'enseigner. Comment savoir ce qu'elle est devenue ? Quand des gens s'évanouissent dans la nature, on ignore presque toujours pourquoi. Ont-ils été envoyés à l'est pour travailler dans les usines d'armement ? Incorporés dans l'armée puis expédiés dans des avant-postes abandonnés ? Abattus pour avoir fait du marché noir ? Étaient-ils de ceux que l'on n'a jamais retrouvés après la fusillade nocturne dans les montagnes ? De ceux qui portent une étoile jaune cousue sur leurs vêtements et sont emmenés dans des camions surveillés par des gardes armés ? Personne n'est à l'abri, ce genre de choses est arrivé à plusieurs personnes de l'école. Comme je suis institutrice, j'ai un peu d'argent pour vivre.

Je t'entends déjà t'exclamer : « Pourquoi ne vends-tu pas les tableaux que je t'ai laissés ? Ils devaient servir à cela ! » Je ne peux les vendre de peur de révéler mon identité. Et puis, cette piste pourrait te conduire à moi. Tu me poursuivrais jusque dans ce petit village. De toute façon, même si j'avais la possibilité de vendre ces tableaux, je n'en ferais rien, car les seuls à être assez riches pour les acquérir sont couverts du sang de la trahison. Je refuse que ce sang touche mes mains ou le lait que mon bébé boira. Par conséquent, je suis institutrice. Ma vie s'apparente aux autres petites vies. Je suis désormais comme les petites gens, et cela me convient. Ils ont si peu, ils ont tant perdu.

Cette région n'a jamais fait la fortune des gens. On y a toujours travaillé dur. Il n'y a aucune raison que j'y mène une vie différente. Je me débrouille. J'ai tes lettres. Heureusement ! Au rythme d'une par semaine, parfois. Car maintenant, Royer, fidèle à sa parole, m'en remet une en échange de chaque message que je délivre pour lui. C'est de ces choses dont je répugne à te parler : ce que fait

Royer, ce que je fais. Comme je te l'ai dit, cela implique d'autres personnes qui seraient menacées si mes lettres tombaient en de mauvaises mains. Pourtant, encore maintenant, je ne connais pas leurs visages. Par les nuits sans lune, je ne distingue que des ombres dans l'obscurité. Par les nuits où apparaît la lune, je vois des chapeaux à large bord et des bonnets de laine qui masquent des visages. Tu ne comprends pas où je veux en venir, n'est-ce pas ? Car je parle à mots couverts.

Je dois te dire que je me fourvoyais à propos de Royer. Je me fourvoyais sur l'essentiel. C'est un homme qui aime son pays, et qui prend de grands risques pour lui. Maintenant, je le soutiens. Je suis un petit maillon d'une grande chaîne. Le soutien que je lui apporte est né de mon amour pour toi. Je dois admettre qu'au début, je craignais de m'impliquer, mais c'était le seul moyen d'obtenir tes lettres. Mon amour pour toi m'a donc entraînée sur une voie qu'autrement, je n'aurais jamais prise. Je ne dois parler de mes actions qu'à demi-mots, et même ainsi, j'en dis peut-être encore trop. J'espère que non. Je pense cependant que tu comprendras ce que je suis devenue.

Dans un premier temps, Royer a continué à me donner d'autres messages scellés à délivrer. Je me guidais grâce aux indications inscrites sur l'enveloppe. Je devais éviter les patrouilles armées, car je sortais toujours après le couvre-feu. Combien de fois ai-je fait cela : parvenir au point de rendez-vous, puis attendre la venue de quelqu'un. Mais personne n'est jamais venu.

Au bout d'un certain temps, je me suis mise à soupçonner Royer de jouer à un sale petit jeu avec moi, de me faire marcher et risquer ma vie chaque nuit pour une lettre de toi. Je pensais à lui dans son lit douillet alors que je dormais par terre sur les cailloux. Je le voyais ronfler près de sa grosse épouse, tandis que son ventre rebondi digérait le dîner avec lequel elle l'avait abruti. Je savais qu'elle lui préparait des repas de fête. Il se vantait sans cesse de manger des *steaks-frites**, des épaules de porc, des blancs de poulet, des *pâtés** d'oie, des soupes de canard, de boire des bons vins et de se laver les dents à l'eau de Vichy. Tout cela à une époque où certains meurent de faim, où les tickets de rationnement de viande ne servent à rien parce qu'il n'y a pas de viande, où la moitié des enfants de ma classe dépérissent à force de malnutrition, où les chiens n'aboient plus quand on passe devant les fermes, parce que les fermiers les ont tués pour offrir à leur famille un repas digne de ce nom. Les seuls ou presque à avoir des chiens, ce sont les hommes en uniforme qui sillonnent la campagne, surveillent les grandes routes et les principaux bâtiments publics. Quand on entend un chien aboyer, cela signifie qu'il y a un problème dont il vaut mieux se tenir à l'écart sous peine d'être soupçonné, contraint par des hommes escortés de ces chiens en laisse de présenter ses papiers, de justifier de son existence, ses faits et gestes. Le pivot de tout cela, c'est Royer, un postier bien nourri qui va et vient en toute impunité. Un homme hautement suspect, un homme avec qui je collabore en échange de tes lettres. Que suis-je donc devenue ?

Tout individu qui fait des compromis n'est-il pas un collaborateur ? Il n'y a pas d'exception. C'est ce à quoi je pensais en dormant à même le sol caillouteux nuit après nuit pour attendre les contacts que Royer me promettait mais qui ne venaient jamais. Allait-il lui-même surgir de l'ombre pour m'accoster à l'entrée d'une grotte, au détour d'un chemin de montagne ou sur un petit pont enjambant un torrent ? Je suis seule, j'attends, je tremble, sans même une gorgée d'absinthe pour me tenir chaud. Depuis la première nuit où Royer m'a envoyée en mission et où j'ai découvert ma bouteille d'absinthe brisée le lendemain matin, je n'y ai plus jamais touché. Cette bouteille cassée était le signe que je devais affronter seule mes démons et mes craintes. Que mon bébé ne devait pas être contaminé par ma faiblesse. Que je devais supporter cette incroyable douleur pour vaincre. J'ai besoin de tes lettres pour survivre, et mon bébé a besoin de moi pour survivre. Qui se préoccupe de ce que je fais ? Qui se préoccupe que je collabore avec Royer ? La naissance de ce bébé résulte d'un complot de la nature, mais c'est à moi de m'assurer qu'il naisse en bonne santé.

On frappe encore à ma porte. Est-ce le mistral ? Où ai-je déjà entendu ce bruit ? Est-ce toi ? Est-ce quelqu'un qui vient me chercher ? J'ai peur d'aller voir. Ma main se pose d'instinct sur mon ventre pour protéger l'être qui s'y trouve. Si je retiens mon souffle, si je tends l'oreille et que je reste tranquille, mes visiteurs croiront que la maison est vide. D'épais rideaux masquent mes fenêtres à cause du black-out. Personne ne peut voir à l'intérieur. On frappe de nouveau. Fait-il nuit ou jour dehors ? Peut-être devrais-je mettre cette lettre et toutes les autres au feu pour éviter de me trahir, d'en trahir d'autres. Je suis si peu sûre… si peu. J'ai l'impression que mon bébé bouge. Est-ce normal que je le sente déjà bouger ? Si tu étais là, j'écarterais ma robe pour que tu t'agenouilles entre mes jambes, que tu poses l'oreille sur la boule de mon ventre, que tu écoutes ce petit cœur battre. Ou est-ce le vent qui se déchaîne dehors ? Je n'ouvrirai pas. Tu entends ? Est-ce le petit cœur ou le grand vent ? Cela n'a plus d'importance. Si je laisse le feu mourir, mes visiteurs penseront que la maison a été abandonnée. Et ils s'en iront.

Je pose une couverture sur mon bébé et moi et je songe à l'époque où j'étais petite fille. J'avais un chat que je traitais comme un bébé. Je lui fabriquais un lit de fleurs dans un panier en osier, puis je l'y installais et je le berçais. Mais il ne voulait jamais rester dans ce satané panier. Plus tard, adolescente, j'ai mis un autre de mes chats dans un panier, et cette fois — c'est la pure vérité — il ne pouvait s'échapper car je dansais avec l'anse comme si c'était la main de mon prince charmant, je tournais et tournais. Le chat terrorisé a dû attendre la fin du bal pour que surgisse son carrosse-citrouille. Sur quelle musique dansais-je déjà ? Ah oui, Billie Holiday ! Ça, c'est une femme qui savait garder sa chatte dans son panier.

Suis-je en train de dormir ? Ces satanés coups qui continuent. Les arbres s'agitent, un berceau se balance à leur cime. Qui a cassé ma bouteille d'absinthe la nuit où je devais délivrer le premier message de Royer ? Quelqu'un me surveillait-il ? Quelqu'un me protégeait-il ? Es-tu vraiment là, mon amour ? Suis-je en train de rêver ? J'aime à penser que mon bébé et moi faisons les mêmes rêves. Peut-être rêvons-nous du souffle laiteux des chèvres sur notre corps. Peut-être rêvons-nous de vers à soie. Les vers à soie rêvent-ils ? Rêvent-ils qu'un jour, ils constitueront une nappe de fête qui restera pliée dans le tiroir d'un buffet tous les jours de l'année sauf un, quand on l'exhibe à la lumière splendide ? Rêvent-ils de devenir les sous-vêtements vaporeux d'une mariée, laborieusement tissés, cousus avec soin, de devenir cette perfection de soie aux intentions si chastes dont on se débarrasse avec tant de hâte lors de la nuit de noces ? Rêvent-ils tandis qu'ils tournent en rond, se rassasient puis nagent vers la surface, et sont déjà réservés par des mercières sournoises et de timides servantes ? Je ne connaîtrai jamais le jour de mon mariage. Jamais je ne vivrai de nuit de noces.

Suis-je folle ou suis-je en train de rêver tandis que ces coups résonnent dans ma tête comme si le miel vert doré de l'absinthe brûlait encore dans mon cerveau et chantait un jazz complètement différent ? Qui que vous soyez derrière ma porte, partez ! Il n'y a personne ici, ne le savez-vous pas ? Personne à part une pauvre femme enceinte qui tient un paquet de lettres à la main. Et s'apprête à les jeter au feu.

Village de Reigne

Mon homme perdu,

La nuit dernière, je me suis réveillée dans le froid. J'étais seule au milieu de la forêt. Mon feu s'était éteint. Quelque chose me pinçait la nuque tandis que je dormais par terre en tremblant sous ma couverture. Les pincements m'ont tirée de ma torpeur. J'ai compris ce que c'était. C'était une truffe humide, une haleine qui sentait la terre et le jeune agneau. Malgré ma terreur, j'ai compris que j'allais mourir dans un instant. Il ne fallait pas que je bouge, alors même que je sentais un nouveau pincement contre ma nuque. Il cherchait l'endroit le plus tendre pour mordre. Je me suis retournée brusquement, et mon coude a heurté la mâchoire d'un loup. Il m'a observée de ses yeux jaunes, puis s'est enfui et a disparu dans la nuit. J'ai regardé autour de moi. Où était mon bébé ? Le loup l'avait-il emporté ? J'ai palpé mon ventre. Il y avait un trou dedans. Un grand trou, un puits sans fond. Je m'étais endormie. Je n'étais pas une bonne mère. Je n'étais pas protectrice. Je n'étais pas sur mes gardes. Je m'étais endormie et le loup avait mangé le bébé dans mon ventre.

Voilà mon rêve, dont je me souvenais parfaitement au réveil. J'ai palpé mon ventre. Mon bébé était toujours là. Mes mamelons me faisaient mal, la peau de mes seins était tendue, car ils se préparaient à la tâche qu'ils auraient à accomplir. Tes lettres ? Les avais-je brûlées ? J'ai jeté un coup d'œil au feu. Il est éteint. J'ai froid. Je tremble. Tes lettres sont éparpillées à mes pieds. Je ne les ai pas brûlées. On a cessé de frapper à ma porte. Tout n'est que silence. Fait-il encore nuit ? Je ne sais pas. J'écarte les épais rideaux du black-out. Le jour s'est levé. Le mistral a poli le ciel en un diamant bleu. La campagne scintille sous le soleil. Le Ventoux, à des kilomètres d'ici, me semble à portée de doigts. Son plateau recouvert de neige est comme l'aile blanche immaculée d'un cygne endormi.

Je dois rallumer le feu pour mon bébé. Je remue les morceaux de charbon restant dans l'âtre, puis je m'agenouille et je souffle. Quelques flammes s'élèvent, je jette des brindilles d'olivier pour accroître et diffuser la chaleur. Voilà ma vie, voilà une nouvelle journée qui commence, une journée faite de choses simples. De choses simples sans toi. Comme l'orage au loin la nuit dernière. Pour d'étranges raisons, j'ai toujours eu peur de l'orage, même enfant. Surtout enfant. Tu trouvais cela amusant de voir mon corps se crisper quand un coup de tonnerre retentissait dans le ciel. Tu aimais que je me recroqueville près de toi, que je cherche refuge dans tes bras, que mes lèvres trouvent un réconfort dans le nid douillet de ta poitrine velue. Il y a eu de l'orage la nuit dernière. Mon corps a roulé vers la place que tu as un jour occupée, mais tu n'étais pas là. J'ai senti l'arrondi de mon ventre, j'ai senti le bébé. Je n'ai plus peur de l'orage.

J'ouvre ma porte. La petite allée en pierre est déserte. Il n'y a aucun nuage, pas d'orage, personne. J'entends quelque chose cogner à l'extérieur de la porte. Je la contourne et découvre un panier accroché par son anse à un clou planté dans le bois. Je promène mon regard sur l'allée. Elle est réellement déserte. Dois-je examiner l'intérieur de ce panier ? Qui sait ce qu'il y a dedans ? Il est recouvert d'un morceau de sac de farine. Il pourrait contenir une bombe. Je le décroche avec précaution, je rentre chez moi, je ferme la porte et je tire le verrou.

Je pose le panier sur la table. C'est lui que le vent a fait cogner toute la nuit contre ma porte. Royer m'avait avertie qu'il me ferait parvenir un autre message à délivrer. Parlait-il de ce panier ? Mais Royer ne sait pas où j'habite, de cela je suis certaine. Je réussis toujours à le semer quand je quitte Ville-Rouge. Qui a bien pu m'apporter ce panier ? Je soulève prudemment le morceau de sac de farine.

Je découvre un savon artisanal enveloppé dans des feuilles de chêne. Je le prends entre mes mains et je hume son parfum. Il sent le miel et la lavande. Le savon est devenu une denrée rare. Comme tu le sais, il est rationné. Le panier contient aussi du fromage, un fromage de chèvre doux enfermé dans des feuilles de vigne, exactement ce dont mon bébé a besoin pour avoir des os solides. Il y a également de la viande, une belle saucisse de sanglier fumée à l'odeur de truffe et d'herbes sauvages. Je m'assieds à la table, de plus en plus joyeuse alors que je continue l'inspection de ce coffre au trésor. Au fond du panier, je découvre un gros pot de miel orné d'une étiquette « Miel toutes fleurs ». Où ai-je déjà vu des pots identiques à celui-là ? Des étiquettes rédigées de cette même main ? Je me souviens alors du miel que nous avions acheté à l'Apiculteur. Je me rappelle ce jour de marché dans les rues avec toi. À côté de l'étal de l'Apiculteur, il y avait celui de la petite dame que nous surnommions « la nonne aux fromages ».

Elle portait toujours une robe bleue amidonnée qui ressemblait à un habit de bonne sœur, ainsi qu'un chapeau de paille à large bord avec un petit voile pour protéger son visage du soleil. Ses trésors reposaient sur un tissu en lin humide. On aurait dit des hosties bénies par Notre-Seigneur-du-Fromage-de-Chèvre. La dame avait beau être toute petite, elle était toujours très droite et très digne. Elle ne quittait jamais des yeux ses trésors bien alignés. Elle était entièrement dévouée au service du lait de *chèvre** caillé. Serait-ce elle qui a déposé ce panier ? Comment pouvait-elle savoir de quoi j'ai le plus besoin pour la santé de mon bébé et ma propreté ?

L'espace d'un instant, j'ai cru que c'était *toi* qui avais apporté ce panier. Que tu savais où j'habitais. Un jour, à Paris, tu m'avais offert un savon au miel de lavande pour mon anniversaire. C'était en souvenir de mon enfance en Provence, un cadeau simple et vrai, un cadeau auquel on a réfléchi plutôt qu'un cadeau onéreux. Je me souviens d'avoir pris avec ce savon un très long bain. Je passais son doux parfum sur ma peau. Puis je me suis avancée vers toi, embrasée et nue, une fille de la campagne exigeant d'être corrompue par tes baisers citadins.

Mais non, ce n'était pas toi qui avais déposé ce panier. Si tu m'avais découverte, tu m'aurais emmenée avec toi, de cela je suis sûre. J'ai fait en sorte que tu ne puisses pas me retrouver, car en mes entrailles gît la souffrance de vie que toutes les femmes éprouvent, une douleur qu'elles acceptent ou qu'elles refusent. Au fond de mes entrailles, une guerre subsiste entre nous. La vie de l'art, c'est la création ; la création d'une femme, c'est la vie. Si tu revenais maintenant, je serais une pâte molle entre tes mains, la lumière d'or de la muse transformée. Mais tu ne peux poser tes mains sur moi. Peut-être un jour, mon amour, m'offrirai-je

172

de nouveau à toi. Un jour, quand toutes les guerres entre les hommes et d'autres hommes, entre les femmes et les hommes, seront terminées. Et aujourd'hui ? Je dois admettre que j'ignore totalement qui a déposé ce panier à mon intention. Seules deux choses m'importent : déguster ce fromage et prendre un long bain au miel et à la lavande.

Cela fait si longtemps que je n'ai pas pris un bain comme celui-là. Tout en me délassant, je pense aux trésors que je viens de découvrir. Il faudrait six mois de tickets de rationnement pour obtenir ce que j'ai là, si tant est que ces produits soient disponibles. Des trafiquants du marché noir auraient-ils laissé le panier devant chez moi par erreur ? Risquent-ils de venir le reprendre ? Et si la police enfonçait ma porte et m'accusait de faire de la contrebande ? Et alors ? L'eau crémeuse de mon bain me chatouille les narines. Je passe le savon au miel et à la lavande sur ma peau. Je me sens comme toi tu me sens. Cela fait si longtemps. Mes seins gonflés ressemblent à ceux d'une femme étrange. J'ai maintenant des hanches larges, mes fesses sont arrondies par les nouveaux muscles qui soutiennent le poids de mon ventre. Tu me reconnaîtrais à peine. Me désirerais-tu encore ? Davantage ? Moins ? Cela fait si longtemps. Je continue à me prélasser. Quand je sors de la baignoire en métal, ma peau luit. Je m'observe dans le miroir tandis que je passe une serviette sur mon corps. Ce n'est pas le corps que tu as esquissé, dessiné et peint tant de fois, de tant de manières, depuis tant d'angles, comme si j'étais un problème mathématique que tu essayais de résoudre, un poids mort dans l'univers qu'il te fallait cerner pour maintenir l'équilibre gravitationnel de la terre. Je vois l'anneau en or briller dans le V sombre entre mes cuisses. Il prend une jolie couleur quand je remue les jambes. À part toi, personne ne sait ce que signifie cet anneau. Tu ne m'as jamais peinte avec lui. Personne ne sait d'où il vient. C'est notre secret.

J'ai un souvenir très précis du jour où cet anneau a percé ma chair. Il faisait froid. C'était à Paris. Non pas le Paris de lumière, mais celui du silence et de la pénombre. Une ville occupée. Une ville qui se lamentait sur son sort. Et pourtant, tu continuais à peindre. Tu peignais avec rage. Tu peignais comme si la vie en dépendait, comme si tu cherchais à ranimer avec une énergie contraire la vie étouffée des rues. Ton atelier était rempli de tableaux, il y avait des toiles achevées partout. L'odeur de térébenthine et de peinture imprégnait l'air, tes cheveux et ta peau. Tu essayais de saisir une lumière, cette lumière qui avait quitté la ville.

Tu as alors lu dans les journaux que quelques jours plus tard, on fêterait le centenaire du retour des cendres de Napoléon depuis Sainte-Hélène. Un siècle plus tard, ce souvenir émoustillait encore les Parisiens. Jamais on n'avait connu une telle pompe et une telle splendeur qu'en ce jour où les cendres de Napoléon avaient été déposées au tombeau des Invalides. Par comparaison, la parade à New York qui célébrait le premier vol transatlantique de Lindbergh était reléguée au rang de fête de fin d'année dans l'école d'un minuscule village. Alors, pour commémorer le centenaire du retour posthume et néanmoins triomphant de Napoléon, le nouvel empereur du Paris occupé restituait les cendres du fils, jusque-là entreposées à Vienne dans une crypte de l'église des Capucins, au milieu des tombes de la famille impériale des Habsbourg. Le père et le fils seraient donc enfin réunis sur le territoire français après la conséquence historique de leur tragique séparation. D'abord, les journaux ont annoncé que le fils connaîtrait les mêmes honneurs que le père. Mais les journaux étant contrôlés par le nouvel empereur, comment obtenir l'information ? Cette nouvelle a disparu aussi vite qu'elle était apparue. Personne ne connaissait la date de son retour, personne ne savait si le public serait convié à la cérémonie ou si seuls y assisteraient les grands généraux commandant les armées du nouvel empereur. Tu as réussi à apprendre que les cendres arriveraient à la gare de l'Est dans la nuit par train blindé spécial. Puis le cercueil serait transporté par les rues jusqu'aux Invalides. Tu voulais peindre cette scène. Non pas l'escorte de cavalerie avec ses chevaux ornés de plumes et ses hommes en uniforme, le *caisson** recouvert du drapeau français qui cahotait sur les pavés, la lueur des torches qui se reflétait sur les murs des grands immeubles. Non. Ce que tu voulais, c'était capter l'humeur de la lumière dans le cœur des hommes. Tu n'étais pas un peintre figuratif en quête d'une scène éphémère. Tu étais un malade qui m'a entraînée dans la nuit, en dépit de la surveillance étroite des rues à cause du couvre-feu. Tu m'as fait franchir des ombres, des ruelles, de minuscules passages jusqu'à l'arche d'un pont en pierre qui enjambait le fleuve. Le claquement des sabots et le battement plaintif des tambours militaires ont grossi jusqu'à ce que nous entendions les chevaux s'ébrouer et les bottes marteler le sol au-dessus de nos têtes quand ils ont franchi le pont avec le *caisson**. Voilà pourquoi tu étais venu, pourquoi tu avais risqué nos vies. Plus exactement, c'est ce que j'ai cru jusqu'à ce que tu me pousses contre l'arche en pierre et que tu m'embrasses comme si tu allais trouver la lumière que tu cherchais en moi plutôt qu'à la surface du fleuve où se reflétaient les lueurs des torches. Quand j'ai soulevé ma jupe, j'ai senti la pierre froide le long de mes jambes alors que tu te collais à moi.

Tu m'as dit dans un souffle :

— Veux-tu m'épouser ?

— Quand ?

— Cette nuit.

— C'est impossible. Comment pouvons-nous nous marier cette nuit ?

Tu n'as pas répondu. J'ai vu un étrange éclair dans ton regard au moment où tu criais presque :

— Le duc de Reichstadt passe et nous faisons l'amour à sa barbe !

J'ai plaqué mes lèvres sur les tiennes pour te réduire au silence. Par-dessus ton épaule, j'ai vu un jeune homme s'arrêter face au mur de l'autre rive. À toute vitesse, il a écrit à la peinture rouge sur la pierre : GARDEZ VOTRE CADAVRE ! RENDEZ-NOUS NOS MILLIONS DE PRISONNIERS !

Sur le pont, des cris se sont élevés. Des moteurs de moto ont ronflé et des pneus ont crissé. Tu m'as attirée plus près de toi, et tu m'as dit sur un ton insistant :

— Jamais tu ne regretteras de m'avoir épousé. Fais-moi confiance.

Tu m'as embrassée, puis nous nous sommes jetés dans l'ombre. Des coups de feu ont retenti contre le mur où nous étions un instant plus tôt.

Il nous a fallu toute la nuit pour rentrer à cause des patrouilles dans les rues et des barrages de sacs de sable gardés par des soldats aux casques d'acier armés de mitraillettes.

Quand nous avons enfin gravi les marches de l'atelier et que nous avons été à l'abri, je me suis entendue dire :

— Je veux me marier à l'église.

— À l'église !

Je ne connaissais rien de semblable à l'expression qui a traversé tes yeux. C'était une sorte de cynisme défiguré, comme si tu me regardais depuis les profondeurs fantasmatiques d'un tableau nocturne de Goya.

— Te marier à l'église ! (Tu as baissé la tête comme un taureau prêt à charger.) Louise, tu ne comprends rien. Je sais ce qu'ils vont faire. J'ai déjà tout vu en Espagne, où ils se sont exercés pour cette guerre. Des hommes pleins de poux qui crèvent de faim et dorment nus à même le sol gelé. Des hommes qui doivent s'accroupir sur un tronc au-dessus d'un trou de merde pour se soulager. S'ils glissent, ils meurent noyés dans les excréments. Toute l'Europe est en train de se noyer dans sa propre merde !

— Pourquoi veux-tu m'épouser alors, si la merde est partout ?

Tu es tombé à genoux devant moi et tu n'as rien dit pendant un long moment. Tu tenais mes mains dans les tiennes. Je sentais les durillons sur tes paumes, la force de tes doigts, puis j'ai entendu ta voix m'annoncer :

— Parce que tu es la seule chose qui me sépare d'eux. Sans toi, je le sais au plus profond de moi-même, je passerais de l'autre côté et je me joindrais à eux. Tout homme a cette vieille querelle de sang qui lui résonne aux oreilles, qui lui donne envie d'arracher son masque de civilité et de s'approprier tout ce qu'il veut. Sans travailler, sans le mériter, juste s'approprier ce qui lui fait envie en tuant tous ceux qui se mettent en travers de sa route. Seul un mince voile de lumière me retient de ce côté-ci, et tu es cette lumière. Sinon, ce serait trop douloureux, même quand je peins. La seule chose qui me rend la chose tolérable, qui me donne encore envie de vivre sur cette terre, c'est ta lumière.

— Où est l'alliance ?

— Tu acceptes donc ?

Tu as bondi sur tes pieds, fou de joie. Tu as ouvert un tiroir de ta grande armoire en acajou et tu as attrapé un coffret en velours sous une pile de vêtements. Tu as fait jaillir le couvercle du coffret. Un anneau en or brillait à l'intérieur. J'ai tendu le doigt.

— Non. (Tu m'as pris la main et tu as embrassé mon annulaire.) Ce n'est pas ici que tu vas le porter. Personne ne doit savoir que nous sommes mariés. Car c'est trop dangereux en ce moment. Il va falloir attendre pour annoncer cette nouvelle au monde.

— Je n'attendrai pas. Cela fait trop longtemps que j'attends. Si je deviens ta femme, je ne reste pas une maîtresse.

— Je vais t'épouser. Mais l'anneau n'apparaîtra pas à ton doigt.

— Pourquoi ?

— Parce que nous ne pouvons pas croire en l'avenir. Nous pouvons seulement faire confiance à ce qu'il y a entre nous.

— Dans ce cas, nous devrions nous marier à l'église, si cela ne concerne que Dieu et nous.

— Non, les églises ne sont pas assez solides. Ils vont brûler toutes les églises. Ils auront tout brûlé avant la fin de cette guerre. (Tu as délicatement saisi l'alliance entre ton pouce et ton index.) Mais ça, ils ne l'auront pas. Cet anneau sera notre secret. Seuls toi et moi connaîtrons son existence. Seuls toi et moi saurons, car à chaque fois que nous ferons l'amour, il sera là. C'est notre alliance pour l'éternité.

— Que veux-tu dire par : « À chaque fois que nous ferons l'amour » ?

Tu as appuyé sur l'anneau avec tes doigts et il s'est ouvert. Une pointe aussi aiguisée qu'une flèche est apparue.

178

— Allonge-toi, Louise. Nous n'avons pas le choix. Un jour, tu comprendras pourquoi nous devions procéder ainsi. De cela, je te donne ma parole.

— Et toi ? À quel endroit ton alliance en or va-t-elle te transpercer ?

— Je ne peux courir le risque de porter une alliance. Cela signifierait que j'ai une épouse, et si j'ai une épouse, ils pourraient la rechercher.

— Je ne comprends toujours pas.

— Tu n'as pas besoin de comprendre. Tu dois juste croire en notre amour.

Je me suis allongée sur le lit. Je te faisais confiance avec mon cœur, avec mon corps.

J'ai entendu de l'eau couler dans un récipient en fer-blanc, puis j'ai senti une odeur de gaz en provenance du fourneau. Tu as gratté une allumette, elle s'est enflammée. J'ai compris que tu plongeais l'anneau dans l'eau bouillante. Tu m'as écarté les cuisses et tendrement, tu as frotté l'endroit le plus intime de mon corps avec un coton imbibé d'alcool. Cette odeur a empli la pièce. Ma peau me brûlait. Tu as été chercher l'anneau et tu l'as placé à contre-jour de l'ampoule au-dessus de ma tête. J'ai observé la pointe acérée qui devait transpercer ma chair pour que l'anneau se referme, qui devait me trouer pour former un parfait cercle d'or. Elle n'était pas plus grosse qu'un bec de colibri. Je ne sentirais rien, et nous serions mariés. Je me mentais.

Tu as mis la main entre mes jambes.

— Tu vas avoir mal, Louise. Pense à quelque chose de beau.

— Pourquoi tu me fais cela ? De qui nous cachons-nous ?

— À quelque chose de beau. Pense à…

— Je pense que je suis en train de me mutiler pour toi !

— L'amour est toujours une mutilation du moi.

— Mon Dieu, j'ai mal !

— Pense à quelque chose de beau.

— Francisco, j'ai mal !

Tu m'as embrassée. Je t'ai mordu la lèvre. Tu as plaqué ta bouche sur la mienne pour étouffer mon cri. La douleur n'est pas partie. Pas en un tel endroit. Pas au plus profond de ma vulnérabilité. J'ai pensé à quelque chose de beau. À la Provence en hiver. À sa particularité, cette saison dure et rude, cette mort si ostensible pour que nous sachions tous le prix à payer afin qu'autre chose naisse. J'ai vu les vignobles en hiver, des rangées et des rangées de vignes qui partaient à l'assaut des collines et plongeaient dans de larges vallées, qui maintenaient la cohésion de la terre pour qu'elle résiste au mistral qui la balaierait. On dit que le jour de l'agonie du Christ sur la croix, le vent soufflait, et que chacune de ses larmes était emportée par la tempête de l'autre côté de la Méditerranée pour s'écraser comme une perle pourpre et translucide sur la terre nue de Provence. Que chaque perle s'est transformée en graine, la graine en vigne, et la vigne en raisin. On dit que c'est pour cela que le vin est le sang du Christ et que, chaque automne, le raisin est si doux : parce que les larmes du Christ n'étaient pas des larmes de douleur, mais des larmes de joie.

Tandis que le sang coulait de mes cuisses sur le drap, je t'ai entendu dire :

— Ne pleure pas, ma chérie. Nous sommes mariés, maintenant. Je t'aimerai toujours.

— Nous ne sommes pas mariés.

— Que veux-tu dire ?

— Et toi, à qui appartiens-tu ?

— À toi, évidemment.

180

— Pour combien de temps ?

— Pour toujours.

— Ça ne suffit pas.

J'ai jeté un coup d'œil à l'évier. Le manche en nacre de ton rasoir étincelait sur la porcelaine.

— Apporte-moi ça.

Tu n'as rien dit. Ton regard a suivi le mien jusqu'au rasoir.

— Apporte-le-moi.

Tu es allé jusqu'à l'évier. Tu as attrapé le rasoir. Tu paraissais perplexe.

Je me suis péniblement levée du lit.

— Retire ta chemise.

Tu as passé ta chemise par la tête et tu l'as laissée tomber par terre.

— Viens ici.

Tu t'es approché du lit.

— Agenouille-toi. Agenouille-toi comme tu le ferais devant un prêtre, comme si tu communiais à la messe de ton mariage.

Troublé, tu t'es agenouillé.

J'ai pris ton rasoir et j'ai fait jaillir la lame.

— Pense à quelque chose de beau.

Tu m'as regardée d'un air encore plus troublé.

— Pense à quelque chose de vraiment beau. (J'ai placé la pointe du rasoir contre ta peau. Ton regard exprimait de la peur. J'ai piqué ta peau avec la lame.) À quoi penses-tu ?

— Je pense... je pense à toi lors de notre premier voyage en Provence, je pense à tous ces champs en fleurs, je pense que tu as voulu que j'arrête la voiture. Je savais ce que tu allais faire. Je t'avais si souvent vue le faire. Où que tu ailles, les fleurs apparaissaient et tu en faisais des bouquets. Je reconnaissais bien là tes origines provençales. Tu pourrais aller te promener dans le désert du Sinaï, tu reviendrais du sable brûlé avec un miraculeux bouquet.

J'ai fait une entaille verticale sur ta poitrine, un trait bien net.

— Dieu que j'ai mal !

— Continue à penser à quelque chose de beau.

— J'ai arrêté la voiture. Tu en es sortie, tu t'es avancée dans le champ et tu t'es mise à cueillir des fleurs, tout excitée. Certaines tiges, tu pouvais les couper avec tes doigts. Les autres, celles qui étaient trop grosses, tu les sectionnais avec tes dents. Tu t'es même cassé une dent, mais tu étais si grisée que tu n'as pas senti la douleur. Tu as continué à cueillir des fleurs. Tu as rempli la banquette arrière de la Bearcat. Leur parfum embaumait l'air quand nous avons redémarré, et je me suis demandé : « Où Dieu crée-t-il des femmes comme elle, des femmes dont la nature est d'être entourées de fleurs ? A-t-il au ciel un cagibi spécial pour les fabriquer ? » Ô Seigneur, que ça fait mal !

J'ai profondément incisé ta peau à angle droit de la première entaille. Tu as tressauté, mais cette fois, tu n'as pas crié. J'ai replié la lame dans le manche du rasoir.

— Maintenant, mon chéri, nous sommes mariés.

J'ai pressé mes lèvres sur ta poitrine et j'ai tendrement embrassé le sang qui coulait de ta blessure. Cette dernière cicatriserait et, jusqu'au jour de ta mort, gravé au-dessus de ton cœur, il y aurait un L parfait.

QUATRIÈME PARTIE

FOU DE L'AMOUR

La vie tourne autour de certaines choses auxquelles on ne cesse de revenir. Quand le destin a conduit Louise et Zermano à la cerisaie en ce Jour des Abeilles, il s'est produit un événement de la sorte. À partir de cette journée, ils ne seraient plus jamais libérés l'un de l'autre. Que ce soit dans la guerre ou dans la paix, la gloire ou l'anonymat, voire l'exil ou la mort. En découvrant leurs lettres, j'ai déterré une énigme restée enfouie pendant un demi-siècle. Cette correspondance, crue et sans fard, n'était pas destinée à d'autres yeux. Au fil de sa lecture, j'étais ballotté entre une exquise introspection personnelle et des révélations brutes où l'anarchie du désir l'emportait sur la rhétorique. Poser son regard sur ces pages intimes était assurément un acte de voyeurisme. À plusieurs reprises, j'ai caché avec ma main un passage bien trop explicite et je me suis demandé : « Ai-je le droit de savoir ces choses ? » Puis j'ai retiré ma main et poursuivi ma lecture, non sans une certaine culpabilité. Je n'ai cessé de m'interroger sur l'opportunité de faire découvrir ces lettres à d'autres. Fallait-il qu'elles restent secrètes ? Fallait-il les mettre à la disposition des universitaires qui travaillaient sur l'œuvre de Zermano ? Question ultime : fallait-il les détruire ?

Il y a d'autres questions auxquelles on ne peut échapper. Zermano, toujours en vie, ignore ce qu'il est advenu de Louise. Ne suis-je pas dans l'obligation de lui restituer ces lettres afin que son esprit torturé trouve le repos ? Ces questions finissent par acquérir un véritable pouvoir, et je dois avouer qu'à certains moments, j'aurais préféré ne jamais avoir découvert les lettres. Je suis devenu un acteur involontaire de ce drame, et ne peux m'empêcher de m'identifier érotiquement aux deux amants. Je dois donc me poser franchement la question : « Suis-je obsédé par leur histoire ? » La réponse est oui. Cela dit, si Louise n'avait pas souhaité que ces lettres soient retrouvées, elle les aurait détruites. Elle n'aurait pas laissé une carte aussi précise, sauf à vouloir que quelqu'un retrace le parcours jusqu'à son cœur. J'ai donc décidé de suivre le chemin qu'elle avait montré. Ces lettres existaient. Il était de mon devoir de les rendre à Zermano, de m'assurer que le message qu'elles contenaient parvienne à son destinataire.

Chose plus simple à dire qu'à faire, dans la mesure où Zermano n'avait fait aucune apparition publique depuis ce jour de 1969 où les astronautes américains s'étaient posés sur la mer de la Tranquillité. Dans le monde entier, les gens avaient suivi l'extraordinaire événement à la télévision sans savoir qu'au même moment, s'éclipsait l'un des plus importants personnages du XXᵉ siècle. C'était comme si Zermano s'était réfugié sur la face cachée de la lune. Il n'aurait pu être davantage « disparu » s'il avait été l'un de ces dissidents politiques d'Amérique latine arrachés du jour au lendemain à leur vie quotidienne pour sombrer dans l'oubli.

Le destin de Zermano n'était pas de sombrer dans l'oubli. Les gens ont fini par s'inquiéter de sa disparition et se demander s'il était encore en vie. Mais sa famille comme le gouvernement espagnol ont refusé de fournir la moindre indication à ce sujet. On n'avait aucune trace d'hospitalisation, pas de certificat de décès. Ne restaient que ses tableaux. Comme ceux de tous les grands artistes après leur mort, ils bénéficiaient d'une aura presque divine. À croire qu'ils n'avaient pas été réalisés par des mains humaines, n'étaient pas le fruit de l'inventivité, de la force ou de la volonté, mais qu'ils étaient apparus comme par magie. Il ne fallait pas davantage les mettre en question que la forme d'un nuage.

Le débat sur la disparition de Zermano se poursuit encore, il distrait le grand public et alimente quantité d'ouvrages et d'émissions télévisées relatant sa vie, qui tous reposent sur des spéculations et une supercherie absolue. Certains prétendent qu'il a été assassiné pour avoir collaboré pendant la Seconde Guerre mondiale. D'autres affirment que le gouvernement espagnol l'a fait exécuter, car la célébrité qu'il avait acquise en intégrant à ses tableaux la dimension démoniaque de la guerre pouvait lui donner un poids politique gênant.

Avant de découvrir ces lettres, j'avais ma théorie personnelle sur la disparition de Zermano. Je m'étais mis dans l'idée que Louise était réapparue au bout de plusieurs décennies et que Zermano avait abandonné sa famille pour elle. Famille qui, afin d'échapper à la honte et à l'hystérie publique que cet acte ne manquerait pas de provoquer, avait déclaré ignorer où il se trouvait. C'est cette théorie qui m'avait conduit en Provence à la mort de Louise. Il fallait que je sache si on la faisait passer pour morte dans le dessein d'induire tout le monde en erreur. Maintenant, je sais que l'histoire est tout autre.

Après avoir terminé sa peinture murale dénonçant les horreurs de la guerre, *L'Apparition céleste de Gabriel*, il a très vite quitté Paris. Il s'est embarqué sur un bateau de pêche dans un petit port au sud de Cassis et a effectué une dangereuse traversée en Méditerranée, où les vaisseaux de guerre avaient pour mission de couler toute embarcation ne battant pas le même pavillon qu'eux. Qu'il ait survécu à ce voyage de huit jours en mer pour finalement accoster aux Baléares relève du miracle. Le second miracle, c'est que la peinture *L'Apparition céleste de Gabriel* ait également survécu. Ce tableau de sept mètres de long sur deux mètres cinquante de haut avait été peint sur une toile fixée à un mur dans l'atelier parisien de Zermano.

Une fois cette peinture murale achevée, Zermano a construit devant un mur sur lequel il a réalisé une fresque représentant la zone industrielle au bord de la Seine la nuit. Dans ce tableau baigné d'une énergie malsaine, un voile de cendres s'abat sur le fleuve qui coule le long d'usines désaffectées. Les incendies faisant rage sur ses rives éclairent des femmes à l'allure provocante qui se déhanchent de manière éhontée pour vendre leurs corps nus, tandis que, dans l'ombre derrière elles, un tapis roulant emporte une interminable file d'hommes en enfer.

Cette toile, à la différence de tous les autres tableaux de Zermano, porte un titre improbable : *Nu promenant son homme en laisse.* On a beaucoup écrit à ce sujet, et on s'est livré à toutes les interprétations et autres condamnations. Certains pensent qu'il s'agit d'une métaphore sexuelle du conflit. D'autres affirment que Zermano est un misogyne qui déclare ainsi la guerre des sexes. La fresque est restée dans l'atelier après l'armistice car la Ville de Paris, dans sa tentative de remédier à la pénurie de logements, l'avait réquisitionné. La famille qui y a vécu l'a pudiquement cachée derrière de grandes penderies. Sans oublier qu'à cette époque, beaucoup de gens, depuis les membres du gouvernement jusqu'aux artistes, y compris Zermano, ont été accusés d'avoir collaboré avec l'ennemi, et qu'il valait mieux oublier cette toile embarrassante.

Oubliée, elle l'a été jusqu'à ce que l'atelier soit retiré du domaine public et vendu comme résidence privée. Son nouveau propriétaire savait que le travail de Zermano était réévalué à la hausse en Amérique. Quand il a fait décrocher la fresque murale pour l'expédier par bateau à New York, il a découvert *L'Apparition céleste de Gabriel*, le chef-d'œuvre dissimulé derrière. Qu'il a voulu joindre à la première toile. Mais le gouvernement français, ressortant à cette occasion une obscure loi napoléonienne, les a toutes deux saisies à la douane. Le gouvernement espagnol a lui aussi tenté de faire valoir son droit de propriété sur ces peintures, arguant du fait que Zermano, citoyen espagnol, avait été dans l'obligation de les abandonner en raison de « contraintes inhumaines et incompréhensibles à une époque d'intenses conflits internationaux ». Une terrible bataille juridique a suivi. La décision finale n'a pas contribué à accroître la fortune de l'une ou l'autre nation. Le tribunal a estimé que les deux œuvres revenaient au propriétaire de l'atelier, et les tableaux ont finalement été vendus aux enchères à New York.

Je crois que le départ précipité de Zermano s'explique tout simplement par sa douleur d'avoir perdu Louise. Pour lui, la France, c'était elle. Il la voyait dans les couleurs changeantes du ciel, dans le soleil qui se couche sur la Seine. Il devait fuir. Il ne voulait pas se voir réduit à brosser la dévastation de son cœur ou la guerre. Pour cela, il y avait des poètes et des photographes. Il n'a pas fui en Amérique, comme tant d'artistes européens se sentant menacés. Il ne cherchait pas à se reconstruire : il était déjà solide. Il a cherché à s'enraciner dans la simplicité. Il est retourné sur les lieux de ses débuts, l'île de Majorque. La musique, les étoiles, la lumière qui se projetait sur la mer redeviendraient ses compagnons et ne lui parleraient pas de Louise. Zermano devait survivre. Comment lui en vouloir, comme l'ont fait tant de critiques sociaux-mondains, de regagner un pays alors fasciste ? Quitte à vivre dans un monde de brutes, il préférait l'Espagne car là-bas, la guerre avait ses origines dans les luttes familiales, frère contre frère, avant de se transformer en un conflit opposant un dogme religieux à une idéologie laïque. Zermano comprenait cela. Cette psychologie-là, il savait la dépeindre.

Son retour à Majorque pendant la guerre n'a nullement attiré l'attention, la scène mondiale étant alors envahie par des personnages bien plus charismatiques. Mais une fois l'armistice signé, gagner de l'argent grâce à l'art étant redevenu chose tolérée entre anciens adversaires qui s'observaient par-dessus les ruines de leurs pays, on a redécouvert Zermano. Quand l'Europe a de nouveau été prospère, les journalistes ont commencé à défiler à Majorque et à envahir villes, stations balnéaires et cafés afin de le surprendre avec des micros et des caméras. Il ne faisait pas de doute qu'un jour, il quitterait l'île aussi vite qu'il avait quitté Paris. Quand son épouse espagnole est morte et que ses enfants ont été grands, il s'est volatilisé.

J'ai consacré une année entière de mon existence à essayer d'entrer en contact avec Zermano. Une fois explorés les canaux évidents tels que les galeristes, les conservateurs de musée et les attachés culturels français ou espagnols, j'ai compris que, pour le retrouver, il me faudrait passer par ses enfants désormais adultes. À plusieurs reprises, j'ai envoyé à leur avocat quelques exemplaires de mes ouvrages accompagnés d'une requête pressante où j'expliquais avoir quelque chose d'important à remettre à leur père. Je n'ai reçu aucune réponse, et les paquets me sont revenus intacts. Je ne pouvais pourtant pas confier mon secret à n'importe qui, car des personnes morales publiques ou privées risquaient de contester mon droit à détenir ces lettres. Je risquais de les perdre lors d'un procès sans savoir si elles parviendraient à Zermano. De surcroît, le scandale qu'un tel événement provoquerait dans la presse, vu le contexte politique qu'elles évoquaient ainsi que leur contenu érotique, m'éloignerait davantage encore de Zermano. Son dernier souhait, je le savais, était que les épisodes les plus dramatiques et les plus intimes de son existence soient révélés à un moment où il avait choisi la réclusion totale et qu'il lui restait peu de temps à vivre. Il n'y avait qu'une solution : je devais me rendre à Majorque pour voir où me mèneraient ses pas.

J'ai demandé un congé sabbatique à mon université et je suis parti dès son acceptation. Je voulais arriver à Majorque exactement comme Zermano cinquante ans plus tôt : par la mer. J'ai donc pris un ferry de nuit depuis Barcelone. Sur le pont du bateau, la lueur de l'aube m'a époustouflé. Ce n'était ni la lumière lavande de Provence, ni la réverbération aveuglante de l'Afrique du Nord toute proche. C'était une reposante teinte dorée, comme si j'observais le monde à travers les parois d'un bocal enduit de miel. Les pics des montagnes se dressaient au-dessus d'une côte découpée. On aurait dit une page arrachée à un catalogue publicitaire vantant les mérites éternels du paysage méditerranéen. Cette vision s'est rapidement évanouie. Comme le ferry s'approchait à toute vapeur, la silhouette des immenses hôtels à touristes en béton blanc a bouché la vue de ces criques autrefois paradisiaques.

Puis est apparu le rivage majestueux d'une grande baie. Derrière se profilait une architecture où la fantaisie arabe le disputait à l'exubérance gothique : flèches en pierre, tourelles de château et cathédrales. La lointaine ville de Palma scintillait comme dans le plus splendide des rêves. On imaginait un cheikh en djellaba blanche ou un croisé en armure étincelante descendre de la montagne à dos de cheval pour goûter aux fruits de la vie après avoir longuement guerroyé. Voilà comment l'île avait dû apparaître aux yeux de Zermano un demi-siècle plus tôt, quand la ville était dix fois moins peuplée qu'aujourd'hui, avant l'invasion des voitures et des avions. Une époque bien plus proche du rythme des bergers et des pêcheurs que des discothèques géantes et des hypermarchés.

À Palma, je me suis rendu directement au ministère de la Culture pour présenter une lettre de mon université attestant de mon statut de chercheur. J'espérais y trouver un sympathisant à ma cause qui accepte de me fournir des indications quant au lieu de résidence du grand artiste. J'ai bel et bien été reçu avec respect et j'ai eu accès aux archives Zermano, qui couvraient trois niveaux. Elles ne contenaient pas beaucoup de choses que j'ignorais. L'unique différence, c'était d'avoir entre les mains les pièces originales au lieu de les consulter sur un écran d'ordinateur à dix mille kilomètres de là. À ma grande surprise, il y avait un nombre important de communications non encore traduites sur l'influence que Raymond Lulle, un mystique messianique du XIIIe siècle, avait exercée sur Zermano.

Raymond Lulle a été, dans le désordre, don Juan, ermite, précepteur d'un futur roi et fondateur du premier monastère franciscain de Majorque ainsi que de la première école européenne de langues orientales. Sa production foisonnante et protéiforme de plus de deux cents livres, alimentée par sa philosophie néo-platonique et sa croyance radicale

192

que les juifs, les chrétiens et les musulmans appartenaient à une seule et même religion, ont abouti à son martyre en Afrique du Nord. Sa mort a donné lieu à l'une des premières théories du complot de l'histoire. Les révisionnistes se chamaillent encore pour savoir s'il a été tué par les membres d'une tribu inculte ou piégé par les trois religions liguées contre lui. Son œuvre la plus connue, le *Chant de l'ami et de l'aimé*, est chaque année redécouverte par des étudiants qui la jugent d'importance égale au *Chant de Salomon* ou au *Capital*.

Le lien esthétique entre Lulle et Zermano, tous deux natifs de Majorque, était de ceux que je n'avais jamais pris au sérieux. Pourtant, Lulle, à la fois premier philosophe hors la loi et premier théologien de la libération, est considéré par certains comme devant figurer entre le pape et le Christ, tandis que Zermano se situerait entre Vélasquez et Goya. Ce qui ne me fournissait aucune raison supplémentaire de creuser la théorie d'un parallélisme entre ces deux hommes. J'ai quitté les archives et demandé aux fonctionnaires du ministère s'ils avaient une idée de l'endroit où se trouvait Zermano. Expérience frustrante, car il est de notoriété publique que les habitants de Majorque procèdent par réponses indirectes. Leur prudence est le résultat de siècles de domination extérieure, des Vandales aux Espagnols. J'étais ainsi confronté non seulement au mystère Zermano, mystère soigneusement gardé, mais aussi à la paranoïa de l'île.

Le monde extérieur a toujours constitué une menace pour le paradis majorquin. Et la fourberie a toujours été sa meilleure défense. Que ce soient par les chars romains grondant dans les plaines intérieures, les envahisseurs du Maghreb dévastant la côte, ou le tourisme de masse moderne, Majorque n'a cessé de subir des assauts. De nos jours, l'étranger est accueilli par un sourire trompeur accompagné d'un discours sur la nécessité de préserver à tout prix les splendeurs naturelles de l'île, puis se voit questionner sur la date de son départ. Une chanson du folklore majorquin détaille ce subterfuge : « Je suis allé je ne sais où, et j'y ai rencontré je ne sais qui. Il m'a posé une question que je n'ai pas comprise, et dont j'ai oublié la réponse. » Toutes les personnes que j'ai interrogées sur le lieu de résidence de Zermano auraient tout aussi bien pu me chanter ce refrain en guise de réponse. On n'a eu cesse de me demander quand je comptais regagner mon université, tout en m'assurant que si des documents en rapport avec mes recherches étaient découverts après mon départ, on me les ferait parvenir. Néanmoins, j'ai persévéré.

Les archives Zermano contenaient la liste de tous les endroits où il avait vécu sur l'île. Je les ai tous visités dans l'espoir d'y trouver un indice. Le premier, une vieille maison de pêcheur dans un adorable petit port, avait été transformé en restaurant de fruits de mer très prisé des résidents des manoirs alentour. Le deuxième, un couvent du XVIe siècle abandonné à l'époque où Zermano y a résidé et travaillé, abritait maintenant une faculté de médecine. L'ancienne chapelle du couvent, autrefois son atelier, était désormais l'amphithéâtre où s'effectuaient les opérations chirurgicales. Plus de dix-sept lieux avaient ainsi été reconvertis ou démolis au nom du progrès. Je n'ai pas trouvé la moindre piste me menant à Zermano. Or, le temps pressait. Ne me restait qu'une solution, celle qui me déplaisait le plus, car elle me faisait passer pour un paparazzo sans gêne : aller plaider ma cause auprès de la famille.

Cette dernière était connue pour sa discrétion et son repli sur elle-même. Pourtant, il me fallait persuader un des proches de Zermano de briser la loi du silence. Lequel avait des chances de céder plus facilement ? Des trois enfants Zermano, le premier était juge, le deuxième sénateur. Mes possibilités de les amadouer étaient quasiment nulles. Si j'avais un espoir, il résidait dans le troisième enfant, qui était une fille. Peut-être pourrais-je jouer sur sa corde sensible en lui révélant que j'étais en possession de lettres d'amour de son père. Puisqu'elles avaient été écrites avant que Zermano rencontre la mère de ses enfants, et que ladite mère était décédée, la fille ne se sentirait pas coupable de la trahir en me venant en aide. Par chance, c'était la plus jeune des trois, on pouvait donc l'espérer moins fidèle aux traditions que d'autres Majorquins plus âgés, qui affectionnent la plaisanterie : « Qu'est-ce qui est plus grand ? Le monde intérieur à Majorque, ou le monde extérieur à Majorque ? »

J'ai trouvé les coordonnées de la fille de Zermano dans l'annuaire, tout simplement. Y figuraient son nom, son adresse et son numéro de téléphone. J'ai composé ce dernier. Une femme a tout de suite décroché. Je me suis présenté et j'ai demandé si j'avais l'honneur de parler à la Señorita Serena Zermano.

— Qui est-ce ? a questionné la voix.

Quand j'ai à nouveau décliné mon identité, elle a raccroché. J'ai rappelé, et avec la plus grande politesse qui soit, j'ai annoncé que je souhaitais laisser un message à la Señorita Zermano.

— Non.

La communication a été coupée.

Peut-être étais-je tombé sur la servante, qui avait pour instruction de raccrocher quand elle ne connaissait pas son interlocuteur. J'ai essayé de rappeler plus tard, mais personne n'a décroché. Le lendemain matin, j'ai à nouveau tenté ma chance. Pas de réponse. J'ai téléphoné toute la journée et continué dans la soirée jusqu'à ce que la même voix féminine décroche. J'ai réitéré ma requête. Mon interlocutrice m'a demandé à quelle Señorita Zermano je souhaitais parler. « La fille du peintre », ai-je répondu. Je tenais là ma chance : une brèche où je pouvais glisser quelques informations. J'ai aussitôt ajouté que j'étais en possession de certains objets très personnels appartenant au Señor Zermano. Il y a eu un long silence avant que la personne répète :

— Des objets très personnels ?

— Oui, très personnels.

— Il n'y a pas de Serena à ce numéro.

— Je vous en prie, ne raccrochez pas ! Ces objets sont plus que personnels, ils sont intimes.

Elle a raccroché.

Le jour suivant, je me suis rendu à l'adresse de l'annuaire. Qui n'était pas simple à trouver. Les ruelles pavées vieilles de plusieurs siècles formaient un labyrinthe tout en lacet, détours et impasses. Les façades des maisons en pierre hautes de trois étages possédaient des portes en bois closes et des fenêtres aux volets fermés. On aurait pu croire que tout était abandonné. Rien à voir avec l'idée que l'on se faisait d'une terre méditerranéenne ensoleillée où des enfants à moitié nus jouent dans les rues tandis que leurs mères les appellent en riant. Comme si les habitants d'ici craignaient le retour de ces armées de musulmans enragés qui un jour avaient massacré les civils et fait couler le sang dans les rues. Qui pouvait jurer qu'ils avaient tort ? Leur mémoire était bonne, et les côtes d'Afrique toutes proches. Le plus drôle, pensais-je en écoutant l'écho de mes pas alors que je longeais ces maisons-forteresses, c'est que lorsque la mort resurgirait, elle ne serait pas accompagnée des cris des chevaux et des hurlements d'hommes en djellaba qui brandissent des épées. Elle viendrait accompagnée d'un murmure, par le biais d'un missile anonyme qui ne se laisserait pas abuser par l'idée qu'il n'y a personne à la maison.

Dans une rue sombre à cause de la présence de la gothique cathédrale de Palma, j'ai fini par trouver la maison de Serena. La grosse porte en bois était ornée de pointes d'acier. J'ai fait retomber le heurtoir en métal. Pas de réponse. J'ai recommencé. Le bruit a résonné dans la rue comme une fusillade. Au bout d'un moment, un petit judas a coulissé derrière une grille en fer placée au centre de la porte. J'ai aperçu des yeux marron en forme d'amande. Je me suis poliment enquis :

— Señorita Serena Zermano ?

La personne n'a rien répondu. Cette grille en métal qui couvrait ses yeux comme un voile me donnait l'impression de dérober un regard à la femme la plus prisée du harem. Le judas s'est refermé.

J'ai attendu un moment, puis j'ai frappé à nouveau, en vain, et je suis reparti. J'ai arpenté les rues de la ville avec ses maisons fermées au monde extérieur. Je me sentais surveillé, comme si ces lettres que je venais rendre pouvaient provoquer les mêmes ravages que les armées d'envahisseurs passés. On aurait dit que l'île tout entière conspirait à protéger Zermano, comme si elle savait qu'un jour, Louise enverrait son messager. Pendant que je marchais, des murmures sourds me poursuivaient. J'ai scruté le sommet d'escaliers débouchant sur des places désertes où de vieilles fontaines mauresques recrachaient quelques filets d'eau. J'ai aperçu les rectangles bleus du ciel au-dessus d'étroits passages qui, un jour, avaient été empruntés par des hommes masqués vêtus de capes noires et armés de crucifix ainsi que d'épées. J'ai observé les feuilles de palmiers poussiéreux qui s'agitaient dans le vent et j'ai tendu l'oreille afin de percevoir les murmures.

Le lendemain, je me suis de nouveau rendu à la maison de Serena. Cette fois, il était deux heures et demie, un moment où je la savais présente, car tout le monde était chez soi afin de savourer le principal repas de la journée à l'abri de portes bien verrouillées. J'ai soulevé le lourd heurtoir et je l'ai relâché. Des pas ont retenti de l'autre côté de la porte. Le judas s'est ouvert. Des yeux marron sont apparus. Ce n'étaient pas ceux de la veille, mais ceux d'une femme plus âgée. Elle m'a dit en espagnol, une langue que fort heureusement je comprenais :

— Elle n'est pas là ! Allez-vous-en, sinon j'appelle la police !

Le judas s'est refermé. De l'autre côté de la porte, les pas se sont éloignés. J'ai humé des odeurs de cuisine, un parfum d'huile d'olive chaude et de safran. Serena était là. J'ai passé le petit doigt par la grille en fer qui protégeait le judas et réussi à faire coulisser le volet en bois. J'ai ainsi pu jeter un coup d'œil à l'intérieur. Et j'ai entrevu un autre monde. J'apercevais un immense patio au centre de colonnes mauresques en marbre rose. Le soleil illuminait un verdoyant jardin tropical rempli de fleurs et de cascades de vigne. Derrière deux colonnes en marbre, une arche donnait sur un grand salon où était suspendu un tableau dans un cadre doré. J'avais déjà eu l'occasion de voir des croquis préparatoires à cette peinture, mais j'ignorais qu'elle existait. Intitulés *La Venue des hirondelles à minuit*, ces croquis étaient considérés comme une tentative de la part de Zermano pour capturer l'instant où Raymond Lulle, après avoir jeûné et prié dans une grotte dans la montagne, avait eu la révélation du Saint-Esprit. Découvrir ce tableau était **magique**. Car outre le fait que cette œuvre constituait un véritable morceau de bravoure, elle a été à l'origine de ma propre révélation : la réponse à mes questions se trouvait dans Raymond Lulle. C'était lui qui me mènerait à Zermano.

Je suis retourné aux archives et j'ai examiné d'un œil neuf les textes traitant du lien entre Zermano et Lulle. Je me suis également procuré des biographies de ce dernier, y compris la plus ancienne, publiée en 1311, de son vivant. Il n'était pas simple de séparer la légende des faits, de discerner la réalité de sa vie dans le déluge de propos de ceux qui faisaient son apologie. Pour cette raison, de respectables chercheurs étrangers ont passé au crible toutes les similitudes entre Zermano et Lulle. Emprunter cette voie me semblait aussi réaliste que décréter que le Père Noël et le Lièvre de Pâques avaient eu une aventure et que Jésus-Christ était le fruit de leur union. La seule certitude, c'est que Lulle était le fils d'un noble de Barcelone ayant embarqué pour Majorque avec l'Armada afin de reprendre l'île aux Maures. En guise de récompense, il avait reçu une terre et un titre de noblesse. À l'âge de quatorze ans, Lulle était page à la cour du roi Jacques le Conquérant, puis devint précepteur de son fils, le futur roi. Il parcourut ainsi toute l'Europe en profitant de la vie privilégiée de la famille royale. Il atteignit l'âge adulte dans un monde raffiné de palais, de chevaliers en armure, de fauconniers, de troubadours et de dames parées de splendides atours de soie. Il devint un courtisan cultivé aux mœurs dissolues. Son ami, le prince Jacques, tenta de l'assagir par un mariage arrangé. Cette union lui donna un fils, mais n'empêcha pas Lulle de se livrer aux délices de l'adultère. Lui-même écrivait à propos de cette période : « Plus je me sentais enclin au péché, plus je m'autorisais à céder aux pulsions de mon corps. La beauté des femmes était mon fléau et mon affliction. » Ses conquêtes dans les boudoirs royaux et les maisons de plaisir étaient si célèbres que les femmes le pourchassaient afin de savoir si sa réputation d'habile séducteur était justifiée. Et elle l'était, à tous points de vue.

L'incident mémorable qui modifia à jamais le cours de sa vie — scellant son refus des plaisirs charnels et lui ouvrant la voie de la quête spirituelle — eut lieu, sans grande surprise, tandis qu'il courtisait une femme. Lulle croisa alors le chemin de celui qui aurait presque pu être son contemporain, le poète italien Francesco Pétrarque. Pétrarque, autre séducteur légendaire, tomba éternellement amoureux de la belle Laure de Noves en l'apercevant dans la cathédrale d'Avignon. Pendant dix ans, il n'y eut personne d'autre dans son cœur que cette jeune noble mariée dont jamais il ne partagea la couche. Elle mourut de la peste qui dévasta la Provence au XIVe siècle. Tout ce que contenait le cœur de Pétrarque se mua alors en chants et sonnets, et cet accès de passion, qui survivrait non seulement à la peste mais aussi à sa propre mort, glorifia les bienfaits de l'amour à travers l'Europe de la Renaissance. Mais le décès de la bien-aimée de Lulle l'entraîna sur une route très différente, qui prit fin avec sa propre mort dans un désert d'Afrique alors qu'il prêchait, une Bible à la main et une philosophie radicale de la religion universelle dans le cœur. La population indignée se déchaîna contre lui.

Comme la femme dont Pétrarque tomba amoureux, celle qui modifia le cours de la vie de Lulle, Ambrosia de Castillo, était mariée. Mais Lulle, contrairement à Pétrarque, ne s'arrêta pas à ce détail. Quand il vit Ambrosia, il ne fit rien pour dissimuler sa passion. Ce qui est pour le moins étonnant, car Ambrosia venait de l'une des neuf familles qui régnaient sur Majorque, où un strict code moral était imposé à l'aristocratie. Peut-être les liens de Lulle avec le roi Jacques l'autorisaient-ils à poursuivre sa proie sans se soucier des conséquences, peut-être avait-il finalement trouvé femme à sa hauteur. Il s'évertua à séduire Ambrosia, non avec un charme calculateur et de mystérieuses promesses à minuit, mais avec le désir mis à nu et la digne souffrance de l'amoureux éconduit. La rumeur se répandit qu'il attendait le jour où Ambrosia le rejoindrait, car le mariage de cette dernière avait été arrangé et son époux était en mauvaise santé. D'abord, Ambrosia repoussa les avances de Lulle sans se soucier de leur ferveur. Elle finit par lui accorder son amitié, autrement dit, d'après les conventions de l'époque, le droit de la voir dans la journée quand elle se trouvait en compagnie d'autres femmes de son rang. On a écrit qu'Ambrosia, défiant ainsi les règles de son milieu, soulevait parfois sa mantille en dentelle et détachait les épingles qui retenaient ses cheveux noirs bouclés pour elle aussi lancer à Lulle des regards pleins de désir.

La famille royale de Palma suivait cette cour de près. Les commérages salaces allèrent bon train jusqu'au jour où Ambrosia disparut. Certains prétendaient que son mari l'avait enfermée, d'autres qu'elle s'était jetée à la mer, la plupart qu'elle avait été envoyée dans un couvent en France. Lulle explora toutes ces pistes. Il la chercha à la nuit tombée dans chacune des cinq maisons de son mari. Il voyagea en France, où il escalada les murs des couvents dans l'espoir de découvrir sa silhouette voilée parmi celles des nonnes en prière. Il ne renonça jamais et ne regarda jamais une autre femme. Au bout d'un an, tout changea encore pour Lulle.

En ce jour fatidique de la nouvelle année, Palma fêtait la libération de Majorque de l'emprise des Maures. Des garçons attachés par des cordes à la queue de taurillons couraient dans les rues. Des jeunes vierges brisaient des urnes en argile supposées contenir les mauvaises pensées du diable. Des hommes montés sur des échasses et déguisés en démons criards étaient tapis sur les places afin d'arracher les enfants terrifiés des bras de leurs mères. Dans la soirée, des navires de guerre vinrent s'amarrer le long de la digue fortifiée du port. Ils étaient ornés de milliers de lanternes accrochées à leurs gréements. Des soldats débarquèrent. Sur les remparts en pierre, on rejoua les combats entre chrétiens et Maures. Lulle observait tout cela à dos de cheval. C'est alors qu'il vit Ambrosia. D'abord, la journée ayant été longue et la nuit résonnant des feux d'artifice et autres coups de canon, il crut être victime d'une hallucination. Pourtant, c'était bel et bien Ambrosia dans cette calèche remplie de fleurs.

Lulle suivit l'attelage et, en se glissant à sa hauteur, prononça le nom d'Ambrosia. Stupéfaite, elle se retourna puis cacha son visage derrière un éventail. Quand le cocher fouetta son cheval, la calèche fit une embardée dans la foule qui s'écarta. Lulle suivit l'attelage dans les rues étroites et tortueuses jusqu'à ce qu'il fasse halte devant une église. Il appela Ambrosia alors qu'elle descendait de voiture, mais elle ne s'arrêta pas et monta en courant le perron de l'église. Lulle refusait de la perdre à nouveau. D'un coup d'éperon, il fit franchir à son cheval les marches de l'église puis les portes qu'Ambrosia avait laissées ouvertes. Les fers du cheval résonnèrent dans la vaste église tandis que Lulle parcourait l'allée centrale. Devant l'autel, il fit pivoter sa monture. Dans la faible lueur des cierges, il ne vit que des rangées de bancs vides. Il mit pied à terre. Ambrosia ne pouvait être qu'à un seul endroit. Il s'avança jusqu'à l'alcôve en boiseries du confessionnal et ouvrit la porte. Ils se retrouvèrent face à face. Ambrosia frémit et recula, blottissant son corps mince contre la paroi. Lulle lui parla à voix basse. Il lui dit qu'il n'était pas venu lui faire du mal, mais lui déclarer son amour éternel. Pourquoi l'avait-elle abandonné ? Il vit ses larmes à travers sa mantille en dentelle, ses lèvres qui tremblaient. Il avança doucement la main pour la rassurer. Elle eut un mouvement de recul. Puis elle porta ses doigts à son cou et défit l'attache de sa cape, qui glissa de ses épaules. Elle déboutonna ensuite son corsage et le retira. Un bandage entourait sa poitrine. Elle l'arracha pour révéler ses seins qui, autrefois parfaits, étaient désormais couverts d'ulcères et d'escarres. Elle s'écria :

— Voyez, Raymond, l'infidélité de ce corps qui a conquis votre affection ! Que n'auriez-vous dû la consacrer à Jésus-Christ, qui lui seul avait le pouvoir de vous accorder l'amour éternel !

Lulle se détourna et vomit sur le sol en marbre.

Après cet incident, on relate que — comme Pétrarque au siècle suivant — Lulle s'attela à transcrire en vers la pureté de son amour voué à une mort précoce. Dans la tradition de son époque, il tenta de composer une ballade de trouba-dour criante de vérité. Ce vain exercice le conduisit à un abattement suicidaire. Il chercha refuge dans la grande souffrance et la douleur du Christ crucifié sur la croix. Lulle était un pécheur qui avait préféré la beauté de la chair à celle de l'âme. Il devait se réinventer dans l'espoir de se racheter. Le reste de sa vie serait acte de contrition.

Il vendit ses biens afin de subvenir aux besoins de sa femme et de ses enfants. Il revêtit un sac de toile, se laissa pousser les cheveux et la barbe. Il était décidé à parcourir le monde et à prêcher auprès des incrédules. Il devait par conséquent apprendre leur science et leur philosophie. Les incrédules étaient les musulmans. Or, on avait enseigné à Lulle que leurs voix arabes s'exprimaient dans des langues inconnues et diaboliques. Il voulut acquérir la maîtrise de ce langage ainsi que les connaissances qu'il recelait. Afin d'accélérer ses études, il engagea un esclave maure noir qui, avant la conquête, était un marchand instruit. Un jour, le Maure railla l'idée de Lulle selon laquelle les religions des hommes ne faisant qu'une, elles pouvaient être réunies. Lulle entra dans une rage folle et battit l'esclave, qui finit par se soumettre. Deux jours plus tard, alors que Lulle lisait dans un fauteuil, le Maure se jeta sur lui avec un couteau. Lulle le désarma et lui attacha les mains avec une lanière en cuir. Il aurait pu faire exécuter l'esclave, mais au lieu de cela, il l'enferma à l'intérieur de la maison et alla chercher conseil à l'église. Lulle subissait ainsi sa première épreuve : il devait trouver une solution, une voie spirituelle susceptible de convertir cet incrédule. Mais quand il rentra chez lui après la prière, il découvrit que l'esclave s'était libéré et pendu avec la lanière en cuir. Après cet épisode, Lulle quitta Palma. Il partit à pied pour la montagne sacrée de Randa.

Ayant décidé de suivre Lulle sur le chemin qu'il avait emprunté huit siècles plus tôt, j'ai loué une voiture pour quitter Palma. Après l'aéroport et ses immenses parkings remplis de cars de tourisme, la route serpentait à travers des champs de blé, puis des plantations de caroubiers et d'amandiers. Le solitaire mont Randa scintillait dans la brume de chaleur. À l'époque où Lulle avait effectué son pèlerinage, la montagne était considérée comme sacrée. C'était le seul endroit de l'île que les Maures redoutaient, et qu'ils n'avaient par conséquent jamais conquis. En m'approchant, j'ai aperçu les squelettes d'acier des radars et tours de radio construits à son sommet. La route sinueuse que j'empruntais était goudronnée, mais le chemin que Lulle avait gravi était raide, jonché de pierres et couvert de buissons épineux. La route aboutissait à une minuscule chapelle creusée dans la falaise. Je suis descendu de voiture et j'ai levé la tête. La falaise semblait s'incliner vers moi, créant la désagréable impression que la montagne allait s'écrouler. La paroi abritait de nombreux nids d'hirondelles. Quand je me suis avancé, les cailloux ont crissé sous mes pieds, ce qui a alerté les oiseaux. Leurs ailes ont bruissé au-dessus de ma tête quand ils ont quitté le flanc de la montagne en direction de la tache bleue de la mer à l'horizon. Je me suis retourné vers la falaise. J'avais déjà vu cet endroit : c'était celui qui avait inspiré Zermano pour son tableau *La Venue des hirondelles à minuit*.

Je me suis arrêté face à la jolie église en pierre. Juste à côté se trouvait un distributeur de Coca-Cola rouillé dont le vieux moteur ronronnait. À la porte de la chapelle, un présentoir contenait des fascicules relatant la vie de Lulle. Ils étaient proposés en échange d'un don modeste. J'ai fait mon don puis j'ai parcouru le fascicule. Sur la dernière page était dessiné le chemin que Lulle avait emprunté jusqu'à une grotte d'où il voyait se lever à la fois le soleil et la lune. J'ai réussi à le localiser et je l'ai suivi jusqu'à un mur de pierre, où un panneau indiquait en cinq langues qu'il était dangereux et interdit d'aller plus loin. J'ai sauté par-dessus le mur. Le chemin avait disparu, laissant place à un sentier non entretenu. En continuant mon ascension, j'ai été ébahi par la vue époustouflante sur la crête en granit de l'imposante chaîne de montagnes Tramuntana, qui traverse l'île de part en part. Dans le lointain, tintaient les clochettes accrochées au cou des chèvres, bêtes invisibles gardées par un berger fantôme.

Le sentier avait complètement disparu. Ne restaient que des buissons épineux et des cactus coupants qui poussaient entre les pierres. J'ai tenté de me repérer. Au-dessus de moi, la pluie avait fini par creuser un ravin au fil des siècles. Tout en haut, à moitié dans l'ombre, se trouvait l'entrée d'une grotte obscure. Je me suis attaqué à ce ravin. Des cailloux ont roulé sous mes pieds, et j'ai dû me raccrocher aux buissons. J'ai gravi le reste de la pente à quatre pattes et je suis entré dans la grotte.

C'est là que Lulle s'était retiré pour jeûner et prier. De ce point de vue spectaculaire, il se rendait bien compte du confinement de son île, et savait que son destin se jouait au-delà de la mer. Il écrivit plus tard à propos de cette époque : « Ô moi le Fou, combien est périlleux ce voyage que j'entreprends en quête de mon Bien-Aimé. Ma quête est alourdie et retardée par un immense fardeau. Rien de tout cela ne peut être accompli sans grand amour. »

Je me suis assis en tailleur dans la grotte et j'ai admiré ce paysage aux allures dramatiques en pensant au fardeau de culpabilité qui pesait sur Lulle : il était responsable de la mort d'un esclave dont le Dieu portait un autre nom, et il s'était honteusement détourné de la femme qu'il aimait quand elle lui avait dévoilé dans le confessionnal ses seins enlaidis par un mal que l'on n'appelait pas encore cancer.

Le panorama que j'avais sous les yeux s'est teinté de rouge au coucher du soleil. La nuit approchait et le parfum des plantes sauvages s'élevait de la plaine. La mer s'est mise à miroiter quand un croissant de l'orbe lunaire est apparu au-dessus de l'horizon. J'ai entendu des battements d'ailes : les hirondelles s'envolaient vers la lueur de ce qu'elles croyaient être la pleine lune. La lumière argentée qui éclairait les oiseaux par-derrière leur donnait l'air d'un pendule d'horloge se balançant à l'infini. Je me suis endormi avec la certitude que Zermano avait assisté à ce spectacle, qu'il avait été témoin de l'apparition de Lulle. Lui aussi portait le fardeau d'avoir abandonné un grand amour.

J'ai été tiré d'un profond sommeil par le soleil qui se trouvait juste à ma hauteur. Une lumière idéale pour redescendre de la montagne. Quand j'ai atteint la chapelle, un car rempli de vacanciers se garait. Les touristes en sont sortis en pagaille, étourdis par l'altitude et l'illusion d'optique de la falaise près de s'écraser. Certains ont couru au distributeur de Coca tandis que d'autres se sont mis à jeter des pierres sur les hirondelles qui nichaient dans la paroi avec l'espoir de les effrayer et de leur faire abandonner leurs œufs. Ce n'était plus là l'univers de Lulle ou de Zermano. Leur univers était passé de mode. L'amour avait fait d'eux des croyants, puis la solitude avait délivré ces deux cœurs qui jouaient gros. Si cela n'avait pas été pour eux, j'aurais renoncé à l'idée de restituer ces lettres de Louise. Et peut-être que moi aussi, j'aurais ramassé et jeté des pierres aux oiseaux de concert avec tous les cyniques.

En regagnant Palma, je me suis aussitôt rendu à la maison de Serena. J'ai frappé à la porte avec le heurtoir en fer. Des pas ont retenti de l'autre côté. J'ai entendu une profonde respiration. J'ai frappé à nouveau. J'ai tenté de prendre une voix calme et rassurante. Il fallait que je trouve les bons arguments.

— Je ne veux aucun mal ni à vous ni à votre père. J'ai en ma possession quelque chose qui lui appartient. C'est moi qui vous ai écrit de Californie. Je sais que vous pensez qu'il s'agit d'un piège, mais vous faites erreur. En vérité...

Les pas se sont éloignés de l'autre côté de la porte.

— Attendez ! Donnez simplement ce mot à votre père ! Donnez-le-lui et il saura !

J'ai glissé le bout de papier par un interstice au bas de la porte et j'ai attendu. Les pas ne sont pas revenus. Je suis retourné à ma chambre d'hôtel. Avais-je bien fait ? J'ai pris un vieil ouvrage relié de cuir des contemplations de Lulle que j'avais déniché dans une brocante en ville et j'ai relu le passage que j'avais copié à l'intention de Zermano : « Dis, toi qui au nom de l'amour vas comme un fou ! Combien de temps encore resteras-tu un esclave réduit à gémir et à supporter jugements et chagrin ? La réponse est unique : jusqu'à ce que mon Bien-Aimé sépare l'âme de mon corps. »

Zermano saurait reconnaître cet extrait. Il saurait que le messager de Louise était arrivé, et qu'il ne pouvait mourir avant d'apprendre quelle avait été la vérité de sa bien-aimée. J'ai passé toute la journée à l'hôtel à attendre sa réponse, car j'avais ajouté mon numéro de téléphone à la citation. Je n'ai pas quitté ma chambre, de peur de rater son appel. Je n'ai reçu aucun coup de téléphone ni ce jour-là ni le lendemain. Je me faisais servir mes repas dans ma chambre et je dormais par intermittence. Finalement, le téléphone a sonné. J'ai bondi sur le combiné.

— Señor professeur ? a demandé une voix masculine.

— Oui !

— Ici le gérant de l'hôtel. Nous voudrions savoir si tout va bien. Vous n'avez pas quitté votre chambre depuis plusieurs jours et vous refusez de laisser entrer la femme de ménage. C'est une situation des plus inhabituelles. Nous devons maintenir l'hôtel en état de propreté.

— Si la femme de chambre passe l'aspirateur, je n'entendrai pas la sonnerie du téléphone.

— Pardon ?

— Ce bon sang d'aspirateur ! Dites-lui de ne pas s'en servir !

— Combien de temps avez-vous l'intention de rester ? Peut-être pourrions-nous vous déplacer dans un autre hôtel ?

— Non !

— Dans une autre chambre, alors, afin que nous puissions nettoyer la vôtre.

— Impossible. Je dois rester dans *cette* chambre.

— Un moment, s'il vous plaît.

J'ai entendu un déclic dans le téléphone. Je ne savais pas s'il me mettait en attente ou s'il était en train de monter avec le service d'ordre de l'hôtel. Je suis resté en ligne, et j'ai entendu un nouveau clic. Le gérant m'a annoncé :

— Monsieur, l'opératrice m'informe qu'il y a un appel pour vous. Dois-je vous le passer ?

— Bien sûr !

Il y a eu un nouveau clic dans le combiné et une voix féminine posée m'a demandé :

— Êtes-vous le professeur américain ?

— C'est moi-même !

— Je suis la Señorita Serena-Maria Zermano. Pouvez-vous venir chez moi aujourd'hui à trois heures ?

— Bien sûr, je...

La ligne a été coupée. J'ai raccroché, ouvert la porte-fenêtre de la chambre et je suis sorti sur le balcon. Le front de mer orné de palmiers s'étalait sous mes yeux. Des yachts croisaient dans la baie au milieu des cargos qui filaient à toute vapeur vers le port. Sur le boulevard, des voitures qui effectuaient le tour de l'île klaxonnaient au passage. Au centre de l'île se dressait la statue en bronze d'un homme trapu vers la fin de sa vie. Il était pieds nus, ses longs cheveux et sa barbe flottaient au vent. Il portait la robe des moines franciscains et tenait un livre ouvert dans la main gauche. Il avait l'air de réguler un autre type de circulation, une circulation des âmes. C'était Lulle qui, tourné vers l'Afrique, semblait dire à ses bourreaux : « Ne me laisserez-vous donc pas lire une dernière fois ces mots que j'ai écrits ? »

J'ai traversé le labyrinthe des rues pour me rendre chez Serena et j'ai frappé à sa porte à trois heures précises. J'ai entendu des pas s'approcher, puis le judas s'est ouvert. Les yeux marron très sensuels que j'avais déjà entrevus m'ont observé à travers la grille en fer pendant que l'on tirait les verrous. La porte s'est ouverte.

Serena-Maria Zermano était mince. Ses cheveux noirs formaient un chignon à l'arrière de son crâne. Elle n'était pas maquillée et portait un pantalon noir ainsi qu'un chemisier blanc. Cette femme avait l'aplomb d'un torero qui se prépare au prochain coup de cornes du taureau. Sa peau avait cette blancheur très particulière des Espagnoles qui respectent le soleil omniprésent et s'en protègent. Même si elle ne portait aucun bijou, il était clair qu'en d'autres temps, sur cette même île, elle aurait pu être achetée une fortune ou enlevée, même à grands risques, pour un harem. Elle n'a eu aucun geste cordial à mon égard, m'a simplement gratifié d'un signe de tête en refermant la porte à clé derrière elle, puis m'a fait traverser le patio verdoyant et entrer dans un salon austère meublé d'imposantes antiquités. Au mur, se trouvait une copie à l'aquarelle de la fresque que Zermano avait laissée à Paris, *Nu promenant son homme en laisse*. Il avait manifestement peint cette aquarelle de mémoire, en souvenir d'une époque révolue. Les femmes représentées à contre-jour des incendies rougeoyant le long de la Seine ressemblaient toutes à Louise. Serena le savait-elle ?

Quelle ironie de la part de Zermano que d'appeler son enfant Serena, sachant que sa fille ne serait jamais un fardeau docile. Serena serait tout sauf sereine. Il savait qu'elle pourrait résister à toute la séduction, la duplicité et la fausseté auxquelles sont confrontés les enfants des gens célèbres. Qu'elle ne tolérerait pas que les autres se frottent à elle afin de faire rejaillir sur eux la grandeur de son père. Ne tolérerait pas non plus qu'on lui fasse mille flatteries pour s'enorgueillir plus tard, lors de dîners ou derrière des pupitres, tout en feignant la modestie : « Ah oui, j'étais un ami de sa… famille. J'aimerais tant vous révéler les secrets que je connais, mais dans la mesure où j'appartiens à leur cercle, je dois respecter son désir de discrétion absolue. En revanche, je peux vous parler de la souffrance qu'éprouve toujours l'enfant d'un mégalomane. »

Rien de ce que je dirais à Serena ne l'impressionnerait, rien ne lui ôterait de l'idée que je n'étais qu'un vulgaire individu rêvant de devenir intime avec son père afin de valider sa propre esthétique pleine d'arrogance. Quelles que soient mes paroles, elles sonneraient faux. Pour autant, Serena ne m'a pas permis de me réfugier dans un silence poli. Elle m'a demandé avec brusquerie :

— Vous êtes le professeur qui a téléphoné pour dire qu'il connaissait des détails intimes sur la vie de mon père ?

— Excusez-moi, mais je n'ai pas prétendu avoir une connaissance intime de la vie de votre père, j'ai juste expliqué que je me trouvais en possession d'objets lui appartenant.

— Où sont-ils ? Vous êtes venu les mains vides.

— En lieu sûr.

— Je suppose que vous êtes prêt à vous en séparer contre une somme d'argent ?

— Je suis prêt à m'en séparer, mais seulement pour les lui remettre en main propre. Je ne veux pas d'argent.

— Avez-vous une mini-caméra ou un magnétophone sur vous ?

— Non.

— Je vais être franche. Je ne vous aime pas. Je n'aime pas ce que vous représentez.

— Je ne représente pas ce que vous croyez.

— Ma gouvernante m'a donné le mot que vous avez glissé par la porte.

— Je suis désolé d'avoir dû procéder ainsi.

— Elle a failli le jeter, car il ne signifiait rien pour elle.

— Raymond Lulle ne signifie rien ?

— Pas pour elle. Les étrangers aiment croire que tous les Majorquins connaissent par cœur l'œuvre de Lulle. Alors qu'en réalité, il est considéré comme une antiquité un peu bizarre, si tant est qu'il soit considéré. À notre époque, on ne se bat plus à mort pour défendre les idées de Lulle.

— On se bat toujours pour lui dans certaines universités.

— Les universitaires se battraient à propos de n'importe quoi ! Que de bêtises on a pu raconter sur l'esprit majorquin, comme quoi on ne peut le comprendre, ni même comprendre le catalan, à moins de comprendre Lulle ! Comme si on prétendait qu'on ne peut connaître les Français sans connaître saint Thomas d'Aquin. Selon moi, on apprend davantage sur eux en les regardant préparer la salade !

— Votre gouvernante vous a malgré tout donné ce mot. A-t-il eu du sens pour vous ?

— Non. Je l'ai apporté à mon père.

Zermano était donc en vie. Je devais faire d'autant plus attention à ne pas me mettre sa fille à dos. Peut-être se trouvait-il à l'étage.

— Et qu'a dit votre père en lisant ce mot ?

— Rien. Quelques jours plus tard, il m'a fait savoir qu'il souhaitait rencontrer la personne croyant que cette citation signifiait quelque chose pour lui.

— Je n'étais pas certain que ce soit le cas. C'était un risque à prendre.

— Vous continuez à prendre des risques. Que voulez-vous ?

— Uniquement lui rendre ce qui lui appartient.

— Donnez-le-moi et je le lui transmettrai.

— C'est impossible. Ces objets risqueraient de ne pas lui parvenir.

Elle est restée silencieuse un moment. Je lisais dans ses pensées. Elle se disait que, dans l'hypothèse où j'étais sincère, où j'avais réellement quelque chose à révéler à son père, elle n'avait pas le droit de garder ces secrets pour elle. Elle a repris :

— Vous avez dit qu'il s'agissait de choses intimes.

— Très intimes.

— Et vous ne faites pas confiance à sa propre fille pour lui transmettre ces objets ?

— Non, car cela concerne Louise.

— Louise ? Quelle Louise ?

Il n'y avait aucune raison que Serena pense spontanément à Louise Collard. Elle préférait sans doute chasser de son esprit celle qui avait été le grand amour de son père avant qu'il rencontre sa mère. Peut-être n'aurais-je pas dû mentionner ce nom. Serena n'avait aucune envie de perturber son père avec un sujet aussi délicat. Mais je devais lui dire la vérité.

— La Louise dont je parle est Louise Collard.

— Elle est morte. Comment aurait-elle pu vous donner quelque chose pour mon père ?

— Il s'agit de quelque chose qu'elle a caché, de quelque chose qu'elle a gardé secret toute sa vie.

— Mon père est très malade. Cette chose mystérieuse dont vous parlez pourrait le bouleverser, voire le tuer. Pourquoi courrais-je ce risque ?

— Parce qu'il vous l'a demandé. C'est pour cette raison que je suis ici.

— En effet, sinon, je ne vous aurais jamais laissé entrer.

— Ce n'est pas tout. Il y a aussi un proverbe cher à votre père, traduit de l'arabe par Lulle.

— J'ai passé mon enfance dans l'atelier de mon père quand il peignait. Il parlait tout le temps, oubliant que j'étais là. Peut-être même oubliait-il *qui* j'étais. Il n'y a pas grand-chose qu'il a dit que je n'ai pas entendu, surtout un proverbe qui lui est cher.

— Celui-ci est très simple. Un aveugle rend visite à une diseuse de bonne aventure et lui demande : « Avez-vous un remède pour un cœur brisé ? » La diseuse de bonne aventure répond : « Les cœurs brisés sont ma spécialité. — Que me prescrivez-vous donc ? » La diseuse de bonne aventure déclare : « La même chose pour tout le monde. — Qu'est-ce donc ? » demande l'aveugle. La diseuse de bonne aventure sourit : « Vous verrez. Si vous êtes patient, vous verrez. »

Serena a regardé fixement la fresque murale comme s'il s'agissait de la dernière bobine d'un film. Puis elle s'est tournée vers moi. Pas un muscle de son visage ne bougeait, même ses paupières étaient immobiles. J'ignorais si tout était fini. Si je l'avais convaincue, ou si je devais me lever et partir. Elle a de nouveau observé la fresque et m'a annoncé :

— Après avoir lu votre mot mon père m'a dit : « Serena, amène-moi ce professeur. Ce fou veut voir. »

CINQUIÈME PARTIE

LETTRES NOCTURNES

Village de Reigne

Mon amour de Francisco,

Une nouvelle semaine s'est écoulée, et un nouveau panier rempli de trésors a été déposé à ma porte. Te rends-tu compte ? Qui peut bien faire cela ? Je l'ignore, mais je garde tout. Cette fois, en plus de produits délicieux et du savon, il y avait des tickets pour du tissu. Or il se trouve que j'ai besoin de tissu, et qu'il est très difficile de s'en procurer. Je couds tous les vêtements de mon bébé, ce qui est encore un moyen d'économiser de l'argent, car je ne peux évidemment pas me permettre d'acheter à la boutique de Mme Heureux des tenues miniatures de Coco Chanel ! D'ailleurs, Mme Heureux dispose d'un stock limité et se contente de vendre ce qu'elle avait en réserve avant le début des hostilités. Il y a deux ans, on trouvait des manteaux de fourrure dans les magasins. Maintenant, les matières premières sont si rares que l'on va jusqu'à fabriquer des sacs à main avec du bois et de la corde. L'astuce consiste à ne rien jeter. Ce qu'il y a en trop dans mon panier, je l'emporte à l'école et je le partage avec les enfants. Ils sont si nombreux à être totalement démunis, leurs pères étant parmi le million ou presque de soldats faits prisonniers au cours du premier printemps de la guerre. Ces enfants viennent tout fiers me demander de lire les lettres qu'ils ont reçues de leurs papas. Il ne me faut pas longtemps pour lire ces « lettres », qui ne sont autres que la correspondance officielle des prisonniers de guerre : des petites cartes postales blanches avec juste assez de place pour quelques lignes, et ouvertes de façon que tout le monde puisse les viser. Les messages se ressemblent tous : « Mon grand garçon, tu dois obéir à ta maman et bien travailler à l'école. Ton papa a confiance en toi. » Ou : « Ma chère petite, papa rentrera bientôt à la maison. Il a un joli cadeau pour toi. » C'est à peu près tout ce qu'ils sont capables d'écrire, ou autorisés à écrire. Quelques mots prosaïques chargés d'une douloureuse avalanche d'émotion. Mais l'émotion fait partie de ces luxes dont chacun apprend à se passer jour après jour. Exactement comme ces pancartes qui annoncent aux vitrines des magasins : PAS DE LAIT AUJOURD'HUI. Les enfants savent que cela signifie : PAS DE LARMES AUJOURD'HUI. Qu'ils doivent être une grande fille ou un grand garçon. Quand je lis les maigres cartes postales à ces visages tendus vers moi, je sens leurs larmes refoulées. À partir de ces quelques mots, un roman de Victor Hugo se joue dans leur tête, ils imaginent leur papa tout-puissant qui se lève vaillamment au milieu de l'ennemi pour rentrer à la maison. Parce que, même si les larmes sont interdites aujourd'hui, demain doit briller d'espoir.

Ces enfants ont tant perdu, c'est pour cette raison que je leur donne ce que je peux, tout ce que contiennent les paniers et qui ne m'est pas absolument nécessaire. Je casse même le savon en morceaux pour le leur offrir. Comme ces enfants sont fiers de ramener ces cadeaux à leurs mères, qui elles aussi font avec si peu de chose, tandis que le gouvernement distribue à nous autres femmes de jolis livres de cuisine : *Comment cuisiner sans viande, Comment cuisiner sans beurre ni huile*. Le prochain sera peut-être : *Comment tout cuisiner avec de l'air.*

Je m'inquiète pour *toi,* mon amour, comment te nourris-tu ? Toi qui ne cuisinais pas, qui refusais de rompre ce que tu considérais être de la magie. Tu éprouvais pour la cuisine un respect qui n'était pas étranger à celui que tu éprouvais pour ta peinture, un respect pour cette magie emplie d'âme, cette science aveugle, ce problème résolu non par la découverte de la réponse adéquate, mais par la recherche, mesure après mesure, de la bonne solution. Je ne t'imagine pas avec ces sempiternels tickets de rationnement pour les légumes, le fromage, le pain. Un ticket pour chaque chose. Tout est pesé avec ces satanées balances métalliques, comme s'ils pesaient le sang d'un pays, gramme après gramme. Pour couronner le tout, la vente d'alcool est interdite trois jours par semaine. À l'heure qu'il est, tu as dû écumer les caves de tous tes amis.

Je m'inquiète pour toi. Je m'inquiète de la tuberculose qui sévit à Paris, des ravages qu'elle cause. Même ici, la plupart de mes élèves en sont atteints. Ils devraient être à l'hôpital, mais les hôpitaux sont réservés aux soldats. Je fais en sorte que ma classe soit chauffée, j'utilise mes rations personnelles de charbon : un précieux morceau dure longtemps. J'essaie de chauffer pour moi aussi, car ces pauvres enfants sont porteurs de maladies, la plupart d'entre eux allant en haillons. S'il n'y avait pas mon bébé, je leur donnerais les vêtements que j'ai sur le dos, et s'il n'y avait pas mon bébé, je me moquerais de la tuberculose. Mais je dois rester en bonne santé.

Aujourd'hui à l'école, une petite fille a fait une crise de nerfs. Elle était inconsolable, et il lui a fallu longtemps pour m'expliquer la raison de son chagrin. Elle a fini par m'avouer en pleurant que les garçons lui avaient raconté qu'on allait démolir la tour Eiffel pour fabriquer des chars. Or, cette plaisanterie sans conséquence pouvait être vraie, dans la mesure où on nous fait économiser tout ce qui peut de près ou de loin être transformé en armes. Peut-être démonteront-ils la tour Eiffel pour frapper encore plus d'insignes à l'effigie de Pétain en tenue d'apparat. Nous devons récompenser avec ces insignes les élèves qui ont retenu les leçons des nouveaux manuels sur l'État français, où sont louées les vertus séculaires de l'école, du travail, de la famille et, plus important que tout, l'allégeance à Pétain le père. Les gens doivent retourner à la terre et cultiver leur jardin pour la victoire finale. Tous les bons petits enfants devraient aller planter des pommes de terre pour que les paysans puissent fabriquer des grenades à main. Le Maréchal est partout avec son képi rouge, son uniforme plein de dorures et sa poitrine bardée de médailles. Son portrait figure dans toutes les salles de classe. Son visage apparaît sur les calendriers, les horloges, les thermomètres, il est même brodé sur les oreillers souvenirs de lunes de miel. Non par obligation, mais par ferveur patriotique. Rien n'est plus dangereux qu'un vieux guerrier, si ce n'est un jeune fou. J'enseigne à mes élèves le programme obligatoire sur l'importance de la famille et de l'État. Mais à ma manière, j'essaie surtout de leur apprendre à se soutenir les uns des autres, de leur faire savoir que l'égoïsme ne reste pas impuni et que l'altruisme ne passe jamais inaperçu. Ils sont si peu exigeants, ces enfants. Ils ont été nourris de la souffrance de tant de gens. Il est important qu'ils comprennent comment nous en sommes arrivés là.

Il est aussi très important pour moi de me souvenir comment nous en sommes arrivés là, que je suis ici à cause de toi. Ce que je fais avec Royer, c'est à cause de toi que je le fais. Je vois sans cesse des maisons avec une table dressée dehors, couverte d'une nappe noire, de cierges allumés, de bols d'olives amères et d'un livre de condoléances que la famille et les amis du défunt peuvent signer : un soldat fait prisonnier l'an dernier dans l'Est, une sœur conduite à Lyon des mois plus tôt pour y subir un interrogatoire, un enfant qui s'était mis à cracher du sang quelques jours auparavant. Je dois constamment me remettre en mémoire avec quelle facilité nous en sommes arrivés là. Contrairement à ce qu'affirment les gens, ce n'est pas un tourbillon marécageux, mais une succession de douleurs infimes qui nous font prendre conscience que la vie continue avec ou sans nous, à ce détail près que nos pas retentiront sur la route longtemps après notre passage.

Je vais maintenant te révéler quelle route j'ai prise, mais si tu le veux bien, je m'exprimerai à l'aide de raccourcis, en code, car ce que je fais est partie intégrante d'un code qu'une seule et même personne ne peut comprendre dans sa totalité. Les véritables identités, je ne les utiliserai pas, pour la sécurité de leurs détenteurs. Ils ont déjà tous des pseudonymes, des *noms de guerre** que je transformerai encore, au cas où ces lettres seraient découvertes. Je modifierai également les endroits où se sont produits certains événements. En revanche, ces événements ont vraiment eu lieu, cela je peux te le garantir. Quant à ceux de l'autre bord, les soldats, la milice, la police secrète, quelle importance que je les nomme ? Quelle différence pour un lapin que d'être chassé par un aigle ou par une fouine ? Le seul nom que tu connaisses déjà, c'est celui de Royer, et décrétons pour l'avenir que dans la mesure où je n'ai jamais dit

221

qu'il avait participé à une action criminelle, il restera ainsi désigné. Quand je te raconterai ces événements, tu ne reconnaîtras pas ma voix, car ce sera la voix des lettres nocturnes. Écrirai-je ces lettres pour toi seul ? Non. Parce que nous ne sommes plus seuls. Que nous soyons séparés ou non, il y a aussi un enfant. Ces lettres nocturnes sont aussi écrites pour mon bébé. La prochaine fois que tu entendras parler de certains sujets, le nom des participants sera masqué, et le mien sera Lucrèce. Ce qui est arrivé à Lucrèce n'est pas de l'opéra. Il n'y a pas d'orchestre, et tous les chanteurs sont privés de leur langue. Lucrèce est un rossignol, ses trilles s'élèvent de la terre en direction du ciel dans un chant qui n'est pas de son cru mais qu'elle entend, et qui retentit dans ce long hiver d'occupation d'un jardin autrefois nommé Provence.

LOUISE

Lucrèce ?

           Lucrèce ?

                          Lucrèce, m'entends-tu ?

Le train pour Nice bringuebale dans la nuit d'hiver tandis que des gouttes de sueur froide perlent sur mon front. Que contient le panier posé en équilibre sur mes genoux alors que je me trouve dans ce compartiment bondé ? Je suis la seule femme. Est-ce pour cette raison que les hommes m'évitent du regard ? Tous m'observent sans me regarder. Si l'un d'eux tournait la tête vers moi, j'existerais, je serais un être en chair et en os vêtu d'une jupe et d'un pull, d'un grand manteau gris avec une écharpe en laine autour du cou. Aucune partie de ma peau n'est visible à part mon visage. Mais comme ce dernier est apparent, ils s'imaginent qu'ils peuvent y lire à livre ouvert, et leur regard collectif m'arrache la peau jusqu'au cœur de la vérité. Mais quelle est leur vérité ? Tous sont en uniforme, la plupart parlent la langue du nouvel empereur, une langue que je ne comprends pas. Me sentirais-je moins violée dans mon propre pays si je comprenais leur langue ? Ou me sentirais-je davantage trahie encore ? Voient-ils en moi le champ où poussait autrefois du blé et dont la terre est désormais en jachère, son fermier enfermé au loin, aussi mort que ses arbres, ou bien employé dans une usine où travaillaient autrefois les hommes en uniforme qui m'entourent ? Si l'un d'eux me regarde, alors tous me regarderont, par conséquent aucun n'ose. Ils savent que je suis Lucrèce, ils savent qu'ils m'ont déjà violée et qu'ils ont arraché son âme à mon pays.

Le train bringuebale comme des dents qui claquent. J'entends un petit bruit régulier. Est-ce mon cœur, ou celui de mon bébé ? Est-ce cela que j'entends, ou est-ce le panier qui émet un tic-tac ? A-t-il en son sein une bombe réglée pour exploser dans ce train rempli de soldats avant que j'atteigne Nice ? Royer m'a dit : « Voilà vos instructions. Ne les discutez pas, ne posez aucune question, contentez-vous d'obéir. Prenez le train pour Nice. Voilà vos papiers, votre fausse identité, le tout parfaitement en règle. On vous les demandera souvent, mais vous passerez les contrôles sans encombre, parce que vous avez l'autorisation adéquate pour voyager, parce que vous avez une tête d'innocente, parce que vous êtes une femme. Ils vous demanderont ce qu'il y a dans votre panier, et vous répondrez : une miche de pain. Ils vous diront que vous n'êtes pas supposée être en possession d'une miche de pain, que la ration de farine est de moins de cinquante grammes par jour et par personne. Vous répondrez que vous le savez, que vous savez aussi que les gâteaux, les croissants et les brioches sont considérés comme un luxe et par conséquent interdits. Mais que vous ne transportez qu'une miche de pain. Que vous avez économisé cinquante grammes de farine par jour pendant des semaines pour confectionner cette miche à l'intention de votre mère malade à Nice, et que vous la lui apportez aujourd'hui. Que vous savez que ce n'est pas strictement légal, mais que vous espérez qu'ils seront compréhensifs. Ce qu'ils se seront pas. Ils demanderont à voir le pain. Vous soulèverez le torchon et ils découvriront une superbe miche, cuite à la perfection, blottie dans son panier comme un petit cochon. Et ils vous diront : "D'accord, vous pouvez passer." Mais ils vous suivront des yeux, car ils vous soupçonneront encore. Pourtant, ils vous laisseront tranquille, parce que vous avez une tête d'innocente. Et vous continuerez à les regarder, à exhiber votre visage lumineux comme un phare, votre peau propre d'un rose légèrement nacré, et ce visage les empêchera de vous questionner davantage, car ils connaissent la vérité, ils savent la douleur qu'il dissimule, et ils vous laisseront continuer en paix afin de pouvoir affirmer qu'ils ne vous ont pas touchée, qu'ils ne vous ont ni menacée ni violentée. Afin de pouvoir rentrer chez eux le soir et déclarer qu'ils ne sont pas coupables. Même si ce sont *eux* qui vous ont violée. »

J'étais stupéfaite. Comment savait-il que j'avais été violée ?

— Parce que, m'a-t-il répondu, après que vous avez apporté la preuve que vous étiez digne de confiance à propos des affaires les plus secrètes, et que je vous ai annoncé qu'il vous fallait un nouveau nom, un nom pour ce monde nocturne où tous se déplacent anonymement afin de protéger la véritable identité de la résistance collective, vous avez choisi le nom de Lucrèce. Vous avez choisi le nom d'une femme violée dans la Rome antique. Depuis toujours, cette tragédie engendre la culpabilité chez les hommes. Ils ont écrit des poèmes, monté des pièces, chanté des opéras sur Lucrèce uniquement pour prouver que ce n'était pas eux les coupables.

Ce qu'il a dit était vrai, mais je lui ai tout de même rappelé que Lucrèce s'était suicidée après son viol. Tandis que moi, j'étais toujours en vie.

Il a souri.

— Vous avez le temps. Qu'est-ce la guerre, sinon un inconscient désir de suicide de masse ?

— Ce n'est pas si simple.

— Tout est très simple. Le mensonge est vérité.

— Donc tout ce que vous me demandez de faire est destiné à autre chose ?

— Précisément, c'est pourquoi vous devez toujours suivre mes instructions à la lettre, ne jamais dévier du mensonge pour éviter de faire dérailler la vérité. La mouche chasse l'aigle.

— Les mouches ne chassent pas les aigles.

— Et les aigles ne chassent pas les mouches... dans un monde normal.

— Dites à Lucrèce ce que vous voulez qu'elle fasse.

— Voilà le panier de pain que vous allez apporter à votre mère malade à Nice.

— Je n'ai pas de mère malade à Nice.

— Maintenant, vous en avez une. (Il m'a tendu un bout de papier.) Voici son adresse.

— Et que dois-je lui dire ?

— La mouche chasse l'aigle.

— C'est un mensonge.

— C'est la vérité.

Le train bringuebale toujours. Sont-ce des dents qui claquent plus fort encore, ou un tic-tac à l'intérieur du panier en équilibre sur mes genoux ? Les hommes en uniforme autour de moi entendent-ils ce bruit ? Est-ce pour cela qu'ils évitent de me regarder, parce qu'ils ont peur que je ne fasse sauter leur compartiment s'ils m'approchent ? Le train tremble et s'arrête en grinçant dans la gare de Nice. J'entends toujours le tic-tac. Est-ce mon cœur ? Les soldats doivent l'entendre, eux aussi. Ils restent à leur place sans bouger et je suis obligée de me frayer un chemin entre leurs jambes. Je me sens comme une petite fille qui avance dans une forêt d'immenses arbres et transporte un panier de pique-nique rempli de nourriture empoisonnée. Le petit chaperon rouge serait-il chargé d'une bombe ?

Je ne suis pas préparée à ce que je découvre après avoir péniblement franchi la foule de la gare. Le Nice que je connaissais n'existe plus. Pas plus que la scintillante baie des Anges avec sa grande plage de sable et ses hôtels ornés de stuc rose. Dans la lumière hivernale, tout est recouvert d'une pellicule grise. Les fenêtres sont peintes en bleu pour le black-out, les murs cachés par des treillis couleur camouflage, des rouleaux de barbelé bloquent la promenade le long de la mer. Des constructions menaçantes constituées de béton et de poutres d'acier sont alignées sur la plage, et les boules noires de mines de surface flottent dans la mer.

Les rues de la ville ne sont plus remplies de chics estivants, mais de sans-abri venus chercher refuge, une foule sans cesse en mouvement dont toutes les possessions tiennent dans de misérables balluchons ou des valises fermées avec des cordes. L'air résonne d'accents en provenance de toute l'Europe. Des mains se tendent partout, des mains noires aux paumes creusées. Des hommes, des femmes et des enfants toussent et tremblent dans le froid. Les parfums d'été et de crème solaire ont laissé place à une puanteur de gens mal lavés, à l'odeur aigre de la défaite. Quand je baisse les yeux en direction de ces regards abattus, je vois des chaussures trouées d'où sortent des pieds suppurants. D'où viennent ces gens dont les pieds sont en sang dans leurs chaussures ? Ont-ils fui d'autres pays, ou la maison au coin de la rue ? Cela n'a plus d'importance. J'ai reçu l'ordre de ne pas m'arrêter, de ne pas tendre une main réconfortante, même à une petite fille couchée seule au pied d'un grand mur de pierre qui protège un manoir aux fenêtres barricadées. Ses gémissements ne peuvent se fondre au milieu des supplications des autres. Je poursuis mon chemin en regardant la tache d'urine s'agrandir sur le trottoir sale derrière la petite fille, en sentant son corps frissonner jusqu'à l'intérieur de mes os.

Je lis l'adresse sur le bout de papier que Royer m'a donné. Est-ce possible qu'elle soit exacte ? Il n'y a ici que de luxueux hôtels devant lesquels s'empilent des sacs de sable et patrouillent des soldats. Deux d'entre eux m'arrêtent. L'un me demande mes papiers d'identité. Je les lui tends. Il les examine avec attention, puis les donne à l'autre soldat, qui s'éloigne rapidement avec.

— Qu'est-ce qu'il y a ? je demande en essayant de ne pas laisser transparaître la peur dans ma voix.

Le soldat ne me répond pas. Il baisse les yeux vers mon panier et pose la main sur le revolver rangé dans un étui à sa hanche.

L'autre soldat revient avec un grand homme blond vêtu d'un trench-coat en cuir et de belles chaussures vernies. Ce n'est pas un soldat. Quand il parle, je suis soulagée que ce ne soit pas dans une langue étrangère, mais en français.

— Madame a-t-elle une raison de voyager si loin de chez elle ?

— Mes papiers ne sont pas en règle ?

— La circulation est réglementée dans ce périmètre.

— Ma mère est malade. Je lui apporte un cadeau.

— Un cadeau ? Puis-je le voir ?

228

— Je n'ai rien à cacher. Rien du tout.

— Je n'en doute pas.

— Le voilà.

Je soulève le torchon qui recouvre le panier.

Les deux soldats sortent leurs revolvers et les pointent sur moi.

Ma main s'immobilise, mais je ne peux empêcher mes doigts de trembler.

— Madame est nerveuse ?

— Non… non.

Je continue à soulever le torchon. La miche de pain apparaît.

— Ah, madame transporte tout simplement du pain ! Elle a économisé ses tickets de farine pour faire un cadeau à sa mère malade. Comme c'est charmant !

— Ce n'est que du pain. Je peux vous l'assurer.

— Puis-je… (le blond s'approche et palpe la croûte de la miche) l'examiner de plus près ?

— Bien sûr.

Il sort la miche du panier et la brandit au-dessus de sa tête pour regarder en dessous comme s'il s'attendait à voir pendre des fils électriques. A-t-il entendu un tic-tac à l'intérieur de la miche, ou était-ce les battements de mon cœur ? Il la fait tourner, l'examine sous tous les angles, contrôle sa forme et son poids comme le juge d'un concours de boulangerie.

Il lance la miche sur le trottoir. Elle heurte le sol dans un bruit sourd et s'émiette à mes pieds. Je suis étonnée qu'elle ne contienne rien, qu'il ait pris un tel risque. Mais était-ce vraiment un risque ? Il devait savoir que la miche était sans danger. Il me rend mes papiers.

— Madame doit savoir qu'elle dispose juste d'une heure avant que sa permission de se déplacer dans ce périmètre expire. Elle doit reprendre le dernier train de la journée.

— Oui… je le sais.

Il fait demi-tour et s'éloigne rapidement, les deux soldats sur ses talons.

Tout à coup, j'entends des battements d'ailes grises et des roucoulements : des pigeons affamés fondent sur le pain éparpillé qu'ils picorent en se bousculant. Puis, aussi vite qu'ils sont arrivés, ils repartent à tire-d'aile à cause des enfants qui accourent en tapant des pieds pour les faire fuir. Les enfants se battent pour les miettes, se disputent les morceaux de pain et les enfouissent dans leurs bouches sales. Parmi eux, il y a la fillette que j'ai vue un peu plus tôt, la petite poupée de chiffon couchée dans sa propre urine. J'ai envie de tendre la main pour caresser ses cheveux emmêlés et apaiser sa douleur, mais je n'ai pas beaucoup de temps. Même si j'ai perdu ma miche, il faut que je reste discrète. Je dois obéir aux ordres et aller à mon rendez-vous.

Je regarde à nouveau l'adresse que Royer a notée sur le papier. Je me rends compte avec étonnement que le numéro correspond à celui qui est inscrit en dorures à l'entrée d'un hôtel. Est-ce possible que ce soit la bonne adresse ? J'ai l'impression qu'il y a une erreur, mais je dois obéir aux ordres. Le portier m'ouvre les lourdes portes et incline la tête quand je passe devant lui.

J'ai le sentiment de pénétrer dans le majestueux salon d'un paquebot en pleine mer, tellement ce que j'ai sous les yeux est différent du monde extérieur. Tandis que je m'avance sur les somptueux tapis, j'évolue dans une autre réalité. Je suis entourée de murs en marbre miroitant, les chandeliers en cristal étincellent depuis les hauts plafonds et renvoient des éclats de lumière luxuriante sur un royaume sans ombres. Je me perds dans l'immense réception au milieu des piliers recouverts de velours. Je cherche la sortie. Royer a dû se tromper d'adresse. À moins qu'il ne s'agisse d'une nouvelle épreuve ?

— Je peux vous aider.

Les mots flottent jusqu'à moi à travers la forêt de piliers. J'essaie d'accoutumer mes yeux à cette riche luminosité. Puis j'aperçois un homme en smoking noir et chemise blanche. Il se tient à l'extrémité d'une réception en granit. Derrière lui se trouve un mur de casiers contenant des clés de chambre en argent. Comment peut-il m'aider ? Je vois qu'il regarde mon panier. Je transporte un *panier* ! Je n'ai pas de bagages. Je ne peux être que quelqu'un qu'il convient de mettre rapidement dehors.

Il quitte la réception et me demande de le suivre : « Par ici. » Il m'entraîne dans un grand couloir agrémenté de palmiers en pot et s'arrête à l'entrée d'une salle à manger très solennelle.

Un impérieux maître d'hôtel debout derrière un pupitre, un livre de réservation ouvert devant lui, me lance un regard sceptique.

— C'est elle ?

— Oui.

L'homme en smoking fait un signe de tête et s'en va.

— Votre table est prête.

Le maître d'hôtel prend une carte reliée de cuir et s'avance dans la salle à manger.

— Attendez. (Je le retiens par la manche.) Qui pensez-vous donc que je suis ? Je ne peux pas me permettre de déjeuner ici.

Je regarde autour de moi les tables couvertes de nappes en lin où des gens bien habillés parlent tout bas en faisant mine de ne pas remarquer mon apparence miteuse. Le parfum des fleurs dans les vases chinois me donne encore plus le vertige.

Le maître d'hôtel écarte ma main en murmurant :

— Suivez-moi sans poser de questions.

Il se glisse entre les tables et s'arrête devant l'une d'elles, où se trouve un chandelier. Y est accroché un carton RÉSERVÉ. Il recule la chaise tapissée de soie et me fait signe de m'asseoir.

— Je vous ai dit que je ne pouvais pas me permettre de...

— Vous êtes à la bonne adresse. Asseyez-vous.

Je m'enfonce dans la chaise en soie avec gêne, comme un usurpateur que l'on installe sur un trône.

Le maître d'hôtel s'incline et s'éloigne. Un serveur apparaît avec une bouteille de champagne et un seau en argent rempli de glace. Il fait sauter le bouchon et verse du champagne dans deux coupes en cristal, puis s'en va rapidement.

Aucun des convives assis aux tables environnantes ne me regarde. Seuls leurs murmures me parviennent. Je crains de boire ce champagne. Et si on me demandait de le payer ? Je repousse la chaise pour m'en aller, mais un individu austère à lunettes à monture d'acier et vêtu d'un costume marron s'assied en face de moi. Il prend sa coupe de champagne et la lève à mon intention.

— À votre santé.

Il sourit.

Je ne touche pas à ma coupe.

— Craignez-vous qu'il soit empoisonné ? (Il boit une gorgée et se passe la langue sur les lèvres.) Vous êtes donc la femme sur laquelle les hommes écrivent des opéras.

J'aurais voulu lui dire qu'il se trompait, que j'étais juste une petite institutrice de village. Je ne réponds pas, car il sait qui je suis. Comment ? Je me remémore les instructions de Royer : ne rien dire avant d'entendre les mots adéquats, ne pas engager la conversation de peur que l'ennemi ne découvre mon identité. Mais cet homme n'est peut-être pas l'ennemi. Comment puis-je savoir ? Je caresse le pied de ma coupe de champagne.

— Avez-vous rencontré la Mouche ? me demande-t-il.

Je ne réponds pas. J'attrape mon verre et je bois.

— La Mouche chasse l'Aigle, poursuit-il.

Je déglutis avec difficulté. Maintenant, je peux parler.

— Les mouches ne chassent pas les aigles.

Il remplit nos coupes.

— Et les aigles ne chassent pas les mouches.

— Pas dans un monde normal.

— Nous ne sommes pas dans un monde normal. Qu'y a-t-il dans votre panier ?

Je regarde autour de moi, car j'ai peur que l'on ne m'entende.

— Ne vous inquiétez pas pour eux. Ils sont absorbés par leurs conversations. Ce sont tous des hommes vendus.

— Des hommes vendus ?

— Des hommes du marché noir. Sinon, comment pourraient-ils se permettre de déjeuner dans ce genre de mausolée ?

— Et vous ? Qui êtes-vous ?

— Je travaille ici. Qu'y a-t-il dans ce panier ?

— Rien, je murmure. Ils ont pris le pain.

Il glisse une clé de chambre en argent sur la table.

— Je veux que vous me rejoigniez dans cette chambre d'ici cinq minutes.

— Je viens de vous le dire, ils me l'ont pris. Il ne reste rien. Je n'ai aucune raison de vous rejoindre dans votre chambre.

— Si.

— Laquelle ?

— Parce que votre nom est Lucrèce.

J'arpente le tapis persan du couloir où se trouve la chambre de l'homme que je dois rejoindre. Chaque fois que je passe devant sa porte, je guette des bruits à l'intérieur, mais je n'entends rien. Une pancarte NE PAS DÉRANGER est accrochée au bouton de porte. Sur une plaque en bronze sont gravés les mots MÉDECIN DE L'HÔTEL. Finalement, je frappe.

La porte s'entrouvre. L'homme en costume marron passe la tête par l'entrebâillement et jette un coup d'œil dans le couloir. Quand il est sûr qu'il n'y a personne, il m'attire à l'intérieur de la chambre puis referme la porte derrière nous.

Une lumière bleu terne baigne la pièce. Qu'est-ce que je fais ici ? Il me prend le panier des mains. Je lui redis :

— Ils ont détruit la miche de pain ! Il n'y a rien pour vous ! J'ai raté ma mission ! Je dois reprendre le train avant que mon laissez-passer expire ! S'ils me contrôlent et que je n'ai pas les bons papiers, je peux être arrêtée !

— Si vous êtes arrêtée, nous devrons vous tuer.

— Que dites-vous ?

— Nous ne pouvons pas savoir ce que vous leur diriez sous la torture.

— Mais quel intérêt de me tuer *après* que je leur aurais tout dit ?

— Parce que vous pourriez passer un accord avec eux et les mener jusqu'à nous.

— Je ne ferais pas une chose pareille.

— Peut-être que si.

— Vous aussi.

— Non. Je n'attendrais pas qu'ils me torturent. Je me tuerais avant.

Je comprends maintenant que c'est la peinture opaque du black-out sur les fenêtres qui donne cette lueur bleue à la pièce. L'homme a la peau bleue. Il continue à parler, on dirait un fantôme bleu.

— Je suis médecin. Voulez-vous que je vous donne quelque chose à prendre au cas où ils vous captureraient ? De cette façon, vous seriez morte avant qu'ils vous soutirent un seul mot.

— Non, je ne ferai pas cela.

— Très bien, mais vous connaissez la règle. Elle est la même pour tous, vous comme nous. Aucune exception.

Il allume un plafonnier et pose le panier sur une table.

— Je vous ai dit que le pain a été détruit ! Laissez-moi retourner à la gare pendant qu'il est encore temps !

— Il n'est pas détruit. Au contraire, il est là.

Il sort du panier le torchon froissé qui protégeait le pain, le tient à contre-jour de la lampe et tire sur chaque côté pour tendre le tissu comme un écran. Au milieu des carreaux rouges et blancs, on aperçoit de très petits points noirs cousus qui constituent un autre motif. C'est une grille. Sur ses lignes apparaissent des chiffres et des lettres.

Il examine de près le motif codé.

— Vous avez fait du bon travail. Vous nous avez apporté cette chose sans qu'ils s'en rendent compte.

— Vraiment ?

— Oui.

— Alors, laissez-moi m'en aller.

— Sans problème. Nous ne voulons pas que vous soyez arrêtée.

Je fais volte-face pour m'en aller, mais il me retient par le bras.

— Attendez un moment.

— Je n'ai pas beaucoup de temps.

— En effet. C'est pour cela que je veux vous examiner. Vous êtes enceinte. Vous ne pouvez pas me le cacher, à moi. Je suis médecin.

— Je suis pressée, je m'en vais.

— Tenez-vous à risquer la vie de votre enfant ?

— Bien sûr que non !

— Alors laissez-moi vous examiner et vérifier que tout va bien. Avez-vous vu un médecin depuis que vous êtes enceinte ?

— Non.

— Alors, pour votre enfant, je dois pratiquer cet examen. Vous ne voulez pas de complications, n'est-ce pas ?

— Des complications ? Je viens d'apprendre que, si je suis capturée, on me tuera, et vous me parlez de complications ?

— Si j'avais eu connaissance de votre état plus tôt, je ne vous aurais jamais employée pour une mission. Je vois que vous êtes enceinte à votre démarche, ainsi qu'à vos pupilles.

— Que voyez-vous d'autre dans mes yeux ?

Je lui lance un regard furieux. Peut-il voir ces larmes que je n'ai pas versées ? Ces larmes que j'ai voulu cacher ? Peut-il voir que je n'ai aucune raison de le croire ? Pourtant, s'il est vraiment médecin, je dois le laisser m'examiner.

— Je vois une femme qui a besoin de croire quelqu'un.

— Non ! Je n'ai pas besoin de vous croire. J'ai besoin de savoir si mon bébé est en bonne santé.

— Vous allez donc me laisser vous examiner ?

— Oui. Mais maintenant que vous savez que je suis enceinte, et que je suis au courant des risques que je prends, je ne veux plus qu'on m'envoie en mission. Je veux protéger mon bébé.

— On ne vous enverra plus en mission. Nous compatissons à votre état.

— Faisons cet examen. Je dois partir.

— Déshabillez-vous et allongez-vous sur le lit.

— Vous n'avez pas de table d'examen ?

— Nous sommes en période de guerre. Tout ce que contenait mon cabinet m'a été confisqué. Ils ne m'ont laissé que cela.

Il ouvre une mallette de médecin en cuir noir et en sort des instruments.

— J'ai entendu dire que la plupart des médecins du pays ont été enrôlés dans l'armée. Comment puis-je savoir si vous n'êtes pas vétérinaire, si vous ne soignez pas les chats, d'habitude ?

— Vous n'avez aucun moyen de le savoir. Mais par qui vaut-il mieux être examiné ? Un vétérinaire compétent ou personne ?

Je retire mes vêtements et je m'allonge sur le lit, tremblante à l'idée de me dévêtir ainsi devant un étranger. Être nue devant un homme est une chose. Être nue et enceinte en est une autre. Je me sens difforme et vulnérable. La lumière qui teinte ma peau de bleu me fait ressembler à une créature marine rejetée sur le rivage par le ressac et qui gît dans un enchevêtrement d'algues. Mais ce ne sont pas des algues qui s'enroulent autour de mon corps, ce sont les veines bleues et gonflées sur mon ventre et mes jambes. Je suis une grosse masse bleue qui contient quelque chose de magnifique, voilà ce que je dois me dire.

Il pose les mains sur mes joues et presse avec ses pouces sous les os de ma mâchoire pour palper mes nodosités lymphatiques. Puis il place le bout en métal froid d'un stéthoscope sous ma poitrine et écoute mon cœur. La pièce est calme, on n'entend que sa respiration, puis la mienne quand il me demande d'inspirer et d'expirer profondément. Il fait glisser le stéthoscope sur le renflement de mon ventre et écoute avec encore plus d'attention.

Il range le stéthoscope dans sa mallette, en sort un gant en latex et l'enfile sur sa main droite.

— Je vais devoir vous demander de remonter les genoux et d'écarter les jambes.

Est-il vraiment médecin ? Je fais cela pour mon bébé. J'écarte les jambes. Un doigt froid s'introduit en moi. Et s'il était vétérinaire ? Je frissonne.

— Là, là, me rassure-t-il en appuyant doucement. Ce n'est qu'un examen de routine.

— Vite. Le train.

Il retire ses doigts et enlève le gant d'un coup sec.

— Je me fais du souci pour vous.

La terreur me submerge. Je sens la menace de la mort se répandre dans chaque cellule de mon corps.

— Ne me dites pas qu'il y a un problème avec mon bébé !

Il me prend la main et la tient dans la sienne avec compassion.

— Votre bébé a l'air en bonne santé. Mais vous êtes anémique et trop maigre. Vous devez manger davantage.

— Nous avons tous besoin de manger davantage.

— Vous particulièrement. Je vais vous donner des pilules contre l'anémie. Elles sont difficiles à obtenir. Vous devez les prendre.

— Je les prendrai.

— Et...

— Quoi ?

— Vous devez accoucher dans un hôpital.

— Pourquoi ?

— Parce que vous êtes très étroite. Je crains des complications.

— Ne me prenez pas pour une idiote. Qu'êtes-vous en train de me dire ?

— Vous avez un bassin très étroit. Sans une aide médicale appropriée, les choses pourraient mal tourner.

— Vous voulez dire que je pourrais perdre mon bébé ?

— Et la vie.

— C'est le bébé qui m'intéresse !

— C'est pour cette raison que vous devez accoucher dans un hôpital.

— Je le ferai.

— Bien. Maintenant, rhabillez-vous.

Il se tourne pendant que je remets rapidement mes vêtements. Quand je suis prête, il m'attend à la porte avec le panier. Qu'il me tend. Le panier pèse lourd, et son contenu est dissimulé sous un nouveau torchon. L'homme me sourit.

— J'ai mis un petit quelque chose dedans. Je ne veux pas que vous repartiez les mains vides. Plusieurs personnes ont pris beaucoup de risques pour vous faire parvenir jusqu'ici.

— Je croyais que vous n'alliez plus me donner de mission.

— Ne vous inquiétez pas. Il s'agit juste de sortir ce panier de l'hôtel.

— Que voulez-vous dire ?

Il regarde sa montre.

— Vous serez à l'entrée dans six minutes. Une Citroën noire surgira. Il va y avoir de l'action. La Mouche chassera l'Aigle. Vous la verrez. Ne paniquez pas. Restez calme. Déposez le panier derrière la Citroën et éloignez-vous rapidement. Vous aurez juste le temps d'attraper votre train, le dernier avant qu'ils bouclent la gare.

— Pourquoi va-t-elle être bouclée ?

— À cause de ce qui va se passer.

— Mais le panier ? Ils vont encore le fouiller.

— Non. Ils l'ont déjà fouillé.

Il tapote sa montre d'un air impatient.

— Allez-y *maintenant*.

Dois-je le remercier ? Je ne connais même pas son nom. Est-ce vrai que je suis trop étroite ? Est-il un charlatan, ou bien un agent double ? Je lui pose une dernière question.

— Qui y aura-t-il dans la Citroën noire ?

— Ne vous en faites pas. Ce n'est qu'un homme vendu.

Il sourit et ouvre la porte. Je sors dans le couloir. Avant que j'aie le temps de me retourner, la porte claque derrière moi et la clé tourne dans la serrure.

En sortant de l'hôtel, je regarde ma montre. J'ai envie d'aller tout de suite à la gare. Pourquoi devrais-je attendre une Citroën noire qui risque de ne jamais venir et de me faire rater mon train ? Les deux soldats qui m'ont contrôlée un peu plus tôt me repèrent sur les marches. Ils s'approchent, veulent savoir pourquoi je me trouve encore dans le périmètre. Je leur assure que je rentre chez moi. Je leur montre mon billet de train. Le départ est dans quelques minutes. Je leur dis que je dois courir pour attraper mon train. Ils m'ordonnent de rester. Ils veulent à nouveau fouiller mon panier. Le grand homme blond en trench-coat arrive et leur crie d'un air furieux que ce panier a déjà été fouillé, que personne n'a le droit de stationner devant l'hôtel, sauf le personnel autorisé.

Je remercie l'homme blond et je m'éloigne. Un individu à moto surgit alors au coin de la rue. Il est tout en noir, la tête cachée par un casque en cuir avec une jugulaire sous le menton. Ses yeux sont dissimulés derrière de grosses lunettes de motard. On dirait l'un des hommes-insectes du Jour des Abeilles. Est-ce pour moi qu'il vient ? Je me retourne juste au moment où une Citroën noire s'arrête devant l'hôtel dans un crissement de pneus. L'homme blond en trench-coat se met au garde-à-vous et salue les occupants de la voiture. Les deux soldats à ses côtés se figent eux aussi sur place.

L'individu à moto fait ronfler son moteur, sort un revolver de sa veste en cuir noir et tire sur l'homme blond, dont la main glisse du front au moment où le sang jaillit de sa tête. Les soldats se mettent à genoux, en position de tir, et font feu sur le motard.

Je dépose le panier dans le caniveau, sous le pare-chocs arrière de la Citroën, et sans chercher à savoir d'où vient la fusillade, je pars en courant dans la rue qui résonne d'échos métalliques. Au moment où je tourne le coin, une explosion couvre le bruit des coups de feu. Je sens l'appel d'air dans mon dos. Quand je me retourne, la Citroën n'est plus qu'un tas de ferraille tordu, ses vitres sont brisées, et les flammes dévorent l'habitacle.

Je me hâte vers la gare. Là-bas, tout est encore normal. La nouvelle de l'attentat et de la tuerie à l'hôtel n'est pas parvenue jusque-là. Je me faufile dans la foule et je saute dans le train au moment où il démarre. Le sifflet de la locomotive retentit. Une sirène de police hurle au loin. Le train ralentit. Va-t-il s'arrêter ? Non, il reprend de la vitesse et quitte rapidement la gare. Par la vitre, je vois filer dans les rues des camions remplis de soldats qui pointent leurs fusils sur les passants.

Le monde semble gris et froid, agité en son centre par une frénésie absurde. Je glisse mes mains jointes et tremblantes entre mes cuisses. Puis je me rends compte que le médecin a oublié les comprimés pour mon bébé. Peut-être était-ce un vétérinaire. Il ne m'a pas donné ces pilules contre l'anémie. À la place, il a mis une bombe dans mon panier. Le train accélère, ses roues d'acier cliquettent sur les rails. Je pose avec lassitude ma tête contre la vitre et je m'assoupis.

J'ignore combien de temps j'ai dormi. Était-ce un rêve ? Une secousse me réveille. J'essuie la buée sur la fenêtre. Un motard roule le long du train. L'homme en noir est couché sur son guidon, penché dans le vent, un casque en cuir sur la tête, le visage caché par des lunettes. On dirait une mouche. Est-ce moi qu'il chasse désormais ? Le train pénètre dans un tunnel. La vie — ou le rêve —, s'obscurcit. Au plus profond de moi-même, j'entends cette frénésie absurde, mais plus faiblement, dans un univers invisible, le battement distinct d'un autre cœur.

Village de Reigne

Francisco, mon amour,

Que de choses ne sont pas dites. Même si je sens maintenant qu'il est possible que nous ne nous revoyions jamais, je dois te raconter ces choses avant qu'elles soient scellées dans mon cœur, prisonnières du temps qui passe. Tu es encore si réel pour moi, si proche. Je place maintenant ta main entre mes jambes, comme je le faisais avant. Je te donne l'objet le plus précieux qui soit, l'amour. Cette délicate menace, cette obsession. Tu peux presser tes doigts sur ma peau, y jouer toutes les notes de ma joie et de ma peine. Dans mon âme, je ne t'ai jamais trahi. Son cœur appartenait à sa reine, mon cœur t'appartenait. Tu dois comprendre cela avant qu'il soit trop tard.

— À quoi, pourrais-tu me demander, à *quoi* fais-tu donc allusion ?

Ma réponse est celle que je crains le plus de te donner.

— Parle ! je t'entends crier. Parle plus fort dans ta petite maison en pierre, afin que je t'entende ! N'aie pas peur. On peut écraser l'objet de l'amour, briser son cœur, mais son esprit est indestructible.

Francisco, comment puis-je te décrire mes pieds nus ligotés aux chevilles par des barbelés et des roses pleines d'épines ? Ma peau blanche et lacérée saigne. Pourrai-je un jour te raconter comment ces choses sont devenues réalité en ce Jour des Abeilles, pendant l'orage dans le champ de lavande, pendant que les abeilles bourdonnaient et que la foudre tombait ?

— De quoi parles-tu, Louise ? Il n'y a pas eu d'orage ce jour-là.

Tu ne vois donc toujours pas. Tu ignores toujours l'éclair qui a électrisé mon cœur, l'orage qui a souillé mon corps.

— Ce que je vois, c'est que tu ne m'écris pas, alors que je t'écris.

C'est vrai. Tu ne peux voir ces pensées que je couche sur le papier, car je les cache. Quand j'écris ces lettres, je sens que je me fonds en toi, ma voix n'est plus mienne, elle prend tes intonations, elle est proférée par une langue commune. C'est pour cette raison que je peux te parler comme je le fais.

— Dans ce cas, pourquoi ne peux-tu me raconter ces choses qui ne sont pas dites ?

Parce que, lorsqu'on promet d'aimer quelqu'un jusqu'à la mort, et qu'on ne le fait pas, on meurt en soi-même.

— Je suis en vie, et je t'attends.

Parfois, quand je rentre à pied de Ville-Rouge, je passe par une longue allée de sycomores dont les feuilles ont été dispersées par le vent d'hiver. Le soleil filtre à travers les hautes branches et caresse les troncs nus. La douce écorce de ces arbres est voluptueuse, aussi douce que les fesses d'un nouveau-né, et dans ces moments-là, je m'autorise à espérer.

— Pourquoi pleures-tu ? Si seulement je pouvais entendre ces choses de ta bouche, tu sais que je te prendrais dans mes bras. Je serais ton arbre, ton chêne fort, je t'enlacerais de mes branches.

Comment sais-tu que je pleure ?

— Je sens l'humidité sur tes joues au milieu des ténèbres qui nous séparent.

Tu pourrais allumer une bougie. Tu pourrais venir à moi.

— Je l'ai fait, mais tu te cachais.

Je te pleurais. C'est différent.

— Je te pleure, Louise. Je te pleurerai toute ma vie.

Il ne faut pas. Cela nous tuera tous les deux.

— Tu ne nous laisses aucune alternative.

Non. Je… je suis seule ici et le vent souffle.

— La guerre ?

La guerre était en moi autrefois. Maintenant, je suis vide. Seul en reste l'écho. Des traces de pas qui ne vont nulle part.

— Pense à quelque chose de beau, Louise.

Te rappelles-tu les enfants de Château-Colline ?

— Comment pourrais-je les oublier ? Comment pourrais-je oublier la manière dont tu t'es offerte à moi ensuite ?

La mesquinerie des intentions de cette fillette était prodigieuse. Une femme ne va pas dans le monde chercher un homme pour fonder un foyer. Elle prépare un foyer dans son cœur.

— Oui, tu me l'as dit à l'époque.

Elle bâtit son cœur-foyer avec les brindilles du souvenir, elle fabrique le mortier de la passion, elle édifie des murs à partir de nuages de détails. Ce n'est qu'une fois qu'elle a terminé qu'elle invite un homme à le partager.

— Et maintenant, ton cœur est blessé, il me sera fermé à jamais. Est-ce ce que tu veux me dire ce soir ?

Non. Mes pieds nus sont attachés avec du fil de fer rouillé et des roses épineuses dont les fleurs rouges compriment mes chevilles.

— As-tu recommencé à boire de l'absinthe ?

Te rappelles-tu mes pieds blancs, le vernis rouge sur leurs ongles ?

— Bien sûr que je me rappelle ! C'est moi qui te vernissais les ongles. Ils étaient mes dix chefs-d'œuvre. Quand le vernis était sec, j'écartais chaque orteil comme les pétales d'une fleur et...

Tu les embrassais.

— Je les suçais. Mais tu essaies de changer de sujet. Réponds-moi. As-tu recommencé à boire ? Tu sais que tu ne dois pas faire cela pour le bébé.

Quel bébé ? Je ne t'ai jamais parlé d'un bébé.

Si. Dans les lettres que tu ne m'as jamais envoyées. Et maintenant, tu sèmes le doute en moi.

Lucrèce ne boit pas d'absinthe.

— Et Louise ?

Elle est ivre et le vent souffle à sa porte.

— Et le bébé, Louise ?

Entends-tu le vent souffler ?

— Dis-le-moi avant qu'il soit trop tard ! Je vais venir ! Laisse-moi entrer chez toi !

Il n'y a pas de bébé.

— Que veux-tu dire ? Qu'est-ce que tu dis ?

Le vent.

Village de Reigne

Le vent a cessé.

Francisco, m'as-tu réellement parlé hier soir pendant que je t'écrivais ? J'ai cru entendre ta voix. J'ai caché ma lettre après l'avoir écrite, je l'ai si bien cachée que je suis incapable de la retrouver ce matin. Je ne suis plus très sûre de ce que tu sais sur moi. De ce que je t'ai dit ou pas. T'ai-je raconté que Mme Heureux m'a craché dessus ?

J'allais voir Royer. Il était tard, et je voulais éviter d'être surprise dehors après le couvre-feu de huit heures. Je suis passée devant le magasin de Mme Heureux au moment où il fermait. Elle a eu l'air étonnée de me voir là. Chacun se dépêchait de rentrer chez soi. Je n'ai pas voulu paraître impolie et partir sans la saluer. Je me suis donc arrêtée, je lui ai fait un signe de tête courtois, un sourire, et je me suis enquise de sa santé.

— *Salope*, a-t-elle sifflé.

Dans la rue, les gens ont sursauté.

J'ai d'abord cru qu'elle avait deviné ma grossesse malgré les nombreuses épaisseurs de vêtements que je portais. Il faut savoir que ce sont les futures mères qui font vivre Mme Heu-

247

reux. Or, vu l'aspect de ses vêtements — autrefois si chics, maintenant usés jusqu'à la corde —, il était clair qu'elle ne gagnait pas sa vie. Dans un pays où l'économie alimente une machine de mort, les gens ne dépensent pas leurs maigres revenus dans des habits destinés à un futur incertain.

— *Salope !*

Cette fois, elle l'a crié si fort que les curieux se sont rapidement éloignés, n'ayant nulle envie de servir à leur tour de cible.

J'étais incapable de m'en aller. J'avais honte. Pourquoi ? Pourquoi Mme Heureux, ce monument de respectabilité bourgeoise, faisait-elle preuve d'une telle méchanceté ? M'en voulait-elle de ne rien lui acheter alors que j'étais enceinte ? Se disait-elle que si les autres femmes m'imitaient, elle allait droit à la faillite ? J'aurais aimé lui expliquer que je rêvais de choisir les premiers vêtements de mon bébé dans son luxueux magasin, mais que je n'en avais pas les moyens. Que j'étais désargentée. Que je devais confectionner tout ce dont mon bébé aurait besoin, bien que je ne sois pas douée en couture. Il est vrai, je regardais souvent la vitrine de son magasin après la fermeture. Ces chemises colorées en cachemire et ces petits chaussons, je les voulais tous. Pourtant, mon enfant devrait se contenter des vêtements que je lui aurais fabriqués. Bien entendu, je ne pouvais pas avouer cela à Mme Heureux, puisque je taisais mon état. Je comprenais sa crainte que les filles « modernes » comme moi ne l'obligent à fermer boutique, mais je n'admettais pas qu'elle m'humilie.

Cela peut paraître étrange d'être insultée par une personne comme elle, et pourtant, c'était en accord avec l'air du temps, avec la guerre, avec ce besoin de contrôler tout ce qui est de l'ordre du personnel, tant l'impersonnel était incontrôlable. Tout simplement, il fallait choisir son camp, en public de préférence, et s'y tenir. Mme Heureux voulait donc me faire honte. J'ai tourné les talons. Il n'y avait rien à ajouter.

Avant que j'aie pu faire deux pas, elle m'a attrapé par le bras. J'ai fait volte-face pour lui dire ma façon de penser. Au moment où j'ouvrais la bouche, elle m'a giflée. L'impact de sa main sur ma joue a failli me faire tomber.

— *Salope !*

Elle m'a craché dessus et elle est partie.

Dans la rue, personne ne m'a offert de l'aide. Ils sont tous restés à bonne distance et se sont éloignés d'un pas traînant, la tête baissée.

Pourquoi ? Pourquoi Mme Heureux était-elle sortie de ses gonds pour m'insulter ? Était-ce uniquement dû à la frustration de la guerre ? Venait-elle d'apprendre la mort d'un proche ? Non. Je connaissais la réponse : elle avait choisi son camp, et elle le proclamait publiquement. Sans doute avait-elle eu vent de mes actes de résistance. Voilà pourquoi elle me méprisait. Elle méprisait Lucrèce en moi. Je me suis hâtée dans la rue maintenant déserte avec ses maisons aux volets clos pour aller voir Royer.

Quand je suis arrivée à la poste, elle aussi était close. J'ai tenté d'ouvrir la porte, qui était fermée à clé. Je suis restée là sans savoir quoi faire. J'étais venue de si loin, je ne pouvais pas repartir comme ça. Puis j'ai entendu une voix étouffée de l'autre côté de la porte, suivie du rugissement d'une foule qui semblait très lointaine.

Qu'est-ce que cela pouvait être ? Royer tenait-il une réunion derrière ces portes fermées ? Dans ce cas, d'après le volume des chants scandés et des cris qui s'élevaient à nouveau, la moitié des hommes du village devaient être présents. J'ai frappé à la lourde porte en bois. C'était maintenant l'heure du couvre-feu, et je devrais rentrer à Reigne dans le noir. Que se passait-il ? Était-il possible que Royer ait organisé une réunion et qu'il me laisse dehors ? Pourquoi y avait-il autant d'hommes à l'intérieur ? Jamais nous ne nous réunissions à plus de cinq, sept tout au plus. C'était insensé. Ils ne faisaient aucun effort pour parler à voix basse. J'ai frappé une dernière fois. Le bruit des voix s'est tu à l'intérieur. J'ai entendu des pas, puis une clé dans la serrure, et la porte s'est ouverte. Royer se tenait dans le rayon de lumière, un doigt sur les lèvres. Pourquoi devais-je être discrète, vu le bruit qui régnait dans le poste ? Il m'a tout de suite fait entrer et il a refermé la porte à clé. J'ai regardé autour de moi. Où étaient tous les gens ? Je ne voyais que Royer. Avais-je vraiment entendu ce que je croyais avoir entendu ?

Il était silencieux. Il a sorti un paquet de cigarettes de la poche de sa veste et en a allumé une. Rien qu'à l'odeur, je savais qu'il ne s'agissait pas de ces ersatz avec lesquels les gens s'étouffaient en voulant faire croire qu'ils inhalaient du vrai tabac : *c'était* du vrai tabac.

Il a poussé un soupir et a expulsé un nuage de fumée âcre vers ma figure. Où se procurait-il de vraies cigarettes ? Elles étaient introuvables. Sans doute venaient-elles d'une mère qui croyait à un miracle : récupérer les lettres perdues de son fils. Je le méprisais sincèrement. Si le hasard ne nous avait placés dans le même camp au milieu de ce gâchis qu'est la guerre, j'aurais certainement cédé à la tentation de mettre fin à sa détestable existence. Mais il se trouve que je savais les risques qu'il prenait, que je connaissais son courage. Peut-être qu'après la guerre, la statue que désirait si fort Royer serait réellement érigée sur la place de la ville.

— Vous êtes en retard, a-t-il murmuré.

— Estimez-vous heureux que je sois là. À Nice, on m'a dit que je n'effectuerais plus de mission jusqu'à la naissance du bébé.

J'ai observé le bureau de poste en me demandant si les propriétaires des voix que j'avais entendues un peu plus tôt étaient tapis derrière les comptoirs et les bureaux, attendant un signal de Royer pour se montrer.

— Vous croyez que nous ne faisons que vous exploiter. Au contraire, je pensais que vous pourriez être intéressée par le paquet de lettres que j'ai pour vous.

— Des lettres de Zermano ?

— Bien sûr. Qui d'autre sait que vous vous cachez ici ? Suivez-moi. (Il m'a entraînée à l'intérieur de son bureau, a sorti les lettres d'un tiroir et me les a tendues.) Vous avez fait beaucoup pour nous. Vous les méritez. Elles vous reviennent de plein droit.

— J'ai failli mourir plus d'une fois. Que serait-il arrivé si j'avais attendu près de cette Citroën noire à Nice après m'être débarrassée du panier ?

— Je savais que vous suivriez strictement les ordres. Vous avez prouvé que vous en étiez capable. C'était vraiment très simple.

— Faites-le donc un jour.

— Il n'y a rien de ce que vous avez fait que je n'aie pas fait.

— Pas avec un bébé dans le ventre.

Il m'a envoyé un second nuage de fumée bleue au visage.

— Vous avez donc rencontré la Mouche.

— Quelle rencontre !

— Savez-vous où il est ?

— Comment pourrais-je savoir où il est ? Je ne sais même pas *qui* il est.

— Personne ne sait qui il est.

— Je crois qu'il m'a suivie.

— Quand ?

— À la sortie de Nice. Il poursuivait mon train.

— Cela m'étonnerait. Pourquoi notre agent en chef prendrait le risque de se faire arrêter en suivant votre train juste après avoir assassiné...

— Qui ? Qui a-t-il assassiné ? Qui *ai-je* assassiné ?

— L'identité des joueurs n'a pas d'importance.

— Pour moi, elle en a.

— Ne perdez pas l'essentiel de vue. Le *qui* n'est pas important. C'est le *pourquoi* qui l'est. (Royer m'a regardée ranger le paquet de lettres dans mon panier.) Ça, c'est votre pourquoi. Vous avez déjà fait votre choix.

— J'ai choisi l'amour.

— Dans ce cas, pourquoi n'êtes-vous pas avec lui ?

J'ai fait mine de partir.

— Attendez, j'ai quelque chose pour vous.

— Je vous ai dit que je n'exécuterais plus de mission jusqu'à la naissance de mon bébé. Je ne courrai plus de risque.

— Ce n'est qu'un message à porter, mais il est important. Cependant, laissez-moi d'abord vous montrer quelque chose.

Il s'est mis à feuilleter un journal à son bureau. Sur une photo floue en première page, on voyait un homme vêtu de noir qui s'enfuyait à moto. Son visage était masqué par un casque et des lunettes de motard. Le journal titrait : *Récompense pour le capitaine de l'armée du crime.*

— Je suis étonnée. En temps normal, nos exploits ne figurent pas dans les journaux. Même si nous faisons sauter un train de troupe, ils gardent ça secret afin de nier notre impact. Pourquoi en parlent-ils, cette fois ?

— Parce que l'Aigle chasse la Mouche au grand jour. Ce qui est dommageable à l'Aigle.

— Pourquoi ?

— C'est reconnaître qu'ils sont vulnérables. Que nous leur infligeons des pertes.

— Nous leur infligeons des pertes, et ils protestent. Tandis qu'ils peuvent nous couper les bras et les jambes sans que nous ayons le droit de verser une larme.

— Ils ne doivent pas savoir qu'ils nous infligent des pertes. C'est ce qui nous rend forts.

— Je ne veux pas être forte. Je veux juste rentrer chez moi.

— La France entière veut rentrer chez elle, Louise. Le problème, c'est que ce pays ne nous appartient plus.

— Épargnez-moi ce discours patriotique. Je vous l'ai dit, pour l'instant, je reste à l'écart de tout cela, je n'effectue plus de missions.

— Un berger commence toujours son voyage par une nuit de pleine lune.

— Je vous déjà dit non. Je refuse d'assister à un nouveau parachutage. C'est trop dangereux.

— Un berger ne fait pas paître son troupeau dans le même pâturage tous les jours. Il n'est pas nécessaire que vous soyez sur place. Vous vous tiendrez à distance. Vous serez là en simple observateur. Pour nous rendre compte que l'agneau a bien atterri dans les bras du berger.

— Où que je me trouve, c'est toujours trop près, je suis toujours au cœur de l'action. Vous me l'avez démontré maintes fois.

— Je vous promets que, cette fois, vous ne serez pas au cœur de l'action. Vous serez seule, il n'y aura personne d'autre. Votre mission consiste uniquement à attendre, à observer, et à nous faire un rapport. Vous ne devez en aucun cas parler à quelqu'un. La seule personne à laquelle vous êtes susceptible de parler, c'est à la Mouche, et ce uniquement en cas de problème.

— La Mouche est donc le berger ?

— Je ne peux pas répondre à cette question.

253

— Comment puis-je savoir que je m'adresse vraiment à la Mouche ? Son visage est entièrement masqué. Il porte même des gants. Pas un centimètre de sa peau n'est visible.

— Ne vous en faites pas, même moi j'ignore l'identité de la Mouche. Mais je connais le mot de passe.

— Je n'ai pas dit que je ferai ce que vous me demandez. Mais si j'accepte, si un berger commence son voyage par une nuit de pleine lune, que dois-je savoir ?

— S'IL Y A DE L'ORAGE EN MARS, LES AMANDES SERONT BONNES.

— Et que dira-t-il ?

— POURQUOI CHASSEZ-VOUS LES CIGALES ?

— Et que répondrai-je ?

— PARCE QU'ELLES SUCENT LA SÈVE DES AMANDIERS EN CHANTANT.

Je me suis tue. Je connaissais le mot de passe, sans pour autant savoir si j'aurais à l'utiliser.

Royer m'a regardée pour voir si j'allais lui donner mon accord. C'est là qu'il a remarqué une trace de salive sur mon manteau.

— Qu'est-ce que c'est ?

— Mme Heureux. Elle s'est jetée sur moi dans la rue, m'a traitée de salope et m'a craché dessus.

— Je ne l'imagine pas faire une chose pareille. C'est la personne la plus réactionnaire de toute la ville.

— Justement. Peut-être qu'elle me soupçonne d'appartenir à la cause. Peut-être qu'elle se dit que je représente une menace pour la ville, et que je vais attirer des représailles sur la tête de tous ses habitants.

— Impossible ! Si elle était au courant de votre engagement, elle serait au courant du mien.

— Peut-être qu'elle nous a déjà dénoncés.

— Nous aurions été arrêtés.

254

— Pas s'ils essaient de remonter jusqu'au chef. Pas s'ils essaient d'atteindre la Mouche.

Royer a tiré une dernière bouffée sur le mégot qui rougeoyait entre ses doigts tachés de nicotine et a marmonné :

— Je n'ai peut-être pas assez de soucis comme ça ! Comment cette vieille schnock aurait-elle tout découvert ? Nous ne pouvons faire un geste sans qu'il soit trahi d'une manière ou d'une autre !

Il semblait avoir oublié ma présence. Il a tendu la main pour monter le volume de la radio posée sur son bureau.

L'étrange rugissement étouffé que j'avais entendu un peu plus tôt s'est à nouveau élevé. Une foule grisée scandait son approbation à une voix perçante de plus en plus forte, dont la cadence a augmenté jusqu'à ce qu'elle soit à bout de souffle. À ce moment, la foule s'est déchaînée. La voix a continué, mue non par l'air mais par une volonté féroce. Je ne comprenais pas la langue que parlait cette voix, mais je visualisais l'hystérie qui éclatait à chaque syllabe, tandis que **la voix** exhortait la foule.

Royer était figé sur place. De façon évidente, il comp**renait** la langue du nouvel empereur de la France. Mais pourquoi s'intéressait-il comme cela à son discours ? Je me suis glissée dehors sans faire de bruit, j'ai refermé la porte sur la foule hurlante et je suis partie dans les rues sombres. C'était évident, Royer écoutait ce discours pour savoir à quoi nous devions nous attendre. Et c'était d'autant plus malin de l'écouter sans en faire mystère. Il savait que certains citoyens le prendraient pour un traître. Mais que d'autres, comme Mme Heureux, se diraient : « Si Royer écoute le nouvel empereur, il ne peut être acquis à la cause de la Résistance. Royer n'est pas un homme sur lequel il faut cracher ! »

Village de Reigne

Mon très cher amour,

Je ne sais pourquoi, mais par moments, je me sens tout à coup très fatiguée. La nuit dernière, je me suis endormie sur ta lettre, le stylo entre les doigts. Je tentais de te dire quelque chose d'important. Sois patient, j'y suis presque. Cette histoire est tellement difficile à raconter. C'est une vraie confession.

Avant de m'endormir, je te parlais de Royer et de la pression qu'il avait exercée sur moi pour que je continue à m'impliquer. Qu'il m'ait donné le trésor de tes nouvelles lettres sans rien exiger en échange a été une surprise. Peut-être est-il touché par mon patriotisme. À moins qu'il n'essaie de voir si j'agirai sans être motivée par mon amour pour toi, c'est-à-dire dans le but d'obtenir d'autres lettres. Peut-être a-t-il besoin de savoir jusqu'où j'irai, jusqu'où on peut me pousser, jusqu'à quel point on peut me faire confiance, afin de m'utiliser en un ultime sacrifice.

Personne d'autre ne semble me faire confiance. Parfois, j'imagine que je suis à moi seule le noyau dur autour duquel tourne toute la conspiration. Mais suis-je vraiment au centre de quoi que ce soit ? Sans doute uniquement pour les écoliers dont j'ai la charge. Ils puisent en moi réconfort et conseils sans savoir que la femme à laquelle ils s'adressent pleure seule la nuit en lisant et relisant tes lettres, comme si cela pouvait te faire surgir des mots inscrits sur la page et marcher dans ma maison, jusqu'à mon lit.

Les enfants se cramponnent à moi. Quand l'Officier de la cerisaie est venu à l'école avec ses soldats armés, ils ont cherché un peu de courage dans mon regard. L'Officier, lui aussi, a cherché mon regard, mais pas directement, tout en faisant mine de ne pas me connaître. Il a observé d'un œil soupçonneux la leçon écrite au tableau noir comme s'il s'agissait du mode d'emploi codé de l'assemblage d'un pistolet mitrailleur. Les enfants craignaient de le regarder, à mon avis autant à cause de leur peur viscérale que de la cicatrice irrégulière sur sa joue droite. C'est la blessure que je lui avais faite en lui mordant la joue le Jour des Abeilles.

Il a ordonné à mes élèves de se lever et de vider leurs poches. Je ne pouvais m'y opposer, car cela aurait paru suspect. J'ai frappé dans mes mains, ce qui a fait sursauter les enfants apeurés, et j'ai transformé en jeu la requête de l'Officier :

— Ceux qui ont dans les poches une photo du maréchal Pétain recevront une ration de chocolat supplémentaire.

L'Officier m'a regardée fixement.

— Ce n'est pas cela que je veux.

— Ne vous inquiétez pas, les enfants. C'est ce que *moi,* je veux.

Les élèves se sont mis debout et se sont empressés de vider leurs poches en gloussant d'impatience. Les enfants sont vraiment drôles. Ils ont beau savoir qu'ils n'ont pas ce que vous leur demandez, ils font confiance à leur magie personnelle. Ils se sont pliés à l'exercice sans cesser de croire qu'ils produiraient par je ne sais quel miracle l'objet recherché. De leurs poches se sont déversés sur les pupitres toutes sortes de bizarreries, de babioles et de souvenirs : des billes jaunies, des pierres polies, des petits crucifix, et une broche arborant l'étoile de David.

L'Officier s'est avancé entre les bureaux tandis que ses hommes montaient la garde le long du mur, le doigt sur la détente de leur fusil, comme s'ils craignaient qu'un enfant ne sorte une grenade de sa poche et ne la jette sur eux.

L'Officier a examiné chaque pupitre, a passé en revue les secrets de chaque poche. Il s'est immobilisé au bureau de l'enfant à l'étoile de David et a confisqué la broche étincelante. Le petit garçon m'a lancé des regards terrifiés. J'étais son unique chance de survie.

Je lui ai lancé une bouée de sauvetage.

— Cette broche ne lui appartient pas.

L'Officier s'est tourné vers moi.

— Je suppose que vous allez me dire qu'elle vous appartient.

— Oui.

— Ce oui signifie-t-il que vous êtes juive ?

— Non, il signifie que je lui ai donné cet objet. Nous étudions les différentes religions en classe d'histoire.

L'Officier tripotait la broche d'un air dégoûté.

— De quel droit étudiez-vous l'histoire subversive ?

— Du droit d'étudier la Bible. Elle ne figure pas sur la liste des livres censurés.

L'Officier s'est avancé vers moi. Son visage était écarlate, la cicatrice sur sa joue rouge et gonflée.

— Vous vous croyez très maligne ! Peut-être devrais-je épingler cette étoile à votre poitrine !

J'ai rapidement déboutonné le haut de mon pull afin de lui montrer mon cou.

258

— Allez-y. Elle ira très bien avec ça.

Il a observé le crucifix accroché à la fine chaîne en or autour de mon cou. Et il a glissé l'étoile de David dans sa poche.

— J'emporte ça comme preuve. Elle figurera dans mon rapport. (Il s'est penché vers moi. On aurait dit qu'il se rendait enfin compte de mon état.) Ne croyez pas qu'être enceinte permet d'échapper à tout.

— Vous devriez essayer. Vous seriez surpris de voir tout ce à quoi cela permet d'échapper.

À ces mots, la chair autour de sa cicatrice est devenue encore plus rouge. Il a levé la main pour me frapper. Je ne savais pas si sa colère était uniquement provoquée par sa haine de ce que je représentais, ou s'il venait de prendre conscience qu'il pouvait très bien être le père de mon enfant. Il n'y avait pas un bruit dans la salle, à l'exception des sanglots étouffés de quelques enfants terrorisés. Il a laissé retomber sa main et s'est avancé vers le tableau à grands pas. Il a effacé la leçon qui s'y trouvait et a écrit à la craie, en lettres capitales :

PATRIE

OBÉISSANCE

VIGILANCE !

Les enfants se sont raidis comme pour affronter une tempête. Ils étaient sur leurs gardes. Ils attendaient que l'Officier parle, leur fasse un laïus sur la méfiance qu'il fallait développer à l'égard de tout le monde, y compris de leurs parents, et sur l'obligation qu'ils avaient de rendre compte immédiatement de tout comportement étrange. Mais l'Officier n'a rien dit. Il a fait signe à ses hommes, qui l'ont suivi par la porte.

Ce soir-là, quand je suis rentrée chez moi, un panier était de nouveau accroché à ma porte. Une fois de plus, il contenait du miel, de la saucisse, du savon, et même du tissu avec lequel je pourrais fabriquer une petite chemise pour mon bébé. Quelqu'un veillait sur moi, mais qui ? J'ai allumé la radio, et malgré les parasites semblables à des miaulements de chat, j'ai réussi à repérer la faible fréquence sur laquelle émettait Londres. J'ai tendu l'oreille pour écouter la litanie de ce langage codifié, si étrange soit-il, ce chant absurde qui n'avait de sens que pour quelques-uns : IL EST DIFFICILE POUR UNE ARMÉE DE MARCHER DANS LE MISTRAL. IL VAUT MIEUX QU'ELLE ATTAQUE PENDANT LE SIROCCO. POURQUOI MANGER DES HARICOTS QUAND IL PLEUT DES ORANGES. NANCY AIME LES ESCARGOTS, ROGER PRÉFÈRE SE RONGER LES ONGLES. Ces messages secrets, même s'ils ne me concernaient pas, me procuraient du réconfort, à moi si seule dans ma petite maison. Ils m'ouvraient la porte d'un univers clandestin, d'un étrange jardin sous-marin où les grésillements de la radio façonnaient un langage fantastique aux formes sans cesse mouvantes : un langage fantôme de la nuit, un langage de l'amour, de la guerre. Un langage absurde. Puis j'ai entendu : UN BERGER NE FAIT PAS PAÎTRE SON TROUPEAU DANS LE MÊME PÂTURAGE TOUS LES JOURS.

Le mot de passe ! Avec tous ces événements, j'avais presque oublié. J'ai ouvert ma porte et observé le ciel. Il était inhabituellement clair. UN BERGER COMMENCE TOUJOURS SON VOYAGE PAR UNE NUIT DE PLEINE LUNE.

Je connaissais le point de rendez-vous. J'y étais lors des deux pleines lunes précédentes, mais à chaque fois, les nuages avaient envahi le ciel dans la journée et le soir, il n'y avait pas de lune. On ne distinguait même pas sa main devant son visage. Tandis que là, tout n'était qu'éclat, tout scintillait autour de moi. Le berger avait commencé son voyage. Quel rôle devais-je jouer ? Je pouvais rester, ou je pouvais y aller. On ne me demandait pas de participer, uniquement de servir d'observateur. Les risques étaient limités.

Mais ce genre de situation est toujours risqué. On m'avait raconté l'histoire d'une femme à qui, comme moi, on demandait de servir d'observateur parce qu'elle avait un bébé. Elle ne devait pas prendre part à l'action. Elle s'est rendue sur place, mais une patrouille avec des chiens l'a repérée. Elle s'est mise à courir, et les soldats ont lâché leurs chiens. Qui l'ont rattrapée, lui ont mordu les jambes et sauté dessus. Puis ils lui ont arraché son bébé des bras et l'ont déchiqueté. On raconte que, depuis, cette femme inconsolable erre sur les routes la nuit en hurlant le nom de son enfant. Et comme l'enfant ne répond pas, elle supplie les chiens de revenir la dévorer, de mettre un terme à son supplice.

Qu'est-ce qui me prend de penser à cela ? Mon enfant est à l'abri dans mon ventre. C'est le monde extérieur qui n'est pas sûr. Si je veux qu'il change pour mon enfant, je dois agir. Je ne peux songer trop longtemps à ces chiens qui arrachent les enfants des bras de leurs mères pour les dévorer, alors que la véritable menace est l'ennemi qui se promène au milieu de nous, qui nous enlève des bras nos maris, nos frères, nos filles et fils. Je dois agir pour que tout cela change. UN BERGER COMMENCE TOUJOURS SON VOYAGE PAR UNE NUIT DE PLEINE LUNE. Je dois agir, ce qui ne signifie pas que je n'ai pas peur. Tout est calme. Pas un chien n'aboie en cette nuit de pleine lune.

Lucrèce, où vas-tu ?

Là où le berger égorge ses chers agneaux parce que l'invasion est proche et qu'il ne veut pas que l'ennemi les mange.

Mais nous avons déjà été envahis.

J'ai été envahie, mais je ne tuerai pas mon agneau.

Es-tu ivre à cause de l'absinthe ?

Non, je suis ivre de douleur.

Sais-tu ce que tu fais ?

Bien sûr ! Mon cœur n'est pas une tablette de pierre sur laquelle on peut graver le mot pardon, il est de chair et d'esprit. Je me bats.

Contre quoi te bats-tu ?

Je marche. C'est la nuit. J'y vais. Je vais participer à l'action.

Entends-tu les chiens ?

Oui, mais ils ne m'arrêteront pas.

Es-tu sûre que ce sont des chiens ? Ils sont si loin. Peut-être est-ce le bruit d'un avion. Écoute bien.

J'écoute.

Stop. Retiens ton souffle. Ton propre souffle, voilà ce que tu entends. Voilà ce qui te poursuit.

J'ai marché longtemps. Je vais m'arrêter.

Qu'entends-tu maintenant ?

Un avion. Je suis certaine que c'est un avion.

Le vois-tu ?

Non.

Que vois-tu ?

Je suis sur un haut plateau. La vallée tout entière s'étale à mes pieds, je vois les contours obscurs des villages perchés sur les collines, mais pas une seule lumière. Tous respectent le black-out.

Il y a des lumières dans le ciel. Un avion, peut-être ?

Non. Des étoiles. Les étoiles d'hiver. Et au-dessus de la silhouette du mont Ventoux, la pleine lune qui brille au centre de son anneau de cobalt.

As-tu peur ?

Sans cesse.

Entends-tu les chiens maintenant ?

Non. Mais je vois une lumière.

Quel genre de lumière ?

Plusieurs lumières qui clignotent. Des torches électriques sur le plateau d'en face. Des points lumineux. Des gens imitent un immense L dans un champ avec des lumières tremblotantes pour éclairer l'endroit où un avion doit atterrir. À moins qu'il ne s'agisse d'un parachutage d'armes et de radios.

Voudrais-tu être avec eux ?

Je l'ai déjà fait. Cette fois, on m'a simplement demandé de venir en observatrice. Je ne me sens pas coupable.

Quel est ton gros problème, dans ce cas ?

J'ai froid aux pieds. J'ai beau battre la semelle et porter des bottes, je ne parviens pas à me réchauffer. Je n'arrête pas de trembler.

Entends-tu un bourdonnement ?

Des moteurs.

Où ça ?

À la fois sur la terre et dans le ciel. La terre gronde, le ciel gémit. J'aperçois l'avion ainsi qu'une file de camions qui quitte le village situé sous le plateau d'en face. Les camions ont dû attendre sous les arbres que l'avion apparaisse. Ils sont remplis de soldats. Les gens sur le plateau ne peuvent pas les entendre. Le vent souffle dans la mauvaise direction, vers moi, et transporte des nuages qui assombrissent tout à coup le ciel. Dieu a mis la main sur la face de la lune. J'entends le ronronnement de l'avion perdu dans les nuages. Il ne voit plus le L briller sur la terre, il tourne et il vire. Des coups de fusil résonnent sur le plateau, ainsi que des cris, des hurlements, des sifflets déchirants et…

Quoi d'autre ?

Des chiens.

Vraiment ?

Des chiens méchants, des chiens qui aboient.

Tu devrais partir.

Je ne peux pas. J'ai reçu l'ordre de rester et de faire mon compte rendu. Je ne cours aucun risque. C'est sur l'autre plateau qu'ils risquent leur vie.

Peux-tu les voir ?

Maintenant, je les vois. Les nuages ont disparu. Je vois l'avion qui décrit des cercles au-dessus de ma tête.

Qu'arrive-t-il à ces gens ?

Ils sont attaqués par les soldats. J'entends des coups de fusil.

Va-t'en.

Je ne peux pas ! La porte de l'avion s'ouvre. À cause de la pleine lune, il brille comme un phare. Quelque chose s'en détache. L'AGNEAU TOMBE DANS LES BRAS DU BER-

GER. Je ne sais pas si c'est un homme ou une longue caisse en métal. Pourquoi le parachute ne s'ouvre-t-il pas ?

Si quelque chose est parachuté sur ton plateau, les soldats vont venir. Cours.

Cela pourrait être quelqu'un qui tombe du ciel.

Je crois qu'il n'a jamais été question que cet avion se pose sur le plateau d'en face. Ce L lumineux était un leurre destiné à tromper les soldats. Le véritable parachutage va avoir lieu sur ton plateau. Le berger, c'est toi. C'est dans tes bras que l'agneau va tomber. Les soldats vont arriver. Il faut que tu partes !

Le parachute s'ouvre dans le ciel. Sa toile en soie se déploie au-dessus de ma tête. On dirait que la personne sanglée dans le harnais essaie de l'entraîner loin de la forêt de chênes où souffle le vent. Je cours la tête levée, comme si cela me permettait d'éloigner le parachutiste des arbres. Je n'arrive pas à y croire. Tout ce travail, des mois de préparatifs, et voilà que le parachutiste file droit sur les chênes dénudés par l'hiver, avec leurs branches pointues qui s'agitent dans le vent. Il ne peut rien faire. Je le vois qui tire frénétiquement sur les cordes. Il est emporté par le vent. Des branches craquent dans la nuit. Où sont-ce des os qui se brisent quand le parachute traîne l'homme à la cime des arbres ?

Est-il vivant ?

Quand je le rejoins, il est tombé entre les branches. Essoufflée, je me penche sur lui. Il gît à terre, ses vêtements sont arrachés, son visage en lambeaux. Ce n'est plus qu'un tas de chair sanglante. Je ne peux rien pour lui. C'est fini.

Que fais-tu ?

Je prends le couteau dans l'étui à sa ceinture et je me mets à découper la soie du parachute. Je dois me dépêcher avant que les soldats arrivent.

Pourquoi découpes-tu ce parachute ?

Mon bébé. Ce tissu est un vrai trésor. Il pourra me servir à fabriquer des vêtements en soie pour mon bébé.

Ne peux-tu pas aider cet homme ?

Il est mort. Je lui ai déjà pris ses papiers d'identité. Je sais ce qu'il faut faire. La soie est si dure à couper…

Qui est-ce qui surgit des arbres ?

Je ne sais pas. Des hommes avec des fusils pointés sur moi. Je n'ai que mon couteau. Je me relève et je le brandis en prenant l'air le plus menaçant possible. Je veux mourir debout, pas à genoux.

Ne bouge pas. Peut-être qu'ils ne tireront pas.

Un deuxième parachute tombe du ciel.

Un homme ?

Non. Une longue boîte métallique. Elle s'accroche à la cime des arbres tout en avançant vers nous. Les deux hommes l'observent.

Va-t'en pendant qu'ils ne te regardent pas.

C'est trop tard. La boîte va tomber entre eux et moi.

C'est peut-être une bombe. Le premier parachute n'avait pour but que de t'attirer. L'homme était déjà mort quand ils l'ont jeté de l'avion. Le second parachutage pourrait être une bombe incendiaire, tu risques de mourir dans les flammes.

Dans les flammes, ou par les balles de ces hommes.

Qu'est-ce qu'ils font ?

Ils courent vers la boîte. Elle s'écrase par terre. Son parachute volette vers moi puis s'immobilise. L'un des hommes frappe sur la boîte avec un outil pour l'ouvrir.

Saisis ta chance, va-t'en.

Non.

Pourquoi ? Ils ne te regardent pas.

L'homme qui tient l'outil est le Véto de la chambre bleue de l'hôtel à Nice.

Lui ? Il a manqué te faire tuer. Cours !

L'autre est entièrement vêtu de cuir noir : pantalon, veste, bottes, gants. Son visage est dissimulé derrière un masque en cuir enfilé sur sa tête, des lunettes noires de motard couvrent ses yeux. On ne peut pas savoir qui c'est.

La Mouche ?

Les chiens se rapprochent en aboyant.

Tu sais ce que tu dois dire si c'est la Mouche. Dis-le ! S'IL Y A DE L'ORAGE EN MARS, LES AMANDES SERONT BONNES.

Ils ouvrent la boîte. Elle contient des pains de plastic, de l'argent, une radio militaire, des pistolets mitrailleurs. Ils enfouissent tout ce qu'ils peuvent dans des sacs à dos.

Donne-leur le mot de passe pour qu'ils sachent que c'est toi et ne t'abattent pas comme un vulgaire témoin.

Les soldats s'avancent avec des chiens sous le couvert des arbres. Les deux hommes se dirigent rapidement vers moi en titubant sous le poids de leur chargement. Ils découvrent le couteau dans ma main, les morceaux de soie dans l'autre, le parachutiste mort à mes pieds. Le Véto braque sa lampe-torche sur mon visage, puis l'éteint.

— Je vous connais. Vous êtes l'héroïne d'opéra.

Je me tourne vers l'homme vêtu de noir à ses côtés.

— S'IL Y A DE L'ORAGE EN MARS, LES AMANDES SERONT BONNES.

L'homme en noir ne répond rien. Le Véto parle à sa place :

— La Mouche ne dira rien. Si elle ouvre la bouche, les gens pourraient la reconnaître.

Je scrute les yeux de la Mouche derrière ses lunettes, mais je ne vois rien. Comment savoir si je peux faire confiance à ces hommes ? Je leur donne le mot de passe et ils ne me répondent pas. Peut-être veulent-ils m'obliger à

267

parler avant que les soldats arrivent. Je regarde intensément le Véto et je répète :

— S'IL Y A DE L'ORAGE EN MARS, LES AMANDES SERONT BONNES.

Il se tourne vers moi et me fait un sourire entendu.

— LES CANARDS ADORENT LES MOUSTIQUES.

Je le fixe du regard sans dire un mot.

— Merde, grommelle-t-il. Ce n'était pas le bon. Comment me souvenir de ces mots de passe qui changent toutes les heures ? (Il claque nerveusement dans ses doigts en cherchant dans sa mémoire.) Ça y est, je me le rappelle. Les cigales. POURQUOI CHASSEZ-VOUS LES CIGALES ?

— PARCE QU'ELLES SUCENT LA SÈVE DES AMANDIERS EN CHANTANT.

— C'est donc bien vous, Lucrèce. On nous avait prévenus que vous seriez là. L'Anglais est mort ?

Je baisse la tête vers l'homme ensanglanté.

— Oui.

— Pourquoi découpez-vous son parachute ?

— Pour faire des vêtements à mon bébé.

— Vous êtes folle ! (Il m'arrache la soie des mains.) Si on vous arrête avec ça, on saura qui vous êtes. Vous nous trahirez tous !

Je m'agrippe au tissu.

— C'est à moi ! J'en ai besoin !

Des larmes coulaient sur mes joues. Des larmes de colère. Il n'allait pas priver mon enfant de vêtements.

La Mouche m'attrape le poignet et serre si fort que je sens que mes os sont près se briser. La douleur qui remonte le long de mon bras m'oblige à lâcher le tissu. Il y a une ouverture dans son masque à l'endroit de la bouche. Les bords humides de salive se soulèvent à chaque respiration.

— Il faut nous séparer. Lucrèce, rentrez chez vous, m'ordonne le Véto par-dessus les aboiements incessants des chiens qui se rapprochent.

— Non, je reste avec vous. Nous avons plus de chances de nous défendre si nous sommes ensemble.

— Vous devez rentrer chez vous. Si les soldats vont inspecter votre maison et que nous n'y êtes pas, ils sauront que vous avez violé le couvre-feu et participé à l'opération de ce soir. Et ils vous arrêteront. (Le Véto me prend par le bras.) Venez avec moi, je vous ramène.

La Mouche attrape son revolver et le pose sur la tête du Véto.

— Qu'est-ce qui se passe ? Vous êtes fou ? Pourquoi vous pointez un revolver sur *moi* ?

La Mouche ne répond pas rien, mais arme son revolver.

— Très bien. (Le Véto lâche mon bras.) Elle va avec vous.

Je ne distingue pas un seul trait de la Mouche sous son masque et ses lunettes. Qui va me reconduire chez moi ? Les chiens aboient. Derrière eux, on entend des gens courir.

Le Véto referme les cordes de son lourd sac à dos.

— N'oubliez pas d'être au rendez-vous demain matin, dit-il à la Mouche. Ne le ratez pas ! Nous avons pris trop de risques ce soir. Ce que nous avons récupéré doit arriver à bon port. (Il tourne les talons.) Dernière chose. Bon sang, mon vieux, après tout ce que nous avons fait ensemble, pourquoi braquer votre arme sur moi ? Que signifie cette femme pour vous ?

La Mouche continue à se taire. Le Véto s'éloigne rapidement dans l'obscurité en longeant le plateau, puis il disparaît dans un creux.

Tout à coup, j'ai le souffle coupé, non de douleur, mais de surprise. La Mouche pose sa main gantée sur ma bouche pour que je me taise. Je la repousse et je murmure :

— Je crois que je perds les eaux.

Un liquide chaud coule entre mes cuisses. Comment est-ce possible ? Je ne suis pas encore à terme. Je suis prise de panique. J'aurais dû suivre le Véto. Lui aurait su quoi faire.

La Mouche tend le cou dans la direction où le Véto est parti et écoute un bruit au loin. Des moteurs de camions. Les soldats vont tenter de nous encercler. La Mouche s'éloigne en courant et me laisse seule.

Le vent souffle dans mon dos, il vient de l'endroit où on entend les aboiements. Je comprends que la Mouche est partie dans la direction où les chiens auront le plus de difficulté à repérer notre odeur. Ils vont traquer le Véto. Je ne vois plus rien dans l'obscurité. La Mouche m'a-t-elle abandonnée pour que je serve d'appât ? J'ai peur de bouger. Le liquide qui coule le long de mes cuisses s'épaissit. Je suis prise entre deux craintes. Si je reste, je serai abattue par les soldats ou mise en pièces par les chiens. Si je cours, je risque de perdre mon bébé. Des nuages passent au-dessus de ma tête et occultent la lumière de la lune. Je sens une main se glisser autour de ma taille, un bras me soutenir le dos et me relever. Je retiens mon souffle, bien trop effrayée pour émettre un son. Puis je me retrouve dans les airs, mes pieds ne touchent plus le sol que de temps à autre alors que nous filons dans la nuit. Je sens une peau d'animal contre ma joue. Quand je me retourne, je découvre le masque en cuir de la Mouche. Je suis emportée, à moitié sur la terre, à moitié dans les airs, je m'envole, je fuis les chiens qui grondent et les soldats qui crient juste derrière nous.

Lucrèce ? M'entends-tu ? Pourquoi ne me réponds-tu pas ? Es-tu là ? Je t'en prie, parle-moi.

Je ne dois pas faire de bruit.

Où es-tu ?

Je ne peux pas te dire où je suis exactement.

Ce n'est pas grave, mais parle-moi.

Je t'ai dit que je ne devais pas faire de bruit.

Personne ne peut t'entendre quand tu me parles.

Je n'en sais rien. Je n'en sais vraiment rien. Parfois, j'ai l'impression que les gens entendent mes pensées. J'ai l'impression que les gens m'écoutent.

La Mouche est-elle là ?

Elle est sur la crête. Je ne suis pas certaine qu'elle soit encore en vie. Il y a eu une fusillade. Maintenant, tout est calme. Je pense qu'elle a tué des soldats et des chiens.

Si elle est sur la crête, alors tu dois être cachée en bas.

Oui, dans un champ de tournesols. Les tournesols ont tous été tués par l'hiver, ils se dressent sur des tiges frêles. Ils ont vu les graines de leurs visages autrefois lumineux arrachées une à une par les oiseaux. J'ai l'impression d'être entourée de géants à la peau grêlée.

Comment va ton bébé ? As-tu mal ?

J'ai cessé de perdre les eaux. Peut-être était-ce une fausse alerte.

Peux-tu marcher ?

Seulement si on m'aide. La douleur ne me quitte pas.

Et si la Mouche ne revient pas ? Elle pourrait t'abandonner.

Je lui ai dit de me laisser. Sa tâche est aussi importante que la mienne.

Tu représentes une entrave, un poids pour elle.

Si elle ne revient pas, je ramperai.

Commence tout de suite. Tu ne peux pas accoucher de ton bébé comme une vache dans un champ.

Je ne peux pas accoucher d'un bébé. Je dois garder mon bébé.

Commence à ramper. Elle ne revient pas.

Elle essaie de les éloigner, de les tenir à l'écart de mon odeur. Car les chiens pourraient me sentir.

Lucrèce, tu ne peux pas finir comme cela ! Refoule la douleur dans ton ventre et rampe.

Je rampe au milieu des hommes-tournesols morts.

Bien. Continue. Peux-tu marcher ?

Oui, mais je dois me mordre la langue.

Pourquoi ?

Pour faire taire la douleur dans mon ventre. Ma langue saigne.

Continue, c'est toi et toi seule, maintenant. Personne d'autre que toi ne peut te sauver la vie.

Oui, je cours. Ça fait mal.

Tu mens. Tu t'es arrêtée.

Je sens à nouveau l'humidité sur mes cuisses. J'ai peur.

Tu te reposeras quand tu seras morte. Continue.

Il y a des coups de fusil partout, les balles transpercent les visages desséchés des hommes-tournesols.

As-tu un moyen de t'échapper ?

Non. Il y a des éclairs de lumière sur la crête, des balles tra-
çantes fendent l'air et abattent les hommes-tournesols autour
de moi. Des camions s'approchent, leurs mitraillettes tirent
sans relâche.

Si tu ne pars pas, tu vas mourir.

Chut. Les balles se sont tues. Il y a quelqu'un près de moi,
qui rampe au milieu des hommes-tournesols mutilés.

*Sors ton couteau et cache-le dans ta robe. Quand il sera tout
près, poignarde-le. C'est ton bébé ou lui.*

Je comprends.

Garde ton sang-froid.

J'ai entendu une forte explosion. L'un des camions a sauté.
Des débris de chair et de métal jaillissent dans les airs, sifflent
près de moi. Une boule de feu gonfle au-dessus des hommes-
tournesols défigurés. Du feu. Les hommes-tournesols sont en
feu.

Poignarde l'homme !

Je ne peux pas.

Pourquoi ?

C'est la Mouche ! Elle me redresse et me soutient alors
que nous partons en courant dans la fumée et les flammes.
Les hommes-tournesols gémissent et craquent dans la chaleur intense. Les flammes s'emparent de ma robe. La Mouche
les étouffe avec ses mains gantées. Que c'est dur de respirer !
Comment fait-elle avec ce masque en cuir ? J'ai envie de le
lui retirer pour qu'elle ait davantage d'air. Elle n'a pas besoin
de se cacher de moi. Le cuir autour de sa bouche est imbibé
de salive et de sueur. Je tousse, je m'étrangle à cause de la
fumée. La chaleur me brûle les poumons. La Mouche me met
la main sur les lèvres pour que personne ne m'entende.
Devant nous, la fumée se fait plus épaisse, les balles fusent et
les chiens aboient. Nous filons droit vers la partie la plus
obscure du nuage.

Lucrèce, j'ai perdu ta trace dans la fumée. Où es-tu ?

Je suis dans ma maison.

Tu es sauvée ! Peut-être était-ce un rêve, peut-être n'as-tu pas vraiment traversé un champ d'hommes-tournesols en flammes ?

Non, c'était la réalité. Maintenant, les chiens grondent dehors.

Oh, mon Dieu !

Ils halètent, ils courent le long des murs en pierre. Ils se jettent sur la porte fermée à clé, griffent le bois, ils veulent m'attraper.

Où est la Mouche ? J'espère qu'elle est partie. Peut-être que les chiens vont se détourner de toi et se lancer à ses trousses.

La Mouche m'a ramenée chez moi. Je pouvais à peine marcher. Les chiens sont arrivés avant qu'elle ait le temps de s'en aller.

Quel est ce bruit à la porte ?

Les soldats, qui frappent avec la crosse de leur fusil.

As-tu une arme ?

Oui, le pistolet mitrailleur de la Mouche, mais je refuse de me tuer.

274

Ce n'est pas ce que je voulais dire. Tu peux donc te défendre !

Comment ? Si je tire, ils me tueront et tueront mon bébé. La seule chose à faire, c'est garder mon calme, les laisser m'arrêter et m'emprisonner. Ils ne sont pas en mesure de prouver que je n'ai pas passé la nuit ici.

Et la Mouche ? Ils vont la trouver.

Elle est dans la cave. Ils la trouveront, et trouveront aussi ces lettres dans les paniers.

Mais tout apparaîtra alors au grand jour, tout le monde sera trahi !

Les soldats trouveront la Mouche. C'est pour cela que je dois lui laisser le temps de finir ce qu'elle est en train de faire. Quand les soldats descendront à la cave, la Mouche fera tout sauter avec le plastic. Comme ça, tout sera détruit.

Il n'est pas utile qu'elle te sacrifie. Ton bébé doit vivre. Crie aux soldats que tu acceptes de te rendre !

La porte se fend en deux et s'ouvre sur la nuit. Les têtes noires des chiens surgissent de l'obscurité avec leurs rangées de crocs blancs.

Peuvent-ils t'atteindre ?

Non, les soldats les tiennent en laisse.

Si tu restes tranquille, les chiens ne t'attaqueront pas.

Leurs gueules écument, leurs crocs claquent, ils sont excités de m'avoir poursuivie toute la nuit. Je suis prise au piège. Une voix s'élève par-dessus les aboiements et les cris. Je la connais. Je le cherche des yeux. Il est là, au milieu des maîtres-chiens, et il exige le silence. C'est l'Officier. Son visage est rougi par l'effort, la cicatrice gonflée sur sa joue.

Demande-lui grâce. Il t'a vue à l'école, il sait que tu es enceinte, il sait que le bébé peut être de lui...

Je refuse de lui demander grâce.

Tu n'as pas le choix !

275

Il ordonne aux soldats de faire taire leurs chiens. Les bêtes s'assoient sur leur arrière-train. À bout de souffle, elles laissent pendre leur langue rose et attendent que l'Officier ait fini de parler.

— Avez-vous vraiment cru m'échapper ?

— Échapper à quoi ? J'ai passé la nuit ici.

— Tôt ou tard, vous auriez été prise, mon intelligente petite Jeanne d'Arc.

— Je ne suis pas Jeanne d'Arc. Vous connaissez mal l'histoire. Cette femme était courageuse. Je ne suis qu'une institutrice.

— Vous êtes bien plus que cela. La première fois que je vous ai rencontrée à la cerisaie, j'ai eu le sentiment de vous avoir déjà vue, d'avoir déjà vu ce corps, ce corps nu.

— Impossible.

— Ce n'est que plus tard que j'ai repensé à votre ami le peintre. Où est-il maintenant, cet homme célèbre ? Se cache-t-il sous une pierre, dans votre cave ? Peut-être a-t-il fui en Amérique, comme tous ces héros d'intellectuels !

— Je ne sais pas où il est. Si vous croyez qu'il se trouve ici, pourquoi ne le cherchez-vous pas ?

— Puis je me suis souvenu où je vous avais vue : dans un musée, sur une toile avec un beau cadre doré. Je sais qui vous êtes. Votre corps est célèbre.

— Je ne suis pas celle que vous croyez.

— Pourtant vous l'êtes, j'en suis certain.

— Si j'étais cette femme, je serais avec le peintre illustre. Il m'aurait sauvée.

— Peut-être. À moins que vous n'aimiez trop les petits jeux nocturnes dans votre magnifique campagne.

— Je ne vois pas de quoi vous parlez.

— J'aurais pu ne jamais découvrir où vous habitez. Sur ce point-là, vous avez été très intelligente.

— Vous ne pouvez prouver que je me suis absentée cette nuit.

— Nous n'avons pas besoin de preuve pour vous inculper. Les partisans ne sont pas protégés par les lois internationales. Ils sont de la même espèce que les criminels de droit commun, les voleurs, les assassins.

— Dans ce cas, arrêtez-moi. Mais vos charges ne tiendront jamais.

— Oh que si, car quelqu'un est prêt à témoigner contre vous.

— C'est de la calomnie. Vous n'avez aucune preuve que je suis sortie cette nuit.

— Si, j'ai une preuve, ici, dans cette maison. N'avez donc vous pas compris comment les chiens vous ont retrouvée ?

Je ne réponds pas. Je pense à la Mouche, qui craignait tant qu'ils repèrent mon odeur quand j'ai perdu les eaux. Elle nous a fait marcher quatre kilomètres dans un ruisseau afin de les semer.

— Vous ne m'avez pas répondu. Néanmoins, je ne vous arrêterai pas. Vous n'aurez même pas de procès. Vous mourrez sans que je vous touche.

Je ne comprends pas ce qu'il veut dire. Il faut que je quitte la maison avant qu'il découvre la Mouche et qu'elle fasse tout sauter.

— Si quelqu'un veut me dénoncer, conduisez-moi à lui pour que je puisse être confrontée à ses propos mensongers.

— Décidément, vous êtes bien pressée d'être arrêtée et emprisonnée. Pourquoi ?

— Pour laver mon nom.

— Mais vous serez bientôt morte. Vous êtes condamnée.

— Qu'est-ce que vous dites ?

— Comment les chiens vous ont retrouvée, d'après vous ?

Il désigne le sol.

Malgré la faiblesse de la lumière, je vois des taches brun-rouge luire sur le carrelage. Dans ma hâte, dans mon trouble, je croyais avoir perdu les eaux. Mais ce qui coule le long de mes cuisses n'est pas de l'eau, c'est du sang. Je suis prise de nausées. La douleur cogne comme des coups de poing dans mon ventre. J'entends un gémissement. Je vois un chien lécher une goutte de sang par terre.

L'Officier s'avance et déboucle la ceinture de tante Mimi que je porte à la taille de mon gros manteau. Deux soldats m'attrapent par les épaules et me jettent sur le lit. L'Officier me tend les bras au-dessus de la tête, enroule la ceinture autour de mes poignets et les attache à une colonne du lit en fer. Les chiens tirent sur leurs laisses. L'Officier va-t-il me livrer à eux ? Ils gémissent d'impatience. Je me débats de toutes mes forces.

— Vous n'avez aucune chance de vous échapper.

Je sais que la Mouche est dans la cave. Elle n'a aucun moyen de prendre l'Officier et ses soldats par surprise, car elle m'a donné son arme. Si les chiens dévorent le bébé dans mon ventre, je veux que tout le monde meure, je veux que la Mouche déclenche la bombe en bas.

— Et voilà, ma chère héroïne, je vais vous abandonner sur ce lit de roses. Votre petit bâtard sera la cause de votre mort.

La douleur dans mon ventre est insoutenable. Je me mords la lèvre pour éviter de crier. Le sang emplit ma bouche. J'ai envie de cracher sur l'Officier, de l'éclabousser de ma rage, mais je me retiens. Je ne veux pas lui fournir la moindre satisfaction, la moindre indication de la honte qu'il m'inflige. Il claque les talons et fait demi-tour, ordonnant aux autres de le suivre. Les soldats éloignent les chiens du lit en tirant sur leurs laisses. Quelques instants plus tard, ils sont partis.

Un feu brûle dans la grotte froide et la pluie me fouette le front. Des chiens hurlent dans le lointain. Je flotte seule sur un radeau au milieu d'une mer de sang. Ce hurlement des chiens est le hurlement du vent qui souffle par la porte fracturée de ma maison. Ma maison glaciale est la grotte froide, et une pluie de sueur coule sur mon front. Je serre les poings contre la douleur qui submerge mon corps. Un millier d'hameçons acérés déchirent ma chair. Je me redresse du radeau de mon lit, je suis un fantôme de moi-même, une traînée de nuage, presque sans vie, détachée. Je m'observe sur ce lit maculé de sang. Mon bébé est là, en moi, il me prend la vie, il tente de se libérer. Je reviens en moi-même. Je ne peux échapper à la douleur. Je veux cette douleur. Elle seule me permet de savoir que je suis encore vivante. Elle seule me permet de savoir qu'une seconde vie m'emporte en m'écartelant et en me labourant à coups de pied.

Le vent hurle à travers la pièce comme une main glacée qui me gifle et me donne des coups de poing dans le ventre. Mes jambes sont en l'air, mes genoux relevés, mon corps se replie en une douleur encore plus forte qui le raidit, qui brise la vie en moi. Je veux à la fois me lever, protéger, être un arbre avec des racines qui refuse que le déchire l'ouragan qui traverse mon corps et s'échappe par mon âme. Mais je ne tiens pas debout. Une force invisible m'attrape, me rejette en arrière. Le souffle du vent fait battre un autre pouls à mon oreille, comme si un bébé me donnait de minuscules coups de poing à l'intérieur des yeux. Pourquoi je n'entends pas les pleurs de mon bébé ? Pourquoi ne résonnent que mes cris, qui finissent par mourir étouffés ? Trou noir.

Le vent quitte la grotte glacée, aspiré dans la désolation. Des sanglots. Je les entends. Au loin. Non, près de moi. Quelqu'un d'autre s'accroche au radeau qui vogue dans cette mer de sang. Mon bébé ! Mon bébé a survécu, mon bébé est avec moi ! Je tends la main. Je palpe une tête lisse, mais immense. Aurais-je donné naissance à un monstre ? Je lutte pour me redresser. Je lutte pour voir dans cette pièce envahie par les stalactites qui dégoulinent de sang. Il faut que je voie. Je suis une mère. Je suis une mère, peu importe ce à quoi j'ai donné naissance.

J'aperçois mes pieds. Ils sont blancs et nus, attachés avec des barbelés et des tiges de roses couvertes d'épines. Quelle est cette tête lisse que je palpe, ces sanglots que j'entends ? Quelque chose s'éclaircit. Je caresse le masque en cuir de la Mouche, qui est agenouillée près du lit. Je ne vois pas ses yeux derrière ses lunettes, mais j'entends ses sanglots. La Mouche sanglote.

Je suis une victime, on m'a pris quelque chose qui jamais ne pourra être remplacé. Je suis une victime de la guerre, des tueurs de l'amour. Je refuse de l'admettre, même à moi-même, car je me croyais plus forte, je croyais que la femelle en moi et ma solide conscience triompheraient de tout le reste.

Je ne peux expliquer l'immense vacuité qui règne en moi quand je me réveille dans ma chambre rouge. Je suis encore ensommeillée, je ne sais pas exactement ce qui s'est passé, je ne sais pas exactement qui je suis. Depuis combien de temps les autres sont-ils partis ? La Mouche n'est plus là. Mes mains sont libres, quelqu'un m'a détachée du lit. Le sang séché durcit mes draps. Je rassemble mes forces pour relever la tête et je déplace son poids douloureux pour examiner mon corps. Mes chevilles sont ligotées ensemble avec la ceinture de tante Mimi. Ce que, dans mes doulou-reuses hallucinations, j'imaginais être des barbelés et des roses était en réalité la ceinture de tante Mimi. Les choses me reviennent, les pièces du puzzle s'assemblent dans le brouillard. Pourtant, quand j'essaie de me souvenir de ce qui s'est passé, mon esprit refuse d'explorer cette contrée, c'est au-delà de ses forces. Il refuse de traverser ce vide empli de clameurs de la mer cramoisie où mon radeau a coulé. Chaque fois que je respire, mes lèvres gercées se fendillent davantage. La porte de la maison est ouverte, le vif soleil hivernal me blesse les yeux. Je ne veux pas vivre une journée de plus.

Une silhouette apparaît à contre-jour dans l'embrasure de la porte. Elle porte un chapeau de paille et un lourd panier de vendange, comme ceux que je trouvais accrochés à ma porte. Peut-être que ce n'est pas le soleil qui me blesse les yeux, mais son regard bleu perçant. L'homme entre et pose le panier sur la table. Je veux parler, mais ne s'échappe de ma gorge qu'une toux profonde qui me réduit au silence. Il ferme la porte et gratte une allumette pour faire du feu dans la cheminée. La chaleur se diffuse doucement. Il sort du panier du miel, de la saucisse, du savon à la lavande et des tas d'herbes qui sentent fort. De l'eau bout dans une casserole sur le fourneau. J'ai un tissu chaud sur le front. Ses yeux sont près de moi, ils brillent. Je tends la main vers lui. Je le croyais tout près, alors qu'il se trouve à des années-lumière, hors de ma portée. Ma main retombe sur le lit, affaiblie par l'effort. Je m'efforce de reprendre mon souffle et de parler.

— Apiculteur, mon homme est parti, mon bébé est mort.

Il me répond. J'étais convaincue qu'il était muet. Ses mots sont aussi rudes que la région où il vit.

— J'ai attaché tes pieds avec une ceinture, comme mes chèvres dans la montagne quand elles font une fausse couche. Je t'ai attaché les pieds pour que tu ne te vides pas de ton sang.

Il soulève mon corps sans résistance et retire les draps ensanglantés du lit.

Puis je dis quelque chose qui ne me ressemble pas, mais qui est si vrai que cela me paraît naturel :

— Vous m'avez sauvée.

Le trou noir se rapproche et m'engloutit. J'y sombre, je tourbillonne dans un lit propre, lavée du sang, de la sueur, des cris et des larmes, je quitte la souffrance. J'entends l'Apiculteur me dire au milieu des ténèbres :

— Materne-toi, femme. Le lait de tes seins est ton salut. Ton lait a le pouvoir de rendre ses yeux à l'aveugle.

Je sens un goût âcre sur mes lèvres, qui n'est pas celui du lait maternel. Un liquide chaud emplit ma bouche. Je déglutis. Je sens un arôme entêtant. Celui du basilic, de la marjolaine, de la sauge et de la sarriette, du genièvre et de la menthe. On me nourrit de l'essence de la terre provençale. La décoction médicinale se répand dans mes veines, ravive mon sang. À chaque gorgée, la douleur reflue, à chaque gorgée, une blessure s'évanouit. Puis je sens des flammes invisibles m'entourer d'une délicieuse chaleur, des mains étrangères qui me caressent.

Pour un temps, pour un moment, je suis libérée. Ce moment s'étire en heures, en jours peut-être. J'oscille entre la vie et la mort jusqu'à me sentir aspirée vers la lumière. Et je me réveille pour voir une silhouette merveilleuse, celle de *mon bébé*. Il est deux fois plus petit qu'un bébé normal. Quelqu'un le lave délicatement avec du savon de lavande, puis enduit sa peau douce d'huile d'amande et de romarin. Enveloppe son corps luisant dans une couverture, le couvre de laine, et le place dans le panier de vendange de l'Apiculteur.

Il me donne le signal du départ. Éblouie par le jour, je quitte mon lit. Je ne sens d'abord pas mes genoux, ni mes pieds, pourtant ils bougent. Je perçois ma respiration comme celle d'une étrangère alors que je sors de la maison en m'appuyant sur l'épaule de l'Apiculteur. Nous commençons notre ascension, nous laissons le temps derrière nous.

La confusion règne dans mon cœur alors que je découvre une région dont j'ignorais l'existence, une forêt vierge, un enchevêtrement de verdure, d'étroits sentiers et de ponts qui enjambent des cours d'eau. Je peine. L'Apiculteur m'attend. Il porte une grossière chemise en flanelle et un pantalon épais en velours côtelé, ses yeux brillent sous son chapeau à large bord. Dans une main, il tient le panier de vendange. Dans l'autre, une pioche. Je le rejoins. Il glisse la pioche à sa ceinture et passe son bras autour de ma taille pour me soutenir. Il pourrait me conduire à une falaise pour que je saute, j'irais. Il m'appartient désormais de le suivre.

Ses grosses bottes s'enfoncent dans la terre alors que nous marchons. Les arbres assombrissent le jour, le soleil glisse derrière le vaste plateau du mont Ventoux. Nous grimpons. J'espère ne jamais revoir le monde en bas, j'espère marcher jusqu'aux nuages. Au-dessus de nos têtes, un bruit s'amplifie. On dirait une rivière qui coule sur des rochers, le rugissement d'une cascade, puis des vagues qui s'écrasent violemment contre le rivage. Quand nous atteignons le pré, le bruit est omniprésent. C'est un puissant bourdonnement qui fait frémir la terre.

À l'autre bout du pré se dresse une falaise à la paroi abrupte. Devant elle, les ailes translucides de millions de petites boules font briller l'air. *Des abeilles.* Un monde d'abeilles comme j'ignorais qu'il en existait un. Des abeilles qui fourmillent sur la paroi criblée de trous, qui vont et viennent dans les crevasses et les tunnels creusés dans la pierre depuis des siècles par la pluie. Les dépressions sont peuplées de milliers de colonies d'abeilles, un univers d'abeilles qui se frôlent, bourdonnent, volent, rampent. L'atmosphère vibre. Je suis à la source du bourdonnement. Je m'arrête au pied de la falaise. Je me replie dans la ruche de moi-même, je materne mes émotions. Le vrombissement des ailes fait battre un pouls puissant à mon oreille, comme si un bébé me donnait de minuscules coups de poing à l'intérieur des yeux. Pourquoi je n'entends pas les pleurs de mon bébé ? La pioche s'abat à mes pieds, sa lame fend la terre, l'acier pointu fait jaillir des étincelles, voler les cailloux. La falaise miroite derrière le rideau d'abeilles. Le trou dans la terre s'agrandit.

L'Apiculteur sort le corps parfait de son cocon de laine dans le panier et le dépose dans le trou qu'il a creusé. Puis il le recouvre de terre et de pierres de manière à former un sarcophage inviolable. Je tombe à genoux et je presse mon oreille contre les pierres. Maintenant, j'entends mon bébé pleurer. Maintenant, je sais que mon bébé vit. Le bourdonnement sourd des abeilles s'élève de la terre, comble mon vide. Mes larmes s'écrasent sur les pierres.

Francisco, ce qui m'a envahi en ce premier Jour des Abeilles me quitte désormais. L'esprit de mon bébé vit, emporté par le mâle de la reine. J'entends un rire résonner sur la falaise truffée de ruches. Le rire d'un millier d'enfants qui jaillit d'un millier de fontaines d'un millier de villes. Le chagrin est parti. Le chagrin s'en va quand l'enfant se mue en mère, et que la mère se rend à elle-même.

Je me soigne maintenant, et l'Apiculteur me soigne, il redresse mon esprit tordu. Il savait qu'il restait en mon âme provençale quelque chose qui réagirait aux Romains ayant un jour dominé la région, quelques gouttes de la mémoire du sang qui me stimuleraient. Quand j'ai enfin repris des forces grâce aux décoctions de plantes de l'Apiculteur et aux riches produits de la forêt, je me suis souvenue d'un récit que j'avais lu quand j'étais écolière. À l'époque des Romains, les épouses des centurions attendaient avec angoisse le retour de leurs maris absents. Quand les armées rentraient et que les noms des disparus circulaient parmi les femmes impatientes, les veuves éplorées hurlaient et se frappaient le front par terre. La seule façon de les soigner, c'était de les conduire près des abeilles, où l'immense faux-bourdon de la colonie envahissait leurs âmes accablées et aspirait la plainte de leur chagrin, puis le dispersait dans les éclats de lumière.

Je sens vibrer le bourdonnement profond de la terre des abeilles dès que l'Apiculteur est près de moi. Je regarde les jours s'écouler dans un brouillard de pollen. À un certain point de sa vie, une femme renonce à l'idée de passion et accepte le réconfort de la compassion. Francisco, comprends-tu ce que je te dis ? Je te désire encore, mais je n'ai plus besoin de toi. Mes entrailles sont sourdes à toi. Je ne pourrai plus jamais avoir d'enfant. Mes règles seront toujours violentes, en protestation contre ces cycles désormais vains, comme des vagues qui se fracassent sur une plage déserte. Je suis différente de toi. Tu peux vivre sans amour, mais pas sans passion. Tu ne peux donc vivre sans femme, que ce soit moi, une riche mondaine ou un modèle rémunéré dont les cheveux sentent le pin.

Tu m'as écrit que je comprendrais tout grâce à ce que tu as déposé à mon intention dans la Bearcat à la ferme d'Élouard. Entre-temps, tu m'avais abandonnée ici afin que je t'attende, seule, enchaînée à notre souvenir. Mon bien-aimé, quand la robe d'une femme est en feu, on ne la calme pas en lui offrant une part de gâteau. Il nous reste l'amour, mais il nous manque la vie. Cela, tu me le refuses. Crois-tu que je veuille uniquement être à tes côtés pour partager ta gloire ? Désormais, tu m'insultes en m'interdisant de partager tes échecs.

Mon bien-aimé, je ne t'ai pas trahi. J'étais perdue pour toi bien avant que l'Apiculteur me trouve. Le soir, quand il vient à moi, je sens l'odeur du pollen sur sa peau. Il n'est pas libre, mais moi non plus, je suis à toi pour la vie. Il a beau me donner son miel, ma ruche est vide. Peut-être sa reine le sait-elle, ce qui explique qu'elle ne soit pas jalouse. Peut-être est-elle reine parce qu'elle a commencé par apprendre la compassion. J'ai appris que ce n'est pas l'Apiculteur qui la protège. C'est elle qui le protège. Désormais, il me protège de toi, même si son cœur appartient à la reine.

Il m'apporte des petits cadeaux pour me séduire, de simples offrandes du terroir : des pots de miel, des miches de pain aux olives, des bouquets de fleurs sauvages, des lièvres et des perdrix fourrés aux abricots secs. Il me réchauffe les pieds devant un feu de vigne. C'est lui, il y a longtemps, quand j'ai trouvé cette femme morte sur la route, qui m'a dérobé la bouteille d'absinthe dans mon sommeil et l'a brisée sur le sol. Lui qui déposait ces paniers de vendange remplis de présents afin que je me nourrisse. Lui qui sait qu'une abeille doit parcourir plus de vingt-cinq mille kilomètres pour fabriquer l'équivalent d'un seul pot de miel. Qu'elle doit rendre visite à une fleur au moins huit fois au cours de la même journée pour qu'éclose un fruit parfait. Que les organes génitaux du mâle de l'abeille explosent quand il fait l'amour à sa reine, qu'il ne l'emplit que pour la féconder. Que la quantité de miel dont il m'emplit ne compte pas, que je ne serai plus jamais la gentille petite fille que j'étais avec toi.

Il sait être calme au milieu des abeilles, il sait qu'elles piquent quand elles ont peur. Il me caresse avec douceur, ses doigts sont comme de légers corps ailés sur ma peau. Lorsque je me blottis contre sa poitrine, je perçois le bourdonnement dans son cœur, le battement des ailes d'abeilles qui font couler leur nectar dans une profonde alvéole de miel. Je ne suis plus ivre d'absinthe vert doré, mais du flux énergique de la propolis, la sécrétion laiteuse des abeilles quand elles sont gorgées de la sève résineuse des arbres. Cette gelée royale est réservée à la reine. Elle s'en nourrit.

Je me baigne le matin avec du savon de lavande, je passe sa délicate odeur sur ma peau dans l'espoir d'attirer mon Apiculteur. Il sent le parfum monter de mes seins alors qu'il s'avance entre les rangées surélevées de lavande dans les montagnes. Il sait que la reine est le foyer de la ruche, la gardienne du temple, que c'est son univers. Il m'appelle et je viens. Sous mes pieds, le sol forme un tapis blanc de fleurs d'amandier. Les nuages se superposent et créent une dentelle de cirrus qui laisse filtrer le soleil. Je m'étends sur le tapis de la terre, avec les branches d'amandier au-dessus de ma tête. Je suis dans l'univers de la reine où les mâles ne sont que des protecteurs, des fécondeurs de la fleur et du fruit. Dans le lointain, le tonnerre frappe sur l'arc de l'horizon. Un bourdonnement emplit l'air. L'Apiculteur s'allonge près de moi, nos mains déployées avancent l'une vers l'autre au milieu des fleurs d'amandier qui tombent, nos doigts se touchent. Une abeille se pose sur son front, se promène sur son visage et son bras, traverse le pont de nos doigts jusqu'à moi. Je frissonne quand elle remonte le long de mon ventre, de mes seins et de la courbe de mon cou. J'ai peur de bouger. Ses ailes me caressent les joues. Elle s'arrête sur ma lèvre tremblante. Le ciel est zébré d'éclairs, bleui par les coups du souvenir.

Francisco, je ne te trahis pas. Le cœur de l'Apiculteur appartient à la reine. Lorsqu'il rentre, il mérite de savourer ce goût de baies écrasées quand ses lèvres piquent les miennes d'un baiser. Je suis la femme aux lèvres piquées par les abeilles. M'entends-tu pleurer quand il m'embrasse ? Je ne suis pas sûre de pleurer pour toi, ni pour cet homme qui tente de me libérer par sa bonté. Il ne s'arrête pas quand il touche l'anneau doré au centre de mon être. Il ne dit rien, mais il sait. Comme cet anneau avec lequel tu m'as percée doit lui sembler froid. Froid comme la glace. Combien d'hommes ont senti la présence d'un autre homme en pénétrant une femme ? Ce n'est pas si rare. C'est la vie. Il faut être courageux pour ne pas s'y arrêter, pour s'introduire jusqu'au cœur de la ruche où repose le miel frais.

Lucrèce, où es-tu ?

Je marche à travers des vergers dépourvus de feuilles. Je marche à travers des vignes nues taillées pour l'hiver. Je suis aussi fiable qu'un chien de garde aveugle qui n'aboie que lorsqu'il sent le danger. Je ne m'expose qu'à demi, je ne dévoile que de l'ombre. Mon univers est une lumière qui se promène sur des murs de pierre, une lune à midi, un soleil à minuit, un train dans un tunnel, un avion qui traverse un nuage, un homme parachuté dans une mer de feu. La réalité pour moi, c'est de découvrir une jeune fille dévêtue et morte, criblée de trous de balle semblables aux boutons de l'habit de nonne qu'elle a un jour porté. La réalité pour moi, c'est de se cacher avec les hommes dans les montagnes, de les voir gratter au pied des chênes dans l'espoir de trouver quelque chose à manger, des truffes, des asperges sauvages, de minuscules champignons et, au lieu de ça, de tomber sur des mines qui leur arrachent le visage. J'ai entendu les rires courageux la nuit dans les maquis, les accordéons qui jouaient des mélodies plaintives afin que les bohémiens et les banquiers dansent ensemble, que la musique pousse les voleurs de pommes et les curés à s'allier et à se joindre à la cause. Tous sont d'étranges camarades de guerre, de drôles de compagnons au milieu de la tourmente. Je ne peux les abandonner, je ne peux les trahir.

Je sais que certains fuiraient cette peine, la jugeraient rédhibitoire à une époque plus paisible et diraient : « Pour l'amour de Dieu, femme, préoccupe-toi de ton bonheur, tu as assez souffert ! » Mais cette époque n'est pas paisible. Laissons ceux qui n'ont pas la force de connaître ces choses, et encore moins de les vivre, m'abandonner ici. Laissons les oiseaux bleus de l'optimisme prendre leur envol, car nous parlons désormais de la survie des plus adaptés dans un monde inadapté. La bataille est réelle, un corps étranger nous occupe.

Puisqu'il est difficile pour une armée d'avancer dans le mistral, il faut parfois qu'une personne agisse seule. Les yeux du chien aveugle sont rouge vif au soleil de la mi-journée. Dans les champs nus, les corbeaux noirs ne croassent même pas sur mon passage. Ils savent que je peux démonter un pistolet mitrailleur en quelques secondes. Ils savent que je peux confectionner une bombe de plastic plus vite que je ne ferais cuire une *omelette**. Je continue ma progression dans un paysage changeant.

Lucrèce, rêves-tu ?

Non, mais tu poses une question importante. Est-ce un rêve ? Peut-être que le rêve, c'est la paix. Peut-être que nous ne sommes réellement éveillés qu'en temps de guerre.

C'est une pensée abominable.

C'est une pensée qui m'est venue pendant que je faisais sauter les vieux ponts romains. Une fois qu'on a placé la charge sous le pont et qu'elle explose, ses harmonieuses arches de pierre s'effondrent dans l'eau. La poésie du dessein s'efface devant la nécessité de survie. Peux-tu me dire où se situe la réalité et où se situe le rêve ?

Je ne peux rien te dire. J'ai déjà du mal à t'écouter. Tes mots contiennent un immense chagrin. Je peux seulement espérer que tu ne me reproches pas de lire ces lettres et d'étaler ta douleur sur la page. Ce n'est pas le genre de courrier que je lirais en temps normal, il est trop personnel, trop intense. Mais quelque chose me pousse à continuer. Peut-être est-ce la honte.

La honte ? Qui es-tu désormais ? Qui est en train de lire le livre de ma vie ? Tu étais Zermano, tu étais mon bébé, tu étais Louise.

Je ne peux répondre à cette question. Je ne peux que redouter ce voyage que tu entreprends. Je suis contraint de faire chaque pas avec toi, de voir où il te mène, de te servir de témoin.

Prends garde aux cratères laissés par les bombes. Tu pourrais trébucher sur l'un d'eux et te casser la cheville.

Je ferai attention.

Tu te tiendras tranquille. Tu me suivras sur une longue route, et sur une longue période. Tu me verras aller au sanctuaire. L'aube n'est pas encore levée.

Je te vois. Quel est cet endroit ?

La Vierge Marie a fait une apparition ici au XVIIe siècle : la vierge au cœur à vif, la vierge qui connaît le chagrin d'une mère pour un enfant perdu, la vierge qui a le pouvoir maternel de guérir. Pendant des siècles, de fervents pèlerins ont descendu les marches de cette crypte voûtée où les cierges votifs éclairent la statue de Notre-Dame. Dans la chapelle au-dessus de la crypte, les murs sont couverts de photos d'enfants. Des enfants morts de maladie, mort-nés, morts sans que l'on sache pourquoi. Des photos destinées à rappeler à la Vierge Marie qu'elle doit protéger ces enfants disparus jusqu'à ce que leurs mères les rejoignent. Il y a des niches avec davantage de photos encore : des enfants sur des béquilles, en fauteuil roulant, dans des lits de malade, avec des appareils orthopédiques, en uniforme militaire. Des centaines de visages au regard plein d'espoir qui guettent depuis les murs, qui supplient d'être sauvés, soignés, rendus aux leurs.

Es-tu venue ici pour ton enfant ?

Non, je ne crois pas à cette maison des lamentations. Nous sommes tous des enfants disparus.

Tu as perdu la foi.

C'est la foi qui m'a abandonnée.

Dans ce cas, pourquoi es-tu ici ?

Sur l'autel au fond du sanctuaire se trouve une magnifique Madone avec enfant sculptée dans le bois doré. On m'a ordonné de m'y rendre et d'allumer un cierge, alors je m'exécute. La lueur du cierge éclaire d'autres visages sur le mur. Les photos sont jaunies, couvertes de poussière et de toiles d'araignée, les traits des visages effacés par le temps. J'aperçois parmi elles un bout de papier très blanc sur lequel on lit nettement : LUCRÈCE, JE SUIS DANS LA GROTTE.

Qui est dans la grotte ?

Lui. Il m'a dit de le rejoindre ici.

Qui est-ce ? L'Apiculteur ?

Suis-moi dehors sur le sentier de la colline qui part de la chapelle. Nous ne pouvons pas nous perdre, les grosses croix en bois plantées dans le sol nous indiquent le chemin. Ne t'arrête pas pour reprendre ton souffle. Nous y sommes. Une branche du sentier nous conduit sous un promontoire en pierre qui surplombe une grotte à moitié cachée par les fougères. Dans la froide humidité de cette grotte, se trouve une statue en marbre de Notre-Dame, elle est couverte de lichen. La Vierge est assise et berce son fils adulte dans ses bras. Il est mort sur la croix, ses mains, ses pieds et ses côtes sont percés de blessures fatales. Elle a une expression ironique sur le visage. Si elle accepte qu'Il parte, si elle accepte de Le livrer au paradis, pourquoi pas nous ?

Le soleil se lève.

Sa luminosité fait passer le promontoire rocheux d'une teinte grise à un beige éthéré.

Magnifique.

Admire le rayon de lumière qui entre dans la grotte et l'enflamme d'une lumière nouvelle.

D'une merveilleuse teinte rose.

Retourne-toi, la vallée tout entière s'illumine à nos pieds.

J'entends les cloches d'une église.

Regarde plus loin, au-delà des vignobles, des fermes et des vergers. On aperçoit le mont Ventoux.

Il est imposant dans cette lumière.

C'est là que se trouve mon bébé, c'est là que l'Apiculteur monte la garde.

Il y a des feux dans la vallée.

Les fermiers brûlent les sarments de vigne qu'ils ont coupés. Bientôt, le ciel sera empli de fumée et le Ventoux perdu dans la brume.

Quelqu'un arrive.

Vite, cache-toi derrière la statue.

Qui est-ce ?

Ce n'est pas lui.

Qui, alors ?

C'est le Véto. Il m'appelle.

— Lucrèce, est-ce vous ?

Comment savait-il que je serais ici ?

— Répondez, bon sang !

Je ne répondrai que s'il me donne le mot de passe.

294

— LE CHIEN QUI A DES YEUX ABOIE À TOUT CE QU'IL VOIT.

Il connaît le mot de passe, je peux répondre :

— LE CHIEN AVEUGLE N'ABOIE QUE LORSQU'IL SENT LE DANGER. Pourquoi est-ce vous qui venez au rendez-vous ? J'attendais M. Royer.

— J'ai un message de sa part. Le voilà. Ce sont vos instructions.

— Où est M. Royer ?

— Le temps presse, faites ce que l'on vous demande. (Le Véto me regarde d'un air étrange.) Qu'y a-t-il sur votre vêtement ?

Je baisse les yeux. Mon manteau est ouvert et on aperçoit deux taches humides sur le haut de ma robe. Je ne peux pas lui expliquer ce qui se passe. Il n'y a pas de bébé, mais il y a du lait qui, même dans les moments de danger, continue de couler.

Je suis en marche. Je suis seule, mais bientôt d'autres me rejoindront.

Lucrèce, crois-tu qu'il cessera un jour de pleuvoir ?

Les escargots sortent la nuit. Nous aussi.

Tout est si noir, si humide.

Quand je traverse ces champs avec la boue qui aspire mes bottes en caoutchouc, la pluie efface aussitôt mes pas, comme si je n'étais jamais passée à cet endroit.

Il y a des patrouilles partout dans la région.

Je suis grise sous la pluie grise. Je suis invisible, mais le pistolet mitrailleur sous mon manteau est en métal dur.

Tu es devenue si dure.

Si les oiseaux picorent toute la chair tendre de la pêche, ils finissent par atteindre le noyau dur.

La pluie est aveuglante.

Le message dit que le rendez-vous est pour ce soir. J'ai reçu des instructions. Tout le monde sera là.

Te souviens-tu du mot de passe ?

POUR MANGER DES ESCARGOTS, IL FAUT COMMENCER PAR LES AFFAMER.

Quel est ce village vers lequel nous grimpons ?

Son nom n'a pas d'importance, son époque est révolue,

296

plus personne n'y vit. Autrefois, des guerres ont eu lieu dans ces ruelles qui mènent aux terrasses à flanc de montagne. Les catholiques et les protestants s'y sont traqués, brûlés, décapités, jetés depuis les remparts du château.

Je distingue à peine les remparts. Sont-ils toujours là ?

Oui, mais la végétation les a envahis, la vigne s'accroche aux murs détruits. C'est un village médiéval fantôme. La pluie coule dans les rues érodées et entre dans les maisons par les façades en ruine… J'entends un bruit au milieu de la pluie qui tambourine.

Je n'entends rien.

Là-haut, par cette porte cochère. Des pas. Il y a quelqu'un de l'autre côté du mur.

D'après les instructions, ils seront tous là.

Je ne suis pas sûre que ce soit eux.

Contente-toi d'entrer et de donner le mot de passe.

Oublie le mot de passe. J'y vais avec mon fusil. Je me glisse le long du mur, je franchis le seuil de la porte. Il fait si noir. Quels sont ces bruits de coups par terre ? Des yeux dans la nuit. Des yeux jaunes. Un grognement. Une chose énorme s'approche de moi dans le noir. Elle martèle les tomettes brisées.

Tire !

Non, cela pourrait être eux.

Tire avant qu'il soit trop tard !

Je tire. Mon Dieu, je tire ! Des balles rouges atteignent les yeux jaunes. La chose est blessée, mais elle s'avance quand même. Elle surgit de l'obscurité et me projette contre le mur, ce qui me coupe le souffle.

Quelle est cette étrange respiration ?

Pas la mienne, j'ai trop peur pour émettre le moindre son.

La chose que tu as abattue est près de toi, elle gémit.
Allume ta lampe.

Oui, oui. Je l'allume. Je braque ma lampe.

C'est un énorme cochon !

Il y a un sanglier couché sur le flanc. Ses yeux ébahis fixent sans ciller le faisceau lumineux, le sang coule à gros bouillons de ses naseaux noirs.

Il y a un grognement dans le coin.

Je pointe ma lampe dans cette direction.

Des petits sangliers affolés qui courent dans tous les sens !

J'ai tué leur mère. Elle était venue mettre bas dans la maison, à l'abri de la pluie.

Des cochons qui vivent dans des maisons fantômes.

Quelqu'un m'appelle dehors. Ça doit être eux. Je n'attends pas. Je crie le mot de passe : POUR MANGER DES ESCARGOTS, IL FAUT COMMENCER PAR LES AFFAMER.

Une voix me répond tout fort :

— AFIN QU'ILS DÉGORGENT TOUT LEUR POISON.

Ils connaissent le mot de passe. Je sors. La pluie me fouette le visage. Je vois mal. J'aperçois des silhouettes dans la grisaille. La voix qui a crié le mot de passe me dit :

— Bonsoir, Louise.

Mon nom est Lucrèce. Qui cela peut-il être ?

— J'espère que je ne vous ai pas fait attendre. (La silhouette grise s'avance sous la pluie. C'est l'Officier.) Lâchez votre arme.

Je distingue d'autres silhouettes, d'autres soldats avec leurs fusils pointés sur moi. Je lâche mon pistolet.

— C'est mieux. Maintenant, soyez gentille et suivez-nous.

Peut-être que, si je fais semblant de me rendre sans histoire, ils ne se méfieront pas et que je trouverai un moyen de leur fausser compagnie, de fuir sous la pluie. Si on m'arrête, ceux qui comme moi sortent la nuit ont ordre de m'abandonner pour des raisons de sécurité. Ce sera la fin de Lucrèce, mais pas la fin de la guerre. Lucrèce doit survivre. Je fais volte-face et je pars en courant. Une violente douleur explose à l'arrière de mon crâne quand je reçois un coup. La pluie se mue en furieuses rafales et tout devient noir.

La nuit me consume, un oiseau noir surgit de ma poitrine, jaillit de ma gorge et s'élève vers le ciel. Il se retourne, surveille tout ce qui m'arrive, inquiet de ma perte de connaissance alors qu'on me tire dans les escaliers que dévale un dangereux torrent d'eau de pluie. L'oiseau suit les soldats qui me traînent dans la boue et me jettent à l'arrière d'un camion. La pluie fait rage alors que le véhicule emprunte des routes sinueuses, longe des vignes et des vergers inondés puis franchit les imposantes colonnes en pierre d'une vieille porte romaine : celle du village de Reigne. Le camion s'arrête sur la place de l'église. On me fait sortir. L'Officier frappe à la porte de l'église avec le heurtoir en fer forgé. Un prêtre finit par ouvrir. Il est en chemise de nuit et tient une lanterne à hauteur de son visage terrifié. L'Officier lui glisse quelque chose à l'oreille. Le prêtre acquiesce nerveusement et referme la porte. L'Officier fait signe à ses hommes. Ils me traînent sur le perron de l'église, me plaquent le dos à la porte et me mettent les bras en croix. L'Officier place son poing sous mon menton et me relève la tête. Je le vois aussi nettement que l'oiseau, et je l'entends dire :

— En temps normal, j'aime bien pendre les traîtres haut et court.

Il appelle un soldat qui se tient près du camion. Ce dernier monte les marches en courant avec un sac de toile, d'où l'Officier sort un pot de peinture et un pinceau. Il ouvre le pot et y plonge le pinceau. J'entends le pinceau écrire des lettres au-dessus de ma tête.

— Cette fois, je vais procéder différemment.

Il jette le pinceau puis attrape un marteau et des clous dans le sac.

Je me débats, mais les soldats m'immobilisent les bras et me compriment les poignets.

— Maintenant, Jeanne d'Arc peut servir son pays !

Je sens un clou pointu s'enfoncer dans ma paume de main. Le marteau se dresse près de ma tête, frappe la pointe en fer et me cloue la main à la porte. Mon corps s'arc-boute contre la douleur. Je sens une pointe me piquer l'autre main. Le marteau frappe de nouveau, et le clou traverse l'os. Je retiens mon souffle contre la décharge électrique de la douleur.

— Un dernier mot ?

Je refuse de lui montrer ma souffrance.

L'Officier me redresse à nouveau la tête avec son poing.

— Votre amant est devenu célèbre en clouant votre image dénudée aux murs des musées. J'ai cloué votre corps à la maison de Notre-Seigneur afin que le monde entier vous méprise.

Je ne dirai rien. Je réprime un gémissement.

L'Officier s'éloigne avec ses hommes. Ils montent en camion et démarrent.

Je baisse les yeux. Les marches devant moi se teintent de rouge sous la pluie. Rouge de peinture et de sang.

Je m'observe par les yeux de l'oiseau noir qui plane au-dessus de la place du village. Je vois que la pluie a cessé. Dans la tour de l'église, le prêtre sonne la cloche pour appeler les fidèles. Mais il n'y aura pas de messe ce matin, les portes de l'église resteront closes. Le prêtre fait ce que l'Officier lui a demandé : il appelle la population du village à venir voir. Je m'observe par les yeux de l'oiseau noir. Je suis affalée contre la porte, suspendue à mes mains cruci-fiées, le mot TRAÎTRE bien visible au-dessus de ma tête. Le sillon de sang qui s'écoule de mon corps sur les marches de l'église mène aux dévots en habit du dimanche. Certains tiennent leurs enfants par la main. Tous sont figés sur place. Personne ne s'approche pour m'aider ou voir si je suis encore en vie. J'ai l'arrière-gorge à ce point brûlée par la soif que cette douleur est encore plus atroce que la douleur dans mes mains. Ma langue est râpeuse, comme si j'avais tout le sable du Sahara dans la bouche. J'ai honte. J'ai honte pour moi, et pour ceux qui ne peuvent s'avancer par peur ou par dégoût, qui ne me tendent pas la main afin de se protéger. Leur silence fait d'eux des complices.

Au fil de la matinée, ils s'en vont jusqu'à ce qu'il ne reste plus qu'une petite fille. Elle me regarde. Elle ressemble à la jolie fillette que j'ai vue dans le jardin au pied du château. Serait-ce elle ? Elle me dévisage en essayant de comprendre le rapport entre cette femme crucifiée sur une porte et le Seigneur crucifié sur sa croix dans l'église. La mère de la fillette apparaît et l'éloigne. Quand la petite fille veut dire quelque chose, sa mère lui plaque la main sur la bouche. J'essaie d'appeler la fillette, mais mes lèvres sont gercées et ma bouche pleine de sable.

Je suis incapable de parler alors que la vie me quitte, mais je peux penser. *Pense à quelque chose de beau.* Comment puis-je penser à quelque chose de beau avec une âme percée, une âme détruite ? *Pense.* Le vent souffle par les trous de mon âme. *Quelque chose de beau.* Je veux être entourée d'enfants. Le vent souffle. Il est froid et j'ai soif. *Pense à rester en vie.* Un jour, un capitaine originaire de Provence a ramené de Chine l'amour de sa vie. Il lui a construit une tour au sommet d'une colline pour qu'elle guette son bateau à l'horizon. Un jour, il est rentré pour découvrir que le mal du pays avait été plus fort que l'amour qu'elle lui vouait. Elle était partie. Le capitaine est alors devenu captif de sa tour et s'est mis à guetter son amour à l'horizon.

Pense. Francisco, je t'envoie mon amour sous forme d'un navire chargé de baisers. Mon souffle gonfle les voiles et ce merveilleux bateau largue les amarres. Il a souffert de nombreuses tempêtes, mais je survivrai jusqu'à ce qu'il atteigne le rivage. *Pense.* Francisco, c'est seulement quand je t'ai perdu, quand je n'ai pu cesser de t'aimer, que j'ai su que je t'appartiendrais à jamais. Dans mes yeux, tu as vu mon besoin, mon désir. Je voulais seulement être regardée par toi. Je ne t'ai pas trahi avec l'Apiculteur. Son cœur appartient à la reine et, au final, il retournera à elle. *Pense.* Francisco, dans l'hiver de nos jours, je continue à faire brûler un cierge pour toi, il brille à la fenêtre de mon cœur. *Pense*. Je sens les mains de tante Mimi sur mes épaules nues de petite fille. J'entends ses mots : « Seulement si une femme sait où elle va. » *Pense*. L'Apiculteur prend un rayon de miel avec un tissu humide et le brise en deux. Le miel coule en cascade sur ma peau. La muse étire ses ailes après ce long hiver. Je suis au centre de la ruche, entourée de la lumière dorée d'un millier de corps brillants. Ces étincelles d'ambre se fondent en une sphère parfaite, une boule de chaleur. Une femme doit avoir le courage d'aimer un homme comme une mère aime son enfant, d'être à nu et sans pitié avec ses émotions. Le lait maternel a le pouvoir de faire voir l'aveugle. Mon lait déborde. *Pense*. L'oiseau chante la beauté de la fleur qu'il a mangée. L'abeille transforme cette beauté en miel. Francisco, je m'agrippe au souvenir de ton visage. Je sens une odeur de cire, de poudre et de pollen. Je suis ensevelie sous le miel doré de l'Apiculteur, mais je suis à jamais liée par le poids des chaînes en or avec lesquelles tu m'as attachée. L'oiseau traverse cet or pour entrer en moi et m'emplir, puis il s'échappe.

L'oiseau noir s'élève au-dessus du clocher jusqu'à ce que je ne sois plus qu'un point noir cloué à la porte de l'église. Peut-être suis-je morte. Peut-être mon cœur bat-il dans sa gorge. Peut-être n'ai-je pu penser à quelque chose d'assez beau pour rester en vie. Peut-être suis-je perdue à moi-même, perdue à la conscience. Peut-être, lorsque je lutte pour redresser la tête, ce que je vois n'est pas réel. Pourquoi devrait-ce être réel ? Quelqu'un monte les marches tachées de rouge, c'est Mme Heureux. Comment savait-elle que j'étais là ? Qui le lui a dit ? Peut-être est-elle venue de Ville-Rouge uniquement pour me cracher dessus une dernière fois. Elle est floue. Elle tient quelque chose à la main. Un objet dur. Vient-elle me donner le *coup de* *grâce** ? Elle lève la main : c'est un marteau. Elle glisse son bout crocheté sous la tête du clou planté dans ma main droite et l'arrache. Je ne sens rien tellement ma main est engourdie par la douleur. Mme Heureux extrait rapidement le clou de mon autre main. Libérée, je m'écroule par terre.

L'oiseau dans le ciel nous suit alors que Mme Heureux m'aide à marcher dans les rues. Tous les volets des maisons sont clos, personne n'est visible. Le secret du silence complice de Reigne tient bon. Les gens couvent leur honte. Mme Heureux me ramène chez moi. Comment sait-elle où j'habite ? Elle me couche sur le dos dans mon lit. Elle dépose mes mains dans des bols de porcelaine remplis d'eau chaude salée. Son corps corpulent se penche sur moi. Elle donne libre cours à ses larmes et à ses paroles tandis que le sang de mes mains se dilue dans les bols blancs :

— Pourrez-vous jamais me pardonner ? Je devais vous cracher dessus à Ville-Rouge. Je devais mettre autant de distance que possible entre vous et moi, il ne devait pas y avoir la moindre courtoisie entre nous. Je peux vous aider car ils n'ont pas fait le lien entre nous. Ils croiront que j'ai eu pitié de vous, voilà tout. Ce soir, je ferai venir un médecin car c'est trop risqué d'aller à l'hôpital.

Mme Heureux retire mes mains de l'eau chaude et les bande avec des morceaux de tissu. Je n'en reviens pas quand elle me dit :

— La mouche chasse l'aigle.

Elle me dit que c'est *elle*. Elle qui orchestrait toutes nos sorties nocturnes. Depuis sa boutique de vêtements pour bébé, Mme Heureux est l'arme la plus redoutable qui soit.

— Les mouches ne chassent pas les aigles dans un monde normal, mais nous, si. (Elle me caresse le front avec sa

304

main.) Quelqu'un vous a trahie. *Nous* a trahis. Je le retrouverai, et il mourra.

J'essaie de bouger la langue pour parler et, à ma grande surprise, les mots viennent, rauques et secs :

— Je sais qui c'est.

— Dites-moi son nom, et je m'en charge.

— Non, je dois…

— Mais vos mains…

Sa voix s'étrangle et elle retient à nouveau ses larmes.

— Je peux le faire.

— S'il y a un collaborateur parmi nous, nous ne pouvons attendre.

— Il faut que ça soit moi. Je suis la seule qu'il ne soupçonnera pas, la seule qui peut l'approcher d'assez près.

— Je suis désolée de vous dire cela (les larmes de Mme Heureux se mettent à couler), mais vous ne pourrez jamais plus vous servir de vos mains.

— Ce serait vrai dans un monde normal. Mais nous ne sommes pas dans un monde normal.

De la fenêtre de ma maison, j'aperçois le mont Ventoux. Il a cessé de pleuvoir. L'hiver a été balayé du ciel, qui brille désormais des promesses d'un printemps exhumant de la terre humide les plantes aux senteurs de racines. Les feuilles vertes poussent et des coquelicots rouge vif dansent dans les champs. Les hirondelles plongent et piquent au-dessus des vignes bourgeonnantes. Les ailes des oiseaux bruissent comme la jupe en soie d'une femme contre ses jambes quand elle court à un rendez-vous. L'air est ponctué de jeunes abeilles, acrobates ivres de nectar qui zigzaguent d'excitation.

Une abeille quitte les champs et vient se poser sur le rebord de la fenêtre d'où j'observe le Ventoux, mes mains couvertes de pansements recourbées sous mon menton. Que fait-elle ici ? Pourquoi n'est-elle pas en train d'agiter son corps en rythme dans sa ruche pour signifier à ses congénères où se trouvent les nouveaux gisements de pollen ? Elle vole jusqu'à mon bras nu. Je vois pulser ses sacs à nectar débordants. Elle a rendu visite à plus de cinquante fleurs au cours de la dernière heure avant d'arriver ici. Elle décolle et se pose sur ma joue. La vibration de son corps se fait plus insistante. Elle rampe jusqu'au coin de ma bouche et se loge entre mes lèvres. Se croit-elle arrivée à la ruche où elle pourra déposer son pollen ? Ses pattes s'enfoncent dans ma chair. Tout à coup, elle s'élève à la verticale et plane face au Ventoux dans le lointain. Puis elle file dans cette direction. C'est là-bas que mon bébé est enterré, là-bas que se trouve l'Apiculteur. Il se passe quelque chose au mont Ventoux.

J'essaie de retrouver mon chemin à travers des champs et des forêts, des sentiers et des ravins, des ponts et des saillies creusées à même les flancs rocheux des hauts précipices qui plongent vers de lointaines vallées. Les brindilles me griffent les jambes, les fougères me fouettent le visage, mais le bourdonnement de l'abeille me pousse vers l'avant. Finalement, apparaît la falaise de la peine et de la guérison que je connais si bien. Des voix m'arrêtent, des voix étranges. Quelles sont-elles ? Seuls l'Apiculteur et moi connaissons cet endroit. Je me penche dans les fourrés et je m'approche tout doucement. Une main surgit d'un buisson, m'attrape, couvre ma bouche et me plaque au sol. Je regarde le Véto droit dans les yeux.

— Lucrèce, que faites-vous ici ? me demande-t-il à voix basse en retirant sa main de ma bouche.

— Et vous ?

Il désigne la falaise d'un signe de tête. Par une brèche dans les buissons, je distingue des soldats armés de fusils qui montent la garde. Devant eux est stationné un char sur lequel est fixée une mitraillette. Celui qui l'actionne est l'Officier.

Le Véto me murmure :

— Ils nous ont suivis ici après notre tentative avortée pour faire sauter un train. C'était une embuscade. Ils savaient exactement à quel endroit nous allions saboter la voie ferrée. Quelqu'un les a prévenus. Ils nous ont tendu un piège. Cela fait maintenant deux jours qu'ils nous traquent. Nous avons dû nous séparer.

— Combien êtes-vous ?

— Plus que cinq, dispersés dans les buissons. L'un de nous a réussi à gagner la grotte au pied de la falaise derrière les ruches en bois. Chut !

Je retiens mon souffle et j'entends l'Officier crier :

— La Mouche, rends-toi ! Tu ne peux pas t'échapper !

Je donne un coup de coude au Véto.

— Nous devons l'aider.

— Il faut bien choisir notre moment, sinon nous allons tous mourir.

— Donnez-moi une arme !

Le Véto baisse les yeux vers mes mains bandées.

— Vous pouvez à peine ramper, et vous voulez une arme ?

Il a raison. Je suis impuissante.

— Lucrèce, il faut que vous partiez, sinon…

La voix de l'Officier nous interrompt. Il pointe la mitraillette sur les ruches.

— Je perds patience !

Un bruit de mitrailleuse retentit. Les balles déferlent sur les ruches en bois et les font voler en éclats. Débris, gouttes de miel et de cire jaillissent dans les airs en même temps que des corps d'abeilles déchiquetés. Le cliquetis assourdissant de l'arme résonne contre la falaise, ce qui énerve encore plus les abeilles qui nichent dans les crevasses de la paroi. Un puissant bourdonnement emplit l'air.

— C'est votre dernière chance ! crie l'Officier par-dessus le bruit.

Des soldats courent le long de la falaise et arrosent de kérosène les ruches détruites.

— Rendez-vous, ou vous mourrez par le feu !

Seul le bourdonnement furieux des abeilles répond à l'Officier. Il fait signe à ses soldats, qui enflamment des torches et les lancent sur les ruches imprégnées de kérosène.

Un souffle d'air rugit et se transforme en un mur de flammes qui grimpent le long de la paroi. Le bourdonnement des abeilles se mue en rage. Des milliers de corps rendus fous quittent les crevasses pour former des nuées noires grouillantes et tourbillonnantes.

Un son aigu s'échappe du Véto près de moi. Il se lève d'un bond et fait feu sur les soldats. D'autres hommes jaillissent des buissons et tirent eux aussi. Les balles sifflent au-dessus de ma tête. Des soldats s'effondrent, et les hommes autour de moi tombent un à un sous les balles qui fusent, jusqu'à ce qu'il ne reste plus que le Véto.

L'Officier juché sur le camion blindé fait rapidement pivoter sa mitraillette. Une volée de balles coupe le Véto en deux. Il s'affale près de moi, sans vie. Oubliant mes mains bandées, je me jette sur son fusil ensanglanté, mais je suis incapable de l'attraper. J'arrache les pansements avec mes dents. Mes mains sont jaunes et ridées, mes paumes percées de profondes blessures pourpres, mes doigts recroquevillés comme des pattes de poulet mort. Je force ma main à saisir le fusil, je passe un doigt sur la détente, et je me redresse.

L'Officier est dos à moi. Il tire à la mitraillette sur une silhouette fantomatique qui émerge de la fumée au pied de la falaise. Quand je veux appuyer sur la détente, mes doigts refusent de m'obéir. L'Officier continue à tirer. Le fantôme abat les deux derniers soldats, puis court vers l'Officier. Il est vêtu de cuir et son visage est masqué. J'ai l'Officier en ligne de mire, mais je ne parviens pas à plier mon doigt. Les projectiles de la mitraillette atteignent le corps fumant du fantôme.

Mon cerveau hurle à mon doigt inanimé : *Appuie !* En vain. Je cale la crosse du fusil au creux de mon épaule et avec mon autre main, je pousse le fût du canon vers mon doigt raide posé sur la détente. Je tire au jugé. L'Officier s'affaisse sur sa mitraillette. Je le crois mort, mais il se remet à bouger et fait pivoter son arme pour m'achever. Deux coups de pistolet retentissent. Les balles atteignent l'Officier dans le dos. Ses mains retombent le long de ses flancs, mais il continue à me fixer de ses yeux grands ouverts. Derrière lui, le fantôme blessé titube dans la fumée et les flammes avant de disparaître.

Village de Reigne

Mon amour de Francisco,

Mon doux Colomb qui découvres la nuit. Je sais que tu as eu du chagrin à lire ces dernières lettres, à voir à mes gribouillages tourmentés le mal que j'ai à écrire avec mes mains handicapées. Je suis cantonnée au rôle de spectatrice pour le restant de la guerre. Mes mains guériront, mais le médecin dit que je ne pourrai plus jamais vraiment m'en servir. Je parviens à écrire en fixant un stylo à mon index et à mon majeur, un bricolage pour lequel je deviens assez habile. Il vaut mieux en rire. Car à quoi sert une muse aux ailes attachées ? Pourtant, je continue à m'occuper de mes écoliers, qu'il faut protéger des cieux en flammes et des vents chargés de balles. Ces enfants me réjouissent, de même que la façon surprenante dont ils grandissent sous mon autorité. En effet, mes mains ont beau être estropiées, mon esprit reste souple. C'est ma consolation quand je m'efforce de tricoter et que je tiens maladroitement l'aiguille entre mon pouce et mon index raidis dans le seul but de me contraindre à faire quelque chose, même si ma création est des plus sommaires. Nous sommes tous les deux pareils, maintenant : moi avec mes mains qui, même si elles cicatrisent, restent mutilées, toi avec tes genoux brisés qui t'ont donné à jamais une démarche chaloupée. Et chacun de nous détient des lettres qui ne seront pas lues par l'autre. La vérité est que je n'ouvrirai plus jamais une missive de toi. Laisse-moi t'expliquer pourquoi.

Le lendemain de la destruction des ruches au mont Ventoux, je suis retournée à Ville-Rouge. Royer m'a annoncé qu'il avait toujours en sa possession de nombreuses lettres de toi, si nombreuses qu'il ne voulait pas prendre le risque de me les remettre devant tout le monde, en plein jour. Il m'a proposé de le retrouver le soir même, car il serait très prochainement muté au bureau de poste d'une autre ville. À la nuit tombée, j'ai quitté à pied le centre de Ville-Rouge et j'ai gravi la colline, passant devant les dernières maisons et le cimetière avec ses anges sculptés et ses croix qui se détachaient sur le clair de lune. La colline se terminait brusquement. À mes pieds, il y avait un précipice de plusieurs dizaines de mètres. C'était un immense puits qui datait de l'époque où la colline était à moitié dévorée par la mine d'ocre.

Je me suis assise sur le banc qui surplombait le puits. De jour, on emmenait les écoliers visiter une telle merveille. Cet abysse géant était le travail des esclaves romains qu'on descendait avec des cordes pour emplir des seaux de la précieuse poudre ocre qui était ensuite chargée sur des ânes, transportée jusqu'à Marseille, et expédiée par bateau dans les ports autour de la Méditerranée. Le puits était si grand qu'on aurait pu y ensevelir Notre-Dame-de-Paris. Ses parois orange et rouge brillaient et, en certains endroits, dépassaient les branches vertes des pins qui avaient poussé au fil des ans, s'accrochant avec ténacité aux murs verticaux de cette cicatrice faite par l'homme. Une odeur humide de minéraux montait des profondeurs, où résonnait le bruit des chauves-souris qui tourbillonnaient dans le vide.

— Qui êtes-vous ce soir ? Lucrèce... ou Louise ?

Je me suis tournée en direction de la voix. C'était Royer, essoufflé à cause de l'ascension de la colline.

— Je suis moi-même. Uniquement moi-même.

Il s'est assis sur le banc et a posé à ses pieds le sac qu'il avait apporté. Il m'a observée à la lueur du clair de lune.

— C'est si bon de vous revoir avec un corps normal. Vous avez des courbes si gracieuses. Non qu'enceinte, vous n'étiez pas majestueuse. J'aime bien les oies farcies, c'est délicieux. Mais je ne suis pas snob, je ne refuserais pas une jolie perdrix d'été dans une sauce au vin. (Ses narines se sont rétractées alors qu'il se penchait vers moi pour humer mes cheveux.) Êtes-vous là parce que vous êtes trop affamée ? Allez-vous enfin mettre la table pour moi ?

— Je suis là à cause des lettres.

— Plus de courageuse Lucrèce, ce soir ?

J'ai désigné de la tête le châle noir qui couvrait mes mains placées sur mes genoux.

— Je ne peux plus vous rendre service. Mes mains ne me sont plus d'aucune utilité.

— Mais vous, vous êtes encore utile.

— Que cela signifie-t-il ?

— Peut-être que vos mains ne sont plus aussi jolies qu'autrefois, mais quand le chef cuisine une perdrix, il lui coupe toujours les extrémités et laisse le corps intact, succulent. Vous n'êtes plus Lucrèce, mais vous êtes Louise. Il vous reste une chose à offrir.

— Si j'avais des mains pour vous gifler, je le ferais. Donnez-moi mes lettres afin que je m'en aille.

Royer a fait un petit sourire et a poussé du pied le sac en direction du précipice.

— Ne soyez pas si susceptible. Vous devriez être flattée que je considère qu'il vous reste de quoi procéder à un échange.

— Un échange ?

— Il faut qu'après mon départ, vous puissiez encore recevoir vos lettres, ces précieuses lettres pour lesquelles vous avez tant risqué. Je peux faire en sorte qu'elles continuent à vous parvenir.

— Et comment, puisque vous êtes muté ?

— J'ai des relations, mais il faut que vous m'offriez quelque chose en échange. Il vous reste une chose à faire pour conserver votre secret et obtenir ce que vous désirez.

Il m'a observée attentivement pour évaluer l'impact de ses paroles, et a attendu en silence que je réponde :

— En effet, il me reste une chose à faire.

Je me suis mise debout devant lui, dos au puits.

— Après tout ce temps, vous dressez finalement la table pour moi ! Pourquoi ne lâchez-vous pas ce châle qui couvre vos mains pour relever votre robe et me montrer ce que vous avez cuisiné ?

— Je ne peux pas me déshabiller. Vous devez m'aider.

— Oh oui, j'ai apporté des épices !

Il s'est agenouillé à mes pieds, a saisi l'ourlet de ma robe et l'a remonté jusqu'à mes genoux.

— Je suis aussi impatient que pour une délicieuse sauce réduite à souhait.

— Une délicieuse sauce.

J'ai baissé la tête. Il allait glisser son visage entre mes cuisses. J'ai laissé retomber le châle.

Francisco, le clair de lune éclairait ton rasoir de coiffeur, sa lame aiguisée scintillait, son manche en nacre était fixé à ma main estropiée. Ton rasoir était la seule chose que je t'avais demandée à notre séparation. Francisco, je voulais que tu achèves Royer avec moi. Je voulais qu'il sache que la sentence venait de nous deux. J'ai levé la main pour lui sectionner la nuque avec notre rasoir. Avant d'abattre mon bras, j'ai hurlé :

— C'est toi qui nous as tous trahis !

Il a remonté la robe jusqu'à mes hanches et a découvert la lame avec stupéfaction. Il m'a repoussée. J'ai perdu l'équilibre sans savoir si je tombais dans le puits ou à côté. J'ai donné des coups de pied dans sa direction. Après ma chute, je me suis redressée et j'ai vu que Royer avait culbuté dans le puits, qu'il s'agrippait au bord. Ses mains s'enfonçaient dans la terre meuble. Il a tendu une main pour attraper le sac de lettres, espérant qu'il s'agirait d'une prise sûre, mais n'a fait que l'entraîner dans le puits. Puis il a glissé le long de la paroi. Quand il a enfin atteint le fond, son dernier cri n'a été qu'un murmure lointain, aussi insignifiant qu'un nuage de poussière rouge qui se dissipe.

Francisco, l'homme ayant collaboré avec l'armée du nouvel empereur était mort. Son dernier acte aura été de vouloir toucher ce qu'il ne pouvait obtenir en ce monde. Avec lui, disparaissait la dernière personne ayant connaissance de ma véritable identité. Avec lui, disparaissait mon seul lien avec tes lettres. J'avais fait mon choix, j'étais seule. Je me suis souvenue des mots du collaborateur : « C'est la guerre. Vous devez choisir votre camp. Il faut vous demander si vous n'êtes motivée que par l'amour pour un homme, ou si vous êtes prête à servir une cause plus noble. »

Je me suis approchée du précipice et j'ai scruté l'abysse. Il m'a semblé distinguer son corps tout en bas, un point noir dans une mer rouge. Une larme a roulé sur ma joue. J'ai pris la mesure de ce que mon amour pour toi m'avait poussée à faire.

J'ai observé la lune. Je me suis guidée à sa lueur, je l'ai suivie à la manière d'une rivière de miel, comme la nuit précédente quand je m'étais mise en quête du fantôme de la Mouche, après que la fumée se fut dissipée. J'avais erré parmi les restes calcinés des ruches au pied de la falaise noircie par les flammes. Il n'y avait plus un seul être vivant, pas même une abeille. Je me suis enfoncée dans les bois. Je savais que les abeilles rescapées se rassembleraient quelque part pour recréer un noyau. J'ai marché jusqu'à une clairière. En son centre, se dressait un chêne mort. Suspendues à ses branches nues, on apercevait de grosses grappes d'abeilles semblables à des fruits dorés. Couchée contre le tronc de l'arbre, se trouvait la Mouche. Je me suis agenouillée près d'elle. Elle sentait le cuir brûlé, la fumée et le sang. Ses vêtements étaient carbonisés et criblés de balles. Je l'ai prise dans mes bras, j'ai retiré son masque en cuir, et j'ai découvert son visage. Je lui ai doucement ouvert les paupières. Les yeux bleu vif de l'Apiculteur m'ont fixée, mais ils ne me voyaient pas.

Il fallait qu'il me voie. Je voulais qu'il sache. J'ai arraché les boutons de mon chemisier avec mes mains recourbées en forme de serres et j'ai libéré un de mes seins. J'ai frotté mon mamelon contre sa joue jusqu'à ce qu'une goutte de lait se forme. J'ai maintenu mon mamelon au-dessus de son visage et fait tomber la goutte de lait dans le bleu du ciel de l'œil de l'Apiculteur. Je l'ai bercé dans mes bras. Maintenant, il voyait ce que je voyais : la lune, cette parfaite sphère brillante. Il voyait son reflet sur la mer où je mène ma barque en plongeant mes rames dans l'eau, détruisant son image parfaite à mesure que mon bateau avance.

Affectueusement.

LOUISE

SIXIÈME PARTIE

LA ROUTE JUSQU'À ZERMANO

La route jusqu'à Zermano était différente de tout ce que j'avais pu connaître. Elle menait haut dans la Sierra Tramuntana de Majorque, cette spectaculaire chaîne de montagnes que j'avais aperçue de loin le jour où je m'étais rendu à la grotte de Raymond Lulle sur le mont Randa. Voyager aux côtés de Serena qui roulait à toute allure ressemblait plus à un irréel tour de manège dans un parc d'attractions qu'à ce que c'était vraiment : un trajet au péril de notre vie. La route, affreusement étroite, était de la largeur des chars romains pour lesquels elle avait été construite bien des siècles plus tôt : immobilisez un char, vous immobilisiez toute l'armée. Des murs en pierre trop hauts pour qu'on puisse voir par-dessus bordaient chaque côté de la route. Serena, qui conduisait très vite, s'est brusquement rabattue quand un car est apparu dans un virage et qu'il a foncé droit sur nous. Ses passagers nous ont observés tandis que leur véhicule manquait de nous écraser. Serena a de nouveau accéléré, mais s'est mise à klaxonner dans les tournants pour avertir les autres voitures de notre présence. Ce jour-là, elle était vêtue d'une robe, et non d'un pantalon et d'un chemisier comme lors de ma première visite à Palma. Quand elle rétrogradait pour pousser sa voiture dans les virages en

319

épingle à cheveux sans visibilité, je ne pouvais que remarquer l'ourlet qui remontait au-dessus de ses genoux. J'ai repensé au voyage de Louise et de Zermano en Provence lors de ce fatal Jour des Abeilles. Sentant mon regard, Serena a rabattu sa robe sans quitter la route des yeux. J'aurais voulu lui expliquer que je n'avais nulle intention de me montrer impoli, mais que cette vision me rappelait d'autres temps.

— Excusez-moi, ai-je dit.

Elle a de nouveau changé de vitesse et déclaré d'une voix forte par-dessus le crissement des pneus :

— Il faut que je vous parle un peu de mon père. Il a quatre-vingt-dix ans. Tout du moins, c'est ce que nous supposons, car soit son certificat de naissance n'a jamais été établi, soit il a été perdu ou détruit. Il n'a plus toute sa tête. Son cerveau garde les séquelles des anesthésies qu'il a subies pour diverses opérations destinées à le maintenir en vie. Couplé à son grand âge, cela entraîne parfois chez lui des comportements très étranges. Non qu'il ait perdu son intelligence — j'aimerais posséder la moitié des capacités dont il fait encore preuve aujourd'hui — mais parfois, il a du mal à organiser sa pensée. À certains moments, il est étonnamment lucide et, à d'autres, ses propos sont dépourvus de sens. C'est en partie pour cette raison que nous l'avons protégé du public. Et c'est pour cette raison que je ne voulais pas que vous, vous tout particulièrement, le rencontriez pour évoquer le passé. Nous craignions que cela n'altère son esprit, que sa pensée ne se délite à tel point qu'il perde tout contact avec la réalité. Il faut ménager son cerveau, mais aussi son cœur. C'est la matière sensible de ses… hallucinations.

— Je ferai très attention à ce que je lui dirai. Qu'entendez-vous par hallucinations ?

Ses mâchoires se sont crispées.

— Il s'évade sans cesse du monde réel et se met à crier de façon incontrôlable. Ses épanchements sont des plus décousus. Il est difficile de savoir si ce qu'il raconte lui est vraiment arrivé ou s'il s'agit d'hallucinations.

— S'adresse-t-il à quelqu'un dans ces moments-là ? Non pas à une personne présente dans la pièce, mais à quelqu'un qui n'est *pas* là.

— Oui. Il parle à — ou parle de — beaucoup de gens.

— Vous rappelez-vous leurs noms ?

— Présentement, non.

— Dans quelle période de sa vie se situe-t-il à ces moments-là ?

— La guerre.

— Quelle guerre ? Il se trouvait en Espagne au début de la guerre civile, et en France pendant la Seconde Guerre mondiale.

— Je n'en suis pas certaine. On lui a brisé les genoux pendant une guerre, mais nous ignorons laquelle. Il a toujours refusé d'en parler.

— Cela doit être très dur pour vous de ne pouvoir lui apporter tout le confort qu'il mérite.

— Quand il pleut, ses genoux enflent et il pousse des gémissements de douleur. Il agite sa canne en bois vers une silhouette que personne d'autre ne peut voir. C'est triste et effrayant. Parfois, il a l'air si persuadé de la présence de cette silhouette que j'ai moi aussi l'impression de la voir.

— Et que voyez-vous alors ?

— Une femme. Il l'appelle sans cesse. Il… (Elle a essuyé une larme.) Il lui crie qu'il vient la rejoindre.

— Cela doit être un cauchemar pour vous.

— Un cauchemar fantastique.

Elle s'est tue.

J'ai regardé par la vitre. Le paysage qui défilait était fantastique, lui aussi. Quand la route s'est affranchie des murs romains, la côte escarpée est apparue. Elle avait été creusée par les glaciers et les violentes transformations géologiques. Tout était si poétiquement équilibré qu'on aurait pu croire que ce paysage avait été dessiné par une main humaine, et non créé. Pas étonnant que Gustave Doré ait eu l'idée de s'en inspirer pour son illustration de *La Divine Comédie* de Dante. C'était un paysage lunaire et mystique recouvert d'une étonnante couche tropicale : des orangers, des figuiers et des citronniers dévalaient les collines jusqu'à la mer. En montant plus haut, nous avons eu l'impression de quitter une atmosphère brumeuse pour découvrir la vive lumière de la Méditerranée, qui envahissait le ciel de couleurs extrêmes.

J'ai repensé à ceux qui avaient emprunté cette route par le passé, Jules Verne à la recherche d'un paysage qui stimulerait sa prodigieuse imagination, ou Chopin et George Sand qui passèrent l'hiver 1839 dans un monastère des Chartreux du XVe siècle que nous avions vu un peu plus tôt. Chopin, atteint de phtisie, qui crachait du sang et tapait des notes chaudes avec ses doigts glacés, y a composé nombre de ses préludes pendant que sa maîtresse George Sand, habillée comme un homme, fumait des cigarettes et buvait du café toute la journée, puis travaillait à ses romans toute la nuit, ce qui scandalisait les gens du pays. La lumière que nous traversions devait être identique à celle que Chopin voyait quand il décrivait Majorque comme « le plus admirable endroit au monde ».

Devant nous, par-delà un pont qui enjambait une gorge plongeante, est apparue ce qui semblait être la dernière montagne avant le bout de l'île, avant l'étendue du ciel et de la mer. Sur sa crête se dressait une forteresse maure aux tours circulaires qui défiaient encore les nuages, aux épais murs de pierre capables d'abriter l'armée d'un calife. Serena a arrêté la voiture. Une grille en fer bloquait la route. Juste à côté, il y avait une maison de gardien occupée par deux soldats.

Serena a coupé son moteur.

— À partir d'ici, nous allons devoir marcher. Il n'y a plus qu'un *camino conejo,* un sentier de lapin.

Nous sommes descendus de voiture. Le fusil à l'épaule, les soldats sont sortis de la maison. L'un d'eux a salué Serena et lui a souri :

— *Bon dia, Señorita Zermano.*

L'autre soldat me lançait des regards soupçonneux. Je transportais l'un des grands paniers de Louise. Puis il a laissé échapper un petit ricanement et a marmonné quelque chose à son collègue. Ils ont ri tous les deux.

— Qu'est-ce qu'il y a de drôle ? ai-je demandé à Serena.

— Ils pensent que vous êtes gay.

— Expliquez-leur que je transporte une bombe.

— Ce n'est pas drôle. Cela dit, quel secret transportez-vous donc ? Vous n'imaginez quand même pas que nous partons en pique-nique ?

Les soldats ont déverrouillé la grille et l'ont ouverte. Juste après, nous avons pris un ancien chemin en pierre qui descendait vers une vallée peuplée de vieux oliviers. Le tronc massif des arbres montait en vrille depuis la terre rouge labourée, et leurs branches noueuses caressaient la brise du bout de leurs feuilles argentées. Des chèvres arpentaient le terrain entre les arbres. Les clochettes autour de leur cou ont tinté quand elles se sont éloignées puis assises sur leur arrière-train, leurs yeux clairs nous décochant des regards pleins de morgue. Serena marchait en tête. Elle a détaché ses cheveux. Qui, noirs et brillants, ressortaient sur sa robe blanche.

En l'observant, je me suis souvenu d'une interview que Zermano avait donnée dans les années cinquante au cours de l'un de ses rares voyages aux États-Unis. On l'interrogeait sur l'inspiration des tableaux qu'il peignait à Majorque, très différents de ceux qu'il avait faits à Paris. Il répondit qu'il n'avait nulle envie de parler d'inspiration, car l'artiste qui aborde ce sujet n'est jamais perçu que de deux façons : comme un romantique pointilleux ou un briseur de tabous. Majorque, pour lui, ne relevait pas de l'œil extérieur, comme Paris, où tous les paysages étaient l'œuvre de l'homme, et où l'esprit de l'homme était sa religion. À Majorque, tout se situait sous la surface naturelle, sous les branches de ces vénérables oliviers dont les racines plongeaient profondément dans la terre à la recherche d'une précieuse humidité. Passer à côté de cela, c'était passer à côté de la vie, et il se moquait éperdument de ceux qui se servaient de ce genre de réflexion pour affirmer qu'il avait besoin d'une psychanalyse. Le seul médecin de la tête dont il avait besoin, disait-il, c'était son « docteur en poésie », Federico García Lorca, qui avait replacé dans son plus pur contexte l'idée de l'art : « Les mains de l'homme n'ont pas d'autre sens que d'imiter les racines sous la terre. » « Je suis un imitateur », déclara Zermano à son interviewer.

En suivant Serena sous les branches des arbres façonnées par plusieurs siècles de vent, je voyais tout avec les yeux de Zermano. Dans ce contexte, ses paroles étaient limpides. Les villes n'existaient pas, on n'entendait parler ni de musées ni d'universités, il n'y avait pas de théories de l'art. J'ai prononcé à voix haute les mots de Lorca :

— *Les mains de l'homme n'ont pas d'autre sens que d'imiter les racines sous la terre.*

Serena s'est retournée, stupéfaite. Pour la première fois, elle a croisé mon regard et s'est adressée à moi directement :

— Vous connaissez le poème de Lorca ?

— Pas en entier. Je ne connais que ce vers.

Elle a fait marche arrière sur le sentier et s'est arrêtée devant moi. Ses yeux marron pétillaient d'excitation.

— Mon père vit avec ce poème. Voulez-vous en entendre la première strophe ?

— Avec plaisir.

— *Je me suis perdu souvent dans la mer, l'oreille pleine de fleurs fraîchement coupées, la langue pleine d'amour et d'agonie. Souvent je me suis perdu dans la mer, comme je me perds dans le cœur de certains enfants.*

— C'est magnifique.

— En effet.

Elle s'est remise en route.

J'avais enfin brisé la glace. Je voulais qu'elle continue à parler. Je lui ai demandé :

— Pourquoi votre père est-il gardé par des soldats ? On le croirait assigné à résidence.

— L'idée serait plutôt de protéger un trésor national.

— Nous connaissons tous son importance, cependant il n'a pas besoin d'être gardé comme le pape.

— Vous vous méprenez. Cette terre, mon père l'a achetée il y a quarante ans.

— Il prévoyait déjà une retraite à cette époque ?

— Non. Il l'a achetée parce que c'est l'un des seuls endroits de la Méditerranée où on trouve encore des grands vautours noirs. Cette espèce a presque disparu. Il en

reste moins de trente. Vous voyez de quel oiseau je parle ?
Son envergure dépasse un mètre cinquante.

— Nous avons des oiseaux similaires en Californie, que
nous appelons des condors.

— C'est la même chose. Mon père a offert cette terre au
gouvernement en échange de la garantie qu'elle devienne
une réserve. Les oiseaux nichent dans les falaises de l'autre
côté de la forteresse.

— Ainsi, les soldats veillent sur les condors, et les condors veillent sur votre père ?

— En quelque sorte. Par conséquent, c'était déjà une
propriété privée avant que mon père s'y retire. Personne
n'a songé à venir le chercher ici.

J'ai regardé par-dessus l'épaule de Serena. Nous étions
au pied de la forteresse du IXe siècle. Maintenant, et seulement maintenant, je saisissais l'impressionnante monu-
mentalité de son architecture. La forteresse semblait avoir
été construite par des géants qui se préparaient à com-
battre d'autres géants. Ses hautes tours étaient percées de
centaines de meurtrières afin que les archers tirent sur tout
intrus s'approchant depuis notre direction. En franchissant
les dernières marches de l'entrée de douze mètres de haut
barrée d'une solide porte en bois, j'ai eu la désagréable sensation d'être à découvert. Comme si à n'importe quel
moment je pouvais être bombardé de flèches, **de lances** et
d'huile bouillante.

Serena a actionné le lourd heurtoir en fer **forgé.**

— Il va mettre un moment à venir. (Elle s'est retournée
et a soulevé ses cheveux pour rafraîchir sa nuque **couverte**
d'une fine pellicule de sueur.) Qu'il fait chaud !

Ne voulant pas faire preuve d'un intérêt déplacé **pour la**
courbe gracieuse de son cou, je me suis mis à observer le
chemin que nous venions de gravir. Nous étions montés si

haut que les clochettes des chèvres dans la vallée ne formaient plus qu'un flot mélodieux semblable à de l'eau qui
s'écoule sur des rochers.

La porte en bois a craqué quand elle s'est lentement
ouverte dans un grincement de charnières en métal. J'ai
suivi Serena dans une cour pavée aussi grande qu'un terrain de football. On aurait pu y rassembler un bataillon de
cavalerie. Un vieil homme à la tête rasée, vêtu de sandales
et d'une robe grossièrement tissée, se tenait devant nous. Il
m'a souri avec ferveur, comme si j'étais un parent qui revenait d'un long voyage. Il a pris ma main dans les siennes et
l'a secouée très fort. Comme je ne trouvais pas mes mots,
Serena m'a dit :

— Tout va bien, professeur, vous pouvez parler. Il n'a
pas fait vœu de silence. C'est l'un des moines bouddhistes
qui vit ici et s'occupe de mon père.

Le sourire du moine s'est encore élargi et des mots ont
jailli de sa poitrine. Il a dit d'une voix qui riait et pleurait à
moitié :

— Le... maes... tro... vous... a... ttend !

Puis il a fait volte-face et il est parti au petit trot sur les
pavés. Nous l'avons suivi dans la cour, sous les immenses
colonnes de pierre qui soutenaient des balustrades, puis
dans une gigantesque entrée. Son plafond en dôme était
imbriqué de tuiles éclairées par les rayons du soleil qui faisaient office de spots grâce aux ouvertures du toit. De toute
évidence, nous étions dans l'ancienne mosquée, assez vaste
pour accueillir tous les dévots de Damas. Le moine a
ouvert une porte et rapidement traversé un patio intérieur.
Il a ensuite franchi une autre porte et s'est engagé dans un
escalier sombre. L'air s'est chargé d'une odeur musquée de
vin ranci. Au bas des marches, il a gratté une allumette.
Quand elle s'est enflammée, il a décroché une lanterne du

mur et l'a allumée en souriant. Il l'a tenue bien haut, ce qui a donné du relief à la salle obscure et révélé des tonneaux de vin comme je n'en avais jamais vu. Des fûts en chêne de dix mètres de diamètre ceints de cercles en fer rouillé qui contenaient assez de vin pour maintenir une armée en état d'ivresse pendant un siège de deux ans. Le moine s'est faufilé entre les tonneaux, et nous l'avons suivi. La lumière de la lanterne projetait nos ombres sur les hauts murs. Nous étions comme trois nains dans un univers de géants. Le moine chauve s'est tourné vers moi et m'a souri : il était ravi de sa petite course.

Il s'est immobilisé devant une porte en fer, a attrapé une clé et l'a glissée dans la serrure. Il a tiré la lourde porte, qui s'est ouverte sur un tunnel creusé dans le roc. D'un mètre vingt de haut, ce dernier était juste assez large pour une personne. Son tracé sinueux disparaissait dans l'obscurité. Sans nul doute possible, c'était le passage secret qui permettait de fuir au cas où la forteresse tomberait aux mains de l'ennemi. Le moine s'est engagé dans le tunnel, suivi de Serena et moi. Il agitait la lanterne devant lui comme pour chasser les mauvais esprits qui auraient pu y subsister. Si je n'avais été près de Serena, je me serais cru un condamné à mort qu'on vient chercher à la Bastille pour le conduire à la guillotine. J'avais envie de tendre la main pour la toucher afin de me convaincre que tout ceci était réel, qu'*elle* était réelle. Mais je n'en avais pas le droit. Je devais me contenter de la vision de sa silhouette courbée. Ses cheveux noirs se balançaient sur ses épaules, elle haletait légèrement et le parfum de sa peau embaumait le tunnel.

J'ai repensé à l'époque où Zermano avait connu la mère de Serena. Je m'étais fait une idée de l'événement à partir de récits et de quelques interviews qu'il avait données. Leur rencontre s'était produite dans les années cinquante, pendant le carnaval de Lenten. Les étroites rues médiévales de Palma étaient éclairées par des torches fumantes. La musique des pipeaux, des tambours et des violons excitait une foule caracolante de joyeux drilles déguisés en déesses de la fertilité grecque, bergères aux cheveux ornés de branches de romarin, et démons déments défigurés par la lèpre. La parade était conduite par un Lucifer rouge sang avec des cornes pointues et une queue fouettante. Au milieu de la cohue, Zermano a repéré une jeune femme pieuse qui gravissait les marches de la cathédrale. Il l'a suivie à l'intérieur de l'église aux odeurs d'encens. Elle s'est agenouillée au pied des bougeoirs de cierges votifs, penchée vers les rangées de flammes tremblotantes. Il a vu la courbe de son corps prendre exactement la même position que sur ses dernières toiles à Paris. Cette courbe s'est enroulée sur elle-même et a paru constituer un point de rédemption, cicatriser une blessure. Il mourait d'envie de tendre la main et de la toucher, mais il a poliment attendu qu'elle ait fini sa prière, puis lui a demandé si elle l'autoriserait un jour à faire un croquis d'elle dans la posture où elle se trouvait à l'instant, éclairée par les cierges. Il lui a assuré que personne ne la reconnaîtrait, car son art n'était à l'époque pas figuratif. C'était son essence qu'il voulait capturer. Il l'a épousée deux semaines plus tard.

Nous avons serpenté si longtemps dans le tunnel que j'en avais mal au dos. J'avais l'impression que je ne pourrais plus jamais me redresser. Le moine s'est finalement arrêté devant une seconde porte en fer. J'ai entendu ses clés cliqueter dans la pénombre, puis la porte s'est ouverte. De l'air marin chaud et salé a envahi le tunnel plutôt frais. J'ai franchi la porte derrière Serena et découvert une salle voûtée taillée dans la pierre. Les uniques meubles étaient un lit, une commode et une bassine en porcelaine à côté d'un broc d'eau. Le moine a soupiré et annoncé de sa voix énigmatique mêlée de rire et de pleurs :

— Le... maes... tro.

Puis il est reparti dans le tunnel et a verrouillé la porte en fer derrière lui, nous laissant seuls. J'ai déposé mon lourd panier sur la commode.

— Non, m'a dit Serena. Nous sortons.

J'ai repris mon panier et je l'ai suivie par une porte arrondie. Soudain, le monde s'est agrandi. Nous étions sur une terrasse en pierre taillée dans une falaise à trente mètres au-dessus de la mer. Devant nous, la vue s'étendait à l'infini, le ciel se mêlant à l'océan au bout de l'horizon. J'étais tellement ébahi par le spectacle de cette niche pour les vautours que j'ai sursauté en entendant Serena annoncer :

— Le professeur est là.

Je me suis retourné. Au bout de la terrasse, un homme aux cheveux blancs était assis de dos dans un fauteuil roulant. Je ne savais comment le saluer.

— Monsieur, ai-je commencé. Je vous suis si reconnaissant de...

Les grandes mains de l'individu se sont emparées des roues du fauteuil pour le faire pivoter. C'était Zermano. Il dégageait une force surprenante pour un homme de son âge. Son regard pénétrant était rehaussé par sa barbe blanche. D'une voix profonde, il m'a ordonné :

— En quelques mots, expliquez-moi d'où vient la citation que vous m'avez envoyée.

— D'un vieux livre de Raymond Lulle.

— Mais pourquoi cette citation-là ? Qui êtes-vous pour me traiter de fou de l'amour !

— Mon intention n'était nullement de vous manquer de respect. Je pensais au sens philosophique où Lulle...

330

— Cela suffit !

Zermano a attrapé les roues de son fauteuil, l'a projeté sur moi et m'a plaqué contre le parapet, ce qui m'a permis de garder l'équilibre. J'avais les jambes coincées sous le poids de son corps. J'ai fait en sorte de tenir debout, mais il a saisi une canne en bois posée en travers de ses genoux et a pointé son extrémité sous mon menton en pressant contre ma gorge. Je pouvais à peine respirer. Il a appuyé plus fort et m'a tourné la tête de façon que je puisse voir les rochers pointus que les vagues martelaient plusieurs dizaines de mètres plus bas.

— Dites-moi pourquoi vous êtes ici, ou je vous fais passer par-dessus bord !

J'ai essayé de rassembler mes esprits.

— Dans... le...

— Quoi ?

— ... panier.

— Quelle importance que ce panier ! Serena, va le chercher ! Si cet individu ne nous donne pas une réponse valable, je veux que tu jettes le panier dans la mer ! Professeur, pourquoi êtes-vous ici ?

— *Je t'enlace par-delà... la mer du souvenir. Ton Colomb des ténèbres... largue les amarres.*

— Et alors ? (Il a enfoncé la canne plus profondément dans ma gorge.) Où avez-vous entendu ça ?

— Je ne l'ai pas... entendu... Je l'ai... lu.

— Où donc un rat de bibliothèque américain aurait-il pu lire une pareille chose ?

— Dans une lettre écrite par... vous.

— Mon Dieu !

— À Louise.

— Non !

La pression sur ma gorge s'est relâchée. Je me suis écarté du mur.

Zermano scrutait la mer, comme s'il cherchait quelque chose à l'horizon. Il a levé sa canne pour frapper le mur en pierre. L'impact s'est répercuté le long de son corps. Ses épaules se sont voûtées et son visage s'est décomposé tandis que des larmes jaillissaient de ses yeux.

Serena s'est agenouillée près de lui, a pris ses mains dans les siennes et les a caressées tendrement dans l'espoir de le calmer.

— Papa, pardonne-moi. Je ne l'aurais jamais amené ici si j'avais su. Je vais le renvoyer.

Zermano n'a pas répondu. Il sanglotait au rythme des vagues qui s'écrasaient en bas. Son corps a été pris de violents tremblements tandis qu'il se laissait emporter dans une mer de souvenirs.

Je craignais de faire le moindre geste. Serena avait raison, la nouvelle était trop brutale pour son état mental, il avait subi assez de traumatismes pendant sa vie. Je n'avais pas l'intention d'évoquer Louise tout de suite, je comptais aborder le sujet en douceur. Maintenant, je risquais d'être responsable de sa mort. J'ai fait volte-face. Ce mouvement l'a inquiété. Il m'a demandé dans un murmure :

— Savez-vous à quelle altitude nous sommes ?

J'ai regardé Serena. Je ne savais pas si je devais encore parler, je craignais de dire ce qu'il ne fallait pas. Elle m'a fait signe de répondre.

— Non, monsieur, je l'ignore.

— Si haut qu'il n'y a pas de mouches. Le saviez-vous ? Pas une seule mouche. Mais les aigles ne chassent pas les mouches.

Que cette phrase était étonnante dans sa bouche ! J'ai repensé à une lettre de Louise, et j'ai récité :

— Les aigles ne chassent pas les mouches dans un monde normal, mais nous ne sommes pas dans un monde normal.

Il a tourné lentement la tête, et, les yeux fixés sur moi, il s'est mis à raconter :

— Autrefois, les hautes montagnes de Majorque étaient peuplées de monastères. Quand j'étais enfant, j'ai séjourné dans l'un d'entre eux, l'un des derniers. À cette époque, on envoyait les garçons de mon âge vivre avec les singes. C'est comme cela que nous appelions les vieux moines fous qui ne disaient jamais un mot : les singes. J'avais douze ans quand je suis parti au monastère. J'y ai appris à résister à mon désir de soulager une sensation nouvelle en moi, la démangeaison charnelle qui grandissait entre mes jambes. Au monastère, il n'y avait aucun livre à part la Bible. Il n'y avait personne à qui parler, mis à part le prêtre dans le confessionnal obscur. Il ne posait qu'une question : « As-tu eu des pensées impures, mon fils ? » La nuit, je devais dormir avec un chapelet autour de la main gauche et un crâne dans la main droite. Un crâne *humain* ! C'était leur subtile manière de m'avertir que, si je soulageais ma démangeaison charnelle, je serais condamné à l'enfer du monde temporel, et que je ne franchirais jamais les portes nacrées du paradis où personne n'éprouve de démangeaison, et où toutes les pensées sont pures. Et vous, professeur ? Vos pensées sont-elles pures ? Puis-je avoir confiance en vous ?

J'ai lancé un regard interrogateur à Serena. Elle m'a fait signe que je pouvais poursuivre la discussion. Je savais où il voulait en venir, de quelle manière il me testait. Il était l'aigle, il ne chasserait pas les mouches. Il fallait que je lui réponde dans le même esprit.

— *Je désire être le fou. Il n'y aura ni art ni devise dans mes phrases.*

Il a hoché la tête en signe d'approbation.

— Vous connaissez bien les sentiments de Raymond Lulle. Vous savez, je le pense, que je désirais la même chose que lui : ni art ni devise dans ma peinture, juste l'objet, cet objet jamais nommé.

Je savais que pour lui, cet objet jamais nommé était Louise. Je devais néanmoins rester prudent. J'ai répondu d'une voix douce :

— Lulle disait que c'est grâce à la grandeur de l'amour que l'on peut accomplir ce désir d'exclure l'art et la devise de l'acte de communication.

Zermano m'a fait signe qu'il était d'accord.

— Oui, mais c'est une idée démodée, de nos jours. Regardez ce qui est arrivé à ce pauvre Lulle ! Quand il a essayé de faire monter toutes les religions à bord d'un bateau universel, les juifs l'ont ignoré, les catholiques l'ont trahi, et les musulmans l'ont lapidé. Lulle rêvait que l'homme lui-même soit un saint. C'était une pensée impure à son époque. C'est pour cette raison que ce fils de pute a été assassiné.

— Cela reste une notion dangereusement mortelle.

— Laissez-moi vous expliquer quelle est ma religion, professeur. Je crois qu'un homme et une *femme* peuvent être saints *ensemble*. Croyez-vous à cela ?

— Oui.

— La philosophie des Maures qui régnaient ici il y a plusieurs siècles se résumait à : *on rêve, puis on meurt.* En d'autres termes, réveillez-vous ! Majorque était leur pays des merveilles, mais ils savaient que le paradis, c'est la vie. Que c'est notre comportement sur terre qui détermine notre enfer ou notre paradis. Je suis resté en vie. J'ai eu foi

334

en la sainteté. J'ai refusé de croire que Louise avait renoncé à notre amour.

Il a baissé la tête. Son menton est venu se poser sur sa poitrine tandis que ses yeux se fermaient de lassitude. Serena a eu peur. Elle m'a fait signe de me taire, que c'en était assez. Mais je ne pouvais plus m'arrêter, je ne pouvais pas le laisser comme cela. Il fallait qu'il sache.

— Monsieur, je suis ici parce que Louise a eu foi, elle aussi. C'est pour cette raison que je vous ai apporté ce panier.

Zermano a lentement relevé la tête et essayé d'accommoder sa vue.

— Le panier ? Quel panier ?

— Le panier, là-bas. Je vais le chercher.

Je le lui ai apporté. Il l'a regardé sans comprendre.

— Je n'ai jamais vu cet objet.

— Non. Il appartenait à Louise.

— On m'a dit qu'à sa mort, on avait retrouvé les tableaux et les bijoux que je lui avais offerts. On ne m'a pas parlé d'un panier.

— Ils n'ont pas jugé cela important. Ce n'est pas qu'ils aient voulu vous cacher quelque chose.

— Mais j'avais exigé qu'ils fassent l'inventaire de *tout* ce qu'il y avait dans sa petite maison.

— Ils n'ont pas pensé aux paniers. Car en réalité, il y en avait plusieurs. Mais Louise voulait que quelqu'un les trouve, elle voulait que vous sachiez.

— Que je sache ?

— Qu'elle n'a jamais cessé de croire.

— Et alors ? (La voix de Zermano tremblait.) Pourquoi ne m'a-t-elle jamais répondu ? Je n'ai cessé de lui écrire.

— Je le sais.

J'ai soulevé le tissu que j'avais placé sur le panier pour protéger les lettres. J'ai pris le premier paquet d'enveloppes et je l'ai posé sur les genoux de Zermano. Il les a regardées sans comprendre.

— Ce sont les lettres que vous avez écrites à Louise.

J'ai eu l'impression qu'il cessait de respirer. D'un regard, j'ai cherché l'aide de Serena.

Elle s'est agenouillée près de lui.

— Papa, tu vas bien ?

— Je ne peux pas… Je ne vois pas.

— Bien sûr, c'est à cause de ta cataracte.

Elle a plongé la main dans la poche de son vêtement et en a sorti des lunettes de lecture aux verres épais. Elle les lui a mises sur le nez.

Il a examiné la première lettre du paquet et a reconnu son écriture si caractéristique.

— C'est mon écriture ! Cette lettre est adressée à Louise à Ville-Rouge ! D'où tenez-vous cela ?

— Louise les avait entreposées à la cave, à l'intérieur du double fond de ses paniers à tricot.

— Seigneur !

— Elles vous appartiennent. Je suis venu vous les rendre.

— En avez-vous fait des copies ?

— Non. Personne d'autre que moi ne connaît leur existence.

— Vous êtes donc venu me les vendre ?

— Je ne peux pas vous les vendre, elles ne sont pas à moi. Elles vous appartiennent.

— Peut-être me suis-je trompé sur votre compte, monsieur le rat de bibliothèque.

— Il y a autre chose. J'ai découvert autre chose.

— Ah ! (Zermano a plissé ses yeux d'un air soupçonneux derrière les verres grossissants de ses lunettes.) Je le savais !

336

Vous êtes venu faire votre réputation et votre fortune ! Que me cachez-vous ?

— Rien. Je vous ai également apporté les lettres que Louise vous a écrites.

— C'est impossible ! (Zermano a brandi sa canne et l'a agitée d'un air furieux.) Louise est morte ! Comment aurait-elle pu m'écrire ?

Serena m'a ordonné :

— Laissez-nous, professeur ! Cela suffit. Laissez-nous en paix.

La colère est montée en moi, de même qu'en Zermano. Je me suis écarté de sa canne menaçante, et je lui ai crié :

— Pensez-vous donc que tout le monde souhaite obtenir quelque chose de vous ? Pensez-vous être le seul détenteur de la vérité ?

Serena s'est interposée entre nous. Elle était aussi furieuse que moi.

— Comment osez-vous parler ainsi ? Qu'en savez-vous ? On a trompé, fait chanter et calomnié mon père !

— En effet ! Et il a été lapidé par ses détracteurs, exactement comme Raymond Lulle !

— Allez-vous-en ! a-t-elle hurlé d'un ton furieux.

— Oui, je vais m'en aller ! Je ne veux plus rien d'aucun de vous ! Mais je suis venu parce que quelqu'un d'autre a dit la vérité !

J'a attrapé le panier et je l'ai retourné. Les lettres de Louise sont tombées en pluie sur Zermano.

Ces lettres attendues avec tant d'anxiété, si longtemps cachées et maintenant à l'air libre, nous ont tous réduits au silence.

Zermano a regardé d'un air incrédule les enveloppes sur ses genoux. D'une main tremblante, il en a attrapé une et a examiné l'écriture. Il a épelé son nom et son ancienne adresse à Paris. Il a murmuré tout doucement à l'intention de cette lettre, comme si elle pouvait l'entendre : « *Dimidium animae meae*… la moitié de mon âme. » Il en a attrapé d'autres. Il tenait entre ses mains le poids d'un monde perdu. Ses larmes ont coulé sur les lettres. On aurait dit le plus vieil homme de l'univers. Il a lutté pour dire, d'une voix faible, avec des mots brisés, presque inaudibles :

— Je dois savoir… ce qu'elle disait… depuis tout ce temps.

Je lui ai répondu avec la plus grande douceur :

— Vous pourrez les lire en paix. C'est à vous que Louise a écrit. Je lui ai promis en mon âme et conscience que j'irais vous les rendre.

Je me suis éloigné.

— Non, ne partez pas. Vous aussi, vous l'aimez.

À ces mots, je me suis arrêté et retourné.

— Seule une personne qui l'aime de façon désintéressée, qui comprend sa pensée, aurait fait ce sacrifice.

— Quel sacrifice ?

— Celui de me la rendre avant que je meure, sans rien attendre en retour.

— Elle vous aimait. Il n'y avait que vous. Lisez ces lettres, vous verrez.

Il m'a tendu une poignée d'enveloppes.

— S'il vous plaît, mon ami, c'est vous qui les avez sauvées. Me ferez-vous l'honneur de me les lire ?

— Je ne suis pas sûr d'en être capable. Elles sont si… personnelles.

Serena a attrapé les lettres qu'il tendait et me les a apportées.

— Mon père a une trop mauvaise vue pour lire longtemps. Il vous serait… je vous serais reconnaissante de le faire pour lui.

Je les ai prises entre mes mains, puis je les ai parcourues et classées dans un ordre qui puisse avoir un sens chronologique. J'ai regardé fixement la première phrase de la première lettre : « Je n'ai désormais rien à cacher, si ce n'est moi », et je me suis rendu compte que j'étais incapable de la prononcer. Le problème n'était pas de croire en ces mots, mais qu'ils soient prononcés par un autre que Louise. Il leur fallait la voix d'une femme. J'ai rendu les lettres à Serena.

— Vous êtes la seule à pouvoir les lire. Il s'agit des pensées d'une femme. Ce n'est pas à un homme de les dire.

Serena a écarquillé les yeux de surprise.

— Mais je suis sa fille !

— Cela n'a pas d'importance. Il doit entendre ces mots de la bouche d'une femme.

— Ma fille, a dit doucement Zermano. Le professeur a raison. C'est toi qui dois lire ces lettres. Peut-être que cela nous aidera à comprendre tous les deux.

— Je suis désolée, mais je ne peux pas. (La terreur se lisait dans ses yeux.) Je ne peux pas lire les lettres de ta maîtresse !

Zermano lui a pris la main.

— J'ignore ce que contiennent ces lettres, quelles vérités elles vont mettre au jour. Mais je sais une chose, une chose qu'il est difficile pour un père de dire à son enfant. Si la vie en avait décidé autrement, si la guerre ne m'avait pas obligé à faire des choix, à prendre cette décision déchirante, dans un autre monde, Louise aurait été ta mère. Pour me comprendre, pour comprendre mon amour pour toi, il faut que tu comprennes l'amour que j'éprouve pour cette femme. Ce n'est pas un amour qui trahit ta mère. Professeur, dites-lui que c'est ce qu'elle doit faire.

— Je suis d'accord, mais la décision lui appartient.

Serena nous a observés tous deux avec angoisse. Elle s'est agenouillée près de Zermano comme pour lui demander pardon. Elle a posé une main sur son genou et pris la liasse de lettre. Courageusement, d'une voix pleine d'émotion et d'empathie, elle s'est mise à lire : « Je n'ai désormais rien à cacher, si ce n'est moi. Notre pacte ? Ce n'était pas notre pacte, c'était ta décision. Tu sembles croire que ce que tu représentes me met en danger. Mais où doit être une femme en cas de danger, sinon auprès de l'homme qu'elle aime ? Ne voyais-tu pas dans mes yeux la tristesse que j'éprouvais à te quitter ? Non, car tu étais trop obsédé par le désir de me protéger, de m'éloigner des voies du malheur. Si les bombes doivent tomber, pourquoi ne serais-je pas moi aussi visée ? Pourquoi serais-je épargnée ? Quelle vie reste-t-il une fois que l'on est séparé de l'être aimé ? »

Tandis que Serena poursuivait sa lecture, lettre après lettre, j'étais frappé d'entendre les mots de Louise de la bouche d'une femme. J'avais l'impression de comprendre pour la première fois leur sens profond : la peine, les larmes, la tendresse, la rage, la colère. J'observais Zermano qui, voûté dans son fauteuil, en buvait chaque syllabe. Sans aucun doute, c'était la voix de *Louise* qu'il entendait. Il était bouleversé par sa douleur, indigné par les épreuves qu'elle avait subies. Il maudissait son propre aveuglement à voix haute. Il riait avec elle, se disputait avec elle, souffrait avec elle. Il serrait la main de Serena comme si c'était celle de Louise, et s'écriait :

— Encore ! Je dois tout savoir !

Et Serena continuait, sa voix changeait, prenait des intonations qui ne lui étaient pas naturelles, mais qui correspondaient aux mots écrits sur la page comme si c'était Louise qui les prononçait. Ces révélations d'un cœur mis à nu.

Je me suis approché du bord de la terrasse et j'ai contemplé la mer. Jusqu'à ce jour, chaque fois qu'il admirait cette vue, Zermano était hanté par les horribles visions de ce qui avait pu arriver à Louise. Il entendait enfin la vérité. J'ai observé la paroi de la falaise sous moi. J'ai vu quelque chose bouger dans une crevasse obscure. La courbe d'une aile a surgi, puis des plumes se sont agitées, et un immense vautour noir est apparu. Il a pris son envol de l'escarpement en pierre et s'est laissé tomber dans le vide avant de déployer ses ailes majestueuses et de s'élever droit dans le ciel. Sa silhouette à l'allure préhistorique s'est découpée sur le soleil, qui a projeté son ombre à la surface de l'eau. Où avais-je déjà vu ce tableau, cette ombre qui se déplaçait au-dessus d'une étendue liquide dans une lumière inversée, cette fleur noire qui dérivait vers l'infini de l'horizon ? Sur la toile le plus mystique de Zermano dont jusqu'à présent, j'ignorais l'origine. Elle s'intitulait *Un torrent de fleurs noires*.

Je me suis tourné vers lui. Il essayait de se lever en s'appuyant sur sa canne. Son poignet tremblait en direction de la silhouette de l'oiseau. L'expression anxieuse de son visage était à mi-chemin entre le mysticisme et la folie. Il arborait une détermination messianique non sans rapport avec le regard de la statue de Lulle à Palma. J'étais juste entre Zermano et le vautour. Une situation peu enviable, car il s'est mis à agiter violemment sa canne au-dessus de sa tête. Il a poussé des cris. Me voyait-il seulement ?

Serena a cessé de lire. Zermano, de plus en plus agité, l'a appelée Louise et a exigé qu'elle continue. J'ai compris que c'était l'état auquel Serena faisait allusion quand elle le décrivait s'évadant de la réalité, allant et venant entre le présent et le passé. Tandis que Serena lisait, les mots pressants de Zermano se sont élevés par-dessus ceux de Louise, et je l'ai distinctement entendu déclarer :

— La vie est une chose intelligente et sauvage, aussi vierge qu'un désert où il ne pleut jamais, mais où le mirage au loin est comblé par l'océan. Attendez-vous au plus inattendu, et vous ne serez pas surpris. Regardez ! Voyez-vous Louise ? C'est un espace de volatilité qui appelle le désastre et qui offre une plaque glissante où se précipite le fou. Elle me condamne parce que je l'ai éloignée. Me condamne et me pardonne. De la cire brûlante ! Je me réveille avec l'odeur de la cire brûlante dans les narines. D'une ruche qui brûle. De cierges qui brûlent. L'odeur de la honte et de l'expiation tant espérée dans l'église où Lulle a rejoint sa bien-aimée après l'y avoir suivie à dos de cheval. Les gargouilles du clocher riaient avec un ravissement ancien, sachant quel fou il était. Sachant que ses idées romantiques éculées seraient réduites à néant dans le confessionnal quand elle retirerait les bandages souillés de sa poitrine et que la puanteur d'orange pourrie de la mort ferait voler ses illusions en éclats. Au lieu d'étreindre sa bien-aimée en souffrance, il a fui. La honte de Lulle qui s'enfuit est ma honte. Louise, pardonne-moi. J'ai voulu embarquer notre amour sur un seul bateau, mais comme Lulle qui a voulu rassembler toutes les religions sur un même navire, c'était trop lourd. Le bateau a coulé.

« Louise, je me vois qui regarde par la vitre du train roulant vers Paris après t'avoir laissée, tandis que mon cœur se brise sur l'écueil de ce que tu considérerais sans aucun doute comme une trahison. De l'autre côté de la vitre, la route qui longe la voie ferrée n'est qu'un flux de voitures bourrées des biens de ceux qui fuient l'Est. Je vois aussi des chariots et des charrettes tirés par des chevaux, poussés par des familles terrorisées, où s'empile le contenu de leur maison. Les gares étaient encombrées de wagons de marchandises sur voies de garage où s'entassaient des gens roulés dans des couvertures pour se protéger du froid, qui attendaient qu'on accroche une locomotive pour les transporter au sud ou au nord, là où leur destin les conduirait. Et mon train qui roulait sans être intercepté, car il ne contenait presque que des soldats. Désormais, les gens allaient à pied, leurs paquets à même leurs dos courbés. Des vieux sur des bicyclettes plus vieilles encore, des mères pâles portant des bébés et tirant des enfants en haillons, des vieilles femmes trop faibles pour continuer, qui pleuraient au bord de la route, abandonnées. Des jeunes pendus à des poteaux téléphoniques, le mot TRAÎTRE peint en lettres blanches sur leur veste de cuir. Dans chaque village que nous franchissions, j'entrevoyais une terrible catastrophe humaine. Mais égoïstement, je ne pensais qu'à toi, qui étais en sécurité. Cela faisait-il de moi un criminel ? Tu étais à l'abri, moi je regagnais le ventre de la bête. Ma motivation était claire : plus j'étais loin de toi, plus tu étais protégée. À Paris, des voitures filaient la nuit tous feux éteints dans les rues. Les carrefours n'étaient plus seulement barrés de sacs de sable, mais transformés en forteresses de béton avec mitraillettes et soldats. Dans la journée, l'air s'emplissait de la cendre des papiers que l'on brûlait dans les cheminées, des gens consumaient leur passé, détruisaient toute preuve susceptible de les incriminer. Paris avec des barbelés autour de tous les grands bâtiments publics. Paris où patrouillaient désormais des Citroën noires où des hommes équipés d'appareils électroniques traquent les transmissions radio clandestines. Paris et ses rames de métro lancées à pleine vitesse remplies de passagers murés dans un silence paranoïaque, la lumière jaune du plafonnier sur leur visage. Je suis soulagé que tu ne sois pas ici, que tu ne risques pas d'être arrêtée par d'innombrables gendarmes, inspecteurs, gardes, miliciens, qui vérifient tous les papiers d'identité. Il y a partout des regards soupçonneux. Des bombes s'abattent sur les usines de banlieue, j'entends le bruit sourd des explosifs, comme un homme qui frappe un chien enchaîné. La neige est sale sur les places désertes. Les rats se vendent quinze dollars pièce. Quatre dollars pour une queue qui fera un peu de viande dans la soupe. Ma plus grande crainte est que tu sois morte ou que tu aies disparu à Ville-Rouge.

« Je rôde dans les bordels de Pigalle à la recherche de femmes pouvant me servir de modèle. Des femmes qui te ressembleraient à cause de la lueur dans leurs yeux, de leurs cheveux ou de leur peau. J'ai trouvé une jeune bohémienne, une communiste qui a fui Barcelone il y a quelques années pensant qu'elle serait à l'abri ici. Maintenant, elle se cache pendant la journée, elle est plus traquée encore que dans son propre pays. J'ai loué ses services pour la soirée afin de la peindre. Le lendemain, je suis retourné dans les rues de Pigalle, mais elle avait disparu. Avait-elle été raflée par la police qui vient nettoyer la "pègre étrangère" dans les bordels ? Je l'ai cherchée des semaines durant. C'était une rescapée assez maligne pour passer entre les mailles du filet. Finalement, je l'ai retrouvée sur les berges de la Seine. Les charbons rougeoyants d'un feu de bois illuminaient sa peau nue piquée par le froid brumeux. Je l'ai ramenée à l'atelier et je l'ai nourrie de soupe aux haricots et de cognac. Je l'ai baignée et lui ai massé les seins avec de l'huile d'olive et du jus de citron. J'ai cassé des brins de romarin entre mes mains et j'ai frotté ses joues pour les imprégner de ce parfum. Je voulais qu'elle sente comme toi, qu'elle embaume l'odeur de Provence. Je voulais que cette odeur se mêle à celle de mes peintures à l'huile. Mais la fille ne tenait pas en place. Elle ne voulait pas être modèle, elle voulait être une pute qu'on paie. Elle a approché son corps nu et s'est offerte à moi. Elle sentait comme toi. Elle m'a pris le pinceau des mains et a dessiné en travers de sa poitrine un trait vermillon brillant. Elle sentait comme toi. J'ai attiré ton odeur à moi, mais c'était le corps d'une fille, non de la femme que tu es. Je l'ai repoussée. Elle a ri et glissé sa main entre mes jambes en forçant mes lèvres. Quand sa langue m'a pénétré, j'ai touché le bout de son désespoir. Elle a écarté les jambes avec un soupir de tristesse plus profond que le mien. Je me suis réveillé le lendemain pour la peindre nue aux premières lueurs de l'aube, comme je t'avais peinte. Mais elle était partie avec tout mon argent. En Espagne, il y a un proverbe qui dit : "Ne tourne jamais le dos à un taureau. Ni à une bohémienne dont la faim est plus grande que la tienne." Ton odeur flotte toujours dans mon atelier.

« Ma Louise, avec des traces de terre sur les paumes, qui tend ses mains vers moi, presse ses doigts sur mon visage, et dit : "Je ne peux pas croire que tu sois *réel*. Que *nous* soyons réels !" Ta présence me manque. Non seulement ta beauté et ta grâce, mais aussi le souffle de ton esprit sur ma vie quotidienne. Me considères-tu comme responsable du Jour des Abeilles ? Je n'ai pu l'anticiper. Mes genoux étaient brisés, je devais ramper, supporter l'humiliation de te voir soustraite à moi, comme une côte qu'on arrachait à mon corps. Louise, je ne t'abandonnerai jamais ! L'absence, c'est aimer ce que le vent enflamme : il éteint la faiblesse, il attise la force.

« Tout est désormais noir et blanc dans mon atelier. Il est sans texture ni saturation. Je rampe continuellement vers toi dans ma peinture. Je raie, je barre, je rature. Quand on ne vit que dans le souvenir, la vie se meurt. Seul toute la journée, je brosse la toile avec mon pinceau pour t'atteindre, mais c'est comme si je faisais l'amour avec les mains attachées. J'ai besoin de sentir ta chair, de glisser mon corps sur le grain, de tatouer la toile. J'ai l'énergie de créer au milieu de cet anéantissement. Un peintre doit *conquérir* ses yeux. Que je me souviens bien de tes yeux... Je suis en train de perdre les miens, car je juge frivole de faire de l'art en période de guerre, de peindre un poisson rouge dans un bocal, un bras emporté par une grenade, des fleurs dans un vase, un champ de blé traversé par des chars. Tes yeux s'élèvent du champ dévasté, lui redonnent forme. L'ironie veut qu'après la destruction, seul l'art subsiste. Le travail de l'artiste est acte de guérison. Je dois lutter contre l'inertie de la désespérance, me contraindre à regarder à l'intérieur du volcan, à voir à nouveau la couleur, à reconquérir mes yeux, à observer cette éruption de soufre qu'est la guerre. Mais comment voir une haine si ancienne dans une lumière neuve ? Je dois trouver un moyen, découvrir une irrévérencieuse invention. Personne ne sait que je m'efforce de construire à partir du chaos, d'ordonner la destruction de mon cœur, mon effondrement sans toi. La réalité me presse, car chaque guerre est personnelle, chaque bataille est intime.

« Pardonne-moi de t'avoir éloignée. Aucun de nous ne devait connaître les voies du malheur. Inévitablement, cette guerre finirait. Les gens ne seraient libérés d'une confusion que pour s'achever dans une autre. Comme nous, séparés en tant qu'amants. Notre histoire, si intense, si décisive et si proche, devient lointaine et retirée. Dans le cœur, il n'y a pas de terrain intermédiaire. Quand on est coupé de l'amour, on vit soit dans le passé, soit dans le présent. Il faut choisir. Tu es la maîtresse de mes souvenirs. Tu avais le pouvoir de m'écrire, d'opter pour un futur après la guerre. *Et tu écrivais !* Toutes ces lettres enfermées dans une cave secrète désormais livrées au grand jour... J'entends ta voix dans mon oreille, j'entends ton histoire. N'arrête pas de parler. Je refuse de me passer de ta voix maintenant qu'elle a réapparu. Je ne pourrai jamais retourner à la solitude qui m'a autrefois servi de refuge...

« Te rappelles-tu cette journée dans la cerisaie ? L'Officier qui nous avait surpris était armé. Je suis parti car je n'avais rien pour te défendre. Je devais faire semblant d'être un lâche. J'ai été chercher le cric dans le coffre de la Bearcat et je suis revenu me battre. Plus tard, j'ai insisté pour que tu restes en Provence au lieu de rentrer avec moi à Paris. À l'époque, je ne pouvais te révéler mes raisons, maintenant je le peux. Comme en cette journée dans la cerisaie, mon seul moyen de te défendre était de faire comme si je t'abandonnais. Je voulais que tout te soit révélé le jour où tu te rendrais à la ferme d'Élouard et que tu découvrirais ce que j'avais caché pour toi dans la Bearcat. Là, tu *verrais*, et nous serions alors réunis. J'ai fait des cauchemars des années après t'avoir perdue. Puis j'ai cessé de rêver. Non pour me soulager, mais pour fuir. Le souvenir déformait ma vision de toi. Ton corps est devenu flou, le flou s'est mué en esprit, et cet esprit a servi de fondement à mon art. Tout individu qui prétend créer de l'art sans cœur est un menteur, il ne fait pas de l'art, il fabrique juste les célèbres saucisses de Voltaire : les règles de l'intellect se délitent devant les caprices de la muse. Ce n'est pas le danger de peindre qui m'attire, c'est de me servir de ma peinture pour mettre au jour la corrosion sous les mensonges qui recouvrent le monde. Il ne faut pas avoir peur d'affronter l'artifice et d'y creuser des failles, exactement comme les bottes de l'armée conquérante qui marche dans cette ville de conspirateurs creusent des failles dans la terre. J'ai regardé dans ces failles et j'ai peint la foule tremblante du métro, le seul endroit où existait encore une véritable démocratie : tout le monde s'y retrouvait car il n'y avait pas d'essence pour circuler en voiture. J'ai capturé des visages où se mêlaient la peur, la trahison et la torture dans la lumière jaune putride du métro.

« Pourquoi je me sens obligé de te confesser mon passé ? J'avais l'espoir que le jour où le nouvel empereur rendrait le fils de Napoléon à Paris, la tombe de son père s'ouvrirait et que ce dernier se relèverait pour faire capituler l'armée conquérante et la renvoyer vers l'est. Que tout changerait, que je t'épouserais officiellement. Rien de tout cela ne s'est produit. Nous étions mariés la nuit où le fils de Napoléon est revenu, mais en la plus secrète des cérémonies. La pluie de notre dernier été blesse toujours mon cœur, ces gouttes humides qui frappent les feuilles de vigne poussiéreuses, qui s'infiltrent doucement dans les vignobles. Au bout de chaque allée fleurit un buisson de roses. Tu me réservais des surprises avec des fleurs partout où je travaillais, je respirais leur parfum en dessinant la courbe de ton bras, la forme de ta joue. Le paradis n'a de valeur que si l'enfer existe. Tes baisers du matin, ces gouttes de pluie d'amour, couvrent mon visage. Là où tombe chaque goutte, s'efface une cicatrice du souvenir. Par la porte ouverte de mon atelier de la Villa de Trône, j'aperçois des abeilles qui bourdonnent dans les citronniers. Par les fenêtres de mon atelier de Majorque, j'aperçois un vautour noir en vol. Au-dessus de lui, un avion file vers sa destination en laissant derrière lui une traînée vaporeuse. Tout change si vite, le temps passé loin de toi me glisse entre les doigts. Le paysage de Provence a été figé et cultivé pour atteindre une perfection picturale. La brutalité de la campagne espagnole a été grattée, elle s'écaille comme la peinture à cause de la pollution des voitures. Plus d'aspérités : une seule monnaie, un seul peuple, aucune différence.

« Louise, j'ai tant de choses à te raconter : un demi-siècle de changements ! L'armée a réquisitionné la Villa de Trône, des officiers y ont habité. Comment pouvais-je y retourner après la guerre et la restaurer dans l'attente de ton retour ? J'ai interrogé chaque commission des personnes déplacées dans chaque pays dans l'espoir d'obtenir des nouvelles de toi. Rien. La Villa de Trône a été endommagée par les combats, nos rêves écorchés par les coups de feu. Comment pouvais-je y revenir en sachant que les soldats qui y ont vécu roulent désormais en voitures de luxe, se branlent avec leur argent et jouissent en rêvant aux jours où ils étaient payés pour tuer ? Je me souviens des fleurs que tu as laissées dans mon atelier de la Villa de Trône la dernière fois que tu es venue. Des pétales sauvages en provenance des champs, comme si Dieu avait déployé sa plus belle palette de couleurs, et que tu me l'offrais.

« Quand il pleut dans les hautes montagnes, les pics disparaissent au milieu du brouillard et mes genoux arthritiques me font souffrir de la douleur du souvenir. Je me rappelle que je te regardais nue, pendant que tu chantais en cuisinant devant le fourneau. Parfois, les sauces giclaient et tu les léchais sur ta peau. Tu ne sais pas que je te regarde. Tu l'ignores, mais j'ai reconstitué la Villa de Trône ici à Majorque. La même cuisine. Ta scène. Personne ne sait que j'ai bâti cette maison pour toi, la maison que je t'avais promise, pour que tu puisses t'y glisser comme un fantôme et toucher du doigt notre existence perdue au milieu de la nouvelle vie que j'avais créée : la famille, les enfants. Souvent, je traversais cette maison la nuit et je te découvrais là, nue, en train d'attendre. Je posais mon oreille sur ton sein et j'écoutais les vagues de la mer et les ailes des oiseaux battre dans ton cœur. Je t'ai épousée en te perçant avec un anneau d'or. Comme je ne t'ai jamais retrouvée, nous n'avons jamais divorcé.

« Que de joie en ce jour où nous dansions à Ville-Rouge sans penser à rien, comme des agneaux. Nos esprits animaux ne comprenaient pas le langage de ces hommes qui nous conduisaient au massacre. Le temps fait des bonds d'avant en arrière. Les cloches de Paris sonnent la libération, mais il n'y a pas de libération pour nous. Nous ne sommes pas là. Le vautour noir vole en direction du mont Ventoux, les sentiments sont coupés de mon cœur, gravés dans l'angoisse de tes années de silence. Ton bébé, notre bébé ? Les abeilles ! Mon Dieu ! Je ne peux te consoler. Quelque chose a été brisé qui ne peut être reconstitué. Tous mes mots, toutes mes peintures ont été inutiles. Je ne peux que t'offrir la clé que je porte à mon cou depuis un demi-siècle. La clé qui dévoilera tout...

— Papa !

Le cri de Serena a interrompu Zermano. Elle a lâché la lettre qu'elle lisait et bondi pour le rattraper alors qu'il se laissait aller, épuisé, dans son fauteuil roulant. Il respirait mal, sa tête retombait mollement sur sa poitrine. Je me suis agenouillé près de lui de l'autre côté du fauteuil. J'ai lancé un regard à Serena, dont le visage était crispé d'inquiétude.

— Pardonnez-moi. Je n'aurais peut-être pas dû venir.

— Non, il le fallait. Il a attendu cela toute sa vie. Je me trompais en pensant qu'il perdait la tête et alternait périodes d'incohérence et moments de lucidité. Maintenant, je comprends que tout faisait partie d'une même vie. L'ordre de succession des événements n'a finalement pas d'importance.

— Je vais vous aider à le porter jusqu'à son lit.

— Oui, c'est le mieux.

Nous l'avons relevé ensemble. Son corps était étonnamment léger. Le soleil plongeait dans la mer et projetait des rayons dorés sur la terrasse pendant que nous le soutenions en le ramenant à la petite chambre creusée dans la falaise.

Nous l'avons étendu sur le lit. Serena l'a enveloppé dans une couverture. Son visage était blanc, aussi blanc que ses longs cheveux et sa barbe. Serena était assise près de lui, elle essuyait la sueur de son front avec un linge humide. Je me suis adossé au mur dans un coin et je les ai observés tandis que dehors, le jour faiblissait.

Lentement, le rugissement de la mer a décru et le chant des grillons a annoncé la nuit. Serena a allumé des bougies. Les heures ont passé. Le torrent de mots de Zermano résonnait toujours à mon esprit. Peu de gens parlaient encore comme lui, peu de gens pensaient encore comme lui. Encore moins aimaient avec une telle férocité dans la passion et un tel refus du renoncement. Il était en vie parce qu'il aimait, et parce qu'il aimait, il ne craignait pas la mort. Les bougies éclairaient la pièce. Serena avait recommencé à lire les lettres d'une voix calme. Elle grimaçait en essayant de déchiffrer l'écriture de Louise qui, autrefois exquise, se réduisait à un pathétique gribouillis depuis sa crucifixion.

L'air marin dérivait dans la pièce et se mêlait à l'odeur de la cire d'abeille qui brûlait. Un papillon de nuit s'est dirigé de manière erratique vers la flamme d'une bougie. Au terme d'un petit sifflement, la flamme lui a pris la vie. Le papillon est tombé par terre. Sur le mur près de moi, une araignée s'approchait déjà pour l'emporter dans sa toile. De nouvelles bougies éclairaient la pièce. Leur lueur illuminait le visage et les bras nus de Serena. Je pouvais seulement imaginer quelles pensées traversaient son esprit tandis qu'elle lisait. L'odeur de sa peau se mélangeait à celles de la cire d'abeille et de l'air marin. Je me suis demandé pourquoi elle ne s'était jamais mariée. Avait-elle épousé le mythe de son père ? Peut-être ce qu'on disait sur les femmes de Majorque était-il vrai : comme les oliviers sauvages qui poussent sur l'île, elles produisent davantage de fruits si on ne les taille pas.

351

— Louise !

Zermano a tendu la main dans la nuit, une main amaigrie par l'âge, aux os rongés par le temps, dont les doigts cherchaient à agripper l'air.

— Louise !

Serena lui a pris la main et l'a posée contre sa joue.

— Louise, je ne t'entends plus !

Serena s'est doucement remise à lire.

Louise était maintenant à l'abri, elle pouvait ramer à travers les nuages dans son bateau vers Zermano. Je suis certain qu'il a entendu ses paroles, car longtemps après que Serena eut lu la dernière des lettres de Louise et que le soleil eut commencé à se lever, son visage était en paix, alors même qu'il avait cessé de respirer.

Serena n'a pas bougé, elle n'a pas lâché sa main. Dehors, les premiers oiseaux ont commencé à gazouiller. Le soleil du matin brillait par la fenêtre et projetait sa lumière sur le sol, là où s'étaient trouvés le papillon de nuit et l'araignée. Serena s'est détachée de la main de son père. Elle lui a caressé le visage, le cou, puis elle a déboutonné sa chemise et l'a écartée. Autour du cou de Zermano, une clé était accrochée à une lanière de cuir. Loin d'être moderne et léger, l'objet était lourd et terni par le temps. Il reposait sur sa poitrine près d'une cicatrice encore visible au-dessus de son cœur : un L.

Serena a passé la main sous la clé et a refermé ses doigts dessus. Elle s'est tournée vers moi :

— Je vais à la ferme d'Élouard. Voulez-vous m'accompagner ?

SEPTIÈME PARTIE

LA CLÉ

Ce n'était pas chose facile que de retrouver la ferme d'Élouard. Dans ses lettres, Zermano mentionnait que son fidèle Roderigo y avait conduit et caché la Stutz Bearcat avant de regagner son Espagne natale. Peut-être avait-elle été depuis remplacée par un lotissement ou un centre commercial. Le seul moyen de savoir si elle existait encore, c'était d'identifier les différents propriétaires de *La Grande Chose bleue*. Zermano avait échangé cette toile contre la voiture d'Élouard au début des années quarante. Or, *La Grande Chose bleue* était actuellement au cœur d'une controverse, dans la mesure où on mettait en doute la provenance de cette œuvre, actuellement pièce maîtresse d'un musée de Londres.

Le musée avait acquis ce tableau dans la transparence la plus totale. *La Chose bleue* provenait d'une compagnie d'assurances japonaise, qui l'avait auparavant achetée à une prestigieuse galerie de Zurich au moment de la flambée spéculative du marché de l'art dans les années quatre-vingt. La galerie l'avait quant à elle acquise auprès d'un important collectionneur d'Afrique du Sud. Lequel avait récemment transmis à la justice des documents affirmant que le tableau lui avait été vendu par une personne

« très haut placée » dans le gouvernement français des années cinquante. Les héritiers d'Élouard intentaient un procès à toutes les parties concernées au motif que le tableau, de même que plusieurs autres œuvres de grands maîtres de l'art contemporain, avait été illégalement confisqué à Élouard après qu'il eut été arrêté à Paris dans les derniers jours de la Seconde Guerre mondiale. On ignorait ce qu'Élouard était devenu par la suite.

Serena et moi avons décidé que j'étais celui qui devait contacter les héritiers d'Élouard, car ils pouvaient craindre de la part de la fille de Zermano qu'elle n'ait l'intention de réclamer *La Chose bleue*. En revanche, en tant qu'historien ayant publié sur Zermano, il était on ne peut plus naturel que je fasse des recherches sur une toile d'une telle importance. Élouard avait deux descendants, deux fils. J'en ai localisé un à Tel-Aviv et l'autre à Brooklyn. Celui de Tel-Aviv a refusé de me parler, convaincu que j'œuvrais pour le compte du musée de Londres. L'autre était un professeur de sciences dans le secondaire qui, à ma grande surprise, me connaissait. Il avait lu mes ouvrages sur Zermano et il était d'accord avec la plupart de mes conclusions. Nous avons discuté pendant trois heures des toiles de l'artiste. J'ai découvert en lui un homme enthousiaste et cultivé. Il m'a appris que de tous les tableaux ayant été confisqués à Élouard, celui qu'il voulait absolument récupérer était *La Chose bleue*. Dans l'hypothèse où ils gagneraient en justice, il acceptait que son frère vende tout le reste, mais exigeait de garder celui-là. J'ai finalement réussi à lui demander :

— En plus de son appartement à Paris, Élouard ne possédait-il pas une ferme quelque part en France ?

— Deux fermes. L'une a été vendue après la guerre, et ma mère habite l'autre. Ma préférée était celle qui se trouvait dans le Midi. Nous y séjournions chaque été jusqu'à ce que je sois obligé de quitter la France durant mon enfance.

— Je suis étonné, mais ravi, que votre mère soit encore en vie. Elle doit être très vieille, maintenant.

— Vieille ? C'est une ancêtre ! Pourquoi n'allez-vous pas lui rendre visite ? Elle se plaint que personne ne vient plus la voir... Ce qui est vrai, car mon frère et moi nous rendons rarement en France. Les bons souvenirs y sont trop mêlés aux mauvais.

— J'irais volontiers.

— Je vais vous donner son numéro de téléphone. Appelez-la et racontez-moi tout ensuite. Elle est unique.

— Qu'entendez-vous par unique ?

— C'est un personnage. Vous verrez.

Le même jour, j'ai pris un avion pour Paris en compagnie de Serena, loué une voiture et franchi les cent trente kilomètres qui nous séparaient de la ville de Reims. Nous sommes passés devant la cathédrale gothique aux tours majestueuses et aux vitraux colorés scintillants, qui ressemblait sans doute beaucoup à ce que la jeune Jeanne d'Arc avait pu voir en lançant le célèbre et fougueux appel qui convainquit les Français de se rallier à leur dauphin. À la sortie de Reims, le paysage se déployait en de luxuriants vignobles de champagne, puis des collines s'élevaient paresseusement, leurs crêtes adoucies par des champs de blé. Les flèches des églises de village ponctuaient l'horizon. Tout à coup, alors que nous atteignions le sommet d'une côte, se produisit une apparition surréaliste. Il s'agissait d'une colonne en béton plus haute que les tours de la cathédrale de Reims et dont la forme rappelait celle d'une balle d'artillerie. Elle se dressait au centre d'un ancien champ de bataille de la Première Guerre mondiale où avaient péri plus de quatre cent mille hommes. Les corps de cent trente mille d'entre eux étaient tellement méconnaissables que leurs os brisés avaient été ensevelis sous la colonne en béton.

Au téléphone, un peu plus tôt, Mme Élouard m'avait dit : « Prenez à gauche à la Grande Balle et à droite au premier carrefour, puis continuez sur deux kilomètres. Vous apercevrez la ferme face à un champ de pommes de terre. »

J'ai suivi ses indications et, bientôt, nous nous arrêtions devant une jolie petite ferme. Nous sommes descendus de voiture.

Madame attendait à la porte. Elle s'appuyait sur une canne, visiblement plus pour se donner une contenance que pour soutenir un corps peu vaillant. Elle portait une robe longue incrustée de perles, de celles qui étaient à la mode dans les cabarets parisiens pendant les années trente. Ses cheveux blancs étaient coupés à la garçonne. Ses poumons, qui n'étaient plus aussi sains qu'autrefois, donnaient à ses paroles un timbre particulier, comme si chaque mot constituait la marche d'un escalier raide qu'elle gravissait sans reprendre son souffle.

— Avec la Balle, impossible de vous perdre. C'est comme cela que nous avons surnommé cette horreur de béton : la Balle. Pourquoi n'ont-ils pas tout simplement mis ces pauvres hommes en terre et fait pousser des chênes pardessus ?

J'ai voulu voir l'aspect positif de la chose.

— Certains la considèrent sans doute comme parfaitement appropriée.

— Mais c'est stupide, mon Dieu ! Ils ont été tués par balle, et ils reposent sous une balle ! La prochaine fois, il leur en faudra une plus grosse encore, a-t-elle déclaré d'un air sardonique.

Serena lui a fait un sourire aimable et a dit :

— C'est une tragédie.

Madame l'a observée en plissant les yeux.

— Qui êtes-vous ? Au téléphone, j'ai parlé à un professeur américain.

— Moi-même, l'ai-je rassurée.

— Dans ce cas, qui est cette jeune femme ? L'une de vos étudiantes ? Si vous trompez votre épouse, je veux en être immédiatement informée.

Serena lui a tendu la main.

— Je suis enchantée de faire votre connaissance. Et non, je ne suis pas sa femme.

Madame a serré la main de Serena.

— Êtes-vous mariée ?

— Non.

— Dans ce cas, vous ne connaissez pas grand-chose à la vie, n'est-ce pas ? Laissez-moi vous parler de tragédie. La véritable tragédie de la Balle, c'est que presque plus personne ne vient la voir. Les gens préfèrent se rendre dans ces magnifiques salles de dégustation de champagne. Quand ils voient la Balle, ils se disent : « Ce n'est pas pour moi », et poursuivent leur chemin. Or, c'est précisément pour eux que la Balle a été construite. (Elle a examiné le visage de Serena de près.) Pourquoi n'êtes-vous pas mariée ? Il ne va pas vous épouser ?

Serena a poliment essayé de changer de sujet :

— C'est très gentil de nous autoriser à vous rendre visite.

Mais Madame ne changerait de sujet que lorsqu'elle l'aurait décidé. Elle s'est tournée vers moi.

— Vous devriez avoir honte de vous.

— Il faut être deux pour se marier, ai-je répondu.

— C'est un problème très actuel. Ne pas se marier, vivre ensemble, avoir des enfants. De quoi les gens ont-ils peur ?

Les choses ne se sont pas passées de cette manière avec mon Élouard. Je lui ai dit : « Je suis une fille pressée. Si tu veux me retenir, il faut m'épouser. » De nos jours, les gens sont égoïstes et cyniques.

— Je suis bien d'accord, ai-je acquiescé.

Serena a tenté de retirer sa main de celle de Madame et a déclaré :

— Peut-être les gens ne se marient-ils plus parce qu'ils ont peur.

Madame a refusé de lâcher la main de Serena.

— Vivre ensemble sans être amoureux, ce n'est pas de la peur, c'est tout simplement pathétique.

Serena a repris sa main.

— Je ne suis pas mariée. Et je ne suis pas cynique non plus.

— Vous êtes bien la seule, dans ce cas, a souri Madame. Ils devraient vous mettre dans un musée de cire à côté de Jeanne d'Arc avec une pancarte : « La célibataire et la naïve. » (Elle a dévisagé Serena.) Vous me rappelez quelqu'un. Je vous connais ?

Serena m'a regardé. Je lui ai fait signe de ne rien dire. Nous ne pouvions courir le risque que Madame croie que Serena venait récupérer d'éventuelles œuvres de son père. La seule chose que nous voulions, c'était savoir si la Bearcat existait encore.

Serena a dit tout doucement à Madame :

— Je peux vous affirmer en toute honnêteté que vous ne me connaissez pas.

— Eh bien, maintenant, je vous connais. (Madame a ouvert sa maison.) Aimez-vous les harengs marinés ?

Nous l'avons suivie dans son petit salon, où elle a insisté pour nous servir des harengs et du vin fruité. Elle parlait sans cesse, trop heureuse d'avoir de la compagnie. J'ai alors remarqué un petit croquis dans un simple cadre en bois accroché au mur.

Madame a vu mon intérêt.

— Vous connaissez son travail ?

Elle avait apparemment tout oublié de notre conversation téléphonique où je lui expliquais que j'étais historien d'art et que je venais discuter du grand peintre. Je lui ai rafraîchi la mémoire :

— Oui, j'admire beaucoup le travail de Zermano. Et je suis curieux de savoir ce que vous pensez de lui.

Elle s'est approchée du dessin et a placé un monocle à sa hauteur.

— Splendide. Quel dommage !

— Pardonnez-moi, mais qu'est-ce qui est dommage ?

— Qu'il soit à ce point démodé dans certains cercles. Tous ces débats autour de lui. Comme quoi il se servait des femmes, sur le fait qu'il a peut-être collaboré pendant la guerre, qu'il est de la vieille école considérant qu'il faut vénérer et représenter la beauté, l'« objectiver », comme on dit désormais. Pourtant, son travail vaut si cher, si cher, mon Dieu ! Mais je ne vendrai jamais ce croquis. C'est le dernier Zermano que je possède.

— Vous avez de la chance.

— En effet. Que m'importe la mode ? De l'art, c'est de l'art. L'ourlet des robes monte et descend, mais ce qui compte, ce n'est pas la robe, c'est la femme. Elle seule conserve sa valeur. En art, c'est pareil.

— C'est une notion pleine de fraîcheur. Vous devriez enseigner l'histoire de l'art.

— Oh, je ne serais pas appréciée. Pas du tout appréciée. Je ne voudrais pas quitter mes déguisements pour enseigner. Je voudrais être *merveilleuse*.

Serena a ri.

— Comment avez-vous obtenu ce *merveilleux* dessin ?

Madame a passé les doigts sur le verre protecteur.

— Je connaissais Zermano, savez-vous ? Beaucoup de gens disent l'avoir connu, même si ce n'est pas vrai. Moi, Zermano m'a sauvée. Et il m'a offert ce dessin.

Serena s'est approchée de Madame. Toutes deux ont examiné le dessin avec des yeux pleins d'amour. Serena a demandé :

— Comment vous a-t-il sauvée ?

Madame s'est raidie sur sa canne et a pris une profonde inspiration, se préparant une fois de plus à escalader le raide escalier de ses mots.

— C'était… Il était… nous vivions une époque troublée. C'est pour cette raison que j'ai emménagé ici, afin de ne plus être troublée. La Grande Balle est là pour me le rappeler, sans ambiguïté. Ils ont anéanti mon mari. Vous voyez cet anneau à mon doigt ? C'est son alliance. Je ne me suis jamais remariée. Si vous n'avez pas de second mari, on ne peut pas vous l'enlever. À l'époque, ils m'ont tout pris, ne me laissant que cet anneau. Nous menions une vie agréable. Élouard était médecin, il travaillait dur. Un jour, pendant la guerre, la milice s'est rendue à son hôpital. Élouard était train d'opérer, vous imaginez ? Il avait un scalpel à la main quand ils lui ont annoncé : « Désormais, la loi interdit que vous exerciez cette profession. Sortez sur-le-champ. » Voilà comment cela se passait. Élouard est tout de suite allé à la banque et a appris que son argent, toutes nos économies, avait été « confisqué pour motifs idéologiques ». Il ne lui restait que sa collection d'œuvres d'art. Mais tant de gens aux abois vendaient leurs tableaux que c'était la panique, du coup les prix avaient terriblement chuté. Élouard a cédé toute sa collection pour une fraction de sa valeur réelle, cependant il a gardé *La Grande chose bleue* de Zermano. Il comptait aller la cacher dans notre ferme du Midi. Avec l'argent de la vente, nous avons expédié nos enfants hors du pays via Nice, où ils ont embarqué sur un navire de la Croix-Rouge. Élouard et moi sommes restés, vendant le peu de meubles que nous possédions encore afin de nous payer le voyage. La nuit qui précédait notre départ pour le Midi, notre vie a viré au cauchemar. Sept hommes de la milice ont défoncé la porte de notre appartement et se sont postés autour du seul meuble qui nous restait, notre lit. Ils criaient, proféraient des accusations, et m'ont arraché mon mari des bras. J'étais nue. Il fallait que je tente quelque chose. J'ai sauté du lit et j'ai commencé à l'embrasser tendrement en me frottant contre lui. Les miliciens étaient abasourdis. J'ai roucoulé à leur attention : « Comment pouvez-vous m'enlever mon petit coq juste au moment où il allait être cuit à point ? » Ils m'ont tirée par le bras et jetée sur le lit. Ils ont menotté Élouard. L'un d'eux a sorti un couteau, s'est avancé vers moi et a brandi son arme. Élouard a hurlé et s'est débattu pour me venir en aide. L'homme a frappé le matelas tout autour de moi jusqu'à ce qu'il soit complètement éventré. C'est là qu'il a découvert un paquet dans l'un des ressorts. Il l'a ouvert. Il contenait des papiers d'identité et des documents de voyage pour Élouard et moi. L'homme a placé son couteau contre ma gorge. « Comme si vous autres juifs ne saviez pas que vous baisiez sur des faux papiers ! Je reviendrai pour toi plus tard ! N'essaie pas de t'enfuir ! » Et ils sont partis. J'avais encore plus peur pour Élouard que pour moi. J'ai téléphoné à nos proches amis, mais tout le monde a raccroché au son de ma voix. Puis j'ai appelé Zermano. Lui n'a pas raccroché. Je lui ai raconté ce qui s'était passé. Il s'est mis à crier. Je n'oublierai jamais ses mots : « Tout cela est louche ! Ça sent très mauvais ! » Puis il a

363

coupé la communication. Dès lors, je savais que j'étais seule. Deux jours plus tard, juste avant l'aube, le téléphone a sonné. J'avais peur de décrocher car cela pouvait être la milice. La sonnerie a retenti toute la matinée. J'ai été prise de panique. Et si c'était Élouard ! J'ai décroché. Une voix étrange m'a dit : « Je suis un ami de votre mari. Reste-t-il encore des faux papiers cachés chez vous ? » J'ai répondu non. « Très bien. Je veux que vous quittiez votre appartement. N'emportez rien. Vous devez faire comme si vous alliez au marché, pas comme si vous vous enfuyiez. Rendez-vous à la station de métro la plus proche et prenez la première rame en direction de Saint-Cloud. Vous devez me faire confiance. Je suis un ami. » C'était vraiment bizarre, mais que pouvais-je faire d'autre ? Tout le monde m'avait abandonnée. Je n'avais pas le choix. J'ai fait ce qu'on me disait, je suis sortie de l'appartement, je suis descendue dans la station de métro. La rame pour Saint-Cloud est arrivée. Quand elle s'est arrêtée, j'ai voulu y monter, mais quelqu'un m'a attrapée par le bras, tirée en arrière, puis poussée dans la foule sur le quai. C'était Zermano. Il m'a fait marcher rapidement dans un couloir bondé jusqu'à un nouveau quai. Un métro s'est arrêté, il allait dans une autre direction. Zermano m'a entraînée à l'intérieur. Nous n'avons pas échangé un seul mot. Dans le wagon, des hommes étranges passaient leur temps à retirer leur chapeau pour regarder sous le rebord les photos épinglées de ceux qu'ils recherchaient. Puis ils relevaient la tête et scrutaient les visages autour d'eux. Après plusieurs arrêts, Zermano m'a prise par le bras et nous sommes descendus à la station d'une gare. Nous avons pris un train qui quittait Paris. La police a demandé à voir nos papiers d'identité et nos laissez-passer. Zermano a ouvert son attaché-case et présenté des documents pour nous deux. Les policiers ont examiné les papiers, puis nous ont observés. L'un d'eux a dit : « Bon voyage, monsieur et madame Zermano. » Finalement, nous sommes descendus à une immense gare, la plus grosse que j'avais jamais vue. Des trains de déportation gardés par des soldats étaient alignés sur les voies de garage. À l'intérieur de chaque wagon s'entassaient des centaines de gens, des *centaines* dans *un* wagon. Ils criaient des choses aux passagers normaux sur les quais. Zermano m'a poussée en avant. Il a marmonné entre ses dents : « Élouard est quelque part. Cherchez-le. » Je regardais partout en marchant. Des locomotives démarraient, la vapeur sifflait, des trains se mettaient en branle. Dedans, les gens devenaient de plus en plus hystériques et criaient à ceux qui, comme nous, restaient sur le quai d'attraper ce qu'ils nous lançaient et de le porter aux leurs. Ils jetaient de l'argent, des montres, des bagues, des lettres, des photos avec des messages au dos… Ils criaient des noms et des adresses. Je voulais tous les aider. J'ai relevé le bas de ma robe pour m'en servir comme d'un panier. Je n'ai rien attrapé, tout tombait sur les voies. Les trains s'éloignaient. Je pleurais si fort que, même si Élouard avait été là, je n'aurais pas pu le retrouver. Zermano a murmuré : « C'est bon. Je lui ai promis de vous amener là pour qu'il puisse vous regarder une dernière fois. Je suis sûr qu'il vous a vue. » Une heure plus tard, au pied d'un train normal en partance pour le Midi, Zermano m'a embrassée passionnément devant les soldats et a crié : « Rentre vite, mon amour ! » Puis il m'a tendu son attaché-case et m'a poussée dans le train, qui a démarré. Je me suis retournée. C'est la dernière fois que je l'ai vu. Il agitait la main et m'envoyait des baisers comme si j'étais la femme qu'il aimait.

Madame s'est arrêtée, hors d'haleine, au sommet de l'escalier de mots qu'elle venait de gravir.

365

Serena a posé délicatement sa paume sur le verre qui protégeait le dessin.

— C'est un véritable trésor.

Madame a ajouté d'une toute petite voix :

— Il était dans l'attaché-case qu'il m'a donné, avec des faux papiers d'identité et de l'argent. Peu importe ce qui s'est passé ensuite, même dans les moments les plus durs, je ne me suis jamais séparée de ce dessin. J'ai préféré arracher le papier peint aux murs des chambres sordides que j'occupais pour manger les cafards en dessous plutôt que de le vendre.

J'ai voulu la réconforter en disant :

— Je suis désolé pour votre mari. (Elle n'a pas répondu. J'ai essayé, maladroitement, de lui faire comprendre que j'étais ému.) Peut-être vaut-il mieux que ces cauchemars soient enfouis dans une caisse et enterrés.

Elle a répliqué :

— Je ne crois pas à cela. À l'oubli. À l'époque, les gens ne posaient pas de questions, de peur de *tout* découvrir. Ils craignaient que, si la vérité éclatait, la réalité ne soit trop dure à regarder en face.

— Vous avez raison. La souffrance n'est pas quantifiable, et nous avons un devoir de mémoire. J'ai même lu quelque part qu'ils avaient crucifié une femme.

— La crucifixion. (Elle m'a regardé d'un air absent.) C'est un moindre mal. Il s'est passé des choses pires encore.

Je n'avais rien à répondre à cela. Serena a rompu le silence.

— Merci pour ces délicieux harengs marinés. Ce sont les meilleurs que j'aie jamais mangés.

Les yeux âgés de Madame ont pétillé.

— Vous les aimez ? Il faut que je vous donne la recette. Suivez-moi dans la cuisine. (Elle a emmené Serena. J'ai

366

entendu Madame lui dicter la recette.) Maintenant, rentrez chez vous et essayez-la.

La visite était terminée. Et tout ce que nous avions obtenu, c'était une recette de harengs marinés. Pendant que je cherchais un moyen de rappeler à Madame la raison de notre venue, Serena a glissé la recette dans son sac et dit :

— Quel cadeau merveilleux. Merci beaucoup.

Madame lui a pris la main.

— Revenez me voir, ma chère. J'espère que la prochaine fois, vous serez mariée.

— Pourquoi pas, on ne sait jamais. Et si je me marie, je passerai ma lune de miel dans le Midi. Peut-être pourrai-je alors venir vous voir à votre seconde ferme.

— Ma seconde ferme ? Oh ! Je l'ai vendue il y a des années afin d'avoir de quoi vivre.

— Quel dommage ! Je suis désolée que vous ayez dû vous en séparer.

— J'ai de la chance. Il me reste cette ferme, ainsi qu'une grange où je garde la Bear de Zermano.

— Sa *Bear* ?

— Oui, la Stutz Bearcat qu'il nous a échangée contre *La Grande Chose bleue*. Son cher Roderigo l'avait amenée à la ferme du Midi pour la cacher. La dernière chose que m'a criée Zermano depuis le quai de la gare, la dernière fois que je l'ai vu, a été : « Prends soin de la Bear ! Elle appartient à Louise ! »

— Et Louise n'est jamais venue ?

— Jamais. C'est trop tard maintenant, elle est morte. Mais j'ai fait déplacer la voiture jusqu'ici et je n'y ai jamais touché.

— Elle a beaucoup de valeur. C'est une pièce rare. Vous êtes une femme riche.

— Je ne la vendrai pas. Elle appartient à Zermano. Il est encore en vie, savez-vous ? bien que les journaux prétendent qu'il soit mort. Il viendra la chercher.

— Pouvons-nous la voir ?

— Si vous le voulez, ma chère, mais vous devez faire très attention.

— Nous ne ferons rien qui puisse l'endommager.

— Ce n'est pas pour la Bear que je m'inquiète, c'est pour vous.

— Que voulez-vous dire ?

— La grange se trouve au milieu d'un ancien champ de bataille. Il y a des champs de bataille partout ici ; chaque arbre, chaque arbuste a été détruit dans les combats. Rien que l'an dernier, trente fermiers ont été tués en labourant leurs champs à cause des vieilles mines et des pièces d'artillerie. Ici, on ne récolte pas seulement du blé et des pommes de terre, mais aussi des navets de sang, ces objets mortels qui remontent à la surface comme des vers et boum ! C'est tellement dangereux que personne n'accepte de travailler dans ma ferme. Le dernier qui a essayé a trouvé des barbelés, des baïonnettes et des crânes. Il aurait dû s'arrêter, mais il a voulu continuer et il a sectionné une bombe de gaz moutarde. Quand je suis rentrée à la maison, je l'ai trouvé assis sur son tracteur, le moteur encore allumé. Il est mort avant de pouvoir faire le signe de croix. L'expression sur son visage était terrifiante. On découvre plusieurs tonnes de bombes chaque année. L'aspect positif, c'est que cela a tenu tout le monde à l'écart de la grange. Les gens ont peur de s'en approcher.

Serena m'a interrogé du regard.

— Souhaitez-vous prendre le risque, professeur ?

— Nous devrons regarder où nous mettrons les pieds.

Madame nous a escortés jusqu'à la porte de la cuisine et, tandis que nous nous éloignions, a agité la main en nous criant :

— Attention aux navets de sang !

Serena et moi avons prudemment avancé dans un champ en friche depuis des années. Notre problème était de ne pas voir ce qu'il y avait devant nous et sous nos pieds. J'ai brisé une branche, que j'ai utilisée pour sonder le sol. Les ronces déchiraient nos vêtements. J'ai donné des coups dans les buissons, et quelque chose a bougé. Il y a eu une sorte d'explosion. Une poule faisane a quitté le nid qu'elle couvait à grand renfort de battements d'ailes.

Serena s'est accrochée à ma ceinture et serrée contre moi alors que nous progressions pas à pas vers la grange aux parois délabrées battues par les vents, voire complètement éventrées. Il était difficilement imaginable que son contenu puisse être intact sous les chevrons effondrés et les ardoises tombées du toit. Nous sommes entrés par un endroit qui n'avait pas l'air trop dangereux. À l'intérieur, on aurait dit que les poutres allaient s'écrouler rien qu'au bruit de notre respiration. Des machines agricoles rouillées et des balles de foin moisies s'entassaient partout. La Bearcat était invisible. Nous nous sommes frayé un chemin dans la lumière lugubre, surprenant des pigeons qui s'envolaient à tire-d'aile pour aller se poser sur les ardoises pourries du toit. Devant nous se dressait un tas de meubles entassés là depuis des années. Les rayons du soleil qui filtraient par un trou dans le mur de la grange s'y reflétaient. On voyait quelque chose briller sous les chaises cassées, les canapés éventrés et les commodes brisées.

J'ai entrepris de déplacer la pile en jetant les meubles sur le côté, comme si une personne vivante y était prisonnière. Serena m'a aidé à tirer les plus lourds jusqu'à ce que nos

369

mains tâtent quelque chose de dur sous une couche de paille. Nous avons écarté la paille et découvert la Bearcat. La peinture noire de son long toit en pente était écaillée, ce qui laissait apparaître le métal en dessous. Nous avons essuyé les vitres incrustées de poussière pour regarder à l'intérieur. Autrefois luxueux, l'habitacle était désormais détruit par les animaux. L'élégant tableau de bord en bois était griffé et rongé, le volant en acajou complètement grignoté, les appuis-tête en mohair lacérés et les sièges en cuir déchiquetés. J'apercevais le plancher couvert de rouille.

Nous avons déplacé plusieurs autres meubles pour dégager complètement l'automobile. C'était un bijou de l'ère industrielle avec sa grille massive en chrome, ses hautes roues à rayons et ses flamboyantes ailes à jupe. Ce trésor aussi précieux que la péniche sculptée de Cléopâtre ressemblait davantage à un yacht qu'à une voiture. Je l'ai caressé pour me convaincre que cette merveille existait vraiment. J'avais lu tant de choses sur cette voiture qu'il me semblait l'avoir conduite. Son pare-chocs avant et ses flancs gardaient la trace du jour où son pneu avait éclaté, obligeant ses occupants à faire halte dans la cerisaie en Provence. J'ai revu Louise debout dans sa robe blanche et Zermano, torse nu à cause de la chaleur, en train de réparer le pneu. La voix de Serena m'a éloigné de ce jour fatal, le Jour des Abeilles.

— Je vais essayer la clé.

Elle a voulu l'introduire dans la serrure de la portière, sans succès. Elle a essayé l'autre portière, sans plus de succès. Elle m'a lancé un regard désespéré.

Il restait une chance. J'avais presque peur de parler, car, si la clé ne correspondait à aucune serrure, tout était fini, le secret de Zermano resterait enfoui à jamais.

— Dans l'une de ses lettres, votre père écrit que l'objet se trouve dans le coffre.

— Exact !

Nous avons déplacé les meubles qui encombraient l'arrière de la Bearcat pour dégager la pente de son coffre.

Serena a mis la clé dans la serrure. C'était la bonne. Serena a souri. Nous tenions notre chance. Elle a tourné la clé, mais un claquement métallique a retenti. La clé s'était cassée dans la serrure. Les larmes sont montées aux yeux de Serena.

— Non, non, non !

De rage, elle a donné des coups de poing sur le couvercle du coffre, qui s'est ouvert.

Nous avons regardé à l'intérieur. Des bébés rats se blottissaient au creux de la roue crevée. Derrière le pneu, couverte de toiles d'araignée et de déjections de rats, se trouvait une longue peinture roulée maintenue avec du fil de fer.

— Vous voulez bien vous en charger ? m'a demandé Serena en désignant les rats. Je n'ai pas envie de leur faire du mal.

— Aucun problème.

J'ai écarté de la main les rats qui poussaient des petits cris et j'ai attrapé la toile roulée, que j'ai sortie du coffre. Elle était lourde et raide. J'ai retiré le fil de fer. Pour la première fois en un demi-siècle, la toile s'est lentement déployée. Comme je la déroulais face à Serena, j'ignorais ce qu'elle représentait. En revanche, je voyais l'expression stupéfaite sur le visage de ma compagne.

— Mon Dieu ! Ce sont *Les ménines* de Vélasquez !

— C'est impossible. Le tableau se trouve à Madrid.

— Regardez vous-même.

Serena a pris la toile et l'a retournée d'un air excité.

Elle avait raison. C'était le chef-d'œuvre du XVIIᵉ siècle peint par Vélasquez, *Les demoiselles d'honneur*. Comment cela était-il possible ? Cette toile était la pièce majeure du musée du Prado où, depuis plusieurs centaines d'années, sous son cadre baroque, était accrochée une plaque en cuivre portant l'inscription : *Obra culminante de la pintura universal*, tableau essentiel de l'art mondial.

La salle du Prado où il est exposé regorge sans cesse de monde. Les visiteurs béats expriment leur admiration en vingt langues, car sa perversité divine est unique : ici, le spectateur n'est pas un simple observateur, mais le *sujet* du tableau. Vélasquez lui-même apparaît sur la toile, debout devant son chevalet. Une majestueuse enfant blonde pose pour lui. Elle est vêtue d'une énorme robe de satin en forme de cloche. En réalité, il s'agit de la fille du roi Philippe IV. La princesse hautaine est entourée par une cour de suivantes à l'air hébété, à l'exception d'une naine dont le visage grimaçant exprime un étrange dédain. Au palais du roi, les nains étaient considérés comme des fous ensorcelés que l'on autorisait à errer dans les couloirs dorés, où ils distribuaient jurons et pets avec une désinvolture vertigineuse contrebalançant la gloire et la vanité de la maison royale. La naine désigne à l'intention du spectateur un point au-delà de la princesse, au-delà de Vélasquez : un mur recouvert de tableaux encadrés. Sur l'un de ces tableaux, apparaît l'image floue du vieux roi et de sa très jeune femme. La particularité, c'est que ces deux personnages ont beau ne pas être représentés, leur image est réfléchie par un miroir qui, lui, figure dans le tableau. Ils se trouvent hors du cadre que peint Vélasquez. Et en réalité, c'est eux que Vélasquez représente sur le chevalet. C'est eux, même s'ils sont hors champ, qui constituent le véritable sujet de sa toile. Vélasquez a fait exploser le cadre entre l'art et la vie, exigeant que s'instaure un dialogue entre l'artiste et son sujet.

— Pensez-vous qu'elle soit authentique ? m'a questionné Serena.

— Non. Votre père a fait de nombreuses copies des *Ménines*. Il n'était pas le seul à éprouver une véritable fascination pour ce tableau. Au fil des siècles, beaucoup de peintres importants se sont essayé à des variations des *Demoiselles d'honneur*. L'inventivité de cette toile contraint l'artiste à aller au-delà de la simple figuration de son univers. Elle le rend responsable de son rapport avec le *sujet* de son œuvre.

— Mais de quoi mon père est-il responsable ici ? Quel est ce rapport pour lui ?

— Je l'ignore. Il faut que nous découvrions le véritable sujet de sa toile.

Je me suis reculé pour examiner la peinture sous tous les angles. Que contenait-elle que je ne voyais pas ?

— Vous savez, a avancé Serena, au Prado, il y a un miroir sur le mur opposé à celui du tableau. Si vous tournez le dos à la peinture et que vous regardez dedans, vous avez exactement la même vision que le roi et la reine qui observaient Vélasquez à son chevalet. Ils étaient le *sujet* du tableau. Ce qui signifie que le sujet de cette toile, c'est nous.

— Le miroir ! Il nous faut un miroir.

J'ai déplacé la pile de meubles jusqu'à trouver une armoire cassée. J'ai arraché sa porte où était accrochée une glace et je l'ai adossée à une paroi de la grange. Le tableau tout entier s'y reflétait. D'abord, je n'y ai vu que mon propre visage anxieux qui se réfléchissait sur le tableau. Puis j'ai incliné le miroir et, tout à coup, mon visage s'est superposé à celui de Vélasquez. Quelle vérité inversée allais-je découvrir dans cette ultime illusion d'optique ?

Vélasquez portait une veste noire ornée d'une broderie de croix héraldique rouge. Surpris en pleine création, il tenait son pinceau dans une main et sa palette dans l'autre, prêt à plonger le bout du pinceau dans les couleurs étalées sur la palette.

J'ai examiné la palette de plus près. Zermano y avait ajouté quelque chose qui ne figurait pas dans l'original de Vélasquez. Sans aucune ambiguïté, les taches de peinture sur la palette épelaient le mot YHVH.

Zermano révélait le nom de son Dieu, ainsi que la raison pour laquelle il avait abandonné Louise. J'ai à nouveau examiné l'artiste à son chevalet. C'était bien Vélasquez, mais les yeux sombres et pétillants étaient ceux de Zermano. Leur contour était appuyé et assombri, espace gravé dans la douleur pour que s'y précipitent les fous, espace d'où l'esprit pouvait renaître.

— Professeur, que voyez-vous ?

J'ai relevé la tête. Serena me dévisageait intensément par-dessus la toile qu'elle tenait.

— Vous aviez raison, ai-je déclaré. (J'ai pris la toile dans mes mains.) Allez regarder dans le miroir.

— Très bien.

— Voyez-vous la palette que tient Vélasquez ?

— Oui.

— Voyez-vous que les traces de peinture sur la palette forment quatre lettres ?

— Non, je ne vois rien.

— Sans le miroir, ces lettres ne signifient rien, mais dans le miroir, elles sont inversées. Elles se lisent de droite à gauche, comme en hébreu.

— Que signifient-elles ?

— Elles désignent le nom de Dieu dans l'Ancien testament, le Nom de Quatre Lettres, le créateur de l'univers.

374

Depuis les temps les plus reculés, les juifs, craignant la puissance et la magie de ces quatre lettres, ne les prononçaient pas, trop inquiets des conséquences que pourrait avoir une telle marque d'irrespect. Désormais, personne ne sait plus prononcer ce nom. C'est le secret des secrets, le plus grand mystère de tous les temps.

— Pourquoi mon père les a-t-il peintes ?

— Pour révéler à Louise qu'il était juif. C'est pour cette raison qu'il l'a épousée en secret en la perçant avec une alliance en or. Personne ne devait savoir. Si la vérité était découverte, il serait tué. Elle aussi, si elle était sa femme.

— Comment savez-vous cela ?

— Un jour que je recherchais un article sur la religiosité du travail de votre père, j'ai établi son arbre généalogique maternel jusqu'au XIVᵉ siècle, époque où les juifs de Majorque avaient été contraints de se convertir ou de mourir. Beaucoup se sont convertis, tout en restant dans leur cœur fidèles à leur véritable religion. Votre père livre son secret dans ce tableau.

Serena ne disait plus un mot. J'ai continué à brandir le tableau, ne voulant pas troubler le fil de sa pensée. Les pigeons perchés dans les chevrons ont remué et se sont mis à roucouler. J'ai regardé Serena. Elle a fini par déclarer :

— Mon père n'a pas laissé à Louise la moindre chance de rester à ses côtés. Il ne lui a pas laissé le choix. Il l'a trahie pour la sauver.

HUITIÈME PARTIE

DERNIÈRES LETTRES

Séville, Espagne

Ma chère Serena,
Je me trouve à Séville pour faire des recherches dans les archives ecclésiastiques de l'Inquisition espagnole. J'ai découvert maints documents confirmant la vérité sur les ancêtres de votre père. Je ne compte cependant pas publier le fruit de mon travail. Je souhaitais simplement suivre cet homme profond jusqu'à ses origines. Son décès remontant désormais à plus d'un an, j'espère que votre vie a repris son cours.

Je vous remercie pour votre aimable invitation à ses funérailles à Palma, mais ce n'est pas ce souvenir que je voulais garder de lui. Je dois reconnaître que sa disparition m'a beaucoup affecté, et je n'avais pas le courage d'affronter la présence d'autres gens. Cependant, j'espère que vous avez reçu les fleurs et les condoléances que je vous ai fait parvenir en cette triste occasion. J'ai lu dans les journaux que de nombreuses célébrités étaient venues lui rendre hommage et s'étaient entassées dans la cathédrale de Palma. Et qu'après la cérémonie, des milliers d'habitants en deuil se pressaient dans les rues conduisant au cimetière. Je n'ai pu m'empêcher de penser que seuls vous et moi savons qu'une autre vérité se dissimule sous la première.

Puis-je vous raconter qu'hier, en revenant des archives, j'ai traversé les vieux jardins maures et que je suis passé pour la première fois près d'une admirable fontaine en mosaïque bleu nuit. La coutume veut qu'en cette occasion, on s'arrête, on fasse un vœu et lance une pièce dans l'eau. Je me suis arrêté. J'ai fait un vœu à votre sujet. Comme je n'avais pas de pièce, j'ai jeté un billet de pesetas dans la fontaine. Le papier n'a bien entendu pas coulé, mais flotté à la surface de l'eau. Des petits bohémiens qui jouaient non loin ont accouru. Ils ont trouvé cela très drôle, et jugé que c'était un bon présage. Pour eux. Ce qui était sans doute le cas. Je les ai regardés repêcher le billet.

Je vais rester ici quelques semaines, le temps de terminer mes recherches. Avant de vous quitter, je voulais vous citer un extrait des écrits d'un Américain qui lui aussi admirait un artiste espagnol. Ce sont quelques lignes de la main du peintre James Whistler à propos de la muse qui a inspiré Vélasquez :

« Dans le livre de sa vie, peu de noms sont inscrits : la liste de ceux qui ont contribué à écrire son histoire d'amour et de beauté. Elle lui a révélé le secret du trait qui se répète alors que, la main de l'homme dans les siennes, ensemble ils ont mesuré la rime des membres gracieux et des étoffes qui ondoient à l'unisson, jusqu'au jour où elle a plongé le pinceau de l'Espagnol dans l'air et la lumière, donnant vie aux personnages à l'intérieur du cadre, leur conférant la noblesse et l'affabilité, la tendresse et la magnificence qui étaient leurs. »

Cordialement.
LE PROFESSEUR

Palma de Majorque
Iles Baléares

Mon cher professeur,
Tout a fini par rentrer dans l'ordre. Vous seul pouvez
imaginer la confusion et le chaos qui ont régné ici. Je tiens
à vous remercier pour vos fleurs et votre mot de condoléances si délicats, qui ont tant signifié en cette période difficile. J'ai également beaucoup apprécié la récente lettre où
vous me teniez au courant de vos dernières découvertes à
Séville.

J'ai été très touchée par votre citation sur l'artiste et sa
muse. En retour, je voudrais partager avec vous une phrase
écrite par Degas peu de temps avant qu'il atteigne un âge
certain et devienne aveugle : *Le cœur est un instrument qui
se rouille si l'on ne s'en sert pas.*

Cela me ferait très plaisir que vous me rendiez visite à
Palma une fois que vous aurez fait toutes les découvertes
nécessaires à vos recherches.

Avec toute mon affection.
SERENA

*Achevé d'imprimer
sur Roto-Page
par l'Imprimerie Floch
à Mayenne, le 23 mars 2001.
Dépôt légal : mars 2001.
Numéro d'imprimeur : 50521.*

ISBN 0-07-076029-4 / Imprimé en France.

97943